La
MAESTRA

La MAESTRA

CARLOS MOREIRA

ESPASA

© 2022, Carlos Moreira

Diseño de portada: Planeta Arte & Diseño / Ramón Navarro
Ilustración de portada: Grupo Pictograma
Fotografía del autor: Cortesía del autor

Derechos reservados

© 2022, Editorial Planeta Mexicana, S.A. de C.V.
Bajo el sello editorial ESPASA M.R.
Avenida Presidente Masarik núm. 111,
Piso 2, Polanco V Sección, Miguel Hidalgo
C.P. 11560, Ciudad de México
www.planetadelibros.com.mx

Primera edición impresa en México: agosto de 2022
ISBN: 978-607-07-9074-4

Impreso en los talleres de Litográfica Ingramex, S.A. de C.V.
Centeno núm. 162-1, colonia Granjas Esmeralda, Ciudad de México
Impreso y hecho en México – *Printed and made in Mexico*

A Gloria Emilia,
el amor de mi vida,
mi cielo, mi todo.

A Lucía y Carlos Esteban,
mis hermosos pacharritos.

Capítulo I

La llamada, *febrero de 2013*

—En un rato salgo para México. Te confieso: no tengo ganas de viajar. Acá el clima seduce. Si pudieras ver el cielo, la ausencia de nubes… esta tranquilidad me hace sentir en casa. Sin embargo, tengo muy malos presentimientos. Anoche soñé a mi madre, decía que me quería; estaba preocupada por mí. Lloraba y lloré con ella… No quiero subir al avión que me prestó Kahwagi, pero no me puedo rajar —respiró hondo, hizo una ligera pausa, y continuó hablándole a Juan Díaz, el segundo al mando del sindicato más importante no solo de México, sino de América Latina—. Pienso llegar primero a Toluca como te lo dije hace rato; mañana desayunaré con Luis Videgaray, después veré a Osorio en su oficina, o quizá en Palacio Nacional. La verdad no estoy segura de avanzar mucho con estos *camiones* —tenía la costumbre de usar esa palabra en lugar de cabrones—, creo que nada más me van a quitar el tiempo. Ninguno es de confiar, nomás que no tengo de otra; debo acudir, quizá hasta sonreír un poco. Coincidentemente ayer me llamaron los dos, insistieron mucho en que nos reuniéramos. Eso también es extraño, pero lo sabemos, ya nada es normal con este gobierno de ladinos y principiantes —dijo recargando la cabeza en el asiento de una Suburban en movimiento, mirando los escasos y grises cabellos en la nuca de un chofer cuyo nombre no alcanzaba a recordar.

—Pues qué le puedo decir, maestra, tengamos confianza en que todo se resolverá a nuestro favor. Estoy seguro de que será

9

un gran día. El gobierno tiene en claro que con usted no van a poder, solo basta una instrucción de su parte para que todo el magisterio radicalice la lucha, tomen calles, suspendan labores escolares.

—Sabes que eso no es cierto —afirmó Elba Esther—, las cosas no son tan sencillas ni tan simples; y deja de estar adulándome que ni te queda ni me gusta, ¡no me hagas enojar, por favor! —últimamente alzaba la voz con más frecuencia—. El gobierno es el gobierno, por más pendejo que sea quien lo encabece, sigue siendo el gobierno; y nosotros un simple sindicato; el más poderoso del país, pero sin la fuerza para enfrentar a una administración que inicia con el apoyo de legisladores, empresarios y medios de comunicación.

—Está bien, maestra. No se moleste. ¿Tiene alguna indicación para los concejales?, ¿desea que se redacte un pronunciamiento en apoyo a las demandas que ha estado presentando? —bien sabía Juan que nada se redactaría hasta que no llegara ella, pero precisaba verse servicial a sus oídos.

—Nada de eso. Reúnete con Paco, Carlos, Moisés, Soraya… junta al resto de los muchachos, evalúen cómo vienen los delegados. Inicien los trabajos, luego manden a la gente a comer, cuida que no se malpasen. Que, a la vez, Carlos se dedique a coordinar el tema de la credencialización; y reanuden a eso de las siete de la tarde. Mañana estaré con ustedes.

—Una pregunta: ¿aceptaremos las condiciones del gobierno?, para saber e ir sensibilizando a los compañeros —Juan Díaz, nervioso, cuidaba cada palabra.

—Claro que no. Quizá en algunas cosas tengamos que ceder, pero en lo fundamental nos tenemos que amarrar. Hay líneas que no se pueden cruzar. Una evaluación punitiva es inaceptable. Las acciones del presidente están equivocadas; no resuelven nada, nos van a perjudicar a todos, y cuando digo a todos, lo incluyo a él. No lo entiende; es muy bruto y además vive como dictador de una república bananera, dentro de su burbuja de amor adolescente. Pobrecito, ya está viejo para esas cosas.

—Bueno, tiene relativamente poco de haberse casado…

—No chifles, ¿también tú, Juan? Como si le diera amor a su Gaviota, trae a tres o cuatro niñas encandiladas. De ahí el porqué de su energía y actuar tan distraído, tan irresponsable.

—Okey, maestra —respondió Díaz de la Torre entre risas—. Entonces, ¿es un hecho que viaja hoy a Toluca y de ahí se mueve a la Ciudad de México? Si desea, mando gente para que estén al pendiente de su llegada.

—¿De cuándo acá tan amable? —respondió irónica. Y con un tono semejante a la resignación o al fastidio, agregó:— No es necesario, no te preocupes. Allá debe estar Héctor; es un buen hombre, siempre leal, de una pieza… no como otros.

—Tiene razón, maestra —respondió incómodo—. Le deseo buen viaje. Si gusta, más tarde me comunico con usted y le informo cómo iniciaron los trabajos para que me haga saber sus indicaciones.

—Te encargo, cuídate mucho. Mañana será un día importante. Sabes que te quiero. Besos.

—Aquí la veo, maestra. Gracias.

Al finalizar la llamada, mientras caminaba por unos pasillos del hotel, a Díaz le resonaba el mensaje: «Héctor es un hombre leal, otros no». ¿Por qué se lo dijo? ¿Acaso le estaba adelantando algo? Supuso que era una más de las indirectas de la maestra. Ella, por su parte, se quedó en silencio, respiró largamente mientras abría y cerraba los ojos recargada en el asiento, estiró su cuerpo, agradeció no traer la ropa de lino que por un momento se probó. Le dolía el cuello y la espalda. Ansiaba llegar lo antes posible al aeropuerto privado cercano a la frontera con México; recorrer el piso brillante, mover las piernas, quitarse de encima tanta tensión. Deseaba que los minutos se convirtieran en horas, pero a la vez que los días transcurrieran velozmente. Ansiaba que el presidente Peña entendiera.

Soñaba con resolver ese asunto maloliente sin afectar a los trabajadores. Sabía que todo estaba en riesgo, empezando por su propia vida. Tenía la intención de hacer un par de llamadas, cuando el chofer le indicó que habían llegado a las instalaciones del aeropuerto. Ya contaban con el permiso para despegar. Bajó sin ánimo. No era necesario correr, pero tampoco perder tiempo. Aún tenía unos quince minutos antes del vuelo, por eso se dirigió a la sala del hangar privado como tantas otras veces. Saludó al personal de tierra. Todos la conocían, no solo por ser viajera frecuente, sino por ser ella. A poca distancia, a escasos metros, observó la presencia de tres hombres en la sala de la izquierda, la de los grandes sillones color café; uno le sonrió, los otros se mantuvieron ajenos a su presencia, absortos en sus celulares. Lo que veía le parecía extraño. Ahora, en su conjunto, los hombres se mostraban indiferentes a su presencia. No era usual. De pronto, el sujeto de la sonrisa se acercó a pedirle una fotografía. Otra mala señal. No era normal que eso ocurriera en San Diego. Los dos extremos no eran comunes: ni que la ignoraran ni que se tomaran fotografías estando en un hangar estadounidense. Ella aceptó tratando de no mostrar que lo hacía de mala gana —no le gustaba aparecer en fotografías con ropa casual—, tenía tiempo sin sonreír. Después de la foto, se despidió con un «de nada» y avanzó hacia el avión. Caminó un poco y volvió la mirada hacia los hombres: con el celular en la oreja hablaban entre sí, no le quitaban la vista de encima. Por un momento pensó en regresar sus pasos; las cosas no estaban bien. Sin embargo, no eran tiempos para correr. Había que seguir, tenía que caminar hacia su destino.

·

En Guadalajara, en un restaurante cercano al Fiesta Americana —en un área apartada—, un grupo de concejales charlaban y convivían alegremente, no tenían claro si luego habría un receso para comer. Así que uno de ellos levantó una de las manos y, al tener cerca al mesero, pidió taquitos de barbacoa; lo secundaron los otros, ordenaron además sopes y tostadas. Algunos ya tomaban bebidas alcohólicas, sobre todo cerveza y tequila. Gran parte de la jornada implicaba que únicamente unos cuantos tendrían participación en el evento. Así eran los consejos sindicales, unos hacían uso de la palabra y el resto levantaba la mano para aprobar todo, absolutamente todo. *Ese* resto tenía derecho a embriagarse un poco.

Juan Díaz regresó a su habitación en el Fiesta Americana, una confortable y elegante suite. No estaba tranquilo, sabía que los próximos días serían decisivos para todos. El rumor de ser removido por la maestra era fuerte, tenía que estar preparado para cualquier cosa. Volvió a pensar en las palabras que ella dijo sobre la lealtad de Héctor. Cerró los ojos y maldijo a Héctor. La ruta estaba trazada; las indicaciones eran muy claras, no había vuelta atrás. Minutos antes, había concluido su comunicación telefónica con ella; ahora tocaba hacer la llamada, la importante, la trascendental. Marcó los números en el celular, una voz conocida se escuchaba al otro lado de la línea. Díaz, sin mediar saludo, habló:

—Listo, señor. Va para Toluca. Mañana se reúne con ustedes, y de ahí se traslada para acá.

La salida, *febrero de 1989*

Esa tarde, Elba Esther sabía que no iba a encabezar el sindicato de maestros; al menos no en estos momentos, no producto de *ese* Congreso Nacional.

Había ocupado buenos espacios en la dirigencia nacional. Primero en el área laboral; después, en la poderosa Secretaría de Finanzas. Durante esos años tuvo que «tragar sapos», soportar desplantes y ejecutar tareas alejadas de sus sueños e intereses. Como «rescatar» a un viejo dirigente atado en su habitación. Recordó el suceso: todos lo esperaban en el *lobby* del hotel, debían continuar con la agenda de entrevistas con sindicalistas europeos, ella exigió a la administración que abrieran la habitación del huésped: ahí estaba, amarrado por unas putas que le quitaron dinero y pertenencias.

En el 86 se decía que ocuparía la Secretaría General del Sindicato Nacional de Trabajadores de la Educación (SNTE). La veían con capacidad, y, sobre todo, con una inusual cercanía sindical y afectiva con don Carlos Jonguitud Barrios; el gran líder, el eterno cacique, quien decidía todo al interior del sindicato. En lugar de la secretaría general, obtuvo una diputación federal y la presidencia del Comité Nacional de Vigilancia, cargo importante, mas no el que buscaba.

Habían pasado tres años, estaba consciente de que los afectos y las confianzas de don Carlos Jonguitud se hallaban en otros sitios; por lo mismo, ella ideaba regresar al área laboral o a la organización. Otra vez se le mencionaba para ocupar la secretaría general, sobre todo en fuentes cercanas al gobierno priista y, quizá, ese era motivo suficiente para agravar su distanciamiento con el gran dirigente nacional. No quedaría al frente del sindicato, eso estaba más que claro, don Carlos pensaba en un perfil distinto: alguien dócil y gris; un tipo sin ambiciones, un dirigente que no le disputara ni el poder ni los reflectores. Los tiempos políticos y sindicales eran complicados, el líder vitalicio requería un secretario general incondicional. Don Carlos Jonguitud encabezaba la expresión sindical que dirigía los destinos del sindicato, la llamada «Vanguardia Revolucionaria». Con diecisiete años como líder moral, en él radicaba el poder real e indiscutible del SNTE. Además, por si fuera poco, ocupaba una senaduría por el estado de San Luis Potosí. Junto a él, en la cámara alta, estaba el profesor Antonio Jaimes Aguilar, secretario general saliente del SNTE, hombre muy cercano a Jonguitud Barrios y lejano a los intereses y afectos de Elba Esther Gordillo.

Cavilaba todo eso cuando lo vio aproximarse. Entre tanta gente, apenas se veía su regordeta figura, destilaba energía, poder y, más que todo, prepotencia. Daba la mano a unos, sonreía a varias, empujaba a otros en su andar —los empujados resplandecían de júbilo, habían sido tocados por el líder—. Le gustó notar que se desplazaba un poco hacia su izquierda para acercarse a ella: la saludaría. Recordó mejores tiempos: cuando recibía aprecio y reconocimiento. Frente a frente, le sonrió a don Carlos Jonguitud. Sintió su beso en la mejilla, el exceso de perfume, saliva y sudor; escuchó con claridad sus palabras al oído.

—Mira, cabrona, no solo no vas a quedar, sino que te vas a largar a la chingada, por traidora y pendeja.

Desapareció la sonrisa de su rostro; mantuvo la voz en tono bajo, pero con la energía suficiente para dejar de manifiesto cuál era su carácter y su sentir.

—Ya veremos a dónde me largo, maestro —respondió con una evidente tensión en el rostro.

—A la chingada, puta zorra ambiciosa, a la chingada te vas a ir, y contigo cualquier pendejo que se le ocurra siquiera darte un saludo o una puta sonrisa.

Quienes estaban cerca escucharon parte de los insultos, y vieron cómo —en medio de sonoras carcajadas— don Carlos siguió su camino. Atrás quedaba ella con el semblante descompuesto, con un par de maestros de la sección del Estado de México que evitaron que fuera empujada por los miembros de la comitiva de Jonguitud. Atrás los tiempos donde la gente la buscaba, donde se morían por una mirada suya y, de ser posible, por el honor de saludarla. Atrás la esperanza de verse llegar más arriba en el escalafón sindical. Se alejaba el maestro, sudoroso, de guayabera celeste, arropado por la gente; lo hacía entre vítores y aplausos, luego de ser designado *nuevamente* líder vitalicio del SNTE. Él era «la luz que ilumina nuestro destino», según había dicho uno de los dirigentes del norte del país, quizá deseando resultar agradable a los oídos del poderoso o, simplemente, para cumplir una de esas encomiendas institucionales. Elba, en cambio, era blanco del desprecio de los delegados. Decidió marcharse rápido, caminó hacia la salida del auditorio. No quería volver la mirada, sabía que habría rostros burlones. En su apresurado andar escuchó groseros y acosadores silbidos. No tenía ganas de saludar a nadie y pocos intentaban hacerlo. No deseaba discutir, quería tranquilidad, enfocarse en los siguientes pasos: su incorporación al gobierno o en la disidencia. No tenía claro qué hacer. La lucha no había terminado.

A su lado iba Diego Martínez, uno de sus leales —aguerrido, temerario, recién treintañero, bien parecido—; le ayudaría a conducir de Chetumal a Cancún, para de ahí tomar un vuelo a la Ciudad de México. En el auto tendría oportunidad de llorar, desahogarse, insultar a varios. De maldecirse por ser tan confiada, por querer tanto, por encontrarse con la traición sin estar preparada. «Traición, traición, traición», la palabra retumbaba en su mente. Se volvía urgente el hecho de salir del

16

recinto, lo que no sería tan sencillo; quien pretendía hacerlo se topaba con mal encarados guardias, quienes hablaban constantemente en aparatosos radios y repetían la misma frase: «No estés jodiendo, no contamos con autorización para dejar salir a ninguna persona». Lo cual era entendible: en unos minutos habrían de leer la planilla para integrar el próximo Comité Ejecutivo Nacional y, por ello, la lógica indicaba que nadie debía abandonar los trabajos. Podían ser minutos u horas los que faltaban para conocer la decisión de don Carlos, el *dedazo sindical* de Jonguitud. Durara el tiempo que durara, la gente debía aguantar en sus asientos.

—Sácame de aquí, Diego, sácame. No aguanto —demandó Elba. Se sentía presa, rodeada y humillada por un grupo de temibles enemigos.

—Venga por acá, tengo un amigo de la prensa, por aquella puerta ellos entran y salen.

—No chingues, *camión*; no quiero que me entrevisten, no quiero hablar con nadie, menos dar declaraciones.

Era un día de pesadilla. Ella, casi en el abandono; don Carlos Jonguitud, aclamado por todos. El desprecio del que era objeto no le dolía tanto como escuchar los gritos de apoyo a Antonio Jaimes Aguilar —el dirigente saliente—, y las aclamaciones a Refugio Araujo del Ángel, quien se había filtrado como la carta fuerte de Jonguitud para convertirse en el secretario general del sindicato. Nadie la mencionaba a ella, ningún grito de apoyo. Tampoco se escuchaba a Rubén Castro, pero sí lo había visto contento, era parte del grupo en el poder.

—*Eit*, ven —se dirigió Diego a Raúl, su primo hermano que en ese momento lo apoyaba como uno más de sus auxiliares—, corre al fondo y dime cómo está aquella puerta; checa si se encuentra libre. Habla con Fernando Sánchez, dile que necesito su apoyo. Y no te vayas a equivocar porque te parto tu madre.

Mientras sus pocos auxiliares buscaban sacarla del auditorio, la maestra era arropada por un pequeño grupo de delegados; todos afines, todos molestos con lo que venía ocurriendo en el congreso sindical.

No tuvo que esperar mucho; en la puerta de salida, a escasos metros, un joven delgado y fornido le hacía señas.

—Maestra, ese es mi amigo Fernando. Es un periodista, no es del gremio pero es de los nuestros. Por aquella puerta vamos a salir, me dicen que no hay gente que nos impida el tránsito; al parecer el grueso de la prensa está aglutinada en un anexo; ahí se encuentran los periodistas recibiendo el *tradicional* sobre con dinero, eso indica que el Congreso Nacional está por finalizar.

Avanzaron. Efectivamente, el lugar estaba desierto; solo se encontraban Fernando y Sonia Rubio, otra de las periodistas afines al auxiliar de Elba Esther. Ambos esperaban indicaciones.

—Salgan por aquí, por esta puerta. Nada de qué preocuparse, no hay nadie cerca; pero tampoco tarden mucho —les señaló Fernando.

—Si gusta, maestra —comentó Diego—, espere un momento aquí, voy corriendo por nuestro auto —dijo al notar que no había acceso desde ahí al estacionamiento principal.

—Está el mío —intervino Fernando—, es un vehículo sencillo, lo renté hace unos días. Si aceptan, alguien podría alcanzarnos más adelante. Salvo que la maestra no esté de acuerdo.

—Claro que estoy de acuerdo, ya me quiero largar, pero… ¿tú no vas por el sobre?

—No, maestra; para mí es prioridad ayudarla a usted y apoyar a Diego. Quizá Sonia pueda recoger los sobres de nosotros dos.

—Ten las llaves, ve por el auto y te esperamos en la gasolinera que se encuentra a la salida de la ciudad rumbo a Cancún —fueron las indicaciones de Diego a Raúl, quien se alejó junto con otro de los auxiliares.

La maestra y los muchachos se acercaron al pequeño Datsun blanco modelo 86, tocados por la tensión y la tristeza.

—Quiero irme atrás, en ese asiento me sentiré más cómoda, alejada de todo —les dijo Elba Esther, y enseguida le abrieron la puerta.

Así, los dos jóvenes y la maestra abordaron el auto. Luego se hizo el silencio. Se percibía pesadez en el ambiente. Ella, con los ojos cerrados; ellos, sin cruzar palabra, nerviosos, atentos a lo que se veía en las calles. Había poca gente del pueblo, y los que caminaban por ahí difícilmente estaban inmiscuidos en la lucha magisterial. Los profesores institucionales estaban dentro del congreso, los maestros disidentes no se habían dignado a presentarse en Chetumal. La mayoría se enteró tarde de la sede del congreso; ninguno quiso hacer el viaje hasta uno de los lugares más lejanos del centro del país, discutieron un poco las posibilidades y prefirieron mantener las protestas en el Distrito Federal.

No se veía en las calles a alguien que representara una amenaza. Aun así, los muchachos consideraron que era importante mantener los ojos bien abiertos. En la gasolinera ya los esperaba Raúl con el auto de la maestra Elba Esther. Fernando le dio un abrazo muy fuerte a Diego, y cuando quiso despedirse de la maestra, escuchó de sus labios la frase que tanto ansiaba.

—Te agradezco mucho lo que hiciste hoy por nosotros. Te la rifaste, Fernando. Espero poder un día corresponder a tu cariño. Me gustaría mucho que nos acompañaras hasta Cancún, pero entiendo que debes cubrir el evento sindical.

Antes de decir que aceptaba, alcanzó a ver el rostro de Diego, y no pudo evitar que se le iluminaran los ojos.

—Claro que voy, puedo servir para alternarme con Diego en la manejada, además, para cuidarla en el camino.

La maestra sonrió y pidió que se apuraran, quería llegar a algún hotel cercano al aeropuerto de Cancún para dormir. Su vuelo salía al día siguiente, a mediodía. Diego le dio a Raúl las llaves del Datsun, lo debía entregar en la agencia donde fue alquilado.

En el camino, Fernando fue contando cómo conoció a Diego y las razones por las cuales entró al periodismo. Estaba en un medio de comunicación muy sencillo: *El Independiente* de Tlalnepantla, pagaban el mínimo, pero le permitían aprender y acudir a una universidad privada para dar clases en la Escuela de Comunicación. Lograba cubrir sus gastos gracias al apoyo que tenía de su novio Diego. De ahí pasó a comentar cosas más personales. Confesó que lo único que no le agradaba de su pareja era que cada día se volvía más exigente y celoso.

—Los celos no necesariamente son malos, siempre y cuando vayan acompañados de mucho respeto —dijo la maestra en uno de los pocos momentos en los que habló, mientras los iluminaban las luces de un tráiler enorme.

—Es que Fernando es demasiado guapo, si supiera, lo tengo que cuidar hasta de mi primo Raúl —respondió Diego, mientras Fernando y la maestra rieron.

Llegaron a las dos de la madrugada a un hotel de cuatro estrellas de una cadena internacional. A pesar de la hora y del cansancio acumulado, la maestra Gordillo Morales se comunicó desde la habitación con el particular del regente de la Ciudad de México.

—Buenas noches, licenciado Jacinto Ortega, disculpe la hora, espero no importunar.

—Buenas noches, maestra. No se preocupe; aún tengo cosas por hacer, falta un rato para irme a descansar.

—Solo me reporto para informar que ya no estoy en el Comité Nacional del Sindicato.

—Nos enteramos hace un rato. Le aseguro que el licenciado Camacho Solís no está muy contento con la actitud y las decisiones del senador Carlos Jonguitud.

—Es muy generoso el licenciado Camacho.

—Me dijo mi jefe que, si se comunicaba usted, le transmitiera una indicación: la espera el próximo lunes en su despacho.

Eso le daba a la maestra un margen de tres días; por lo mismo, luego de agradecer al licenciado Jacinto, acomodó sus ideas, pensó qué acciones debía llevar a cabo, enseguida realizó otra llamada.

—Hola, soy Elba. ¿Cómo estás? —del otro lado de la línea estaba un joven y aguerrido maestro de Michoacán, adherido a la Coordinadora Nacional de Trabajadores de la Educación, el sector disidente del sindicato.

—Bien, amiga. ¿A qué se debe el honor de su llamada? No me diga que ya se va a sumar a nuestras filas.

—Ganas no me faltan, pero creo que podemos avanzar mejor si estamos en ambos frentes. Tú sabes que siempre los he respetado, y hoy más que nunca les tengo admiración. ¿Cómo andas para vernos el domingo? Me gustaría que pudiéramos platicar en persona.

—Con toda la disposición para reunirnos y tomar un café. ¿Gusta que me lleve a algún camarada?

—Te veo en Mercaderes a las nueve de la mañana. Supongo que sabes dónde se encuentra. Cita ese mismo día, pero más tarde, a dos o tres de tus compañeros de lucha; de los más bravos, inteligentes y leales. Así comentas con ellos las ideas que antes vamos a discutir tú y yo.

—Muy bien, Voy a contactar a varios *compas* para verlos el domingo por la tarde. Cuidaré que sean de secciones distintas.

—Muy bien, amigo. Sé que sabes operar, hasta entonces.

El profesor Luis Molina poseía gran liderazgo en el movimiento magisterial disidente en Michoacán. Era catalogado como un tipo medianamente honesto y bastante bravo para discutir con sólidos argumentos por sus derechos y en aras de alcanzar sus aspiraciones. Tal vez, a última hora, la maestra se disculparía por no poder acudir a verlo, pero de ser así, lo haría por ella alguno de los más cercanos. Tenía claro que Luis lo entendería. Luego se comunicó a la habitación de Diego para darle indicaciones.

—Cita mañana viernes por la tarde a Rafael Ochoa, Moisés Armenta y Jesús Ixta Serna. Necesito discutir con ellos lo que está ocurriendo, y saber si aún puedo encargarles algunas tareas.

21

El domingo a las cuatro de la tarde se encontraron reunidos en un sencillo restaurante, cercano a la alameda de la Ciudad de México, cuatro jóvenes dirigentes de la disidencia magisterial: Luis Molina, de la Sección 18 de Michoacán, Ubaldo Gutiérrez, de la Sección 14 de Guerrero, Omar Juárez, y Patricia Verástegui, de la 9 y la 10, ambas del Distrito Federal.

—Pues bien, amigos, les tengo que contar que en la mañana me reuní con un par de *charros*. Iban de parte de la profesora Elba Esther, que a última hora no pudo acudir a la reunión. Dizque se sentía mal, pero lo cierto es que ya saben cómo es esto; seguramente se asustó de verme en público.

Se quejaba Luis con sus amigos, quienes lo miraban entre risitas, haciendo muecas de hastío al tener que establecer contacto con sus adversarios sindicales, a los que llamaban *charros*, en honor al apodo que con el que se conocía a un corrupto líder obrero del México de mitad de siglo.

—Eso te pasa por tener comunicación y hasta amistad con esa señora. Insisto en que no podemos ser sus pinches marionetas, nuestra lucha no tiene que ver con las aspiraciones de nadie —comentó Patricia, maestra de 27 años, guapa, inteligente, valiente; quien no veía con buenos ojos a Elba Esther y que nunca callaba sus comentarios—, aunque sea tu amiga.

—No soy su marioneta, sabes que coincido en muchas cosas contigo; sirve tener información y apoyos por parte de ellos. Además, si podemos colaborar para que se destruyan, pues eso termina beneficiándonos, ¿o me equivoco?

—Bueno, y a todo esto, ¿con quién te reuniste, cabrón? —intervino Omar—. ¿Qué querían? ¿Para qué te desmañanaron?

—Me junté con dos auxiliares de Rafael Ochoa; un güey que se llama Ismael, y la hace de su particular, y una chava que estaba muy pero muy buena. Ah, también estuvo un cuate de nombre Raúl Martínez; se la pasó muy calladito, es primo

22

de Diego, un tipo que es buen pedo. La que más hablaba era la chica esa que me quitaba el aliento con tanta curva.

—Ay, qué pendejo estás. Hasta los charros saben que un par de tetas te vuelven loco. Por eso los cabrones te mandaron a esa jovencita. En el movimiento ninguna de las mujeres te hacemos caso, ya te conocemos —volvió a intervenir Patricia, para agregar con una sonrisa burlona—: serías mi ídolo si así como eres de coqueto fueras para tirar vergazos en las protestas.

—No soy coqueto, amiga —le dijo acercándose a ella—. Es más, no recuerdo haberte invitado ni una pinche chela; y eso que estás más linda que la chica esa. Y no digas babosadas, nunca de los nuncas me rajo en las protestas —agregó acomodándose de nuevo en su respaldo—. Pero a la chingada, estos no son los puntos de la agenda, no nos distraigamos: los charros quieren que no aflojemos el paso. Están divididos, y los elbistas quieren que calentemos más el ambiente con un chingo de manifestaciones y una fuerte presión al gobierno que encabeza el pinche pelón de Salinas.

—Así han sido siempre —intervino por primera ocasión Ubaldo—, son unos ojetes. Si entre ellos se destruyen, imaginen lo que piensan hacer con nosotros. No obstante, coincido con Luis, hay que aprovechar sus desavenencias para fortalecer nuestra lucha. Nosotros tenemos ideales, y ellos, simples intereses y ambiciones.

—Miren, la lucha tiene que continuar, se debe fortalecer —volvió a tomar la palabra Luis para centrar y dar un rumbo serio a la reunión—. Los problemas son reales: el salario del magisterio está por los suelos, los compañeros viven en la miseria, no alcanza el dinero para nada. Entre López Portillo y Miguel de la Madrid llevaron la economía del país a la mierda. Antes, con Díaz Ordaz y Echeverría, se fue la libertad al escusado. Ahora, lo mismito con el pinche pelón de Salinas, pero en función de la democracia; así que no tenemos libertad ni salario ni democracia. El país está jodido, pero lo único que debe interesarnos es lo nuestro: el magisterio mexicano. Y ahí hay mucho para discutir. El sueldo de los profesores equivale a 1.4 salarios mínimos. Nadie nos da crédito, casi ningún profe tiene vehículo reciente, menos una casa en buen estado. Y, por si fuera poco, no contamos con democracia en la organización sindical.

—Pero en concreto, ¿qué es lo que quiere tu querida amiga la profesora Gordillo? —señaló Patricia con una mirada entre burlona y pícara.

—Algo muy sencillo: que sigamos peleando el aumento salarial y que exijamos con firmeza elecciones democráticas para la Sección 9.

—En eso coincidimos. Nos interesa el tema salarial, creo que a todos, pero a mí en lo particular, me mueve el asunto de mi sección sindical, la 9, la más estratégica. La histórica sección heredera de la lucha del maestro Othón Salazar —agregó Omar.

Como respuesta hubo carcajadas y expresiones como «ya bájale», «te volaste la barda», «te la mamaste». Patricia aprovechó para extenderse en ese comentario.

—A ver, todas las secciones son importantes. Escúchame, *nunca* lo olvides: de la 9 no solo salió el maestro Othón; de ahí también es Carlos Jonguitud. Si mal no estoy, fue dirigente de *tu* sección antes de tomar el poder del sindicato, literalmente, a balazos.

—Todas son importantes, pero no necesariamente resultan ser estratégicas para el devenir del resto del sindicato. Mi sección sí lo es, por los maestros que aglutina y por localizarse en el Distrito Federal. Pero okey, no discutamos por discutir. Soy de la idea de que le entremos a eso que dice Elba Esther; y que quede claro, aunque no lo hubiera dicho ella, igual íbamos a participar. Pero a todo esto, ¿qué ofrece?, ¿cómo colabora la, cada vez menos, poderosa señora Gordillo? —apuntó Omar mirando a Luis Molina.

—Con recursos para la movilización de las bases, y con interlocución entre la gente del gobierno para abrir espacios de diálogo. Hará gestiones para que se cumplan nuestras demandas. Para movilizar hay un paquete de dinero para los estados más encendidos: Chiapas, Oaxaca, Michoacán, Guerrero y, obviamente, para el Distrito Federal. Para eso nos tenemos que poner de acuerdo con Diego Martínez, el auxiliar de la maestra —con los ojos iluminados soltó la siguiente frase—: y obvio, también hay algo para nosotros. Aquí lo traigo en el maletín. Así que estemos tranquilos y felices.

La esposa de Raúl le mostró varias fotografías que habían llegado a su poder en un sobre cerrado; no ocultaba su molestia y tristeza.

—¿Quién te las dio? —Raúl observaba las imágenes mientras su rostro enrojecía cada vez más.

—Ya te dije que llegó un sobre; lo dejaron en la dirección de la escuela. La directora me comentó que se lo dio un jovencito, un adolescente. Poco importa quién lo mandó. Lo que deberías explicar es qué pedo con lo que ahí aparece. Ya me habían dicho que eras joto, pero no lo podía creer. Estamos casados, tenemos una niña. ¿Qué pedo con eso? ¿Qué pedo con tu vida? ¿Qué onda con nosotros?

Mirna estaba alterada, había llorado. No sabía cómo actuar ante tal revelación sexual de su marido.

—Primero, bájale de tono. Segundo, *soy* lo que quiero ser. Me vale lo que opines. Ah, y te sugiero que no la hagas de pedo porque no te la vas a acabar. Quería saber quién las había mandado, pero creo que fue el mismo pendejo que aparece ahí. El güey quería que te dejara y le dije que no lo haría. Te prometo que no volverá a molestar. Eso te demostrará lo mucho que te quiero.

Mirna bajó la cabeza. Aguantó estoicamente la infidelidad y las amenazas de Raúl. No era la primera vez que sucedía.

La diferencia era que ahora le quedaba en claro que no solo la engañaba con mujeres, también lo hacía con hombres. En distintos periodos de la relación había pensado en abandonarlo. La primera ocasión, al momento de decidirse a dejarlo, estaba embarazada: el bebé que se encontraba en su vientre no era de su marido. Eso le pareció la mejor de las venganzas.

Días después, Raúl le anunció que saldría fuera de la ciudad, iría a una comisión de su primo Diego. Ella le dio su bendición; comentó que quería descansar, se metió a su recámara y se puso a llorar. Él se fue en su auto con Francisco —el joven de la fotografía— rumbo a Guerrero.

—Sé que podremos ser felices. Entiendo que no quieres dejar a tu familia, pero lo tienes que hacer. No te vas a arrepentir. Lo nuestro puede ser espectacular; no te faltará nada conmigo —rogaba Francisco—. Eres todo lo que tengo, y yo quiero ser todo para ti.

Raúl sonrió y buscó dar sus argumentos.

—Necesito que me respaldes, es lo único que te pido. Quiero llegar lejos, muy lejos. Gracias a mi primo Diego puedo acercarme a la política, por lo mismo necesito una vida tranquila.

—Te ofrezco amor y apoyo, solo te pido que dejes a tu familia.

—Te prometo que nunca más vas a saber de ellos —el tono de voz de Raúl hizo patente su malestar.

—No te enojes cariño, no quiero verte tan serio —Francisco miró hacia su lado derecho, hacia las casas que aparecían en el camino. No quería que Raúl notara la satisfacción en su rostro.

—No me puse serio por lo que dijiste —contestó Raúl—, sino porque debo hacer un alto en el trayecto, voy a saludar a un buen amigo. No pienso tardarme.

Francisco se acercó para besarlo en la mejilla. Ya en la carretera, en una vereda se salieron del camino. Optó por recargarse en la puerta y dormitar. Despertó cuando sintió una mano en el hombro; en el momento en que levantó la mirada, un joven fuerte de veintitantos años lo jaló sacándolo del auto.

Se lo llevó arrastrando en la oscuridad, su cuerpo golpeaba con piedras y hierbas con espinas; una y otra patada, y otra más, restaban fuerzas a su intento por anclarse en el terreno. A lo lejos escuchó la voz de su amante.

—Te lo encargo mucho, Filiberto, no quiero que sufra tanto, solo que deje de hablar y de llorar.

—No te preocupes, en dos minutos está listo. Espero que la próxima vez nos echemos unos tragos. Gracias por la lana, ya andaba muy corto.

Esa noche, Raúl regresó de imprevisto a su casa. Ayudó a preparar la cena, y enseguida le hizo el amor a Mirna con más intensidad que de costumbre.

Elba llegó acompañada por Diego. Lucía un traje sastre en color claro y unos enormes lentes de marca. Aun así, se veía discreta. Era media tarde, había llovido a lo largo del día en el Distrito Federal. Entró con pasos enérgicos a una de las oficinas alternas del regente de la ciudad, el hombre de las confianzas del presidente de la República, y junto a Patricio Chirinos, uno de los amigos más cercanos del primer mandatario. Conocido por su capacidad para conciliar y su sagacidad para establecer estrategias, Manuel Camacho tenía afecto y consideraciones para la maestra Elba Esther; creía en su capacidad y la consideraba como una de sus potenciales aliadas para el aún lejano 1994.

Ella se había reunido en los últimos días con sus seguidores más cercanos —pertenecientes a la Sección 36—, todos amigos e incondicionales colaboradores. En esas juntas habían acordado hablar con la disidencia y con gente cercana a los medios de comunicación, teniendo cuidado de contactar a unos y otros sin generar suspicacias en el gobierno. Gordillo Morales estaría, poco a poco, llamando a líderes de diversas entidades para tejer alianzas.

No tardó mucho en la pequeña sala de espera. Apenas había levantado un ejemplar de la revista *Siempre!*, cuando una amable señora que hacía las veces de secretaria del regente le indicó que pasara a la oficina.

—Qué gusto verla, maestra Elba Esther —saludó Camacho Solís, sonriente, acomodando sus anteojos.

—Es usted muy amable en recibirme, más en estos momentos en los que tiene tanto trabajo.

—Pues ¿qué le puedo decir? Estamos tratando de recuperar la confianza de la gente que habita en esta gran ciudad. No es sencillo. Después del terremoto del 85, chilangos y defeños están muy molestos con todo lo que tenga que ver con nuestro partido.

—Mucho me agradaría poder apoyar en esa tarea. Lo quisiera hacer desde el sindicato, pero ya ve que por el momento tenemos cerradas las puertas.

El interés se apreciaba en las palabras y en los gestos de Gordillo Morales, deseaba mostrarse amable y dispuesta a incorporarse de lleno a la actividad.

—Sé lo que ocurrió en el congreso magisterial; sinceramente, me molestó mucho el trato que se le dio —Solís desvió la mirada, se recargó en un extremo de la silla provocando que se inclinara un poco; agregó palabras que no quería escuchar la maestra—. No estoy seguro de que el presidente Salinas quiera cambiar en estos meses la dirigencia del SNTE. Luego de la caída de la Quina, desea tranquilidad. Entiendo que pretende darle una oportunidad a Jonguitud Barrios, y a quien quedó como secretario general, a... ¿cómo se llama?

—Refugio Araujo del Ángel.

—Sí, a ese maestro —hizo una pausa para aclarar ideas y la miró nuevamente—. Pues creo que les quiere dar una oportunidad. Si la aprovechan, tendremos que esperar hasta el 94 para que la revolución le haga justicia a usted. Mientras tanto, pretendo que me apoye en una de las delegaciones del Distrito Federal.

—Soy paciente y leal, licenciado. Se lo aseguro. Donde usted me indique que puedo ser útil, pondré mi mayor esfuerzo.

—Hablé por la mañana con el señor presidente, y me indicó que le extendiera la invitación para encabezar la delegación Gustavo A. Madero; ahí podrá incorporar a sus más cercanos, y participar en los proyectos que tiene el mandatario para transformar en forma muy positiva a nuestro país.

—Le agradezco mucho, licenciado. Es muy generoso conmigo. Le pido que extienda mi reconocimiento y compromiso al presidente de la República. Usted dice cuándo me incorporo a trabajar en tan importante encomienda.

—En estos días le llama Jacinto, para indicarle fecha y protocolos. Y si me lo permite, ese mismo día me acepta un desayuno en el Monte Cristo —el regente capitalino se refería a uno de los restaurantes de moda en el Distrito Federal.

—¡Claro! Encantada de compartir los alimentos con usted.

Elba Esther sabía que iniciaba una nueva etapa; la debía enfrentar con ánimo. En Camacho Solís tenía un punto donde asirse para construir un «nuevo mañana».

—Y un favor, para ese día me gustaría que me entregara algunas tarjetas informativas sobre la situación de las secciones del Distrito Federal, especialmente de la 9. Deseo saber quiénes son los principales dirigentes, cómo atender la problemática, posibles soluciones, grupos afines, cuáles son sus debilidades, etcétera.

—Claro, cuente con ello —la sonrisa regresó a su rostro.

Una delgada rendija se abría dando luz a su permanente interés por la vida sindical. En menos de una semana sus aspiraciones habían cambiado: siete días antes había soñado, aunque vagamente, con la dirigencia del sindicato. Ahora, se encontraba relativamente complacida con un puesto político al frente de una delegación del Distrito Federal. No la más importante, pero, al fin y al cabo, un espacio para desarrollarse políticamente.

Le desagradaba la idea de que Salinas de Gortari no quisiera dar el siguiente paso en la transformación del sindicalismo mexicano. El ciclo de Jonguitud había terminado, y por lo mismo ya no tenía la capacidad de hacerles frente a las demandas de los trabajadores. No estaba muy conforme con lo que estaba ocurriendo. Tal como lo había señalado Camacho Solís, no había otra opción más que esperar; o tal vez sí, pero no se lo iba a comentar al regente. Después de todo, lo que se tenía que hacer ya se estaba realizando: el hecho de hablar con la disidencia y agitar un poco las aguas. Aun así, había que intensificar las acciones.

—Diego, necesito que le digas a Rafael Ochoa que motive a los amigos de la coordinadora para que arrecien sus protestas. Es importante que le nieguen el reconocimiento a Refugio Araujo.

—Correcto, maestra. En un rato le hago el comentario al maestro Ochoa, y si me permite, hablo con amigos y le digo a mi primo Raúl que haga lo propio; a él se le da muy bien eso de «manejarse» con los radicales.

—Me parece excelente. No termina de agradarme tu primo, pero mientras no lo tenga al lado mío, no hay problema. Ah, también quiero que Fernando Sánchez nos ayude con el tema de la prensa. Es vital que no lo relacionen demasiado con nosotros. Es más, es conveniente que de tanto en tanto saque notas donde nos critique —dijo una Elba acostumbrada a apostar fuerte por jóvenes que veía con futuro; sabía que Fernando podía crecer en el periodismo—. Necesitamos que siga la ruta que le marquemos, con calidad en la información. Es oportuno que le vayamos consiguiendo datos sobre otros temas; quiero que se vuelva un referente para todos: un auténtico líder de opinión.

—Con gusto lo hago, maestra. Le agradezco que involucre a Fernando, es una buena persona —Diego no ocultaba su amor por el periodista.

—Sé que lo harás. Por cierto, ten cuidado; a la mayoría de la gente le molesta el cariño entre dos hombres.

●

El Independiente de Tlalnepantla no pasaba de ser un periódico modesto, donde los reporteros cobraban poco y los editorialistas simplemente no recibían paga. Había dinero del gobierno para mantener el tiraje, y algunos de los reporteros obtenían «apoyos» de las autoridades. Fernando lo hacía muy de vez en cuando; no se negaba a que algún político le diera dinero, pero tampoco presionaba en demasía.

A Diego lo conoció en el bar La Guirnalda, un antro ubicado en plena Zona Rosa en la capital del país. Esa noche ambos habían llegado sin compañía y coincidieron en la barra. Se escuchaba «Tan enamorados» de Ricardo Montaner. Fernando tenía ahí más de una hora, había conversado con un par de chicos, pero ninguno consiguió —ni de cerca— llamarle la atención. Cuando llegó Diego, las cosas cambiaron. No pudo quitarle los ojos de encima, había un sinfín de características que le parecían irresistibles: su porte, su abundante y negro cabello, su piel morena clara, sus grandes ojos color miel, esa barba cerrada que le daba un toque varonil, las venas que destacaban en sus musculosos brazos. No tuvo duda, se acercó a él con un «hola, qué tal», acompañado de una sonrisa. Fue correspondido, escuchó extasiado la respuesta: «Estaba por ir a saludarte. Desde que te vi, la noche cambió de color». Todo eso hizo que, de las copas nocturnas, compartieran el desayuno en el Konditori, ubicado a unos pasos de La Guirnalda. No tuvieron relaciones sexuales hasta después de un mes. Quince desayunos, diez salidas a bares y cinco al cine. Procuraban ir a las salas de cine como «amigos», acompañados por alguna chica que sirviera de compañía para evitar miradas inquisitivas y, sobre todo, conflictos con otros hombres, esos acostumbrados a cuidar las «buenas costumbres». En una sola ocasión fueron con Sofía, el resto, Sonia fue la compañía elegida: guapa sin ser espectacular, mantenía una seriedad en su comportamiento sin que por ello fuera una mujer aburrida.

—Eres la cómplice perfecta.

Cada vez que hacían esos comentarios, Sonia se echaba a reír; más cuando Fernando le contaba una y otra vez que, en su casa, la veían como su eterna novia enamorada. Algo similar ocurría con Diego, quien, con menos intensidad, también vivía cuestionamientos familiares. Sonia se había vuelto tapadera de ambos, su papel lo disfrutaba a plenitud; únicamente tenía una condición.

—Les ayudo en todo, mientras no me quiten el tiempo que necesito para la búsqueda de una pareja estable. Ya les he dicho: me gustaría encontrar una mujer delgada, con ojos bonitos y voz suave. Por si tienen ya por ahí alguna chica en mente que cumpla con los requisitos.

Fernando era el más complacido con la nueva realidad. Desde que conoció a Sonia, empezó a vivir más tranquilo; en cada ocasión que visitaba a sus padres, no sentía esa mirada llena de odio de su padre ni escuchaba los rezos de su madre pidiendo por él o lanzando indirectas relacionadas con su «condición sexual». Cuando conoció a Diego, comenzó a vivir en el paraíso. Nunca antes se había enamorado. Se veían cada tercer día en el departamento de Diego, que empezaba a convertirse en el hogar de ambos. En una de las reuniones, pactaron dejar de lado el amor y la pasión, para discutir temas relacionados con el trabajo y la estrategia política y periodística. Diego solicitó que así fuera, tenía instrucciones de su jefa.

—Queremos que seas un gran líder de opinión, apoyarte con recursos para que hagas investigaciones de primer nivel. Filtrarte información privilegiada.

—Suena bien, pero ¿a costa de qué? ¿Acaso debo vender mi alma al diablo?

Sus palabras contrastaban con su tono de voz. Por más que quisiera, Fernando no podía ocultar el gozo que le representaba estar tan cerca del dueño de su amor.

—No es tan grave. Lo único que tienes que haces es pegarles a nuestros adversarios y golpearnos solo cuando te digamos —al hablar, Diego acariciaba sutilmente la rodilla del periodista.

—Suena muy ruin, y muy triste cuando se escucha de tus labios.

Fernando no estaba del todo convencido. No era su ideal del periodismo. No podía negarse porque la oferta venía de Diego, pero tenía que ir poniendo ciertas condiciones.

—No lo veas así. Es un trabajo, un proyecto interesante. Ganamos nosotros y ganan ustedes. Es crecer juntos.

—Me preocupa que ustedes crezcan y yo únicamente termine con la imagen sucia y el prestigio destrozado.

—Mira, queremos que hables del magisterio, que entrevistes a los disidentes, que tengas información de lo que hoy se hace en las entrañas del sindicato; pero también que hagas investigaciones sobre otros temas, por ejemplo, podrías darle seguimiento al Gobierno de la República y a los principales líderes políticos, incluido Cuauhtémoc Cárdenas y Manuel J. Clouthier.

—Suena bien, pero supongo que también puedo tocar otros temas, los que a mí se me ocurran, cuestiones de tipo social —el proyecto iba ganando interés en la mente de Fernando. Quizá faltaba afinar detalles.

—Sí, claro. Puedes tratar el tema que gustes, no hay límite. Queremos calidad y fuerza en tus escritos, en tus investigaciones. Si lo consigues, es decir, si te posicionas en el ambiente periodístico, entonces nosotros vamos a conseguir un aliado fuerte y confiable.

—Creo que le entro, pero solicito algo más. No voy solo, en ningún proyecto quiero ir solo, pertenezco a un equipo. En cualquier acuerdo tendremos que incluir a Sonia.

—Me parece excelente, cuenta con ello. Me gustaría que iniciaran pronto. Es apremiante que cubras las manifestaciones de la Coordinadora Nacional de Trabajadores de la Educación. La próxima semana están convocando a protestas en varias partes del país. Hay que estar ahí, difundir todo. Hablar del bajo salario de los docentes y ligarlo con la mala gestión del grupo que encabeza el SNTE. Señalar la falta de democracia y los altos índices de represión promovidos por Carlos Jonguitud Barrios —Diego tenía clara la agenda de lucha sindical, sabía lo que podían apoyar amigos en los medios de comunicación—. Hay que trabajar para que Jonguitud se vaya de la dirigencia del sindicato.

—¡Juega! Vamos juntos en este proyecto. Pero hay una condición más: necesito un beso. Me urge un beso, y que me regales esta noche; una noche sin que ninguno de nosotros hable de periodismo o sindicatos.

●

Después de incluir a Sonia en el proyecto periodístico, Fernando solicitó la incorporación de Sofía Dávila al equipo. Eran muchos los temas y no había forma de abarcar todo. Por un lado, estaban las luchas magisteriales encabezadas por la coordinadora, en las que había que incluir no solo las grandes marchas que colapsaban la capital del país sino, además, la convocatoria a un paro nacional indefinido, cuyo eco más importante se observaba en el Distrito Federal. Por otro lado, estaba la complicada vida política nacional producto de una elección sumamente cuestionada.

Sofía —con 22 años— se caracterizaba por su temeridad, por estar en medio de las protestas sin medir los riesgos a su propio físico, ateniéndose a su sagacidad y destreza para encontrar salida a los problemas. No era perfecta, todo mundo sabía de sus constantes imprudencias. Aun así, le tocaba cubrir las fuertes y violentas manifestaciones. Mientras tanto, Fernando había conseguido entrevistas con los principales dirigentes de la disidencia, y con personajes de la talla de Manuel Camacho Solís, Arsenio Farell Cubillas y Manuel Bartlett Díaz —quien desde la Secretaría de Educación Pública le confió el deseo del gobierno de implementar un programa de estímulos económicos al desempeño de los profesores, denominado Carrera Magisterial—. Cuando Fernando le preguntó si participaría el sindicato en su implementación, solo obtuvo por respuesta una sonora carcajada seguida de una pregunta: «¿Cuál sindicato?».

La conclusión a la que llegaron al interior del grupo de periodistas fue que, mientras la disidencia estaba cada vez más fuerte y generaba respeto de parte del gobierno, la dirigencia formal del sindicato de maestros, día a día, se observaba más ignorada. Como equipo les interesaba la pluralidad de temas. Sonia pensó en establecer una agenda de investigación sobre problemas que afectaran a la sociedad mexicana en los últimos lustros del siglo XX; incluir el trabajo infantil, el maltrato a las mujeres y su falta de oportunidades de desarrollo; el asesinato de luchadores sociales y, obviamente, la falta de derechos y de seguridad para la comunidad homosexual.

—Mañana habrá actividades importantes. Necesitamos organizarnos para cumplir a cabalidad —señalaba Fernando a Sonia y Sofía, mientras la primera iba sirviendo el café para los tres en la sala de redacción de *El Independiente* de Tlalnepantla.

—Tengo la entrevista a un joven homosexual que fue mutilado por el estúpido infeliz de su padre; está más que claro por qué no me gustaría dejarlo plantado —subrayó Sonia.

—Por mi parte estoy disponible y gustosa de colaborar, dime en qué ayudo —se ofreció Sofía, la más joven de los tres y la única heterosexual en el grupo.

Fernando fue dando instrucciones, Sonia trabajaría los temas sociales y Sofía se dedicaría a los asuntos sindicales. En ese último aspecto, le indicó que había que estar a las once en el hotel Intercontinental de Polanco, de ahí irían los dirigentes a entregar un pliego de peticiones al Oficial Mayor de la SEP en alguna oficina alterna, dado que al centro histórico de la ciudad, ante tantas manifestaciones, no podrían. A ambas les encargó cabildear con amigos de otros medios para que le pegaran fuerte a la gente del sindicato.

—Me parece correcto, jefecito, voy a hacerles algunas preguntas que metan en aprietos a los dirigentes sindicales —señaló Sofía.

—Esa es la idea, meterles ruido. Les comento que tengo una reunión con don Arsenio Farell, el secretario del Trabajo. Creo que no podré convertirla en entrevista formal, pero algunos datos valiosos me ofrecerán.

—Guau, suena muy interesante. Creo también que en algún momento debemos pensar en fundar nuestro propio medio de comunicación.

Los comentarios de Sofía generaron miradas asesinas de sus amigos y la obligaron a guardar silencio. La idea estaba en la mente de todos, mas no era conveniente que fuera escuchada por otros compañeros de trabajo.

●

Decidieron salir a cenar, y ante la imposibilidad de que Sonia Rubio pudiera acompañarlos, optaron por invitar a Raúl, primo de Diego y, en reiteradas ocasiones, su auxiliar en tareas diversas. Sobre todo, en aquellas ligadas a la seguridad y al trabajo de cabildeo con la disidencia magisterial.

—Es más o menos como nosotros, amor. Pero su comportamiento y rasgos son mucho más varoniles.

Daba Diego argumentos a Fernando en un intento por encontrar coincidencias. Ambos sabían que en el México de finales de siglo, tres hombres causaban menos miradas ofensivas y, siempre, podían intimidar o reducir las actitudes tóxicas de otros comensales.

Fernando conocía a Raúl, aunque nunca habían salido los tres. Los primos se parecían en el físico y en algunas actitudes e intereses, con distintas intensidades. Diego más cerebral, Raúl más impulsivo. Les gustaba leer, pero Diego superaba a su primo; tranquilamente podía devorar un libro a la semana, y si tenía tiempo disponible, no dudaba en ocuparlo en el teatro o en un buen concierto. Les encantaba pelear, pero Raúl tenía más fuerza y soportaba los golpes con una actitud cercana al masoquismo; además, gustaba de tomar y coquetear con todos y todas. A los dos les fascinaba la política y la búsqueda del poder; en sus estrategias no existían límites. Raúl ansiaba contar con dinero al por mayor.

Se fueron a cenar a La Destilería. Ahí Raúl conoció algunas actividades que desarrollaba Fernando, y mostró interés por tener más encomiendas en la vida sindical.

—Dile a la maestra que me incluya en algunas tareas, soy cumplidor… En serio, primo, échame la mano.

—Ya te dije lo que debes hacer en estos días; es necesario que te reúnas con profesores de la disidencia. Que te hagas amigo de ellos.

—¿Dices que son de confianza? Ese Luis Molina, ¿es cuate? Lo vi el otro día en un desayuno, se me hizo gris, te mandó saludos —a Raúl le gustaba cuestionar todo, generar intriga en cualquier persona.

—La maestra le dispensa cierta confianza, pero no es de los nuestros. Ellos siguen su lógica y tienen sus objetivos. Tú debes convertirte en amigo de Luis o de alguno de sus más cercanos. Sugiero que de Luis, pues creo que ahí está la nobleza y la ingenuidad del grupo.

—¿Y no puede ser de la chica esa que se junta con ellos? —Raúl se refería a Patricia, que, por su físico, siempre llamaba la atención.

—Creo que es la más cabrona, sería difícil que ganaras su confianza —apuntó Diego.

—Qué lástima, se ve muy buenota. Con gusto me hacía su novio y le quitaba lo cabrona.

Fernando contemplaba a Diego. Le encantaba su capacidad de mando; esa autoridad para dar indicaciones y las estrategias que iba construyendo. No le agradaba que hablara de engañar y generar falsas amistades, pero sabía que la política tenía mucho de eso.

—¿Y cuándo me llevarás a ver a la maestra? —Raúl insistía en ser incorporado a un círculo más cercano a la agenda de Elba Esther.

Diego ya había dado las indicaciones. Optó por sonreír, hablar poco y dedicarse a beber. Fernando entendió que ya no deseaba hablar de temas sindicales. Eso le agradó; quiso ayudar, consideró que el tequila era un camino para convertir aquello en algo menos relacionado con el trabajo y más con la amistad.

—Si no les incomoda, voy a pedir una botella; nos la tomamos y nos marchamos, ¿juega? —propuso Fernando.

—Claro, lo que mis primos digan —señaló Raúl.

El mesero llevó a la mesa una botella de tequila. Raúl le dio una afectuosa palmada en el hombro a Diego, a la par una sonrisa y un guiño a Fernando. Los tres levantaron los *shots*.

—Por la amistad —brindó Fernando.

—Por el amor y la pasión sin límites —dijo Raúl.

—Por mi primo, y por el amor de mi vida que hoy se ve hermoso y elegante —expresó Diego.

Luego de los distintos brindis, comentarios de la vida política y unas entradas de tacos y memelas, se terminaron la botella. Diego pidió que trajeran otra.

—Vamos a tomar triples —Raúl sirvió el tequila en los vasos en forma arbitraria. Decía que eran el equivalente a tres caballitos.

—Yo no le entro —dijo Fernando—, tengo que manejar.

El joven periodista se puso de pie, se encaminó al baño; de reojo vio que se tomaban de un golpe el tequila y dejó de sonreír cuando Raúl, aprovechando la distracción de Diego, le aventó un beso.

Se tomó un Alka Seltzer que le ofreció el joven que cuidaba la limpieza y la atención en el baño. Se lavó la cara. Se fumó un cigarrillo. El mismo joven le dio unas pastillas de menta, buscando una buena propina.

Al salir, vio que los primos se habían terminado la botella. Pidió al mesero la cuenta.

—Creo que es tiempo de marcharnos. Diego debe estar temprano con la maestra, y yo en el periódico. Hemos tomado más de lo necesario; por lo que veo, Diego no se encuentra del todo bien.

El periodista estaba en lo cierto. Su novio se hallaba casi inconsciente.

—Tienes razón —Raúl se puso de pie y, elevando la voz, agregó—: dejen que los acompañe, alguien tiene que cuidarlos y para eso nadie mejor que yo. Mi patrón no puede andar a estas horas de la noche.

Pagaron la cuenta. Raúl subió al carro de Fernando; señaló que quería ir con ellos hasta su departamento, cerciorarse de que estuvieran bien y, en el trayecto, atender a Diego, a quien ya habían colocado en la parte de atrás del vehículo. Sin embargo recargó el lánguido cuerpo de su primo en un extremo y se sentó convenientemente a espaldas de Fernando. Durante el camino su atrevimiento llegó a más al acariciar el cabello del conductor. Por momentos se acercaba y, en un susurro, le hacía saber sus intenciones.

—Me gustas más de lo que te imaginas, por ti sería capaz de cualquier locura.

—No estés jugando, compórtate —respondía molesto Fernando.

No encontraba las palabras precisas para rechazar a Raúl, tenía temor de que despertara Diego y los problemas pasaran a mayores. Al llegar al edificio de departamentos, estacionó el vehículo en el sótano. Fernando y Raúl tomaron a Diego y avanzaron hacia el elevador. Al llegar a la puerta del departamento, Diego empezó a toser, vomitó en el piso.

—Dame las llaves, yo abro y meto a mi primo. No te preocupes, después de ponerlo en su cama, me iré a la casa. No pienso violarte —una risa cínica acompañó sus palabras—. Aquí afuera puedo tomar un taxi.

Raúl se ocupó de llevar a su primo a la habitación. El departamento era pequeño, sencillo; no había forma de perderse, aun así, Fernando le dio un par de indicaciones para que supiera cómo llegar, mientras él se encargaba de limpiar. No quería meterse al departamento, tenía miedo de lo que pudiera ocurrir entre ambos. Le tranquilizó ver salir a Raúl, le agradó la sonrisa en sus labios y esa actitud desenfadada.

—Lo dejé acostado, no le quité la ropa, eso te toca a ti. Es guapo, pero no deja de ser mi primo. La pasé maravillosamente bien; espero que pronto se repita, aunque sea sin la presencia de Diego —se acercó y le plantó un beso en los labios—. Para que duermas pensando en mí.

Esa noche, Fernando cuidó de Diego soñando con el beso de Raúl.

En el París de finales de los ochenta, en los últimos días de un invierno especialmente frío, cuatro hermanos disputaban la cuantiosa herencia de Françoise; un padre distante con los suyos, siempre lejano a mostrar afecto. Varios hoteles y restaurantes, algunos viñedos y un par de exitosas empresas estaban en el juego sucesorio. El testamento se daba a conocer y tres de los hermanos no podían ocultar su enorme molestia.

Coincidían en lo que consideraban la última locura del difunto: dejar la mayoría de las propiedades y acciones a nombre de la hija más pequeña; la rebelde, la bastarda, la media hermana; la rubia con sangre mexicana. La madre de ellos los apoyaba en todo, se había divorciado del padre y en vida había obtenido una pequeña parte de la enorme riqueza de Françoise.

Marián, la más pequeña, se había quedado huérfana; su madre había muerto hacía algunos años, poco antes de que se concretara su matrimonio con Françoise, de quien primero había sido amante y, después, el último de sus amores. A la muerte de ella y contra cualquier pronóstico, su padre no volvió a tener una pareja. Se hizo cargo de la niña solo en cuestiones monetarias. Prácticamente no la veía, decía que al observarla sufría demasiado, pues le hacía recordar a la madre. Prefería estar lejos, siempre ocupado en los negocios, sumergido en abundante comida y en la bebida. Pierre Louis, uno de sus gerentes, el más eficiente —honesto y leal—, se encargaba de darle a la hija los recursos económicos que pudiera requerir y, en ocasiones, consejos. Entre costosos colegios e internados de niñas ricas se convirtió en una linda jovencita, después, en una mujer con fuerte carácter, aunque llena de confusiones. El dinero lo tomaba con gusto, pero le fastidiaba escuchar lecciones y enseñanzas morales. Conoció el sexo en los brazos del padre de Annette, compañera de colegio, con quien gustaba de vacacionar en el Mediterráneo; tenía la curiosidad de perder la virginidad y la fantasía de hacerlo con alguien mayor.

Françoise nunca fue un buen padre, tampoco el mejor de los maridos; quizá pudo llegar a más con Martha María, la madre de Marián, el amor de su vida; sin embargo, ella contrajo una extraña enfermedad que la llevó a la tumba antes de formalizar la relación. De nada sirvieron los mejores hospitales.

Françoise entendía que lo suyo eran las empresas, los negocios y vivir la vida a plenitud. Su liderazgo se notaba en los círculos empresariales, mostraba capacidad que generaba confianza. Su equipo de trabajo más cercano se caracterizaba por su solidez, profesionalismo y lealtad.

El testamento precisaba quién debía manejar los negocios, cuál sería su salario y, sobre todo, qué porcentaje de las ganancias debería entregar periódicamente a cada uno de los hijos. A ninguno de los muchachos le fue mal, aunque la más jovencita se quedó con la mayor parte de las propiedades y de las acciones en las empresas de Françoise. A partir de ese momento y a sus escasos 17 años, Marián Belanguer Jiménez, la hija rebelde e inestable, la pequeña soñadora, se volvía multimillonaria.

Pocas lágrimas se derramaron pensando en Françoise. No lo hicieron los tres hijos más grandes, tampoco hubo llanto en la hija millonaria; menos aún en la exmujer, que no perdía tiempo en su búsqueda para encontrar la manera de intrigar y causar daño. En todos era evidente la carencia de sentimientos, pero no de inteligencia ni de sentido común. La administración de los principales negocios quedó en profesionales, y la supervisión y el retiro de dividendos en cada uno de ellos. Todos decidieron dejar París. Los varones, para vivir en Nueva York, y Marián, para buscar un sitio en donde instalarse; sin saber en esos momentos qué quería realizar, ella comprendió que no había una autoridad a quien rendirle cuentas, y, por lo mismo, tenía la posibilidad de llevar a cabo cualquier sueño.

—Me marcho lejos. Quizá a la India, tal vez a Latinoamérica; espero verte pronto —le comentaba a su amiga Annette dos semanas después de recibir recursos provenientes de la herencia—. Quiero disfrutar la vida, hacer cosas que nadie ha hecho, cumplir mis propias fantasías. Si te animas, te veo en unos años en Latinoamérica; diles a tus padres que los quiero mucho.

La rueda de prensa empezó tarde, no en un hotel de Polanco, sino en otro ubicado en el Pedregal, de la misma categoría

—cerca de la residencia de don Carlos Jonguitud—, con un amplio *lobby* y enormes salones que exhibían suntuosos candiles. Acudió cerca de la mitad de los periodistas convocados a la cita. Algunos no se enteraron de los cambios, quizá porque nadie les dijo, y otros, cuando quisieron moverse, quedaron atrapados en medio de las fuertes manifestaciones de la coordinadora, grupo en el que se aglutinaban los profesores disidentes del sindicato de maestros.

A eso de las dos de la tarde llegaron los representantes del sindicato encabezados por Rigoberto Mendoza, un personaje cercano al profesor Refugio Araujo del Ángel, secretario general del SNTE. Frecuentemente la gente los confundía, pues al igual que el secretario general, Rigoberto hablaba de forma pausada, y tenía facha de todo menos de líder sindical.

En su mensaje inicial estableció que sería una rueda de prensa sencilla, que buscaría quitarles el menor tiempo a los periodistas ahí presentes; nadie protestó, pues aclaró que al final había que reportarse con el licenciado Miguel, un tipo bajito, fornido —quien llevaba, seguramente muy a su pesar, traje y corbata—; tenía por encomienda entregar un comunicado oficial y unos documentos. Por comunicado todos entendían que se refería a un boletín de prensa, y por documentos, a un sobre con dinero.

Sofía llevaba instrucciones precisas, esperaba atenta el momento para lanzar preguntas. Rigoberto Mendoza habló maravillas del gobierno de Salinas de Gortari: «Un presidente de la República que, con pocos meses en Los Pinos, ya está transformando al país». En cambio, mostró preocupación por la actividad de los disidentes.

—Es un grupo de maestros encabezado por gente que quiere desestabilizar a la nación, están siendo financiados por personajes ligados a intereses comunistas. Aunque les resulte imposible de creer, ahí está la mano del bloque soviético.

—No mames —murmuró Sofía, con tan mala suerte que sus palabras se escucharon en todo el salón.

—Disculpe, señorita, ¿quería expresar algo? —le manifestó en tono molesto el representante del sindicato de maestros.

—Solo que es difícil creer lo que usted menciona —la joven periodista no pensaba amedrentarse, por el contrario, sintió que había llegado el momento de cumplir con sus encomiendas—. Los problemas son reales, los maestros ganan un salario de miseria, no existe democracia y hay un alto nivel de represión, ¿acaso me equivoco?

—No es exactamente como usted lo dice; en todas las profesiones se gana poco. Estamos en medio de una profunda crisis económica y el Gobierno de la República está poniendo su mejor esfuerzo. Además, en estos momentos, en la dirigencia del sindicato demandamos apoyos extraordinarios para los trabajadores de la educación. Hoy mismo tenemos una cita con los funcionarios de la Secretaría de Educación Pública para entregarles un pliego de demandas, y así procurar la instalación de una mesa de negociación.

—¿Nos puede decir qué viene en ese pliego petitorio?

Sofía seguía cuestionando a los dirigentes, mientras el resto de los periodistas mantenían una actitud pasiva, tal vez con ganas de que terminara la rueda de prensa y saludar al licenciado Miguel.

—Pues se hallan las demandas que fueron construidas en nuestro pasado Congreso Nacional —y al decir lo anterior, Rigoberto Mendoza mostró un grueso documento.

—Es como una gran carta a Santa Claus, supongo que no lo van a leer ahora. Sin embargo, ¿nos podría compartir planteamientos concretos?

Eruviel García, uno de los líderes que se hallaba al frente de la reunión, mencionó planteamientos que hacían a la autoridad.

—Demandamos un treinta por ciento de aumento salarial, no el cien por ciento que pide la coordinadora, pues eso es demagogia. También pedimos noventa días de aguinaldo, jubilación de las mujeres a los veinticinco años de antigüedad y un bono de treinta días para el transporte.

—Lo dicho, una carta a Santa Claus —expresó Sofía—, pero, oigan: ¿qué opinión le merece que el licenciado Manuel Bartlett Díaz, es decir, el secretario de Educación, esté anunciando un programa de estímulos denominado Carrera Magisterial y lo haga a espaldas de ustedes, al parecer, sin la participación del sindicato?

—Es respuesta a una demanda de nosotros, y claro que estaremos presentes —contestó irritado Rigoberto Mendoza.

—Bartlett dice que no es así —sostenía la periodista.

—Hablaremos con él en estos días; no se preocupe, estoy seguro de que nuestros jefes lo van a convencer —el líder sindical intentaba mostrar seguridad, mientras que, en voz alta, varios de sus compañeros le sugerían no caer en provocaciones.

—¿Preocupada? Nunca, ni de eso ni del diálogo que mantiene el gobierno con la coordinadora, del cual no sé si tendrá alguna opinión que darnos en este momento.

Rigoberto Mendoza —serio— miró hacia otro lado, con tan mala suerte que venía llegando un reportero de *Proceso*, una de las revistas independientes más influyentes de México, quien no tuvo empacho en preguntar si en los próximos días habría una renuncia masiva de los dirigentes.

—Claro que no, señores, estamos más fuertes que nunca —luego, el dirigente elevó la voz para gritar—: ¡Viva el SNTE! ¡Viva la Vanguardia Revolucionaria! ¡Viva don Carlos Jonguitud Barrios!

Después de eso, los líderes sindicales no permitieron más preguntas. Salieron molestos y nerviosos, rumbo al encuentro —según comentaron— con los funcionarios de la SEP; no indicaron dónde sería bajo el argumento de que «se podría filtrar la información», y si se enteraban los maestros disidentes, tratarían de bloquear la reunión.

El grueso de los reporteros se acercó con Miguel, quien les entregaba un boletín de prensa y un sobre que, rápidamente, ocultaban entre sus ropas. A los reporteros, tanto de *Proceso* como de *La Jornada*, únicamente les dieron el boletín; a Sofía, el boletín de prensa y una tarjeta de Carlos Jonguitud en cuyo reverso estaba escrito: «Me gustaría platicar con usted».

*

—Buen día, señor secretario. Le agradezco mucho la oportunidad de dialogar con usted, y más en un espacio tan interesante.

Fernando Sánchez se hallaba en la oficina de Arsenio Farell Cubillas, secretario del Trabajo desde los tiempos de Miguel de la Madrid, uno de los hombres emblemáticos del bloque duro dentro del gabinete de Carlos Salinas de Gortari. En la sobria oficina se apreciaban recientes adecuaciones, los muebles antiguos denotaban una elegancia similar a la personalidad del sexagenario titular de la dependencia.

—¿Cómo ve la situación del país? —cuestionó Fernando, poco después de tomar asiento.

—Ja, ja, ja. ¿Así sin más me lo preguntas? ¿No quieres saber *primero* por qué te invité a mi oficina? —Arsenio compaginaba su fama de hombre duro con la cordialidad y la educación al atender a sus invitados.

—Bueno, señor, supuse que la idea de estar aquí tenía que ver con entrevistarlo; platicar un poco. Ya usted me dirá si lo que aquí hablemos se publica o lo dejamos como parte de la charla.

—Mira, Fernando, no perteneces al medio de comunicación más importante. Además, eres demasiado joven como para pensar que tienes una buena trayectoria dentro del periodismo. Sin embargo, en los últimos días has manejado información que resulta muy exclusiva, y en Los Pinos quieren saber si son amigos los que te alimentan con datos o debemos preocuparnos —de la mesita reluciente que había al lado del sillón tomó una bebida; le dio un trago—. ¿Gustas?, es un muy buen whisky, estoy seguro de que lo vas a disfrutar.

—No, gracias, licenciado; soy más bien de tequila, pero no se moleste, en estos momentos un vaso de agua es más que suficiente.

—Y entonces, ¿qué me puedes comentar? Entiendo que debería ser Gutiérrez Barrios quien te hiciera esa pregunta, pero en estos momentos don Fernando anda ocupado en otros menesteres. Así que el señor presidente me indicó que indagara, supongo que por el hecho de que gran parte de tus trabajos se relacionan con la lucha magisterial, es decir, asuntos del área laboral; aunque también has hablado de Cárdenas y de Maquío. De ellos, ¿qué decir?, hay quien señala que son un par de ilusos que cada vez resultan más molestos para la vida del país, sobre todo el segundo. En lo particular les tengo respeto y cariño. En fin, me estoy desviando del punto; mejor dime qué puedes contestar a mi pregunta.

—Parte de la información me la ha pasado mi pareja, pero no puedo decirle su nombre, ni dónde trabaja, espero que me comprenda.

—Te refieres a Diego Martínez, el particular de la maestra Elba Esther Gordillo. Te confieso que fue en la primera persona en quien pensé, pero supuse que no tenía tanta información ni ganas de divulgarla —dio otro trago y agregó—: entiendo que nuestra amiga le encomendó esa tarea. Tendré que estar atento a los movimientos de ella, creo que la tenemos muy subestimada.

Fernando guardó silencio, en ese momento daría cualquier cosa por regresar el tiempo y aceptar el whisky que don Arsenio le había ofrecido. Se sentía vulnerable. No era solo un instrumento del poder sino, además, un ser humano con facetas personales no aceptadas por la mayoría de la sociedad. Por un momento pensó en Raúl; si sabían de Diego, podrían estar enterados de que Raúl constantemente lo llamaba a su domicilio. Si contestaba Diego, hablaban de cosas del trabajo. Pero si lo hacía Fernando, entonces Raúl le refería frases típicas de dos enamorados, para enseguida pedir que lo comunicara con su primo.

—Te veo muy serio. Mira, déjame decirte algunas cosas como si fuera tu abuelo. Creo que debes ser más discreto con tus asuntos con Diego; no por nosotros, al menos no por mí; a pesar de mis años soy bastante tolerante y supongo que también lo es Elba. Pero otros no lo son, al menos no en esa medida. Y si me permites otra sugerencia, diversifica tus fuentes. No es bueno que dependas de un grupo político. Desde mi oficina, si así lo aceptas, te podemos ir pasando datos que puedan interesarte.

—Le agradezco sus comentarios y también su propuesta —Fernando recuperó la tranquilidad. Entendió que no estaba en terreno de alto riesgo. Aun así, tenía que medir muy bien sus palabras y los acuerdos a los que pudiera llegar—. En relación con el hecho de obtener información, ¿cuál sería el costo que tendría que pagar?

—No afectar al gobierno del licenciado Salinas de Gortari y, de ser posible, tampoco a esta oficina.

—Gracias nuevamente. Qué le puedo decir, toda información será bien recibida y mejor utilizada. Y a todo esto, insisto, ¿cómo ve el país?

—Ja, ja, ja. Pues qué te diré, complicado por el tema de los maestros, especialmente por la situación económica. El sexenio de don Miguel de la Madrid no logró detener los duros efectos de esos años de populismo de López Portillo y Luis Echeverría. Como te imaginarás, la situación es difícil, pero con trabajo y energía se puede salir adelante. Además, tenemos el talento de un presidente muy joven a quien no le tiembla la mano para tomar decisiones.

—¿Y las tomará en relación con los maestros?

—Sin duda. Lo que no sé en estos momentos es si se decidirá por apoyar a Jonguitud o por desplazarlo. Lo cierto es que la izquierda no tendrá el control del sindicato más importante de nuestro país. Quizá se le den espacios, pero el control del sindicato, nunca. Ni hoy ni en treinta años, y eso te lo puedo firmar.

—Cuando habla de espacios para dar a la disidencia, ¿se refiere a la Sección 9?, ¿la sección que aglutina a los docentes de preescolar y primarias del Distrito Federal? —Fernando tomaba notas en una pequeña libreta que había sacado de su saco.

—Así es. No les daremos el incremento que piden, pero buscaremos que tengan elecciones y decidan quiénes serán sus dirigentes.

Luego puso el dedo índice en sus labios: el signo de silencio indicaba que lo siguiente no podría ser utilizado en ninguna nota periodística.

—Una elección supuestamente democrática siempre puede usarse de cortina de humo para evitar el ruido que hacen los maestros cuando reclaman mejoras salariales. En días pasados hemos platicado Bartlett, Gutiérrez Barrios y un servidor; queremos pactar eso con los docentes de la Sección 9; es decir, su proceso electoral, con voto universal, a cambio de que se apacigüen. Algo parecido ocurrió a inicios de los sesenta en relación con el movimiento de Othón Salazar. Quizá desconozcas ese nombre, pero fue un líder que terminó encarcelado mientras sus seguidores tenían por ganancia unas elecciones con voto libre y directo. Es curioso cómo con un proceso electoral se olvidan de los incrementos salariales y hasta de la libertad de un líder social. Algunos docentes se sienten muy preparados, pero son bastante ingenuos y mediocres en su lucha sindical.

—Dice que se han reunido ustedes tres, pero no menciona en ningún momento a los dirigentes formales del sindicato. ¿Ellos no están en la construcción de los acuerdos ni en la implementación de las estrategias?

—¡Uf!, ¿qué decir al respecto? Esos señores están en terapia intensiva, no queremos molestarlos. Ya dirá el presidente si les damos medicina o los dejamos morir.

—Es decir…

—Muy sencillo. Los dirigentes del SNTE no fueron citados porque no confiamos en su capacidad, y menos aún en su liderazgo. Sentimos que ellos, me refiero a Jonguitud, a Araujo y a toda esa pandilla de cabrones, no son la solución sino una parte importante de este grave problema. No sé si lo sepan, pero es un hecho que lo que hagan en cada momento puede llevarlos a recuperar su espacio de interlocución con el gobierno o conducirlos de patitas a la calle, o bien —hizo una breve pausa—, quizá hasta terminen en la cárcel. No nos importa que don Carlos sea senador o que tengan a la gran mayoría de los dirigentes seccionales a sus pies. Somos el gobierno y no nos tiembla la mano para poner orden.

—Más que claro. Y de lo que me ha comentado, ¿qué puedo decir en la prensa?

—¡Ay, Fernando! ¡Ay, Fernando! Primero, creo que deberías escribir en un medio más potente; quizá fundar un nuevo periódico. Déjame platicarlo más arriba. Y segundo, ¿qué te parece si mencionas que desde el gobierno queremos impulsar la elección democrática en la Sección 9?

●

Besos en la calle, no. Nunca. Dentro del departamento, en la intimidad, todos y siempre. Esa era la primera norma establecida. De las oficinas de don Arsenio al departamento de Diego, Fernando hizo poco más de veinte minutos. En otras circunstancias hubiera tardado menos, pero lo ocurrido días atrás turbaba su pensamiento. Al parecer, había salido de esa fase de enamoramiento en la que no se ven los errores ni se distinguen los riesgos, en la que invariablemente se desea estar al lado del ser amado, de compartir ideas y sentimientos. Ahora, Fernando pensaba en Diego, pero también en Raúl, y por lo general, en ninguno. No tenía claro lo que debía hacer en el futuro inmediato.

Tocó un par de veces a la puerta; se pegó a la vieja y débil madera del portillo, en un intento por escuchar los fuertes pasos de Diego en el parquet del corredor. Lo escuchó contento, estaba tarareando una canción de amor. Súbitamente le dieron ganas de besarlo. Entró apresuradamente y lo llenó de caricias.

La segunda de las leyes incluía no hablar de cuestiones laborales ni de proyectos personales ni de nada ajeno a los sentimientos que entre las sábanas se profesaban, solo hasta después de tener una larga e intensa sesión de amor. A partir de ahí, todo se podría tratar; tanto las inquietudes periodísticas de Fernando como los problemas políticos y sindicales de Diego; amén de las temáticas sociales, artísticas y culturales del momento: todo aquello que estaba viviendo la sociedad mexicana. Las pláticas se sucedían como una lluvia de ideas donde iban brincando de un asunto a otro, y donde no siempre había una conclusión. Por lo general, esos temas inconclusos servían para dar inicio a nuevas discusiones.

No muy seguido estaban solos: más de una vez, luego de su momento de pasión, buscaban a Sonia y a Sofía para ir a cenar los cuatro, y hacer de la discusión un ejercicio colectivo. Sin embargo, ese día un par de asuntos no admitían tiempo de espera, y tampoco requerían la participación de más personas.

—Acabo de estar con don Arsenio. Un tipo interesante, de un pensamiento más moderno que lo que dictarían sus arrugas y su figura tan conservadora.

—Nunca creas todo lo que te dicen los políticos, las arrugas suelen ser más sinceras que las palabras —reflexionó Diego mientras se ponía la ropa e iba levantando objetos que fueron cayendo al suelo en su intensa sesión amatoria.

—Quizá tengas razón, pero me agradó su charla. Además, el señor sabe muchísimo, y de todo —Fernando manifestaba ese entusiasmo, la adrenalina que le había producido el contacto con uno de los hombres más emblemáticos del régimen.

—Con esos años de vida y con ese tiempo en el gobierno, tiene que saber de todo. Solo basta recordar que tuvo su primer gran puesto en el gobierno de Luis Echeverría.

—Será el sereno, lo cierto es que conoce de política y también de la vida. Es más, y sin que te inquietes demasiado, sabe de nosotros.

—Ah, caray. ¿Y eso?, ¿cómo?, ¿por qué? —Diego se dejó caer en la cama para poner atención.

—Como lo escuchas, así muy despreocupado me soltó datos, me dijo que sabía que éramos pareja.

Se miraron. Diego, preocupado, buscando los ojos de su amor. Fernando, tocando los labios de su pareja con picardía para tranquilizarlo, y como siempre lo hacía, le platicó los pormenores de la entrevista.

Eran pareja pero se sabían diferentes. Diego se consideraba bisexual, había tenido un matrimonio, y Fernando, que no encontraba otro referente de amor más que su relación con Diego, llegó a considerar que quizá era pansexual.

En un momento, Fernando quiso hablar sobre lo sucedido con Raúl, confesar todo, pero sonó el teléfono. Al otro lado de la línea estaba Sonia, se le escuchaba nerviosa. Malas noticias: Sofía se encontraba internada en uno de los hospitales del Seguro Social. Sonia suplicaba que no tardaran, los necesitaba. Terminaron de vestirse e inmediatamente abordaron el auto de Diego para salir con rumbo al sanatorio.

Al llegar, ya no había forma de ingresar al área de hospitalización para verla, tuvieron que conformarse con el hecho de que Sonia y los doctores les plantearan el panorama.

Horas antes, Sofía había sufrido un asalto a tres cuadras de las instalaciones del periódico. Al parecer, todo tenía que ver con su bolsa y con lo distraída que era. Un par de muchachos la siguieron desde la parada del autobús, y cuando no había nadie cerca, la empujaron. Uno de ellos la tomó de los cabellos y la estampó contra la pared. De inmediato se rompieron sus lentes. Le dieron patadas —dos de ellas en la cara— con el fin de arrebatarle su bolsa, que tiraron más adelante, sin la cartera. Antes de dejarla, la amenazaron con el clásico «ten cuidado con denunciarnos».

Aún con algunas reservas por parte de Sonia, Fernando y Diego argumentaron lo suficiente como para descartar el móvil de la venganza periodística: por principio los maleantes habían dejado la pequeña grabadora de Sofía y la libreta donde anotaba. Además, en el sector eran más que frecuentes los robos a los transeúntes, aunque no con tanta violencia. Bien decían que ser asaltado en la zona metropolitana de la capital no era una cuestión de suerte, sino de tiempo.

El doctor les dijo que debía descansar unos días, tenía fracturada la nariz y un par de costillas. Sofía era de Aguascalientes, y todos estuvieron de acuerdo en que sería conveniente que se fuera a vivir con alguno de sus familiares, para que estuviera mejor cuidada y también para evitar el riesgo de que los maleantes volvieran a hacerle daño; en su cartera estaba su identificación, y nadie sabía dónde habían quedado las llaves de su casa.

—Quiero proponerles algo, antes sugiero que se tranquilicen —enunció Diego, mientras abrazaba a Sonia y Fernando, quienes seguían consternados—. Piensen seriamente en dar el siguiente paso: funden un nuevo periódico. Salgan de Tlalnepantla, es mejor que se instalen en la Ciudad de México. Creo que la colonia Roma es un sitio estratégico. Construyan algo sencillo, pero con la suficiente fuerza para causar impacto. Además, en estos momentos, ustedes son los que mantienen vivo al *Independiente*.

—Me parece correcto. Si Sonia y Sofía no dicen otra cosa, en estos días renunciaremos. Habrá que pensar en la periodicidad del rotativo y en incorporar a una docena de trabajadores, ver quién nos ayuda a maquilar el periódico mientras compramos las máquinas que necesitamos. Y bueno, yo también tengo una propuesta.

Sonia y Diego miraron a Fernando aguardando su idea.

—Pensemos en vivir en el mismo edificio los cuatro, en tres o cuatro departamentos. Podríamos tener cierta autonomía, pero también una red de apoyo muy cercana. Por lo pronto, si Sofía no se marcha a Aguascalientes, me encantaría que se fuera a vivir a mi departamento. Propongo el mío, pues el de Diego es más pequeño. Tengo tres habitaciones, dos están vacías. Cualquiera de ustedes será bien recibido.

Sonia respondió con una sonrisa. Diego se quedó pensativo.

●

Uno tras otro, fueron llegando los dirigentes magisteriales a la casa de Carlos Jonguitud Barrios, senador de la República y líder vitalicio del sindicato magisterial. Atrás habían dejado los tiempos en los que se hacían acompañar de decenas de auxiliares, ahora se les veía sombríos, tensos.

Primero llegó Refugio Araujo, secretario general del sindicato, que en el periodo en que don Carlos Jonguitud fue gobernador de San Luis Potosí ocupó la Secretaría de Gobierno del estado; Araujo del Ángel iba acompañado de Ernesto Moreno y Luis Moreno Bustamante. Luego, llegaron el senador Antonio Jaimes Aguilar y su amigo Rubén Castro Ojeda. Muchas cosas delicadas se tenían que hablar, discutir y acordar; por lo mismo, mientras menos personas estuvieran en las discusiones, resultaba más sencillo llegar a los acuerdos, y, lo más importante: así se aminoraba el riesgo de que se filtrara la información. Los tres primeros dirigentes eran parte del comité actual, Jaimes Aguilar había sido secretario general y Castro Ojeda estaba considerado como uno de los líderes más duros en el SNTE.

Panchita, una jovencita simpática y algo coqueta, vestida como las empleadas domésticas de los ricos de abolengo, los condujo por los elegantes pasillos hasta el imponente estudio del señor senador, con enormes libreros y grandes ventanales que permitían ver un jardín perfectamente cuidado.

—Aquí pueden esperar los caballeros. Si necesitan algo, hagan sonar esa campana que está sobre el escritorio e inmediatamente vendré a servirles.

La sonrisa de Panchita hizo que, por unos instantes, olvidaran sus problemas, y observando con disimulo las curvas de la empleada doméstica que se alejaba, se dispusieron a esperar, todos sentados, menos Rubén Castro, que se movía nervioso por todo el lugar, mirando libros, haciendo pequeños ruidos. Los cinco se abstenían de hacer comentarios sobre el sindicato, en buena medida por temor a que entrara el líder vitalicio y los encontrara hablando del SNTE, y pensara en cosas tan extrañas, tan latentes como la conspiración.

Finalmente, después de casi media hora, hizo acto de presencia Jonguitud Barrios. Al verlo se pusieron de pie. Estuvieron a punto de entonar «Vanguardia revolucionaria», ese himno que los identificaba como expresión sindical, expresión que aún mandaba en el sindicato. No lo hicieron, pues el gesto de Carlos Jonguitud los congeló. Con su mano indicó que debían ocupar los elegantes sillones dispuestos frente al escritorio. No era momento siquiera de saludarse. Rubén Castro Ojeda dejó de caminar, no quiso incomodar a Ernesto Moreno —quien lo miraba severamente— y se sentó en una silla al final del estudio.

—Quiero que me escuchen —don Carlos se iba centrando en cada uno de los presentes, observándolos detenidamente— y, hasta el final, opinen, si es que tienen algo valioso que expresar. La situación es muy complicada. Por eso únicamente estamos los más leales; quizá podría estar alguien más, pero estoy seguro de que no sobra ninguno. La situación es muy seria.

No tenemos el respaldo real del Gobierno de la República. Contamos con aliados, pero entre ellos no están los principales funcionarios. El presidente me llamó ayer, solo para saludar. Le pedí una cita y respondió que con gusto nos veríamos pronto, que esperaba de nosotros lealtad y fortaleza. Sin embargo, más tardé en colgar con él que en enterarme de que Gutiérrez Barrios, Bartlett Díaz y Arsenio Farrell se habían reunido con los izquierdosos de la Sección 9. Acordaron facilitarles todo lo que fuera necesario para que realicen su congreso seccional o hasta una elección con voto universal. Eso se llama intromisión. Los gobiernos no pueden decidir nuestros tiempos ni nuestros procesos democráticos, menos si se dicen amigos de nosotros. Tenemos enfrente a un grupo de hombres de mano dura, como los tres que mencioné, a las órdenes de unos niños que juegan a ser gobierno y piensan que ya nos tomaron la medida. Ahí tienen a Manuel Bartlett Díaz anunciando su Carrera Magisterial, borrando de un plumazo el Esquema de Educación Básica. Y nosotros, buscando entender las cosas leyendo los periódicos —por momentos elevaba el volumen de su voz y su rostro se ponía tenso—. Nos consideran un puto cero a la izquierda. Han confundido nuestra institucionalidad con pendejez, nos consideran dóciles y mediocres; nos ven como dirigentes sin capacidad, sin liderazgo. No sé qué opinan ustedes, yo creo que los Salinas, los Camachos, los Colosios y toda esa bola de pendejos están muy equivocados. Los de la coordinadora son tres o cuatro secciones. Nosotros somos el país entero, somos la fuerza del magisterio. Si queremos paralizamos todo, y no con unas putas marchas, sino con los huevos y la lealtad del grueso de los trabajadores de la educación. Quiero saber qué opinan. Quiero escucharte, Refugio: habla, por favor.

—Sin duda tiene usted toda la razón, estimado maestro, nos hemos pasado de amables. Quizá lo único que me gustaría agregar es el tema de Elba Esther. Creo que ella está jugando un papel cercano al gobierno: asesora a los funcionarios, y también a grupos de la disidencia. Nos tiene coraje, es una mujer herida, despechada por no estar entre sus afectos; se acostumbró a contar con su cariño —sus palabras y gestos referían a la relación sentimental pasada entre don Carlos y la maestra.

—Seguramente esa cabrona está trabajando contra nosotros, contra su sindicato. Pinche ilusa. Según me dicen, la señora pensaba que podía llegar a la secretaría general. En qué cabeza cabe que una mujer pueda estar al frente de un sindicato como el nuestro. Piensen en la imagen que tendríamos. ¡Si así no nos respetan, con una vieja, menos! Pero hay unos pendejos que dicen que sí se puede. Mañana nos van a salir con la ocurrencia de que también un homosexual puede ser nuestro líder sindical.

Todos soltaron la carcajada; el comentario sirvió para relajar el ambiente, para disminuir la tensión acumulada. Después, don Carlos Jonguitud volvió a mostrar seriedad. Dejaron de reír, más de uno bajó la mirada.

—Vamos a jugárnosla. Propongo que llamemos a los dirigentes de cada sección, que les pidamos signar un documento donde exijamos respeto a nuestra autonomía, donde mostremos dignidad y fortaleza. Propongo, además, que convoquemos a un consejo nacional. Es necesario que el gobierno sepa de nuestra unidad. Juntos vamos a declarar que estamos apoyando a Salinas de Gortari, pero también que exigimos respeto a nuestras siglas. Que el país entero sepa que al frente del Sindicato Nacional de Trabajadores de la Educación no se encuentra la coordinadora y *menos* Elba Esther Gordillo.

—Perfecto, maestro —intervino nuevamente Refugio Araujo—. Estoy seguro de que todos los secretarios generales apoyarán con lealtad y energía sus indicaciones.

—Pues a darle, señores. Coordina las acciones —le indicó a Araujo—, y que Antonio Jaimes nos ayude con los pronunciamientos. No habrá descanso, todo saldrá bastante bien. Hablen con los amigos que tenemos en los medios de comunicación.

Por cierto, les encargo a ese Fernando Sánchez, no sé de dónde saca información, y también a esa niña guapa que siempre manda como su reportera; esa, la Sofía no sé qué, se apellida.

—Dávila, maestro, se apellida Dávila —dijo uno de ellos para enseguida toser un poco.

—A esa Sofía y al Fernandito. Y si no quieren hablar, hay que darles un susto, se lo encargo. Refugio, toma nota y designa a alguien que se ocupe de eso.

—Me informaron que le dieron el recado para que hablara con usted. Planeaban darle un susto, pero otros se adelantaron. La niña está en el hospital con daños en el rostro —añadió con preocupación Refugio Araujo.

—Ah, qué caray. ¿Y fuimos nosotros? —cuestionó Jonguitud—. ¿No fue uno de esos gorilas drogadictos que ocupan ustedes para asustar y maltratar a maestros disidentes?

—No, señor, no fuimos nosotros, eso se lo aseguro. Quizá el responsable sea el gobierno federal o tal vez fue un simple robo. Aunque yo descartaría esto último; al igual que usted, no soy partidario de pensar que existan las coincidencias.

—Entonces manténganse alejados de esos periodistas, que no nos vean en sus alrededores, no vayan a pensar que fuimos nosotros los que hicimos la travesura. Y bueno, empleemos el tiempo en ejecutar nuestra estrategia.

Se fueron tal como llegaron: en silencio, con una actitud de derrota, sumidos en su propia pesadilla. Las palabras de aliento y de esperanza que se dijeron al interior de la casa de Jonguitud se transformaron —en pocos segundos— en miradas que gritaban pesimismo. Lo peor de todo era la única seguridad que tenían: el sentimiento de derrota era compartido por su líder máximo. Carlos Jonguitud estaba tan acabado como ellos.

—Así que quieren jugar a las «venciditas» los puñetas esos. Así que me quieren retar los estúpidos.

El presidente Salinas, con voz firme, hablaba ante varios de los miembros más importantes de su gabinete en uno de los enormes salones de la Residencia Oficial de Los Pinos. Lo escuchaban atentos Fernando Gutiérrez Barrios, Manuel Camacho Solís, Arsenio Farell Cubillas, Manuel Bartlett Díaz, Enrique Álvarez del Castillo, José Córdoba Montoya y el general Antonio Riviello.

—Únicamente veo dos posibilidades para ese cabrón del senador Jonguitud: la primera es que le haga compañía a la Quina; la segunda, que presente de inmediato su renuncia. En ambos casos tenemos que decidir quién va a ocupar su lugar —el presidente Salinas mostraba seguridad y coraje.

Gutiérrez Barrios y Arsenio Farell comentaban —mitad en broma, mitad en serio— que Joaquín Hernández Galicia estaba muy solo en el Reclusorio Oriente, que como buenos seres humanos había que mandarle compañía. Por el contrario, Manuel Camacho Solís y Luis Donaldo Colosio —quien se había incorporado algo tarde a la reunión— eran de la opinión de una salida tersa para el entonces senador de la República.

—Señor presidente —intervino Camacho Solís—, si me permite opinar, creo que es importante que además de una imagen de fuerza, se ofrezca a la nación una posición de conciliación. No todos nuestros adversarios pueden terminar en la cárcel; de ser así, la historia nos va a juzgar muy mal. Demos la oportunidad para que Carlos Jonguitud salga por la puerta de atrás, y junto con él los principales cuadros de su equipo político sindical.

El primer mandatario se quedó pensativo, y luego giró instrucciones a los duros. Debían doblegar a Jonguitud Barrios y a Refugio Araujo. Solo les darían una oportunidad; si no cedían, entonces terminarían presos. Le pidió al procurador Enrique Álvarez que estuviera atento a los acontecimientos. En seguida, le indicó a Camacho Solís que citara a la maestra Elba Esther Gordillo; necesitaba conocer su grado de lealtad al equipo y su compromiso con los proyectos de su gobierno. Todos debían organizarse para que los golpes fueran contundentes y que no hubiera el mínimo intento de rebelión en las secciones magisteriales. Era importante hablar con los gobernadores y los secretarios de gobierno de cada entidad federativa; también con los directores de los principales medios de comunicación, líderes de opinión, y con diversas figuras dentro del magisterio. A nadie se le iba a soltar la información, solo había que pedirles algunas tareas concretas; por ejemplo, los gobernadores deberían tener localizables a los dirigentes seccionales, y los medios de comunicación habrían de arreciar las críticas al grupo político de Carlos Jonguitud Barrios.

Dos horas después, Elba Esther estaba haciendo antesala en la oficina presidencial en Los Pinos. Ahí se topó a Raúl Salinas, quien se notaba contrariado; no obstante, la saludó con cordialidad. Estaba molesto por no haber participado en la reunión donde se trató el asunto magisterial, sin embargo aseguraba haber hablado con su hermano.

—Te va a ir bien, ya hice mi parte.

Se despidieron, ella lo vio alejarse. No recordaba haber pedido su apoyo. Entendió que eran jugarretas de la política.

A los pocos minutos le anunciaron que el presidente la esperaba en su oficina. La recibió con una gran sonrisa y con una frase que la hizo trastabillar:

—Bienvenida, líder. Me da gusto que podamos platicar. Hay cosas importantes para el magisterio y para el país, cuestiones que me gustaría decidir contigo.

Apenas alcanzó a decir un «estoy a sus órdenes» y el presidente siguió con sus comentarios, no sin antes invitarla a tomar asiento en torno a una pequeña mesa.

—El sindicato es un caos, los maestros no reconocen al tipo ese que puso Carlos Jonguitud. En las calles marchan profesores que tienen todo, menos vocación y compromiso con nuestro país. Si no actuamos con rapidez e inteligencia, se nos puede salir este asunto de las manos y, la verdad, México no está preparado para que se siga calentando un sector tan importante de la sociedad —hizo una pausa, se distrajo un momento con unas tarjetas para luego, sin más rodeos, tocar el punto fundamental de la reunión—; la pregunta es si mi amiga Elba Esther está preparada para asumir la responsabilidad de encabezar al SNTE.

La maestra respiró hondo. Había pensado en esa pregunta y analizado bien la respuesta. Debía mostrar lealtad, pero también un compromiso con los maestros que le permitiera —en un futuro— no solo gestionar y debatir, sino además conservar cierta independencia ante el fuerte poder de Los Pinos. Recorrió con su mirada toda la oficina y se acercó un poco hacia el presidente de México.

—Claro que estoy preparada, tengo el carácter y la capacidad. Conozco al sindicato y a los principales liderazgos. Tengo lealtad y una responsabilidad con mi país. Le agradezco que esté pensando en mi persona, quiero que sepa que, si bien no voy a traicionarlo, tampoco seré la mujer que siempre le diga lo que usted quiera escuchar. Me gusta opinar y construir, me gusta servir, pero no ser servidumbre. Hay muchas cosas complicadas en el sindicato y no solo se requiere un cambio de dirigentes, se precisa de su apoyo para salir adelante. Para empezar, los salarios son muy bajos, además es importante que el secretario de Educación no pretenda acabar con la organización. Insisto, puedo ayudar a fortalecer a su gobierno; el SNTE puede estar de su lado, solo se necesita que nos tenga confianza y que su gente no nos debilite.

Salinas de Gortari permaneció en silencio, jugaba con una de las plumas que había en la mesa, hacía dibujos en una tarjeta.

—Quizá sea un error lo que acabo de menciona —Elba Esther, nerviosa, volvió a intervenir—. Siento que debo ser sincera y plantearle las cosas tal como son. No merece usted el silencio de nadie, más aún cuando el país requiere la participación y el apoyo de todos.

—Agradezco tus comentarios, admiro que los hagas en este momento —Salinas esbozaba una enorme sonrisa; era momento de cerrar los acuerdos, se puso de pie, estiró la mano para buscar el saludo con la maestra—. Entiendo que serás una gran dirigente, que serás guía de los maestros durante muchos años.

—No, señor, ocupar la dirigencia nacional ha sido el sueño de toda mi vida, pero a lo mucho estaré al frente del SNTE durante su gobierno.

·

Estaban reunidos en torno a la mesa de la cocina del departamento de Fernando, en la colonia Roma. Eran las ocho de la mañana. Sonia había preparado huevos con jamón, unas quesadillas y frijoles refritos para que todos desayunaran, incluidos Diego y Sofía.

—¡Ay, amiga, qué rico cocinas!, y qué bueno que hayan aceptado venir a nuestro departamento. Bueno, al departamento de Fernando. Disculpen si no he sido un buen anfitrión —Diego, nervioso, se revolvía con sus palabras. Ya se había fumado todos sus cigarrillos y un par que le había pedido a Sonia—, los tiempos son complicados en estos momentos para el sindicato y para los proyectos de mi jefa.

—Es nuestro departamento, cariño. ¿Todo está bien?, te noto tenso. Sé que hay cosas importantes que se van a decidir. Pregunto si todo va por buen camino —dijo Fernando, quien al interior del departamento, con su pareja y sus amigas, no ocultaba sus sentimientos.

—Sí, todo bien. Solo estoy cansado y algo nervioso. Ya ven, anoche llegué a las tres de la madrugada y ahorita a las diez debo estar en casa de la maestra. Por cierto, me pidió que estuvieran atentos. El día de hoy fue citado Jonguitud con el secretario de Gobernación, ya vienen en camino los dirigentes de las distintas secciones que conforman el SNTE —reveló Diego.

—¿Es cierto que los traen a la fuerza? —preguntó Fernando.

—Pues primero los habían convocado para un consejo, luego como que se estaban arrepintiendo y los secretarios de gobierno de cada estado citaron a los dirigentes. Dicen que, en algunos casos, usaron a la fuerza pública para traerlos porque no era su voluntad asistir. No creo que haya habido golpes, pero sí amenazas por parte de las autoridades estatales.

—¿Y los dirigentes sindicales no son capaces de rebelarse a los gobernadores? —preguntó Sofía arrastrando las palabras. Apenas se le entendía porque tenía la boca reventada; sus labios aún no sanaban del todo.

—Estamos en México, donde cualquier pinche gobernador puede desaparecerte. Es más, según dicen, en uno de los estados del norte, creo que en Coahuila, hace un año fue asesinado un dirigente sindical por las críticas y burlas que le hacía al mandatario de su estado.

—No asustes a nuestra Sofía, no seas cabrón. No sea cabrón ninguno de ustedes o no vuelvo a cocinarles —expresó tajante Sonia, mientras tiraba la ceniza de su cigarrillo en un vaso de nieve seca con restos de café.

—Okey, okey. Lo importante es que ya vienen los dirigentes y habrá Consejo Nacional, pero no para fortalecer a Carlos Jonguitud sino para aceptarle a él y a Refugio Araujo sus renuncias. El resto de los sucesos, no se sabe, ya veremos qué ocurre. Recen por que se mantenga el acuerdo y quede la maestra al frente del sindicato.

Sonó el teléfono. Fernando se inquietó. Contestó Sonia, pero nadie respondió, simplemente colgaron. Ella bromeó diciendo que el dueño de la casa era tan famoso ahora que también recibían llamadas de fantasmas. Fernando tuvo miedo, era probable que del otro lado de la línea estuviera Raúl. Le quedaba claro que debía destinar una tarde a confesarle a su pareja todo lo que venía sucediendo. Quizá primero lo hablaría con Sonia para pedirle su consejo.

Diego se despidió llevando consigo quesadillas con guisos variados para comerlas entre semáforo y semáforo. Tenía que estar a las diez con la maestra; faltaba aún bastante para que llegara la hora, pero en la Ciudad de México siempre era conveniente tomar precauciones para no andar sufriendo retrasos.

Los periodistas se quedaron en el departamento. Había temas para discutir y era necesario empezar la construcción del proyecto del medio de comunicación. Fernando pensaba en ir despacio, a paso firme para llegar lejos. Era el mes de abril y su propuesta implicaba iniciar el nuevo periódico en septiembre. También consideraba que, en una primera etapa, su periodicidad debería ser semanal. Los demás tenían dudas al respecto. En lo que todos coincidían era en el hecho de que necesitaban más gente: un par de reporteros, dos fotógrafos, algunos periodistas que hicieran artículos de fondo y un jefe de redacción. Lo urgente era contar con oficinas y una buena imprenta. Todo se podía conseguir con el apoyo de gente como Diego, máxime si la maestra lograba el puesto que estaba buscando. Además, estaba el ofrecimiento de don Arsenio.

—Oigan, tengo una propuesta para fotógrafo. Se llama Joaquín y es exageradamente guapo, pero muy sensible, no aguanta que le rompan el corazón.

—Qué cosas tan extrañas dices, Sofía. ¿Te encuentras bien? ¿Acaso esos tipos te dañaron el cerebro? —preguntó Fernando soltando luego una carcajada por lo extraña que se veía Sofía hablando y haciéndose entender con dificultad.

—Es que fue mi novio y se me ocurrió engañarlo. Nada complicado, fue con su mejor amigo. Bueno, fue con otros tres, aunque Joaquín solo se dio cuenta del asunto del amigo.

Sonia lavaba los trastes, hacía movimientos con la cabeza, entre queriendo reír y reprobar lo que estaba escuchando. Fernando, en cambio, intentaba saber si Sofía lo decía en serio o tenía que ver con el medicamento que estaba tomando.

—Entonces fue tu novio, lo engañaste y ahora quieres ayudarlo. Es algo extraño, amiga; y también medio penoso. Suena a que quieres compensar lo mala que fuiste con ese pobre hombre. O este recuerdo se debe al abuso de ciertas pastillas que te recetaron contra el dolor.

—No. Y no soy tan mala. Todo tiene su razón. Es más, creo que en toda esta historia soy la víctima principal.

—A ver, nos tienes intrigados. Suelta lo que traes, ya después te juzgaremos.

—Por dónde empiezo… mmm. Ya sé, por el principio —aún con sus dolencias, Sofía intentaba explicar y conservar el ánimo—. Estudiamos juntos la preparatoria allá en Aguascalientes, fuimos amigos durante dos años. En ese tiempo le conocí tres novias muy recatadas, extremadamente aburridas, y él supo de cinco o seis jóvenes con los que salí; ninguno de ellos valía la pena. Luego de una noche de copas, y de que se ofreció a acompañarme a mi casa, terminamos en su auto con besos y caricias bien intensas. En ese momento consideré que podía suponer el fin de nuestra amistad y el inicio de una relación más interesante. A fin de cuentas, esa noche en su auto representaba nuestra primera cita. Y ¡ojo!, nada se apartó de la normalidad, pues en la primera cita *nunca* dejo que me penetren. Lo malo es que ni en la segunda cita lo hizo, ni en la tercera ni nunca. Tampoco mejoramos en la intensidad de las caricias. Me decía que todo eso era pecado, que él no podía vivir en pecado y que lo haríamos cuando decidiéramos ser marido y mujer. Y bueno, como no pensaba casarme, tal vez me faltaban unos diez años, quizá más, pues decidí que alguien menos religioso podía ocupar su lugar en esa faceta de mi vida. Cuando se enteró, se molestó mucho, lloró un poco y terminamos nuestra relación. Pero nuevamente pongan atención, Joaquín quería regresar, decía que podíamos olvidar lo sucedido, siempre y cuando yo prometiera que nunca se volvería a repetir eso de ponerle los cuernos. Le respondí con una negativa, ya que a mí me daba mucha hueva compartir mi tiempo con un hermoso pero casto hombre entregado a la santidad.

—¡Interesante! —señalaron casi al unísono Sonia y Fernando.

—El asunto es que salí con él hace unos días. Nos tomamos un café aquí cerca. Me buscó porque venía llegando a la Ciudad de México —al ver las muecas que hacían sus amigos, agregó—: *Eit, eit*; no pongan esa cara, no hicimos nada. Me buscó porque va a vivir por acá. Es que está haciendo una maestría, pero necesita un empleo. Allá en mi tierra colaboraba como fotógrafo en un periódico y trabajaba en fiestas. No es malo, al contrario, es muy profesional y honesto. Y además, como ya lo he dicho, es muy bien portado.

Se rieron un poco y continuaron comentando sobre posibles candidatos. Volvió a sonar el teléfono. Esta vez Fernando pidió contestar.

—Quizá sea la voz que quiera escuchar el mudo o la muda —dijo Sofía, y Sonia se rio, también Fernando, quien intentaba disimular su nerviosismo.

En esta ocasión sí contestaron. Fernando escuchó con gusto la voz de Diego. Solo quería que supieran que la maestra iba camino a Gobernación; la habían citado, por cierto, a la misma hora que a Carlos Jonguitud Barrios.

Casi a gritos, eufórico, les hizo saber lo que estaba ocurriendo, se acercó a abrazar a sus amigas. Todos estaban entusiasmados. Sonia fue a la sala a prender un cirio que tenía cerca de una imagen del Sagrado Corazón de Jesús. Después sacó un cigarrillo, lo necesitaba.

—Creo que no me entendió, maestro, no tiene muchas opciones. Le repito: ni el presidente tiene tiempo para hablar con usted ni el país aguanta tanto desorden.

Fernando Gutiérrez Barrios, el poderoso secretario de Gobernación, sostenía en su oficina una reunión con el senador Carlos Jonguitud Barrios, líder vitalicio del SNTE.

Todo inició con una pregunta de don Fernando relacionada con la manera en la que se podría arreglar el problema magisterial, derivando en una vaga respuesta del dirigente sindical. Luego, el funcionario le subrayó que el presidente de la República quería arreglar eso de forma inmediata, y requería el apoyo total e incondicional de los dirigentes sindicales. Nuevamente, la respuesta de Jonguitud distó mucho de lo que querían escuchar en el gobierno de Salinas. Y ante respuestas ambiguas, incluso hoy se rumora que hubo señalamientos muy directos.

—Mire, maestro, únicamente tiene dos opciones. O entrega su renuncia junto a la de los dirigentes que están en esta lista, y además ayuda a la llegada de alguien distinto, una persona que le dé un nuevo rostro al sindicato, o bien, se marcha, se sube a su lujoso auto LTD, con Mario Olalde al volante, y así, todo despreocupado y sonriente, verá que un poco más adelante unos ministeriales lo van a detener y van a encontrar droga en su cajuela, o mejor, notarán el cuerpo inerte de Panchita, la muchacha que trajo de Guerrero y que le limpia su casa y le plancha las sábanas de su cama. Sí, sí. Ahí estará Panchita, la niña bonita. Escuchó bien, ahí estará Panchita con un balazo en su linda cabeza, disparado por la pistola que usted guarda en el tercer cajón de su armario.

Si esto fue así, no había mucho que discutir, ni tampoco el valor para hacerlo. Carlos Jonguitud sentía la boca seca; la corbata azul con vivos amarillos —su preferida— le incomodaba. Sabía que todo estaba decidido, que no había más opción que ceder y tratar de conservar lo más posible algo de poder, sus propiedades, su libertad. Poco importaba que tuviera que perder la dignidad.

—Haré lo que me digan —balbuceó quitándose con un elegante pañuelo el sudor del rostro, aflojando un poco la corbata—. Usted dice dónde firmo e indica a quién quieren que pongamos al frente del sindicato.

Don Fernando esbozó una gran sonrisa y pulsó un botón que hizo que su secretaria acudiera de inmediato. Le pidió que pasara al despacho a la persona que estaba en la oficina contigua.

Carlos Jonguitud se sentía acabado, temeroso de que a pesar de cumplir con su parte, el gobierno no hiciera lo propio; temeroso de que al abrir la cajuela de su auto encontrara a Panchita. Al ver quién entraba por la puerta, le hirvió la sangre y se olvidó por unos instantes de sus miedos.

—¿Tú? Perra traidora, nos vendiste. No te voy a per…

No pudo terminar la frase, con un fuerte golpe en el escritorio, don Fernando Gutiérrez le recordó los riesgos que se cernían sobre su futuro inmediato, incluido lo que le pasaría a la pobre Panchita, desfigurada, dentro de un costal en la cajuela de su lujoso y reluciente LTD negro.

—Maestro, mi compromiso es y será con los compañeros trabajadores de la educación y con la República —Elba Esther hacía uso de la palabra, serena, conciliadora, dueña del momento—. Le he dado mi palabra al señor presidente de que no pienso hacer nada en contra de usted; no habrá persecución alguna, lo único que espero es que su perfil sea bajo, que se refugie en el Senado, y que sus allegados no pretendan desestabilizar a la organización sindical. Demos vuelta a la página, se lo propongo y se lo solicito.

—Así me gusta, muchachos, que sean buenos amigos y que cumplan con lo que indicó el señor presidente —las palabras de Fernando Gutiérrez Barrios daban rumbo a la conclusión de la reunión—. Pasemos a lo siguiente, hay que ver cómo vamos a operar este asunto. A ver, dígame, don Carlos, cómo le haremos.

Respiró hondo, se volvió a quitar el sudor del rostro. Evitó mirar a Elba Esther, pues al hacerlo caería en la tentación de insultarla.

—Daré instrucciones para que todos presenten su renuncia, y si les parece, que el secretario de Organización ayude a conducir los trabajos del Secretariado Nacional.

—No es necesario que renuncien todos; hay varios dirigentes que son muy, pero muy valiosos; por ejemplo, está Cupertino Alejo y también Jesús Ixta Serna —Elba Esther mostraba que desde ese momento era la dirigente del sindicato—. Estoy de acuerdo en que el compañero de Organización ayude a coordinar los trabajos del Secretariado. Sugiero algo breve. Ya tendremos el tiempo suficiente para curar heridas.

—Pues entonces, listo. Váyanse a chambear, que aquí en la Secretaría de Gobernación también tenemos mucho trabajo. —Gutiérrez Barrios se puso de pie y estrechó la mano, primero de Jonguitud y luego de Elba Esther.

●

Eran las ocho de la noche; desde la tarde no paraba de llover por el rumbo de Tlalpan, lo cual no significaba impedimento alguno para que un grupo de maestros de la coordinadora, encabezados por Luis Molina y Patricia Verástegui, acudieran a la Funeraria Matosas en aras de cumplir con una responsabilidad de amigos: dar el pésame a Omar Juárez ante la muerte de César, su hermano de 16 años. Al llegar, lo vieron completamente derrumbado de tanto llanto, alterado por no saber cómo actuar, qué hacer, cómo y contra quién desquitarse. La violencia en la capital no disminuía. En pleno 1989 el Distrito Federal era uno de los lugares más peligrosos del planeta.

—Carnal, vengo llegando de Michoacán; Patricia me dio la noticia. Sé la tragedia que estás viviendo. Qué pinche coraje, cabrón. Pinche mierda de ciudad.

Luis era el más tranquilo y sensible del pequeño equipo. Algunos en la coordinadora, empezando por Patricia, lo veían mal por no ser tan proclive a la violencia y a los ataques frontales.

—Estoy que me carga el pinche payaso. Estaba muy chavo. Se había sentido mal, con dolores de garganta y cabeza, y por lo mismo no estaba yendo a la normal rural allá en el Estado de México. Fue a una clínica del Seguro Social para que lo inyectaran —Omar, entre lágrimas, iba relatando lo ocurrido—. Se subieron unos vatos a la combi y no les quiso dar su reloj. Todo terminó mal. Se lo chingaron por un reloj, por un puto reloj, por esa mierda lo mataron.

—¿No hay la posibilidad de que los charros lo mataran? —preguntó Patricia.

Tal cuestionamiento provocó el murmullo del grueso de los asistentes que rápidamente se convirtió en gritos: «¡Asesinos! ¡Mafiosos! ¡Desgraciados!». El silencio de Omar no ayudó a calmar los ánimos, por el contrario, varios exigían respuesta, demandaban castigo; otros plantearon cobrarse la muerte de César con violencia. Fue Luis quien tomó la palabra y demandó sensatez y serenidad; lo que disgustó a todos, especialmente a la propia Patricia.

—Compañeros, en buen plan, no usemos la brutal muerte de un pobre muchacho para motivos políticos. Si existe evidencia, hay que actuar y demandar. Pero al menos, por lo que escuché, fue un asalto que terminó de la peor manera.

—No manches, cabrón, siempre tienes que salir con tus tibiezas. Los pinches charros son capaces de todo, pero tú eres muy ingenuo —su condición de mujer no le impedía proponer siempre la vía de la violencia para dirimir las diferencias, y gustosa procuraba estar en la primera línea de batalla.

—No es eso, Patricia, simplemente pido serenidad para no caer en acciones que finalmente se nos van a revertir. Que Omar nos diga si él piensa que los charros del SNTE o los güeyes

70

del gobierno están detrás de la muerte de su hermano. Si es así, entonces tomamos cartas en el asunto y le tronamos a quien le tengamos que tronar un cuete.

Todas las miradas se centraron en Omar Juárez, quien luego de meditar un poco y de un largo respiro —casi sin ganas— les dijo que Luis tenía razón, que los charros eran culpables de muchas cosas, pero que no había elementos para vincularlos con el deceso de su hermano.

Cambiaron de tema en ese círculo de personas que disminuyó hasta quedar solo Patricia, Luis y Omar.

—¡Cuántas pinches cosas han pasado en menos de dos meses! —rompió el hielo Luis, encauzando la plática hacia la vida sindical y política.

—Todo indica que va a caer el ojete de Jonguitud Barrios —dijo Omar—. El tipo es indeseable e impresentable. Nadie lo aprecia, ni siquiera el gobierno del pelón de Salinas lo quiere cerca.

—Pues aunque sea amiga de Luis, espero que no llegue Elba Esther —indicó Patricia, que seguía molesta por los comentarios de su compañero de lucha.

—Está difícil, aunque de llegar, no nos iría mal —agregó Luis—. Al menos estaríamos mejor que con los cabrones que hoy detentan el poder en el sindicato. Con ella se puede dialogar, es posible conseguir acuerdos. Y no es mi amiga, aclaro, pero no me gusta estar en el extremo más radical, ni actuar a la ligera.

—Ya, compitas. No discutan, no aquí, no hoy —con la fuerza que le daba la desgracia personal, Omar buscaba encaminar la discusión—. Pensemos cómo vamos a movernos en los siguientes días. Desde aquella tarde en que nos reunimos a tomar un café, se han logrado cosas importantes; hemos puesto al gobierno contra la pared y a los charros en el ridículo más absoluto. ¿Qué creo que sigue?, pues el Congreso de la Sección 9. El éxito que ahí tengamos fortalecerá el movimiento en las otras secciones del Distrito Federal; también en el Estado de México, en Oaxaca, Michoacán, Guerrero y Chiapas. Y bueno, después será pintar un poco en el resto de los estados.

Discutieron un poco sobre las posibilidades que tenía la disidencia en el resto del país, hablaban de que contaban con maestros organizados en Veracruz, Tabasco, Chihuahua y Baja California y de que algunos pocos en Coahuila y Nuevo León se habían manifestado en los últimos días. Sabían que los números eran insuficientes y que por lo tanto no podían descansar en su lucha por quitar a los dirigentes del sindicato.

Siguieron en ese tono un par de horas, hasta que Patricia comentó que le gustaría retirarse y Luis se ofreció a llevarla en su auto. Al día siguiente, muy temprano, querían estar de regreso. No alcanzaron a ver cómo —poco después— acudía Raúl Martínez a la funeraria, para dar el pésame a Omar.

—¿Hasta dónde te llevo, amiga?, a partir de este instante considérame tu chofer y tu guarura —estaban en el auto de Luis, un vocho con cuatro o cinco años de antigüedad que su dueño presumía en todo momento.

—Ja, ja, ja, ya me empiezas a caer bien. Mira, si gustas, me llevas a casa, pero te aclaro que vivo en Naucalpan —hizo una breve pausa, y enseguida cambió de opinión—. Para no molestar mucho, busquemos un taxi aquí cerca que se vea decente. Por si las dudas, anotas placas y miras bien al pinche chofer.

—¿Cómo voy a hacer eso? Te llevo a tu casa, busco un hotel ahí cerca y mañana temprano paso por ti.

—Es que se me hace feo hacerte ir tan lejos. Además, no sé, quizá sea mejor quedarme en el depa de alguna amiga, en casa solo estará mi hermana y no estoy segura de que me abra la puerta a esta hora; la cabrona debe de estar bien dormida —decía una Patricia indecisa, distraída.

—No me lo tomes a mal, amiga. Se me ocurre que podemos buscar un hotel, un cuarto con dos camas. Nos dormimos un rato, mañana vas y te cambias de ropa o así nos regresamos al velorio. A final de cuentas la mezclilla te sienta a toda madre y no importa qué ropa vistas, siempre estás espectacular —ante el silencio de ella, agregó—: o si quieres, primero intentamos que te abran en tu casa, si no, pues buscamos algo cerca del Periférico.

—Dale al hotel, algo aquí cerca. No pasa nada, sé que no me vas a faltar al respeto.

—Claro que no, soy un caballero.

—No estoy segura de si eres un caballero o eres medio marica, pero no creo que te atrevas.

—Tsss, no me retes, no me retes, hermosa princesa —un guiño y una sonrisa acompañaban las palabras de Luis.

—Ja, ja, ja. Eres joto, amigo, joto conmigo y tibio con los charros del SNTE. Además, creo que soy mucha vieja para ti.

No había habitaciones con dos camas. Luis no se portó como un caballero ni Patricia se lo pidió. Más tardaron en cerrar la puerta que en quitarse uno al otro la ropa. No quedó en claro quién empezó, pero sí cómo terminaron: desnudos. Ella encima; él, tocando sus senos, aferrado a sus nalgas. Ella pidiendo un poco más; y luego, más y más. Él demandando cambio de posición, y ella acelerando su movimiento, negando la solicitud que hacía Luis de colocarse encima de ella. Terminaron juntos. Juntos se fueron a bañar. Bajo la regadera volvieron a acariciarse, deseaban disfrutar del contacto de sus cuerpos. De la pasión se enfilaron hacia el amor. De las frases toscas y oscuras y de la rudeza en las acciones, pasaron a las frases tiernas y a las caricias que surgen en los enamorados.

—No sé si confías en mí en el plano sindical, pero quiero que lo hagas en este espacio. No pienso defraudarte en ningún sitio. Me gustas desde hace mucho —las palabras de Luis provenían de la sinceridad. Siempre le había gustado Patricia, ahora se sentía completamente enamorado.

—Promete que no me fallarás —contestó Patricia, mirándolo directamente a los ojos—. Promete que serás mío y que siempre haremos el amor. Tú promete lo que quieras, todo te lo voy a creer.

•

El edificio del SNTE, ubicado en la calle Venezuela número 44, era utilizado como la sede de un inusual evento sindical. Decenas de dirigentes magisteriales se hallaban metidos en el auditorio principal, el cual tenía tiempo sin ser remozado; algunas butacas se veían en mal estado.

Unos a otros se miraban, no eran más de cien personas. Primero, les habían informado que habría un consejo sindical, pero todo terminó en un secretariado. Ahí estaba la mayoría de los miembros del Comité Ejecutivo Nacional y también los secretarios generales de las secciones sindicales. De los primeros, faltaban los más importantes: no estaba Refugio Araujo, tampoco el llamado líder vitalicio, don Carlos Jonguitud. De los secretarios, prácticamente no había ausencias; la gran mayoría habían sido convocados por la dirigencia sindical y movilizados y amenazados por las autoridades estatales; no tenían permitido faltar ni podían chistar. Se escuchaban rumores, algunos decían que ya habían renunciado los dirigentes; la mayoría dudaba de esa posibilidad. Todo era incredulidad, hasta que alguien puso la radio: en las noticias anunciaron que de las oficinas presidenciales emitieron un comunicado donde se informaba que Carlos Jonguitud y Refugio Araujo habían presentado sus renuncias al presidente de la República. Casi todos callaron, se escuchó un «no jodas, dónde está nuestra autonomía», seguido de un «cállate, pendejo, o nos carga la chingada a todos, no seas imbécil». Y luego, un silencio total. Nadie había comido, pocos tenían hambre. Además, nada podían hacer. Ninguno de los ahí presentes tenía forma de abandonar el edificio.

Pasaron las horas, fueron conociendo nombres ligados a nuevas renuncias. Con la llegada al recinto de profesores de la Sección 36, entendieron la identidad de la persona que ocuparía el lugar de los exdirigentes. La salida de Carlos Jonguitud Barrios —el senador de la República, el líder vitalicio, el dirigente que llegó al SNTE literalmente a balazos— y la de su equipo político implicaba la llegada de Elba Esther Gordillo Morales, la maestra chiapaneca emblemática de la Sección 36 del Estado de México.

La vieron entrar: sus firmes pasos llenos de glamur. Con la fuerza en su andar que da el hecho de contar con el respaldo del gobierno en turno, con deseos de hacer historia y con la vergüenza de entrar por la puerta de atrás.

—Solo les pido su confianza, que construyamos juntos la siguiente etapa del sindicato. Les prometo que no habrá cacería de brujas —afirmó tan pronto se sentó en la mesa dispuesta para su llegada.

Como respuesta a sus palabras, recibió un frío silencio de los secretarios generales y de los dirigentes ahí presentes.

Capítulo II

El vuelo, *febrero de 2013*

Después de colgar, aún preocupado por lo que estaba pasando y por lo que podía ocurrir, Juan Díaz buscó por celular a Carlos Moreira, quien estaba con los concejales de las secciones 5 y 38 en El Abajeño, un restaurante de comida local ubicado frente a la glorieta La Minerva. Lo citó en el recinto oficial del Consejo Nacional, es decir, en uno de los salones del Fiesta Americana Guadalajara. Carlos dejó el tequila, las entradas que ya estaban en la mesa y a Xicoténcatl, Delgadillo, Zmery, Roberto Carlos, Blas Mario, Faustino, Israel y demás compañeros para acercarse al sitio de la reunión.

Ahí estaban Francisco Arriola, el exesposo de la maestra y hombre de todas sus confianzas en cuestiones de recursos económicos, y Soraya Bañuelos, responsable del área jurídica del SNTE. Revisaron la agenda y acordaron iniciar los trabajos en treinta minutos, para después hacer un receso. Carlos se encargaría de llevar a cabo la credencialización de todos los concejales con el nuevo formato autorizado por la maestra.

Mientras tanto, en el avión, Elba Esther repasaba la situación por la que atravesaba el sindicato. Catorce meses antes había festejado que Peña Nieto se consolidara como el candidato del PRI y principal aspirante a la presidencia de la República. En algún momento temió que Manlio Fabio Beltrones lograra la candidatura del tricolor. Recordó aquellos días que hubieran sido fatales para el sindicato y, sin duda, para su persona: con Manlio, la boleta electoral tendría tres candidatos adversos a ella, pues ni con Andrés Manuel López Obrador ni con Josefina Vázquez Mota mantenía una buena relación; por el contrario, el primero la acusaba de ser cómplice de Calderón en el fraude de 2006, y con Vázquez Mota desarrolló una confrontación permanente cuando se desempeñó como secretaria de Educación. Esos dos eran adversarios políticos. Manlio, su enemigo personal.

No obstante, con Peña Nieto podía construirse un buen proyecto político. Recordó que en aquellos días uno de los artífices de la candidatura de Enrique fue Humberto Moreira, en ese entonces presidente nacional del PRI, quien no dudó en cerrarle el paso a Beltrones. Sin embargo, luego de varios meses, Peña Nieto se olvidó de amistades y de los apoyos originales: se olvidó de Humberto y también de ella. Primero se negó a un acuerdo con el partido de los maestros, es decir, con Nueva Alianza; luego, como presidente electo dejó de contestarle a Elba el teléfono. Finalmente nombró su gabinete, situó en la Secretaría de Educación a uno de los acérrimos enemigos de Gordillo: Emilio Chuayfett Chemor, aquel que le arrebató en 2003 el liderazgo en la Cámara de Diputados, que se burlaba de ella abiertamente y juraba que le causaría daño.

La maestra cerraba los ojos y repetía, una y otra vez: «Pobre Peña Nieto, pobre pendejo». A su entender, estaba rodeado de ineptos, de improvisados. En sus pronósticos aparecía un futuro donde el magisterio y el país entero lo iban a repudiar, sería la burla de todos, mataría al PRI.

Se acercó el copiloto y le ofreció algo de beber. Elba Esther pidió una Coca-Cola Light. Pensó en las reuniones que tendría al día siguiente. Traía consigo una propuesta para destrabar el conflicto, pero tenía dudas en la aceptación por parte del equipo de Peña; un «pinches pendejos» pasó por su mente.

A eso de las nueve de la mañana iría a desayunar con Luis Videgaray, luego vería a Osorio Chong. Después, volaría a Guadalajara. En ese trayecto tendría tiempo para pensar bien las cosas, quizá era momento de cambiar a Juan Díaz de la Secretaría General del Sindicato Nacional de Trabajadores de la Educación.

Llegar no es suficiente, *1989-1990*

Habían pasado la noche juntos, abrazados y exhaustos. Al despertar, no perdieron el tiempo y volvieron a entregarse en cuerpo y corazón. Hicieron el amor con más intensidad que horas antes. No se querían ir, pero tenían que acompañar a Omar. Aunque la misa estaba programada hasta las dos de la tarde, deseaban estar antes en el velorio.

—Cariño, hay algo que me inquieta, no me gustan los amores de lejos: tú vives en Michoacán —Patricia hablaba mientras intentaba arreglarse un poco en el auto. Minutos antes, habían dejado la habitación.

—Lo mismo me ocurre. Tendremos que ver la manera de estar cerca, no podría estar cinco días sin ti —respondió Luis, dejando la palanca de velocidades para acariciar la rodilla de su compañera.

Siguieron charlando en el camino. Había muchas dudas, planes y demasiados sueños. Treinta y cinco minutos después llegaron a la funeraria. Su alegría se disipó al ver a Omar, y sobre todo a su madre, una mujer que ya pasaba los cincuenta años, que tiempo atrás se había desempeñado como maestra de escuela primaria y obtuvo la jubilación al año de conseguir una doble plaza. El padre de Omar había muerto una década atrás, a causa de un infarto fulminante mientras estaba en la cama con otra persona. Por eso en casa la madre nunca lo mencionaba en sus rezos, no obstante, en silencio pedía por él.

Después de darle un abrazo a Omar y a su familia, Luis y Patricia fueron saludando a los compañeros de lucha que estaban presentes. La plática giraba en torno a los problemas del SNTE. Se decía que en cualquier momento habría un comunicado por parte del sindicato o del gobierno. Algunos mencionaban que habían detenido a Jonguitud, que su casa estaba llena de policías.

—Mi prima Francisca trabaja en la residencia de ese cabrón, la que tiene por el rumbo del Pedregal —comentaba Ubaldo, quien había llegado en la madrugada—. Me dice que el pinche charro salió temprano —se refería a Carlos Jonguitud—, iba de mal humor, lo llamaron del gobierno. Comenta que apenas se marchó, llegaron decenas de policías. No entraron a la casa, se pusieron en las cercanías de la residencia. No solo eso, además los guardias que tenía asignados se fueron. Dependiendo de lo que ocurra en el diálogo entre Jonguitud con los del gobierno, supongo, se tomarán algunas medidas. En una de esas, los policías entran y buscan pruebas para chingarlo.

—Es decir, un quinazo —intervino Patricia—. Lo mismo que le hicieron al líder del sindicato de Pemex. Le van a sembrar algún muerto para después meterlo a la cárcel. Ojalá que así sea, que se pudra el cabrón. Aunque, bueno, no sé; luego lo quitan y ponen a alguien igual de entregado y corrupto.

Luis la veía embelesado. Ella notó su sonrisa y también su mirada, por lo mismo no quiso mencionar el nombre de Elba Esther. No era momento de discutir, no tenía ánimo para eso; pensaba más en buscar un momento para volver a estar a solas con él y olvidarse de todo: de los compañeros de lucha, del sindicato, de los muertos.

La conversación continuó. Después, la mayoría acompañó a la familia a la parroquia de San Pedro Apóstol, a la misa de cuerpo presente del hermano de Omar. Al salir, alguien les dijo que habían emitido un comunicado de la Presidencia de la República donde anunciaban que Carlos Jonguitud y Refugio

Araujo habían renunciado. Nada de cárcel, solo las renuncias, y que ya se comenzaba a mencionar el nombre de Elba Esther para sustituirlos en el liderazgo formal del SNTE.

La mayoría se movió para participar en una reunión urgente de la coordinadora. Luis y Patricia decidieron acompañar a Omar al panteón; Ubaldo fue con ellos, ya habría tiempo de retomar la lucha, ahora lo importante era ser solidarios con el amigo.

A las cinco de la tarde, en el panteón de Santa Úrsula, la gente se iba despidiendo de doña Martha, también de Omar, que estaba a su lado, y de sus otras cuatro hijas. Los tres amigos no se despidieron del todo, decidieron acompañarlos a su casa. Prepararon café, llevaron pan, hicieron algo de cenar. Doña Martha, por más que le insistían, no deseaba irse a descansar. Poco más tarde llegaron sus hermanas y otros familiares. Hubo un relevo en la toma de decisiones y en las responsabilidades hogareñas; doña Martha se sintió arropada. La casa se fue llenando de mujeres. Lo más natural en la sociedad mexicana: las mujeres ofrecen apoyo, llevan comida, dan abrazos y palabras de aliento. Omar y los muchachos salieron a la calle y se recargaron en el auto de Luis. Patricia no sabía si lo mejor era estar cerca de Luis o disimular un poco la nueva relación entre ellos. Nadie mostraba ánimo para abordar algo o charlar un poco, sin embargo, todos tenían en mente la crisis sindical.

—Oigan, no quise comentar hace rato porque había mucha gente, pero anoche acudió a la funeraria el primo del auxiliar de Elba Esther —Omar les comentaba sobre la visita de Raúl Martínez. Patricia fue la primera en responder.

—¿Qué quería el porro ese?

—Solo saludar. Preguntó por ustedes, me dijo que en estos días buscaría a Luis, que tenía ganas de apoyar en lo que fuera necesario.

Todos guardaron silencio. No les agradaba que la gente del SNTE se entrometiera en sus vidas, sobre todo en cosas tan personales, pero aun así el gesto tenía que agradecerse. Omar volvió a romper el silencio con una pregunta y una propuesta:

—¿Qué más saben del tema de los charros? ¿Cómo ven si nos acercamos con los compas? Quizá aún siga la reunión de la coordinadora.

—Como gustes, hermano —comentó Luis, pasando el brazo por la espalda de Omar y apretando un poco en señal de amistad y afecto—. No sé qué tal te sientas, se hace lo que digas.

—O vamos a echarnos unos tequilas y unos tacos —propuso Ubaldo—, te haría bien embriagarte un poco.

Finalmente decidieron acudir al auditorio, donde se habían reunido los compañeros de la disidencia magisterial. Al llegar solo encontraron a unos cuantos. La mayoría de los compañeros de lucha se habían marchado con la incertidumbre de la ruta a seguir, pero con el ánimo de hacer lo necesario para formar parte de la historia. Las decisiones acordadas en la reunión maniataban a todos los compañeros para continuar en la lucha dentro del sindicato y, en ese sentido, no podían reconocer a los nuevos dirigentes, menos aún apoyar las decisiones del gobierno de Salinas de Gortari.

Los cuatro amigos optaron por moverse a las cercanías de Venezuela número 44, domicilio del sindicato de maestros. Al llegar, vieron salir a los dirigentes de las secciones sindicales —con un semblante asustadizo—. No hablaban ni siquiera entre ellos, como si temieran que cualquiera pudiera escuchar sus palabras y sus pensamientos. Luis y sus amigos se acercaron con la intención de buscar a Diego o a Raúl. Vieron a lo lejos al primero; tenía una gran sonrisa, estaba a corta distancia de Elba Esther. Luis le hizo señas, buscó hacerse visible y, cuando lo consiguió, en lugar de encontrar un gesto que indicara que se verían después o que todo iba bien, lo que observó fue que le pedía acercarse. Ante la dificultad de hacerlo por la presencia de personal de seguridad, apareció Raúl, quien se movió para ayudarlos a pasar los filtros colocados en la puerta del edificio.

—¿Cómo estás, cabrón? Qué gusto verte. Ya casi nos vamos, pero ven, te quiere saludar la maestra.

Luis avanzó sin saber qué hacer, menos qué decir. Lo único que hizo fue coger de la mano a Patricia, quien hizo lo propio con Omar y este último jaló a Ubaldo por la bolsa de su camisa.

—Mire, maestra, aquí está nuestro amigo Luis, me dijo que quería saludarla y expresar sus felicitaciones.

—Querido amigo, estoy muy contenta; espero que nos veamos en estos días. Hay mucho que platicar.

—Claro, maestra, será un placer.

—¿Esta chica tan guapa es tu mujer? —le sonrió a Patricia, luego hizo lo propio con Omar y Ubaldo—. Me da gusto saludarlos. Supongo que son de la coordinadora. Miren, quiero ser respetuosa con todos. Ahorita voy de prisa, pero ojalá pronto podamos platicar. El sindicato es de todos.

—Sí, maestra. Muchas gracias —eso salió de su boca, aunque era lo último que quisiera haber dicho Luis—. Ah, y Patricia es mi amiga.

—Ya me lo suponía, es muy bonita para ti.

Con una gran sonrisa, Elba Esther abordó su auto. No pasaban de las seis de la tarde; en cierto sentido, la agenda laboral apenas empezaba. Era un día importante, no podía terminar tan pronto. La historia del sindicato daba un giro trascendental. Las siguientes semanas estarían destinadas a negociaciones en la Secretaría de Educación Pública y en Gobernación. Se encontraba próximo el 15 de mayo, el Día del Maestro, y la situación salarial de los profesores tenía que ir cambiando. Asimismo, habría que tener presencia en las secciones sindicales del país, de ser necesario no dudaría en la confrontación con los grupos locales que le negaran el reconocimiento. Se volvía vital el hecho de generar una agenda de medios de comunicación y otra de reuniones con líderes de opinión.

Los cuatro amigos dejaron el edificio y vieron a lo lejos el auto de la maestra cuando daba vuelta en una calle, intentando salir del centro de la ciudad. Patricia se acercó discretamente a Luis y le dijo al oído a manera de pregunta y en tono de reproche:

—Entonces, ¿únicamente somos amigos? Eres un culero. Lo dicho, un pinche marica.

Decidieron rentar un pequeño local en la colonia Roma, una casa antigua en perfectas condiciones ubicada en una zona tranquila, cercana a la colonia Condesa, con excelente comunicación con el resto de la ciudad.

A un mes de distancia, la idea de formar un periódico fue migrando a algo distinto. En varios momentos consideraron que el futuro estaba en una revista semanal, pero eso también fue desechado. Finalmente, el concepto y la ilusión de un periódico logró transformarse para quedar en la constitución de una potente agencia de noticias a la que dieron el nombre de Siete de Junio, por ser la fecha de la celebración de la libertad de prensa en México.

Con los apoyos económicos y las relaciones políticas y periodísticas que les brindaron en el gobierno y en el sindicato de maestros, el grupo encabezado por Fernando pudo posicionarse con fuerza y rapidez en el mundo del periodismo. De entrada, tenían convenios con cuatro medios de comunicación de la capital y con veinte periódicos de provincia. Además, había contactos para colaborar esporádicamente en varios medios de comunicación en el extranjero.

En la agencia de noticias trabajaban más de treinta periodistas y personal de administración, pero el círculo de mayor confianza y poder se concentraba en cuatro personas: Fernando, Sonia, Sofía y Joaquín, este último como fotógrafo había dejado maravillados a todos y se había sumado de lleno a la propuesta de proyectos periodísticos, lo que derivó en un claro prestigio para Siete de Junio.

—¿Qué tenemos por realizar en estos días? —preguntó Fernando, para él mismo responder:— Necesito que alguien les dé seguimiento a las manifestaciones de la coordinadora; que otro de ustedes busque información sobre el tema de los problemas que está teniendo la maestra Elba Esther con el secretario de Educación Pública; quisiera de Sonia un artículo o entrevista que trate algún problema social, y que cheque con el resto de periodistas quién puede dar seguimiento a la situación que prevalece en el sindicato de Pemex, y cuál de ellos puede obtener información de alguna de las embajadas de países ligados a la Unión Soviética; me parece que algo fuerte se está cocinando en el bloque socialista.

—Si gustan —comentó Sofía—, Joaquín y yo acudimos con la gente de la coordinadora; varios ya nos conocen y nos pueden dar información interesante.

—Me parece bien. Solo les comento que hay un avance importante en lo relacionado con la Sección 22 de Oaxaca, no así con las secciones del Distrito Federal. La 9 y la 10 siguen entrampadas —cuando Fernando hablaba, las miradas de todos se mantenían en él—. Por mi parte, checo con Diego cómo anda el asunto de Elba Esther con Bartlett, y ustedes me ayudan a conjuntar la información con datos que descubran entre los dirigentes magisteriales.

Sonia tomaba nota, luego revisó sus apuntes para hacer un comentario.

—Por mi parte, ya tengo algo de avance en el análisis de la situación que guardan los niños de la calle en la capital. He recuperado testimonios que deben alertarnos sobre la grave problemática y del poco interés que guardan las autoridades al respecto —hizo una pausa para identificar lo que había escrito en su libreta y agregó:— en relación con el tema de las embajadas de países socialistas, quiero proponer a un joven que se incorporó a nuestra agencia. Se llama Pedro Fuentes. Es inteligente y tiene buenos contactos con la izquierda mexicana, creo que eso le puede ayudar. Hay un par de reporteros que podemos mandar a varias de las secciones, pero creo que en un periodo relativamente breve tendremos que contratar gente de provincia; recuerden que no todo es Distrito Federal. ¿Qué opinas, Fernando?

—Suena interesante la propuesta; por mí estaría bien, no sé qué digan los demás.

—Ay —intervino Sofía—, pues yo creo que fuera del *defe* hay poco qué contar; quizá algo de Monterrey o de Guadalajara; lo demás es bonito, como mi Aguascalientes, pero aburrido.

⁕

Colocar en la Secretaría de Educación Pública a un hombre con las características de Manuel Bartlett Díaz era una clara señal para todos los políticos, especialmente para los dirigentes del poderoso sindicato de maestros. Carlos Salinas de Gortari quería enviar un mensaje con la designación de un político tan implacable, tan duro en su carácter; un personaje cuyo antecedente inmediato había sido la Secretaría de Gobernación. Sin embargo, no todos fueron capaces de leer entre líneas. Ese mensaje que indicaba con precisión que las cosas serían sumamente difíciles a la hora de las negociaciones y de gestionar a favor de los trabajadores en dicha dependencia no fue entendido por Carlos Jonguitud Barrios, quien, al no tomar nota, terminó renunciando. Si bien Elba Esther Gordillo sabía que su realidad política era menos complicada que la de su antecesor, tampoco podía suponer que todo sería sencillo.

Había en la agenda asuntos trascendentales y otros importantes y urgentes. Entre los primeros temas, los trascendentales, estaban los proyectos del Programa de Carrera Magisterial, especialmente la búsqueda gubernamental para conseguir una descentralización del Sistema Educativo Nacional. En lo importante y urgente se encontraba la respuesta salarial para los trabajadores de la educación. Este último aspecto había llevado a Gordillo Morales a las señoriales oficinas de Bartlett Díaz, ubicadas en pleno centro de la Ciudad de México, a unos pasos del edificio del sindicato. Él hablaba por teléfono, miraba las plantas de un color verde oliva que se hallaban en uno de los patios. Al colgar, pudo apreciar el rostro molesto de Gordillo Morales.

—Señor secretario, suelo ser una mujer preocupada por los aspectos que engloban cada uno de los problemas, pero también por las maneras de construir arreglos. En otras palabras, me interesa el fondo, pero también las formas. O para que me entienda mejor, no me parece correcto que me haga esperar tanto tiempo afuera de su oficina. Comprendo que usted es la autoridad, pero no sé si a usted le interese respetar y construir acuerdos con el sindicato.

—Tiene razón, maestra. Le ofrezco una disculpa. Creo que hubo un malentendido con el tema de la hora de la reunión, veremos que no vuelva a ocurrir.

Bartlett hablaba como si le fuera ajeno lo que sucedía en su oficina, cuando era un hecho que estaba acostumbrado a medir fuerzas, a calcular el tamaño de sus interlocutores. Enseguida le hizo saber las instrucciones recibidas del presidente de México.

—Hay que avanzar lo más rápido posible y llegar a buenos acuerdos en relación con la respuesta salarial para el magisterio. La idea es que el licenciado Salinas de Gortari anuncie el incremento este 15 de mayo.

—Hemos avanzado algo en las comisiones, pero tengo que ser sincera, no lo suficiente. Hay aspectos dentro de la negociación que deben marcar nuestro diálogo, y creo que no son entendidos a cabalidad por sus subordinados. El primero tiene que ver con la necesidad de un gran esfuerzo del gobierno para mejorar sustancialmente el salario de los docentes en los siguientes tres años; hay que establecer que siempre, o bueno, al menos mientras sea presidente el licenciado Salinas de Gortari, el incremento al sueldo del magisterio debe estar por encima del aumento al salario mínimo. Pero más importante aún, nada de eso va a servir si no pensamos y coincidimos en el tema más importante en nuestra relación, en el compromiso de que nada se haga a espaldas del sindicato de maestros, a espaldas del SNTE.

—Tal como le mencioné, tengo la instrucción del presidente de avanzar en las negociaciones. Para ello necesito su apoyo. No hay dinero suficiente para hacer lo que usted dice. Se requiere comprensión de su parte y su talento para que los profesores reciban con agrado lo que con un gran esfuerzo se logre ofrecer.

—Entiendo lo que dice. La situación económica del país no es buena, llevamos muchos años en crisis económica. Pero supongo que usted también es consciente de que los salarios de los maestros están en la línea de la pobreza. Los educadores se han estado sacrificando por su país. Hoy en día, un profesor de primaria gana alrededor de 1.4 salarios mínimos.

—Supongo que no me va a pedir un aumento del cien por ciento como lo demandan los miembros de la coordinadora —expresó en tono entre molesto y burlón Manuel Bartlett.

—No en lo inmediato. Pero sí me gustaría que al finalizar el sexenio el magisterio ganara cerca de los tres salarios mínimos —señaló con firmeza Elba Esther.

—Se vale soñar, maestra. No quiero discutir ni borrar su sonrisa. Le propongo que ajustemos los tiempos y aceleremos el paso, nos quedan menos de diez días para que se anuncie la respuesta salarial, y en la agenda tenemos otros temas que también precisamos discutir. Por ejemplo, al presidente le urge que se apacigüen las secciones disidentes, y si para ello deben convocar a elecciones sindicales, pues le encargo que nos traiga una propuesta a la voz de ya. Ah, y también está el tema de la descentralización.

—Todo lo podemos ver y discutir. Saquemos en estos días el asunto de la respuesta salarial. No hay mejor forma de apaciguar a los inconformes más que con buenas respuestas.

La reunión se mantuvo por varias horas. Luego se encaminaron a uno de los enormes y majestuosos salones contiguos, donde convocaron a los integrantes de las comisiones negociadoras, tanto del gobierno como del sindicato de maestros, con la finalidad de instruirlos en la necesidad de llegar a acuerdos en el corto plazo. Ahí, Rafael Ochoa, miembro de la comisión por la parte sindical, y seguramente con el visto bueno de Elba Esther, quiso hacer un señalamiento puntual.

—Licenciado Bartlett, qué bueno que hoy piden celeridad. Entiendo que en eso están de acuerdo ustedes dos. Lo importante es que lo escuchen los amigos de esta comisión que vienen representando al gobierno, no me dejarán mentir cuando les digo que retrasar todo el trabajo pareciera la estrategia de cada uno de ellos. Si decimos que nos vemos hoy, la respuesta suele ser «mejor mañana»; si decimos que mañana, ellos proponen que lo pasemos a la siguiente semana. Y en la discusión, su mecánica es dar extensos discursos con pobres argumentos para, finalmente, quedar en nada. Por lo mismo, quiero proponer que no nos vayamos de este lugar hasta en tanto no tengamos una propuesta clara que satisfaga a los compañeros y no rebase las posibilidades económicas del gobierno.

—Pues ya escucharon al profesor Ochoa —señaló Bartlett Díaz—. A partir de este momento nadie sale del edificio de la SEP. No sé qué haga la maestra si alguien del sindicato se retira, por mi parte, les digo a los señores funcionaros de la SEP que irse a descansar equivale a renunciar a la chamba. Y algo muy parecido les va a ocurrir a los amigos de Hacienda que se encuentran presentes, y no pongan esa cara de mamones, que no está aquí su jefe para que intenten imitarlo.

Se hallaba frente a su escritorio con una gran taza de café negro, su máquina de escribir y un montón de hojas con apuntes producto de varios días de entrevistas a funcionarios del gobierno, a destacados académicos y a pequeñas víctimas del abandono infantil. Sonia intentaba armar la tarea periodística que le había encargado Fernando, a la vez que su mente divagaba en temas menos importantes para la agencia de noticias. Cosas del amor, de esas que a todos les suceden sin importar edad o preferencia sexual. Sucede que, unos días antes, se habían incorporado nuevos elementos a la oficina, entre ellos una chica llamada Cindy, joven, de baja estatura. Al verla, hubo algo especial, pero al parecer la química y la electricidad solo habían hecho efecto en el cuerpo de Sonia. Cindy se mostraba atenta y sonriente, sin mucho ánimo de llevar la conversación a terrenos ajenos al trabajo.

Sonia tenía tiempo sin sentir el cosquilleo que produce la cercanía de otra persona. Sabía que no había manera de quitársela de la cabeza, no obstante, debía avanzar en el documento solicitado por Fernando. Pensó en iniciar con unas reflexiones que ayudaran a centrar el tema e introducir al lector en el análisis de la problemática.

Una de las grandes responsabilidades de cualquier sociedad debiera ser el cuidado de todos los infantes, sobre todo de aquellos que carecen de una familia. Si el nivel de desarrollo de un país se evaluara en función del compromiso que las autoridades manifiesten a favor de los niños y las niñas, entonces es un hecho que México reprobaría.

No le agradaba del todo lo que había escrito, quizá debía extenderse y mencionar algunas estadísticas, amén de tomar en cuenta lo que le habían señalado en las oficinas del DIF, en esas estúpidas oficinas donde pregonaban el desarrollo integral de la familia y aducían que los homosexuales no podían encabezar una familia.

Le preocupaba que Fernando no estuviera de acuerdo con la orientación que pretendía dar al reportaje. Su enfoque implicaba una crítica a las autoridades federales y al equipo de trabajo del regente —quien aún no sentaba las bases de apoyos reales a los niños de la calle.

Ella y otros miembros habían realizado un sinfín de entrevistas; el objetivo implícito tenía que ver con generar conciencia en los lectores.

Decidió reunir a los periodistas que colaboraron recolectando el material, en parte para escuchar sugerencias, pero también con la finalidad de ver los ojos de Cindy Zúñiga Ríos y de sentirla cerca, aunque fuera en un plano meramente profesional. Cuando los vio entrar, se dijo: «Chingado, parezco una adolescente», luego respiró hondo, pasó sus manos por el rostro como intentando borrar los pensamientos y se dirigió a ellos:

—Buen día a todos. Miren, muchachos, los mandé llamar porque necesito que me sugieran el material que hay que incluir para el trabajo que nos encargó nuestro director. Antes de escuchar sus comentarios, aclaro que no pido reportajes para alabar al gobierno, sino para generar conciencia en la población y entre las autoridades.

Los periodistas asintieron con un movimiento de cabeza, algunos sonrieron y otros mostraron una mayor seriedad.

—Creo que sería conveniente ubicar la situación nacional en un contexto histórico y mundial, eso puede ayudar a que se comprenda la gravedad de la situación —puntualizó Alejandra, una periodista recién llegada al Distrito Federal, proveniente de Campeche.

—Me parece bien, te encargo que me apoyes con algo escrito. Eso debe servir para la introducción. ¿Qué más?

Luego de hacer la pregunta, Sonia sintió una pequeña descarga al ver cómo Cindy hacía uso de la palabra.

—Varios de nosotros platicamos con niños de la calle. Conseguimos testimonios que, al menos para mí, resultaron de alto impacto. Creo que se podrían seleccionar dos o tres y cerrar con algunas conclusiones.

—Perfecto. Toma el material que se halla en mi escritorio, y al resto les encargo que entreguen a Cindy el material que tengan de testimonios o de datos que sirvan a las conclusiones. Antes le dan una pulida a la redacción. A ti —dirigiéndose a Cindy—, te pido por favor que organices todo, y que en un par de horas regreses a esta oficina; juntas seleccionaremos los textos que van a acompañar nuestro reportaje.

Los vio salir. La siguió con la mirada. Se sentía enamorada de esos cincuenta y dos kilos que se alejaban con gracia, recargándose de vez en cuando en alguno de los compañeros de trabajo mientras bromeaban. Se sentía tonta por querer así, y confundida. ¿Estaba cayendo en los papeles machistas de esos jefes que buscan cómo acosar a sus empleadas? Quizá se estaba comportando tan tóxica como ellos. Por el momento, eso no le importaba.

Mientras Sonia revisaba el material que iban a publicar sobre las impresiones recogidas en las embajadas de los países del bloque socialista, Cindy solicitó entrar a la oficina. Al parecer ya traía consigo propuestas para discutirlas.

—Hola, ya tengo material para que lo revise. No sé si tenga tiempo en este momento.

—¡Claro! Pasa y toma asiento en la mesa de trabajo.

Con cara de felicidad, Sonia se levantó de la silla del escritorio y fue a su encuentro, buscó colocarse en el sitio más cercano a donde se hallaba situada Cindy.

—Antes de que me comentes sobre lo que trabajaron, quisiera conocer tu opinión sobre otro tema.

—Sí, a sus órdenes —respondió Cindy, por un instante desapareció la sonrisa para intentar ser un poco más formal—:

me interesa mucho dar mi opinión sobre lo que tenga que ver con el trabajo.

Sonia no pensaba decir algo ajeno a la labor en la oficina, pero le pareció innecesario que Cindy subrayara el interés por hablar de cosas laborales, como si otros temas no se pudieran tocar. Quizá Sonia se encontraba sensible y muy desesperada por ser agradable con ella y lograr reciprocidad.

—Por supuesto, Cindy —lo siguiente lo acentuó—, quiero preguntarte sobre cosas del trabajo: estoy revisando las notas que me dejaron sobre la situación que prevalece en los países socialistas. La información parte de la óptica de las embajadas de esas naciones, pero noto que todo lo ven con demasiado optimismo. No sé cuál sea tu opinión sobre lo que está sucediendo en el bloque socialista.

—No me lo tome a mal. Claro que me gusta hablar de todo; aunque cuando hablo de la vida cotidiana, sobre todo de mi propia existencia, suelo ser muy aburrida.

El comentario de Sonia había surtido efecto, quizá por ello Cindy seguía sin sonreír. Cuando Sonia iba a hacer uso de la palabra para decirle que no era aburrida, la chica empezó a verter opiniones sobre la situación en Europa oriental.

—No sé si mi respuesta vaya a gustarle. Creo que ustedes son de ideas de izquierda, en algunas coincidió; pero me parece que el proyecto soviético está envuelto en una gran crisis y avanza a pasos agigantados rumbo al fracaso. Por un lado, se encuentran los poderosos liderazgos de Occidente encabezados por Ronald Reagan, Margaret Thatcher y el papa Juan Pablo II. Por otro, la presencia de un líder soviético tan moderado como lo es Mijaíl Gorbachov. Pero, principalmente, en estos momentos es indiscutible la falta de recursos económicos, lo que lleva a la URSS a otorgar menos apoyos a sus países satélites. Es decir, ¿cómo van a sobrevivir los distintos países socialistas sin el presupuesto que les manda la Unión Soviética? Insisto en que el proyecto encabezado por la URSS está condenado al fracaso, y me da gusto. Su lucha por la igualdad fue superada por la corrupción y por esa terrible represión que castró la creatividad y la iniciativa de las personas que solo deseaban encontrar rutas de progreso. Desgraciadamente, dejaron de producir al ritmo en que lo hacían los países de Occidente y se enfocaron en repartir parte de la pobreza del pueblo.

—Entonces, tú eres de la idea de que el socialismo está muerto —dijo Sonia, interesada en sus palabras, pensando: «Es linda e inteligente». No había duda, cada vez le agradaba más.

—Hay ideas socialistas que van a perdurar, lo que no creo que tenga futuro es el comunismo —argumentaba Cindy—. Considero que para que se mantenga en algunos países unos años más, es necesaria una actitud dictatorial. Quizá eso suceda en China, pero no en la Unión Soviética, donde Mijaíl Gorbachov tiene ideas un poco más democráticas. Los cambios en la URSS van muy rápidos, y bueno, en muchas ocasiones, tal como decía mi abuela cuando nos veíamos en su casa: «Al destapar una olla de presión, todo se torna muy peligroso para la gente que está en la cocina».

—Creo que tienes razón. Habrá que estar atentos para observar cómo se desarrollan las cosas en estos años, y quizá hasta ir a Europa y ser testigos de los acontecimientos.

Ocuparon cerca de una hora revisando los testimonios recogidos de niños de la calle. Cindy los había ordenado y, a pesar de las dificultades, contaba con grabaciones y algunas fotografías. Uno de los jovencitos vivía de lo que ganaba haciendo malabares, un matrimonio con hijos habitaba en las alcantarillas y una niña había sufrido amputaciones para de esa forma conseguir más dinero en la mendicidad. Todos tenían miedo y experiencias de explotación. Sonia le encargó la redacción final del reportaje.

—Muchas gracias. Son temas impactantes, de esos que causan dolor; confieso que provocaron un *bajón de mis pilas*. Pero estoy bien.

—Así es este trabajo, por eso hay que aprovechar los ratos libres y buscar algo para despejarse. Quizá una cerveza con los amigos. Nosotros pensamos ir más al rato aquí cerca, a un lugar discreto y económico.

—No me lo tome a mal —expresó Cindy, bajando la mirada—, quisiera ir con ustedes, pero no puedo, tengo que estar temprano en la casa. Debo estar con mi novio, bueno, con mi pareja.

Enterarse de que tenía novio no fue para Sonia la mejor de las noticias. Sin embargo, vio un resquicio para opinar y dejar mal parado al hombre con el que vivía Cindy.

—No es un tema en el que me deba meter, pero te sugiero que no aceptes que nadie controle tu vida. En nuestra sociedad es muy complicado que una chica sea independiente, los hombres suelen ser dominantes y hasta violentos. A lo largo de nuestra existencia nos han enseñado que las mujeres debemos obedecer. Siento que, entre otras cosas, hay que empezar a dejar en claro que nosotras tenemos derecho a convivir con otras personas.

—No es eso. Rafael se molesta poco cuando salgo, entiende que debo convivir con gente y trabajar. Ambos necesitamos de mi dinero. Yo soy la que deseo estar a su lado, me da miedo estar lejos —los ojos de Cindy se llenaron de humedad, sus mejillas tomaron un color rosado—. Es que Rafael está enfermo. Tiene cáncer. Me dicen que puede salir adelante, pero no sé, me da miedo pensar que tal vez le quede muy poco tiempo de vida.

·

A la gente no le gusta viajar con mal clima, menos por carreteras en pésimo estado. Luis Molina era la excepción a la regla. Al profesor michoacano le encantaba manejar en cualquier circunstancia. Tenía una teoría muy cuestionable, repetía constantemente que, mientras más complicado era el tramo a conducir, más obligados estaban todos los conductores a mantenerse alertas; por lo tanto, se volvían más seguras las autopistas. Además, afirmaba que había menos tráfico, no se veían los peligrosos policías federales dispuestos a extorsionar, ni delincuentes preparados para asaltar a los conductores, o a ambos en plena coordinación para fastidiar a quienes tenían la mala suerte de encontrarlos en su camino.

En el supuesto caso de que no le hubiera gustado manejar, de todas formas estaría transitando por esa carretera y lo haría con el mejor de los ánimos. Debía llegar a una reunión con sus amigos para agotar una agenda en la que se discutirían temas importantes, pero, sobre todo, quería y necesitaba volver a encontrarse con Patricia.

Después de esa primera vez que se vieron y luego de su molestia por haberla presentado con Elba Esther Gordillo como una simple amiga, se volvieron a reunir en un par de ocasiones en el Distrito Federal, y en otro momento ella viajó para pasar un fin de semana en Morelia.

Durante su estancia en la capital irían a cenar con Susana, una de las hermanas de Patricia, con más años y mejor carácter. Con ella se daba inicio a una serie de inquietantes e inciertas reuniones sociales, organizadas por Patricia, para que Luis fuera conociendo a cada uno de los miembros de su extensa familia, entre los que habría que incluir a tías y a varios hermanos, la mayoría de los cuales —por fortuna para Luis— vivían en los Estados Unidos. No era sencillo conseguir la visa para viajar y tampoco había prisa para verlos, los conocería poco a poco.

Le preocupaba pensar en el momento en que le tocara el difícil turno de tomar un café con don Rodolfo Verástegui, inspector de una zona escolar en el Estado de México, seguidor recalcitrante de Elba Esther Gordillo y padre enérgico e insensible de Patricia, a quien ella y el resto de sus hermanos no veían con buenos ojos. Luego de enviudar de su madre —a la que medianamente cuidó durante el medio año que estuvo enferma y por la que lloró a mares en su tumba—, tardó escasos dos meses en salir, para luego casarse con una chica cuya edad era inferior a la de cualquiera de sus hijos. El profesor Verástegui juraba que antes no había habido nada entre ellos, que se conocieron y al instante se enamoraron. En la familia nadie le creía, y menos cuando al poco tiempo le aparecieron un par de herederos, uno de 15 y otro de 19 años, hijos de dos mujeres distintas, ambas trabajadoras de la educación.

En esos pensamientos estaba cuando advirtió que iba llegando al Distrito Federal. La enorme nube de contaminación le anunciaba la proximidad que había con la capital y provocaba alegría en su cuerpo: en un momento más vería a su novia.

El tráfico le tomó otras dos horas, lo normal en un día cualquiera en el Distrito Federal. De presentarse una protesta, el tiempo tranquilamente se podría duplicar. Por fortuna ese día los compañeros de lucha agrupados en la coordinadora no tenían prevista alguna manifestación.

A eso de las cinco de la tarde encontró a sus amigos cerca de la casa de Omar, en una pequeña fonda amarilla, donde le comentaron luego que Ubaldo tenía tres horas en forma ininterrumpida consumiendo, primero tortas, y luego tostadas. Al verlo entrar, Patricia se puso de pie, caminó a su encuentro y, para sorpresa de todos, lo recibió con un gran abrazo y un posterior beso en los labios.

—Ah, cabrón, ¿y eso? —exclamó Omar con una gran sonrisa—. ¿De cuándo acá hay tanto afecto entre ustedes y tan poca confianza con nosotros? Les aclaro que no pienso perdonar un secreto que tenga más de tres días de antigüedad.

—No pregunten mucho, respeten la vida de un par de enamorados —expresó Luis, abrazando con fuerza a Patricia—. Lo único que les puedo decir es que no hice el viaje desde mi verde y hermoso Michoacán hasta la gris capital del país para verlos a ustedes, sino para contemplar los ojos negros de mi preciosa chica.

—Por eso me gustas, corazón, no me da pena decir que me moría de ganas de verte. Estaba en la mayor de las angustias, temiendo que algo pudiera ocurrirte en la carretera. No debiste exponerte con este clima, en serio que estaba muy preocupada —y acompañó sus palabras con un nuevo y largo beso.

—Ay, no mamen. En serio, no chinguen. Con tanta miel se me está quitando la pinche hambre —expresó Ubaldo.

Todos soltaron la carcajada por la ocurrencia de su amigo; Luis fue un poco más allá quitándole la mitad de la tostada que tenía en el plato.

—Pues sí, amigos, estoy enamorado. Eso no quita que tenga tanto apetito como el buen Ubaldo, y que sea de la idea de discutir urgentemente los últimos acontecimientos —agregó, levantando el dedo índice para luego tomar asiento, seguido por sus amigos, acomodándose todos en torno a la mesa de la fonda—. No sé si Omar pueda compartir lo que ha ocurrido en el contexto nacional; si les parece, enseguida les digo lo que me ha comentado Diego, el auxiliar de Elba Esther, y lo que hablé con su primo Raúl.

Omar dio un gran trago a su refresco, pidió otra orden de tostadas para que estuvieran en el centro de la mesa y todos pudieran comerlas mientras iban charlando.

—Por principio de cuentas, la maestra se ha ido posicionando dentro y fuera del sindicato, cada vez está más fuerte y con una mayor cercanía con el gobierno. Hasta parece funcionaria del gabinete de Salinas de Gortari. El 15 de mayo, en la mera celebración del Día del Maestro, nos anunciaron un incremento superior al esperado, lo que representa, pensando tan mal como siempre lo hago, una muestra más de que la quieren empoderar —Omar tomó un respiro para beber un poco del refresco de manzana y continuar con su análisis—. En lo político sindical, seguimos en la misma ruta de protesta. Estamos muy fuertes en las secciones 9, 10 y 22, es decir, en la capital del país y en el estado de Oaxaca. En Chiapas se está avanzando y creo que en tu tierra andamos algo estancados.

—Empezaré por hablar de mi tierra —intervino Luis, que veía la crítica a la situación de Michoacán como algo personal—: las manifestaciones son cada vez más numerosas y las protestas más violentas. Aún no hemos podido sacar a los charros de la dirigencia, pero vamos avanzando. No nos encontramos estancados, no te equivoques. La mayoría de las escuelas las tenemos controladas y en el resto contamos con presencia, al grado de que hemos pintado una parte de los edificios de un color. Los seguidores de los charros tienen prohibido circular por nuestros espacios, si lo hacen se atendrán a las consecuencias. Por citar un ejemplo: en Uruapan, se le ocurrió a un profesor caminar por el lugar equivocado, y en estos momentos lo están dando de alta en una clínica del ISSSTE. Pero acepto que tenemos mucho qué hacer para llegar a los niveles que han alcanzado los compañeros de otros estados —hizo una pausa, pidió una cerveza clara y siguió hablando, ya sin expresar una defensa de su tierra—. En otro orden de ideas, Diego Martínez me llamó hace unos días y antier fue a visitarme Raúl, nos echamos unos tragos y compartió unos datos bastante interesantes. Al parecer los charros quieren jugar de nuestro lado, apoyarnos para que crezcamos en la política sindical. A cambio piden que veamos la manera de ayudarlos a que las propuestas sean aceptadas por nuestros compañeros de lucha.

—Explícate —dijo Ubaldo.

—¿Cómo? —añadió inmediatamente Patricia.

—¿A qué te refieres? —secundó Omar.

—Van a entregar en dos días una propuesta a la mesa de negociación intersindical, donde están nuestros compas que dirigen la coordinadora, además de los charros y gente del gobierno. Pretenden llegar a un acuerdo en aras de intentar destrabar el conflicto derivado por la ausencia de democracia en nuestras secciones sindicales. En resumidas cuentas, quieren que se den elecciones libres en la 22 de Oaxaca. Ahí es donde nosotros vamos a ganar sin problema alguno. Aún no se autoriza nada para Chiapas ni tampoco para Guerrero, menos para mi tierra. En cuanto al Distrito Federal, en la Sección 11 no hay nada. En las otras dos, se van a instalar comisiones ejecutivas: en la 9 presidida por alguien de nosotros y en la 10 por uno de los charros del SNTE.

—Déjame ver si entendí —hizo uso de la palabra Omar—. Un comité seccional se elige en un congreso al que asisten delegados que representan a las bases. En cambio, una comisión ejecutiva es designada desde arriba. Unos y otros llevan a cabo, prácticamente, las mismas funciones.

—Así es, pero en este caso —explicó Luis— Elba Esther quiere que estemos incorporados los maestros de la disidencia a esas comisiones ejecutivas. Si es correcta la información que me compartió Raúl, seríamos veinte ellos, veinte nosotros. Y como les mencioné, quien dirija en la 9 será uno de los nuestros y en la 10 un charro. Ahora bien, el acuerdo incluye que Omar y Patricia estén en alguno de los espacios de dirigencia de sus respectivas secciones sindicales.

—¿Y los radicales aceptarán que estemos incorporados? Pero lo más importante: ¿nos conviene a nosotros? —preguntó Patricia, y al hacerlo, apretaba la mano de Luis.

—Entiendo que todo va por buen camino, pero requieren que estemos atentos por si es necesario un empujón de nuestra parte. Me pidieron sus nombres y fueron aceptados. Miren, nuestros compañeros no tienen de otra; hace unos meses tenían la convocatoria de la 9 prácticamente en la mano, presionaron de más, hartaron a grupos de la sociedad. La prensa se nos fue encima con una campaña de desprestigio y, ahora, debemos aceptar una comisión ejecutiva impuesta desde arriba, transando con el poder. Serán posiciones estratégicas y nos ayudarán en el crecimiento del equipo.

101

Todos guardaban silencio, examinaban la nueva realidad en la que estaban inmersos. Llegaron las tostadas, también refrescos y cervezas. Luis y Patricia acariciaban mutuamente sus manos, ella se recargó en su hombro. Ubaldo tosió un poco aclarando su garganta, decidió romper el silencio.

—Coincido con Luis. La incorporación de ustedes a los equipos de la 9 y 10 es buena para nosotros, al menos en lo inmediato. Pero tengo dudas: ¿qué pasará en el futuro?, ¿hasta dónde nos va a perjudicar? Les recuerdo que los pinches charros son cabrones y la maestra es muy méndiga —la preocupación de Ubaldo era auténtica—. Creo que no hemos visto a Elba Esther en su real dimensión. No sé si les comenté que cuando fue a Guerrero le metió una cachetada a un compañero que la empujó. Le dio el golpe y le gritó: «Respeta a las mujeres, cabrón». Y con esa expresión jaló el aplauso de las compañeras, ¡de nuestras propias compañeras!, ¡de las más radicales! Ahí estaban Jacinta y Teresa, y las dos le aplaudieron. Insisto, es cabrona la señora, al grado de que no sé si un día el puto gobierno priista se arrepienta de haberla encumbrado.

•

Su seriedad y la cantidad de veces que aguantaba la respiración tenían un motivo muy sencillo: era la primera vez que viajaba en avión y el vuelo de México a Madrid implicaba once horas en el aire. Por eso Cindy se veía más que nerviosa. A su lado iban Sofía y Sonia. Ambas habían volado varias veces, aunque nunca a Europa. En la capital de España harían una escala de dos días para dialogar con José Fernando Garcés y Luis Roberto Puente López —amigos de Sonia—; de ellos esperaban el apoyo para contactar gente para el reportaje que planeaban hacer en la parte occidental de Berlín. Regresarían en un par de semanas.

El vuelo se hacía en un inmenso avión de Aeroméxico, con filas de siete asientos: dos en la derecha, tres en la parte central

102

y dos en la izquierda. A ellas les tocó en los asientos centrales de la fila 23. Sin embargo, tan pronto subieron, Sofía empezó a calcular qué lugares podrían quedar vacíos. Al notar que ya no subían pasajeros y ver que en la fila 25 no se estaban ocupando los asientos A y B, optó por cambiarse.

—Amigas, me muevo a aquellos lugares para que estemos más cómodas. Espero que no llegue nadie a reclamarlos.

Aún no pasaban los diez mil pies de altura y Sofía ya dormía plácidamente, mientras Sonia y Cindy disfrutaban de la comodidad de tener un asiento vacío, lo que permitía cierta amplitud y movilidad. Sonia se acercó un poco e inició una conversación relacionada con el trabajo y la vida política nacional.

—¿Cómo observas al presidente Salinas y la situación del país?

—Pues Salinas de Gortari llegó muy cuestionado, aunque creo que se aplicó y va realizando acciones muy mediáticas. No sé si sean positivas, pero suenan bien en los oídos de los mexicanos. El hecho de quitar a la Quina, y luego a Jonguitud Barrios, fue muy aplaudido por petroleros, maestros y sociedad en general, como también agradó a la gente el hecho de detener la inflación y la devaluación del peso —el hablar pausado de Cindy tenía que ver con los nervios, especialmente cuando el avión se movía en forma brusca.

—Coincido en todo. El asunto económico está más que claro. Y en relación con el derrumbe de los liderazgos gremiales, creo que ambos habían abusado de sus espacios sindicales. Aunque también pienso que mucho tuvo que ver la incapacidad de Jonguitud para sortear los problemas magisteriales, y el hecho de que la Quina se la jugara con Cuauhtémoc Cárdenas, el principal rival de Salinas de Gortari. Ahora bien, ¿qué te parece el apoyo que le ha dado en estos días el presidente a Elba Esther? —Sonia estiró la mano para tomar el antebrazo de su compañera, quería tranquilizarla; con su otra mano sostenía un cigarrillo encendido.

—Pues me parece que es inobjetable que Salinas la ve con buenos ojos, tanto así que la apoya en los hechos y en los discursos —puso la mano encima de la que tenía Sonia en su antebrazo, la apretó en señal de agradecimiento—. Ya ve cómo en el Primer Informe de Gobierno pronunció varias frases de reconocimiento a su liderazgo, lo que significa un buen espaldarazo.

Siguieron hablando de asuntos relacionados con el periodismo y el contexto nacional, y luego de que les sirvieron una exigua cena, pasaron a comentarios más personales.

—Disculpa que te lo pregunte, ¿cómo ha seguido tu novio? ¿Cómo llevan la enfermedad? —preguntó Sonia mientras removía una bolsita de té que pusieron en su mesita; decidió dejar de fumar por un rato.

—Se encuentra estable. Hace unos días llegó su mamá. Ahorita lo está cuidando —respondió con una voz neutra, sin matices.

—Me da mucho gusto. Es bueno que esté estable, eso permite albergar esperanzas. Sin embargo, no sé, creo que no te veo con entusiasmo.

—Uf, qué le puedo comentar. Ocurre que la mamá de Rafael nunca ha estado de acuerdo en que vivamos juntos. Siempre lanza indirectas relacionadas con la moral de las mujeres que tienen sexo sin estar casadas. Rafael nunca me defiende, y yo no quiero confrontarla para no mortificar a mi novio. El colmo fue que esta última vez no llegó sola, estaba acompañada por Alicia, una supuesta amiga de la familia y algo más en la vida de mi novio. Basta decir que poco antes de que empezara a andar conmigo estuvieron saliendo por un tiempo. Alguna vez platicó de ella en una sobremesa. Explicó en ese entonces que no llegaron a más porque él se dio cuenta de que no había amor hacia ella. Sin embargo, ahora que llegaron, me entero de que la tal Alicia fue la que no le hizo caso; y el colmo, la muy zorra puntualizó frente a mí: «Me arrepiento tanto de no haberte dicho que sí cuando me pediste que fuéramos novios»; y el muy cabrón la miró, todo colorado, sonrió y agachó la cabeza. Luego de eso, me salí de la casa, no quería verlos, no deseaba ver a nadie. Crucé la calle, y de un teléfono público le llamé a usted para decirle que aceptaba viajar. No sé si lo notó, pero prácticamente le supliqué que me incluyera en el proyecto del reportaje sobre el resquebrajamiento del bloque socialista.

—Sí, recuerdo tu llamada. Me dio mucho gusto que quisieras viajar. Tuvimos suerte de que octubre fuera temporada baja y el avión no estuviera lleno. Ese día te escuché algo desesperada. Ahora entiendo la razón. Supongo que estás viviendo un dilema. Comprendo que no es fácil perdonar, pero tampoco es sencillo terminar la relación con una persona cuando está tan enferma.

—Mire, si siento que Rafael me quiere, le juro que me quedo a su lado toda la vida. Pero si no hay amor de su parte, no tengo problemas; si se muere, con gusto voy a su sepelio.

Hubo un momento en el que Cindy derramó lágrimas; Sonia le dijo que se acercara, que tenía su hombro o, mejor dicho, su pecho para recargarse. La consoló con palabras dulces y caricias en el cabello. No tardaron en quedarse dormidas. Despertaron cuando servían un bocadillo previo a la llegada a Madrid. Al mirar a Sofía, estaba sonriendo.

—Qué bueno que despertaron las bellas durmientes. No quise moverlas hace rato porque estaban muy acarameladas. Se veían tan lindas, así, todas tiernas.

Al principio Cindy se molestó, pero cuando vio que Sonia también se reía, hizo lo propio y optó por mostrar un cariñoso insulto dirigido a Sofía. Ante la cercanía del aterrizaje se dispuso a acomodar su bolsa, metió dentro unos dulces que no habían comido y colocó en vertical el asiento. Después de pasar migración, a la salida de la terminal uno del aeropuerto de Barajas, tomaron un taxi que las llevó al hotel Husa Princesa.

Se instalaron en dos habitaciones, Sofía y Cindy dejaron que Sonia se quedara sola; era la jefa, una forma de reflejar respeto. No era el plan, ni el deseo de Sonia, pero no encontró argumentos para sugerir que fuera Sofía quien hiciera uso de la habitación individual.

La cita con los amigos de Sonia estaba contemplada para las nueve de la mañana del día siguiente, en el restaurante del hotel donde estaban hospedadas. Así que tenían el resto del día —tres o cuatro horas de sol— para conocer un poco la ciudad.

Al día siguiente llegaron puntuales al desayuno. José Fernando y Luis Roberto iniciaron la conversación con los naturales reclamos que hacen los amigos. Cuestionaban el hecho de no haberse visto desde un día antes, habrían querido pasar por ellas al aeropuerto, las hicieron prometer que en la noche se irían de marcha, en aras de disfrutar distintas tabernas madrileñas.

Al terminar de desayunar y luego de los acuerdos sostenidos para disfrutar del ocio, revisaron parte de la agenda periodística. Los españoles les contaron que tenían amigos alemanes que vivían en Berlín, uno de los cuales, Adler Wemmer, doce años atrás, había escapado del régimen socialista. Todos coincidieron en que la situación era extremadamente delicada, que las fronteras se habían vuelto muy porosas. Miles de alemanes y habitantes de los países socialistas migraban hacia Occidente, aprovechando la debilidad que mostraba Hungría y las enormes facilidades que, en ese lugar, se podían encontrar para cruzar hacia Austria.

Definieron tareas: contactar personas en Alemania, trazar las acciones que debían realizarse, confirmar vuelos y habitaciones de hotel en Berlín. Por la noche, tal como estaba acordado, se fueron de marcha. El clima era estupendo, la gente abarrotaba las calles por donde los cinco amigos caminaban alegremente. Luego de un par de bares y unas cuantas bebidas, vieron un locutorio abierto y decidieron hacer algunas llamadas a México. Sofía quería comunicarse con Joaquín; Cindy, con Rafael; y Sonia, con Fernando. La primera para presumir lo que estaba viendo, la segunda para decirle que lo extrañaba, y Sonia con el fin de abordar los pasos a seguir.

Regresaron con los españoles, entraron al Arcoíris Rebelde, un bar en el tradicional barrio gay de la Chueca, con música pop en español y mucha tolerancia. Apenas se sentaron, pidieron unas jarras con cerveza. Después de un largo trago, Sonia habló:

—Fernando me dice que contactó a un colega en Berlín Occidental, existe la posibilidad de que una de nosotras reciba permiso para ir a la parte comunista y pueda estar en las conferencias que se dan por parte de las autoridades de la Alemania Democrática.

Continuaron con la charla y fueron reelaborando la agenda de trabajo. Todos estaban optimistas y alegres. Todos, menos Cindy. Sonia se acercó a su oído para preguntarle si algo le ocurría; si tenía que ver con el reportaje, y si acaso quería ella ir a Berlín del Este.

—No es eso —comentó al oído de Sonia—, lo que pasa es que hablé con Rafael. Me dijo que tenía muchas cosas en la cabeza, que le diera tiempo para pensar, que se sentía muy confundido. Prácticamente terminamos nuestra relación.

Sonia la abrazó, le murmuró que no estaba sola, que era joven y que cualquier cosa podía arreglarse; que estaba para apoyarla, siempre y en todo.

Sofía, al verlas abrazadas, pensando que era una fase afectiva provocada por el alcohol, levantó su tarro e invitó a todos a hacer lo propio.

—Por el amor. Brindo por el amor sin límites y fronteras.

Ya no quisieron cambiar de bar. Todos se sentían a gusto. Y cuando en los altavoces sonó la voz de Ana Torroja, vocalista de Mecano, cantando «Mujer contra mujer», Sonia se acercó al oído de Cindy para decirle:

—Escucha la letra —y al decir esa pequeña frase tomó su mano, la apretó y Cindy le correspondió.

Ambas sentían que no estaban solas. Una pensaba en un futuro de esperanza; la otra en un presente roto. Sofía y los españoles salieron a fumar con el fin de tomar aire y charlar sin necesidad de elevar demasiado la voz ante los inconvenientes que provocaba el alto volumen de la música. Sonia aprovechó para dar un beso en la mejilla a Cindy que la hizo sonreír. Luego, le robó un beso en los labios; lo que provocó una reacción de rechazo, de lejanía. Cindy retiró su mano y movió un poco la silla, tomó un trago a la cerveza y se quedó callada. Sonia hizo lo mismo, manteniendo el tarro entre las manos con la mirada perdida. El silencio se mantuvo hasta que regresaron los tres compañeros de juerga. Platicaron sobre la transformación de España después de la muerte del general Franco y del respeto a la diversidad que se observaba en la sociedad madrileña. Poco después, decidieron ir al hotel.

—Me duele la cabeza —argumentó Sonia para justificar el silencio—. ¿Qué les parece si nos vamos a descansar?

Al día siguiente volaron a Berlín. El clima, para ser otoño, era agradable. Fueron recibidos por Adler, el amigo de José Fernando. Las ayudó a instalarse en el hotel para enseguida reunirse con Derek, el colega alemán quien viajaría con Sonia a Alemania del Este.

—Está todo listo para que vayamos a la parte oriental —señaló el alemán, mostrando que la tensión de Europa se reflejaba en su propio cuerpo—. Saldremos mañana temprano. Toda Europa convulsiona. Tendremos la oportunidad de obtener testimonios interesantes.

—Sugiero se mantengan alertas —expresó Adler—, cuiden cada paso que den. La parte oriental es peligrosa, pero ahora los riesgos se han multiplicado, especialmente para la gente que busca defender la libertad y la democracia.

—Derek y yo buscaremos cuidarnos. Eso sí, sin llegar al extremo de no cumplir con nuestra tarea. Creo que hay que ir a descansar. Nosotros saldremos a primera hora del día. Espero que podamos estar en comunicación. Pidan a Dios que nos vaya bien.

Con un «buenas noches» Sonia se despidió de todos.

Cindy se quedó con las ganas de decirle que se cuidara.

En Berlín del Este los conflictos se sucedían uno tras otro. El gobierno iba cambiando de manos; las protestas se multiplicaban. Se obtenía y enviaba material a México; lo hacían desde ambos lados de la muralla. Finalmente, el 9 de noviembre acudieron Derek y Sonia a una rueda de prensa dirigida por Günter Schabowski, jefe del partido comunista en Berlín del Este, la cual era televisada en directo en la Alemania comunista, y seguida de cerca por los habitantes de ambos lados de la frontera. Günter no tuvo la capacidad para comunicar correctamente las indicaciones de sus superiores: la posibilidad de cruzar el muro hacia el occidente, que se pensaba como una medida gradual, la estableció como algo inmediato. Los periodistas, incluidos Derek y Sonia, pidieron que aclarara sus palabras, y Günter volvió a ratificar lo antes dicho. Con eso se desató el caos y la esperanza. Miles de alemanes se acercaron al muro y exigieron que se les permitiera transitar con libertad. Los militares, nerviosos, custodiaban el paso principal. Había la posibilidad de una masacre; eso se percibía, así lo entendió Sonia.

—¿Qué opinas, Derek? ¿Intentamos cruzar hacia Berlín Occidental? ¿O crees que sea más seguro quedarnos en el hotel para desde ahí valorar los resultados, y mañana hacer el intento de regresar con nuestros compañeros?

—Más allá de lo riesgoso, en ese espacio se halla la noticia. Quizá ocurra una masacre, o tal vez tenga éxito la población.

Creo que debemos atrevernos a cruzar como el resto de las personas, para tener el pulso de lo que está ocurriendo.

Intentaban avanzar por las calles más transitadas, el movimiento de personas les producía cierta tranquilidad. De pronto vieron que la gente se abría un poco para dejar pasar a un reducido grupo de personas: eran oficiales, pero no alemanes, sino soviéticos. No obstante la algarabía, mujeres y hombres seguían sintiendo cierto temor y quizá hasta respeto por los oficiales de la URSS. Unos niños de escasos diez años, en su andar, hicieron tropezar a uno de los oficiales. La gente se horrorizó cuando vieron que el oficial sacaba un arma de entre sus ropas; los niños corrieron. Ya nada pudo hacer el oficial, salvo sacudirse la ropa que vestía con imponente personalidad y una mirada de odio; siguió caminando. No reparó en que se le había caído una identificación, que Derek recogió discretamente.

—Seguramente en estos momentos se dispone a deshacerse de material comprometedor para los intereses soviéticos —dijo, para agregar antes de destruir el documento—: aquí dice que hace un mes cumplió 37 años, se llama Vladímir Vladímorovich Putin.

Miles de alemanes presionaban para pasar al grito de «Abajo el comunismo», reclamando cambios, luchando por la libertad. Desde el otro lado del muro se escuchaban los gritos de gente que invitaba a cruzar, que desde el occidente se sumaba a la protesta y a la esperanza. Había angustia en la parte capitalista, a ellos les había tocado ser testigos de la muerte de muchos seres humanos en su intento por cruzar el muro.

No muy lejos, Sofía y Cindy veían con preocupación lo que estaba sucediendo. Tenían miedo de lo que pudiera ocurrirle a Sonia. Lo que vieron fue impresionante: los militares alemanes cedieron, se negaron a reprimir. La gente empezó a cruzar. En un instante todo se volvió fiesta y alegría, gritos entusiastas, canciones, bailes, besos. Jóvenes de ambos lados comenzaron a subir el muro, y desde las alturas gritaban que se «movieran hacia la libertad».

Entre la algarabía los vieron venir. Corrieron hacia ellos: Derek y Sonia caminaban despacio, contemplando lo que estaba ocurriendo, viendo cómo algunos intentaban romper el muro. Al ver a sus amigos, sonrieron. Estaban juntos en uno de los momentos más importantes de la historia.

Sonia no sabía si acercarse a Cindy, estrechar su mano, y no supo qué hacer cuando ella prácticamente se le echó encima, y menos aún cuando en medio de un fuerte abrazo le dijo al oído:

—Te extrañé mucho. Estoy confundida, tengo miedo de todo; sufro ante el temor de perderte. Quizá podamos intentarlo, pero debe quedar en claro que somos tres.

—¿Tres? No me gustan los tríos —señaló Sonia mostrando una sonrisa pícara e intentando entender la propuesta de Cindy.

—El viaje que quiero hacer contigo implica que vayamos los tres por el mismo rumbo, pero no pienses mal. Te lo voy a explicar. Espero que te guste mi propuesta.

⬤

A punto de concluir el año, la maestra Elba Esther sorprendía a los concejales del SNTE convocando a un congreso nacional a efectuarse en el mes de enero, en Tepic. Había mucho por hacer. Era necesario llevar a cabo los congresos en cada sección del país y, previamente, realizar cerca de diez mil asambleas delegacionales. El tiempo era escaso. Faltaba mes y medio para la realización del evento sindical. De esos días, más de la mitad eran inhábiles por las vacaciones de Navidad y los fines de semana. Algunos secretarios seccionales se quejaban del poco tiempo disponible, pero lo hacían en voz muy baja, con miedo a ser escuchados y reprimidos. Más de uno decía que Carlos Jonguitud les provocaba miedo, pero a Elba Esther le tenían pavor.

—Hay mucho trabajo. Les encargo que sus congresos trabajen en unidad y que tengamos excelentes delegados para la etapa nacional —dictaba la maestra. Los dirigentes asentían, tomaban nota de sus palabras y guardaban silencio—. La disidencia estará presente y los vamos a enfrentar con argumentos. No quiero manifestaciones violentas.

La voz firme y fuerte de la maestra reflejaba que después de ocho meses de labor sindical y de recorrer varias veces el país tenía el control del sindicato. Pocos recordaban el largo liderazgo de Carlos Jonguitud Barrios. Nadie ostentaba su militancia a la otrora poderosa corriente sindical denominada Vanguardia Revolucionaria.

Sin embargo, había riesgos para el grupo hegemónico del SNTE. El magisterio disidente se mantenía en pie de lucha, no con la fuerza observada en los inicios de año, pero sí con una gran determinación entre muchos de sus integrantes. La maestra decía que no quería violencia, mientras los cercanos a ella se preparaban con grupos de choque para el peor de los escenarios.

●

Ante el anuncio de un nuevo congreso nacional, Omar Juárez, quien ocupaba uno de los cargos más importantes dentro de la Comisión Ejecutiva de la Sección 9, convocó a una reunión urgente a Luis, Patricia y Ubaldo. Decidieron verse en una pequeña fonda en el centro de la Ciudad de México.

—No sé qué opinen ustedes, pero creo que la amiga de Luis, es decir, la pinche Elba Esther Gordillo, exageró sus atribuciones: está convocando a un congreso sin respetar formas y tiempos.

Las palabras de Omar reflejaban resentimiento por los meses de confrontación con los dirigentes institucionales. Para varios de ellos, atrás habían quedado los días de alianza entre ellos y la gente de Elba Esther.

—No es *mi* amiga. Quizá Diego, su auxiliar, sí lo sea, o hasta Raúl Martínez. Pero ella no lo es. La conozco. Hemos hablado, me ubica, pero hasta ahí —Luis Molina respondía intranquilo, pero no por las palabras de su amigo—. Ahora bien, coincido contigo, es demasiado acelerado el proceso. Supongo que es estrategia de la Gordillo, nos impide organizarnos. Apenas podremos atender nuestra participación en las secciones sindicales a las que pertenecemos; obviamente no tendremos actividad de proselitismo en otras entidades. Elba quiere afianzarse en el poder. Hay que dar pelea.

—Claro que tendremos que mantener la lucha. No les dejaremos el camino libre, no la tendrán tan fácil —subrayó Omar—. Aunque los congresos de nuestras secciones los programen al último, para que exista el riesgo de no concluirlos a tiempo, y por lo tanto no mandar delegados a la etapa nacional.

—Pues a darle, amigos. Yo tengo una cena con Patricia y con su señor padre. Deséenme suerte, que pienso que la voy a necesitar —Luis exponía las razones de su nerviosismo.

—Pues aunque lo digas jugando, así será —replicó Patricia, para aumentar los nervios de Luis—; mi papá es sumamente especial. Necesito que pongas el valor que a veces te falta cuando enfrentamos a los charros. Huevos, amor, hay que ponerle muchos huevos. Y espero que no te tiemblen las piernas cuando aparezcan las sorpresas.

Luis tomó de la mano a Patricia, no entendió a qué se refería con las «sorpresas», tampoco quiso preguntar. Omar y Ubaldo decidieron destapar unas cervezas, poco después fumarían mariguana. A media tarde se reunirían con un par de líderes del magisterio de la ciudad de México: Teodoro Palomino y René Bejarano. Armarían las estrategias para el trabajo y la lucha dentro y fuera de las instalaciones del Congreso Nacional.

Don Rodolfo pelaba unas naranjas sentado en una mecedora, esperaba a su hija y a Luis en el zaguán de su casa. Cuando los vio venir se puso de pie, ofreció un saludo seco y firme para Luis, mientras a Patricia le dio un cálido abrazo y un beso en la mejilla.

—¿Así que usted quiere ser el novio de mi pequeña hija? ¿Se puede saber quién es? ¿A qué se dedica?

Sin más lo acribilló a preguntas cual si fuera un joven adolescente que pretendiera a su hija preparatoriana. Las actitudes del padre de Patricia incrementaban en Luis el nerviosismo. Intentaba responder de la mejor manera posible.

—Pues tenemos saliendo varios meses, señor. Nos queremos y respetamos. Le agradezco mucho que me permita saludarlo. Patricia tenía interés en que lo conociera. Me llamo Luis Molina, soy maestro de educación primaria; tengo diez años de servicio y doble plaza. Actualmente estoy comisionado en la Sección 18 por parte del Bloque Democrático. Terminé la licenciatura en la UPN y, como le dije, quiero mucho a Patricia, es el amor de mi vida.

—¿Y quieres que te autorice verla? —señaló Rodolfo viendo de reojo a su hija.

—Quiero que me vea como su amigo, como la persona que se compromete a cuidar y querer a Patricia.

—No sé qué decirte. Eres de los democráticos. Para exponerlo mejor, estás en contra de mi maestra Elba Esther Gordillo Morales. Eso no habla bien de ti. Estoy seguro de que le has metido ideas a mi niña. Ahora bien, no sé si tengas algún plan serio con Patricia o solo sea uno de esos juegos que les encantan a ustedes los dizque democráticos.

—Si por mí fuera me casaría este sábado con ella —Luis intentaba sonreír y sacar fuerzas para no doblegarse ante don Rodolfo en un ambiente cada vez más tenso.

—Pues falta que te dé permiso.

Todo indicaba que la reunión terminaría mal; las actitudes de don Rodolfo eran de rechazo, hasta que intervino Patricia.

—Ay, papá, mejor ni opines —con cara de fastidio daba a entender que no era la primera ocasión que tenía que detener los comentarios de su padre—. Y tú, Luis, ya deja de andar de lambiscón; no es necesario. Ah, y en una de esas se te cumplen tus dichos. En una de esas, nos casamos pronto, pero no hay prisa. Escuchen bien lo que voy a decirles: estoy embarazada.

No había terminado de hablar cuando Luis ya se había abalanzado para darle un fuerte y largo abrazo, mientras le decía al oído frases amorosas. La llenó de besos sin importar la presencia de su suegro, quien primero quiso protestar ante el exceso de manifestaciones de amor, luego se puso a aplaudir como un loco y terminó llamando a gritos a su esposa, para agregar:

—Me da mucho gusto, mija, así el hermanito que viene en camino tendrá un sobrinito de su edad.

Estaba a punto de iniciar el Primer Congreso Extraordinario del SNTE. Elba Esther y su grupo más cercano se movían con nerviosismo, caminaban de un lado a otro, hacían llamadas. Intempestivamente, y en no pocas ocasiones, la voz de la maestra se alteraba. Había seleccionado la ciudad de Tepic como sede del evento por la fortaleza política del equipo que dirigía los destinos de la Sección 20. En esos momentos representaba al grupo político y sindical más unido y fuerte en el país, encabezado por el maestro Liberato Montenegro, un docente formado en lo académico y en lo político en las normales rurales.

La Sección 20 se caracterizaba por un trabajo sindical basado en el debate horizontal y en la transparencia en el manejo de los recursos económicos y de los puestos de trabajo. La 20 se consideraba, por propios y extraños, como una sección dotada de una gran disciplina, un singular compromiso y con el coraje suficiente para defender a sus dirigentes, sus espacios sindicales y las conquistas obtenidas con tanto esfuerzo.

Más de uno le había sugerido a la maestra Gordillo Morales que el evento tuviera lugar en un espacio más alejado del centro del país, cuya sede resultara difícil para que los disidentes se hicieran presentes. No tomó en cuenta esas ideas y optó por Nayarit. Ante la insistencia de su equipo, argumentó que las carreteras estaban en tan mal estado que no era tan fácil llegar a Tepic. En esto último se equivocó. Cientos, quizá miles de maestros de la capital del país y de estados emblemáticos para la disidencia, como Michoacán, Guerrero y Oaxaca, se trasladaron para acompañar a sus delegados con el fin de demandar, protestar y presionar a la dirigencia nacional del sindicato de maestros.

Al interior del congreso nacional, realizado en el Teatro del Pueblo de la capital de Nayarit, los maestros disidentes no superaban el diez por ciento de los delegados. El debate se mantenía entre argumentos, insultos y descalificaciones. Afuera, en las calles, la situación estaba algo más pareja, institucionales y disidentes tenían aproximadamente el mismo número de personas: de las mentadas de madre pasaron a los «se los va a cargar la verga», y de ahí a los golpes, pedradas y tubazos. Al entrar al recinto, un pedazo de concreto estuvo a punto de lesionar a Elba Esther, pero Liberato Montenegro se interpuso y la cubrió con su cuerpo, recibiendo un golpe en la espalda. En un primer enfrentamiento quedaron con un número similar de heridos en cada bando. Los disidentes se reforzaron con delegados que abandonaron el recinto. Los institucionales, con grupos de educadores de la Sección 20 que llegaron del interior del estado.

El segundo enfrentamiento fue el definitivo. Diego coordinaba a varios docentes procedentes del Estado de México.

Estaba irreconocible, se veía extremadamente violento. Mandó a Raúl a hablar con Luis; era importante que lo viera como un aliado que había buscado protegerlo de la golpiza.

Sin piedad, las huestes del SNTE y de la Sección 20 arrasaron con los disidentes agrupados en la coordinadora. Decenas de heridos tuvieron que ser internados en hospitales de la localidad, y otros muchos huyeron con múltiples golpes. No quisieron ir a las clínicas cercanas por miedo a ser agredidos al interior de los nosocomios.

—¿Qué fue lo que ocurrió? —Elba Esther hacía patente su molestia, y así lo veían y sentían los más cercanos—. Me tienen que explicar cómo es que llegamos a esta situación.

—Con todo respeto, maestra, mis compañeros de la sección no iban a poner la otra mejilla —hablaba Liberato con su inconfundible voz ronca, sin apartarse de la seriedad.

—No, maestro Liberato. No era poner la otra mejilla, pero tampoco medio matarlos a golpes.

—Le repito, mis compañeros saben seguir instrucciones, y la primera que recibieron por parte de su equipo fue que no los dejaran pasar. Mis compañeros saben debatir y lo han demostrado dentro del congreso; y también saben luchar en cualquier escenario.

—¿Qué opinan los demás? A ver, quiero escucharte, Diego, pero te advierto, no digas mentiras *camión*, cuenta lo que ocurrió.

Las palabras de la maestra, a oídos de Diego, indicaban que no fuera a revelar que ella le había dado instrucciones de actuar sin contemplaciones.

—Pues creo que se lo merecían los de la disidencia. Sin embargo, eso no fue lo que nos dijo usted. Me disculpo por no seguir sus instrucciones, todo fue culpa mía. Siento que esto nos va a manchar el evento, no solo por la cantidad y gravedad de los heridos, sino porque algunos de ellos son muy emblemáticos. Está, por ejemplo, Jesús Martín del Campo de la Sección 10, además de Teodoro Palomino y Bejarano de la 9.

117

—¿Entonces nos equivocamos? Habla sin cantinflear —decía Elba Esther.

—Las acciones estuvieron mal. Se equivocaron los de la 20 —con sus palabras, Diego intentaba compartir la responsabilidad de los hechos, pero muchos habían visto cómo enviaba a sus cercanos, posicionándose como los más violentos, por lo que la respuesta de Liberato Montenegro no se hizo esperar.

—¡Nos equivocamos, madres! —dijo con energía el líder nayarita— la Sección 20 no se equivoca. Nosotros contestamos los golpes. Pero ustedes también lo hicieron y fueron más violentos. Ahí andabas, Diego, en calidad de porro, y contigo varios del nacional. No busquen en nosotros chivos expiatorios. Somos derechos, institucionales y nunca pendejos de nadie.

—No se moleste, maestro Liberato, tiene usted toda la razón —Elba Esther quería conciliar. Aún faltaba mucho por hacer, necesitaba a la Sección 20 y sabía que tenía parte de culpa en lo ocurrido—. Creo que en lo general debemos bajarle un poco a la molestia. Seguramente no teníamos otra opción. Hay que tranquilizar a los compañeros. Debemos ver la manera de operar con la prensa para que no se haga mucho ruido. Me inquieta saber qué tan graves quedaron los emblemáticos; me dicen que René Bejarano traía un fuerte golpe en la cabeza. Y bueno, también me preocupa, y mucho, saber si entre los demás apaleados hay alguno cuya vida corra peligro.

—Al parecer —informó Diego con una fugaz sonrisa que pasó inadvertida por el resto y denotaba su personalidad— hay varios con fracturas de costillas, algunos con cortaduras; y una maestra de la Sección 10 sufrió un aborto.

Capítulo III

Bucareli, *febrero de 2013*

—Nos confirman que despegó de San Diego. Viene sola, tranquila; sin sospechar lo que se le avecina.

—¿Es seguro que viene para acá?

—Bien sabes que con Elba Esther nada es seguro, pero todo indica que picó el anzuelo. Nuestros agentes la vieron partir del aeropuerto, además, desde Guadalajara nos llamó el cabrón este para decirnos que despegó para Toluca —ambos sabían de quién se trataba, no necesitaban pronunciar su nombre— y, hasta el momento, su plan de vuelo no se ha modificado. En noventa minutos debe aterrizar.

Los dos hombres más poderosos de la Secretaría de Gobernación intercambiaban ideas. Eran momentos claves para que la detención fuera exitosa. Lo siguiente implicaba medidas para evitar una rebelión en el magisterio. Había actores que convenía tener amarrados.

—Necesitas reportarte con el señor presidente. Es tu amigo, no vas a batallar para saber si se mantiene en lo mismo. Ya ves que tenía sus dudas —señaló Osorio a Luis Miranda.

—Lo hice hace rato. Sigue en la ruta establecida. Me comentó que tú y Videgaray eran demasiado cabrones. Al parecer no le agradó del todo la forma en que operaron el asunto; a su entender, cualquiera puede decir que esto es una emboscada.

—La franqueza de Miranda iba acompañada de la seguridad que tenía por ser el gran amigo de Enrique Peña Nieto.

—¿A qué te refieres?

—Pues la engañaron vilmente invitándola a conversar; le hicieron creer una cosa y ahora nos la vamos a chingar. Eso del desayuno y la negociación para solucionar el conflicto magisterial fueron tretas para tenerla cerca y detenerla.

—¿Y qué otra cosa podíamos hacer? Se le mandaron mensajes. Tú mismo le dijiste a Martín Esparza que le hiciera llegar una advertencia. Y le valió madres. Después de eso, la muy cabrona despotricó peor en el programa televisivo de Adela Micha —respondió molesto Osorio Chong.

—Así es, no pudo entender la realidad que estamos viviendo. Lo que sigue es saber cuánto resiste en la cárcel. Apuesto doble contra sencillo que al poco tiempo se nos muere. Habrá que revisar cómo vamos a actuar en ese momento. Por lo pronto, hay que repasar lo que nos toca hacer ahora —propuso Luis Miranda con un gran entusiasmo, y a la vez, nervioso. Su amistad con Enrique Peña Nieto databa de la juventud de ambos, y aunque no tuviera el cargo de secretario de Gobernación, su poder era indiscutible—. Hace unos minutos iniciaron las llamadas a los gobernadores para convocarlos a una reunión con carácter de urgente, aquí en Bucareli. No deben de tardar en presentarse los primeros.

—En unos minutos checo que Videgaray haya congelado las cuentas del SNTE, tanto las que maneja el Comité Nacional como las que tienen las secciones en el país. También debe revisar si hubo movimientos raros en ellas, con eso podríamos detener a varios dirigentes.

—También es importante que sepas que cerca del hotel donde se está realizando el consejo sindical tenemos un operativo con quinientos policías federales. Si es necesario, detendrán a los principales líderes sindicales.

—Es bueno que estén ahí, pero no creo que vaya a ser necesario. Juan sabe que no tiene otra opción más que apoyar y hacerlo de rodillas. A la maestra la vamos a acusar de desviar el dinero del sindicato para su beneficio, y uno de los que firmaba todos los cheques era el propio Juan Díaz. Si cae la jefa, no hay razón para que no sea detenido el segundo de a bordo.

—Salvo que colabore con nosotros.

—Exactamente. A Juan lo tenemos agarrado de los huevos y del pescuezo, aunque aún no lo sepa.

El liderazgo, *1990-1993*

Si el primer paso fue lograr la dirigencia en un consejo sindical, el segundo se había dado al ser ratificada en un congreso nacional con delegados de todo el país. Los golpes escenificados en las calles de Tepic mancharon el evento sindical, pero nadie podía poner en duda que la maestra Elba Esther se había vuelto la dirigente formal y moral del SNTE, que la gran mayoría de los liderazgos seccionales la respaldaban al cien por ciento.

No obstante, y muy a pesar de lo alcanzado en menos de un año, Gordillo Morales no estaba satisfecha; quería más, buscaba algo distinto, alcanzar un nivel superior en la política y en el sindicalismo. Los más cercanos sabían que era un privilegio y un suplicio estar en las reuniones de trabajo a las que convocaba la ya poderosa e implacable secretaria general del sindicato. Pocos eran los invitados a estar a su lado en los momentos de planear y evaluar, y todos los que acudían estaban expuestos a la presión permanente durante las reuniones, a los cuestionamientos e incluso hasta a constantes regaños de la dirigente sindical.

Era febrero de 1990, Elba Esther había convocado a parte de su grupo más cercano en un pequeño salón alquilado en un hotel del sur del Distrito Federal. Ahí se hallaban: Humberto Dávila Esquivel, Cupertino Alejo, Jesús Ixta Serna, Jesús Sarabia, Tomás Vázquez Vigil y Diego Martínez.

—Espero que entiendan que no es momento de festejar —iniciaba sus comentarios la maestra—, aunque les aclaro que en un rato los tengo que dejar, no tengo mucho tiempo. Me invitaron a un concierto con Alberto Cortez en el Auditorio Nacional. No pregunten quién, no les voy a decir, es algo muy personal. Tengo corazón y también vida privada. Hay que enfocarnos en la labor sindical; partir del hecho de que no hemos logrado nada, salvo mucho trabajo y la responsabilidad de que el sindicato sobreviva a las prácticas anárquicas de la coordinadora, y a los afanes destructivos de funcionarios del actual gobierno.

—Estamos para lo que indique, maestra —comentó Humberto Dávila, exdirigente de una sección en Coahuila, recién electo secretario de Finanzas del Comité Ejecutivo Nacional, y, para muchos, quien se encontraba más cerca de los afectos de la dirigente sindical.

—Primero quiero que me vayan diciendo cuáles son los asuntos más importantes de la agenda; es decir, los temas que debemos trabajar en los próximos años. Empieza, Tomás, comenta algo.

—Creo que hay que plantear un modelo distinto en la elección de los comités seccionales. Hasta el momento, en cada sección se convoca a los delegados y un pequeño grupo escoge a la planilla completa. ¿Qué propongo? Que usted avale quién debe encabezar cada comité seccional, es decir, al secretario general. De los grupos existentes, que se defina quiénes repiten. Entre los delegados, que se organicen y ellos voten por los que deben incorporarse de cada región y de cada nivel educativo.

—Suena bien. Me gusta la idea. Creo que eso ayudará a la democratización del sindicato. Eso sí, luego hay que pugnar para que en un congreso se pueda establecer el voto secreto —y dirigiéndose a Diego Martínez, ordenó de manera enérgica—: toma nota, por favor, no quiero que nada se te escape. En cuanto a ti, Humberto, ¿qué idea consideras importante para que sea parte de nuestra gran agenda sindical?

Mientras Humberto revisaba sus anotaciones, la maestra solicitó agua purificada de una extraña marca.

—Creo que el tema más importante no lo vamos a proponer aquí, sino que es algo que se está gestando en el gobierno —la voz grave de Dávila Esquivel iba acompañada de una seriedad en el semblante—, es además un tema que ya hemos platicado ampliamente. Cuando nos hablan de descentralizar el sistema educativo, nos están anunciando que quieren atomizar al sindicato, que implica debilitar a la organización sindical; es la antesala para desaparecer al SNTE.

—Es correcto —expresó Elba Esther—, es el punto más urgente. Hay que generar conciencia en los compañeros; negociar con mucha habilidad. Necesito que nos veamos seguido con ese tema, que me den el voto de confianza para dialogar con Bartlett y, de ser necesario, con el propio presidente de la República.

Todos asintieron.

—Hay otros asuntos —continuó—, los voy a mencionar porque quiero que vayan pensando en ellos. Por principio de cuentas se requiere que en el SNTE tengamos más presencia de las mujeres en la vida sindical. Hay que invitar a más maestras a dirigir espacios sindicales; debemos luchar contra las actitudes machistas de nuestros compañeros y el ambiente tóxico que se genera en las secciones y hasta en el propio Comité Nacional. Vamos pensando en un movimiento nacional de mujeres —volteó a su costado con una mueca de molestia; supuso que Diego no estaba tomando nota, pero lo vio atento a las palabras de ella y de los compañeros, así que decidió continuar con su mensaje—. El segundo de los temas tiene que ver con nuestra materia de trabajo. Debemos contar con propuestas educativas, y dichas propuestas deben surgir, o al menos refrendarse, en función del consenso con los maestros de base. Quizá para ello tengamos que organizar un gran congreso de educación. Y algo más, no sé cómo vean si creamos un medio de comunicación interno de un nivel distinto al que hemos tenido en el pasado. Me refiero a contar con un periódico en cuyas páginas escriba gente como Carlos Monsiváis, Carlos Ramírez, Fernando Savater, Carlos Fuentes... Gente de esa estatura intelectual.

—Estaría muy bien —comentó Cupertino Alejo.

—Excelente idea —puntualizó Dávila Esquivel.

—Totalmente de acuerdo —dijo Ixta Serna mientras encendía un cigarrillo.

—No sean *camiones*, no me digan a todo que sí. Se vale y se debe cuestionar, eso sí, con argumentos —era obvio que no le gustaba que la cuestionaran y que ellos difícilmente se atreverían a hacerlo, mas la frase se tenía que decir.

—Pues bien, si estamos de acuerdo ese periódico podría ser semanal; me gustaría que se llamara *Quince de mayo*. Tomen nota, sobre todo tú —dijo mirando a Diego—, es tu responsabilidad.

El tiempo transcurría, le habían recordado en un par de ocasiones que se le hacía tarde; poco caso hacía, seguía hablando.

—Otro tema. Hay que analizar y proponer alternativas respecto a la carrera magisterial. Es algo inevitable, hay que ponernos abusados. De algo estoy segura, si le damos una buena estructura, podemos lograr un interesante incremento salarial para nuestros compañeros. Por lo pronto hay que exigir el pase inmediato a mejores categorías a aquellos que están en el Esquema de Educación Básica. Tenemos que luchar por un buen presupuesto que haga que muchos docentes logren ingresar y puedan ascender en el programa.

—¿Y habrá algo para quienes están fuera de las aulas cumpliendo una responsabilidad sindical? —preguntó Sarabia, dirigente ubicado en la línea dura del sindicato. Hacía alusión a los comisionados en las secciones y en el propio Comité Nacional.

Todos guardaron silencio, esperando la reacción de la maestra, quien miró hacia un costado, rumbo a la puerta que daba acceso a un corredor. Buscaba las palabras, o quizá únicamente pensaba en irse al Auditorio Nacional al concierto de Alberto Cortez. Respiró hondo y contestó a Jesús Sarabia:

—No me gusta la idea. Pienso que con ello se va a pervertir el programa, se nos va a criticar muchísimo —Elba Esther se recargó en el respaldo para luego agregar—: sin embargo, quizá no tengamos otra alternativa. Entiendo que con tu idea buscas apoyar y controlar mejor a las dirigencias de las secciones. Siempre hay que tenerlos controlados. Es más fácil construir el apoyo con la necesidad que con la lealtad.

La reunión se mantuvo en el escenario de las propuestas y comisiones. Se habían puesto sobre la mesa temas educativos, laborales y sindicales. Además, la maestra propuso tener una mayor presencia internacional, construir una gran alianza con los sindicatos de educadores latinoamericanos. Finalmente, quedaba un asunto a tratar, el político.

—Pertenecemos al Partido Revolucionario Institucional, pero supongo que a todos nos queda más que claro que nuestro partido ya no es invencible. Más aún, no es una garantía para la supervivencia del sindicato. Hace muy poco perdimos en Baja California; según los datos que tengo, el panorama se observa muy difícil para las próximas elecciones en Chihuahua, Nuevo León, Guanajuato y San Luis Potosí. En un futuro no muy lejano veremos cómo se pierden más gubernaturas y diputaciones. Aunque no lo crean, pronto tendremos que ceder la presidencia de la República a otro partido. No me pongan esa cara, les aseguro que eso va a suceder.

—¿Y qué propone, maestra? —preguntó Ixta Serna, que era uno de los pocos que fumaba frente a Elba Esther.

—Necesitamos vernos como un gremio plural, tener diálogo con líderes y candidatos de todos los partidos; contar en nuestras filas con observadores independientes en las elecciones. De este modo, hay que tener un Comité de Acción Política en donde se cuente con la presencia de maestros del PRI, pero también del PAN y de la izquierda mexicana. Recuerden: hay que ser plurales, nunca ingenuos.

●

En el México de los noventa, todos los medios de comunicación recibían recursos públicos. Para unos eran la principal fuente de financiamiento, solo así se mantenían vivos. Para la agencia de noticias Siete de Junio, ese dinero servía para fortalecer el trabajo periodístico.

Sonia y Fernando habían viajado a Francia para cubrir todo lo relacionado con la cumbre de París, sin embargo tenían tiempo para hablar de lo que venía ocurriendo en México. Ambos coincidían al señalar que en el contexto nacional se avizoraba cierta estabilidad política ligada al fortalecimiento del gobierno en turno. Carlos Salinas se percibía cada vez más fuerte como presidente de la República, en buena medida al no existir voces que osaran disputarle el poder. La oposición estaba débil, fragmentada: había muerto en la carretera el excandidato panista Manuel J. Clouthier —en voz baja se hablaba de un atentado, pero nadie lo hacía público—. En la izquierda mexicana, el Partido de la Revolución Democrática había cumplido un año de vida, e intentaba generar fortaleza no solo para su dirigente, Cuauhtémoc Cárdenas Solórzano, sino para liderazgos locales que pudieran contender en las elecciones del próximo año. Diversos analistas políticos decían que Cuauhtémoc era tan decente que difícilmente iba a ganar la presidencia.

Los empresarios estaban contentos, fascinados con las políticas de Salinas de Gortari; mientras que los sindicatos se observaban controlados, temerosos. En el discurso del gobierno federal se hablaba de privatizar un sinfín de empresas públicas. Ante tal expectativa, los dueños del poder se preparaban para entrarle a las subastas. Como prueba de que eso iba en serio, ya había sido publicada la convocatoria para la venta de

Teléfonos de México. El nombre de un tal Carlos Slim se escuchaba como potencial comprador.

Para Siete de Junio, la agencia de noticias que presidía Fernando, el apoyo del SNTE, tan necesario en un inicio para mantenerse a flote, había mermado poco a poco, al tal grado que prácticamente no existía en sus finanzas. La razón no tenía que ver con alguna debilidad en el grupo de Elba Esther; por el contrario, la maestra se había consolidado en el mundo magisterial, en el contexto sindical y en la vida política del país. Los maestros seguían ganando mal pese a dos negociaciones exitosas, con significativos incrementos salariales. El SNTE estaba fuerte, más fuerte que nunca antes. Por lo tanto, en esa parte no radicaba el problema. El motivo tenía que ver con el hecho de que a pesar de que Diego estaba en una mejor posición, la distancia con Fernando se ensanchaba, se hacía francamente insalvable: tenían meses sin hablarse. Diego lo había buscado; al principio mucho, últimamente en forma ocasional. Fernando no quería saber de él.

—¿Me puedes decir qué pasó entre ustedes? —preguntó Sonia, tomando el brazo de su amigo mientras tomaban una copa en Campos Elíseos.

—Los dos nos equivocamos. Creo que primero fui yo el de la culpa. Debí hablar, decirle todo. En ese momento tuve miedo. Insisto en que me equivoqué. Pero su reacción fue imperdonable. Alguna vez te confesé lo que había sucedido con el primo de Diego. En serio que ese culero me movió el tapete. Llegué a tenerlo en mis pensamientos: me quitó el sueño. Luego descubrí que lo que tenía con Diego era más importante y me definí. Pues bien, el cabrón de Raúl me siguió buscando. Lo rechacé de todas las formas posibles, y un día le contó todo a Diego. Exageró la nota. Modificó las cosas.

—¿Y luego Diego intentó golpearte?

—Efectivamente. Primero me insultó, después me amenazó. Cuando intentó darme un golpe, lo detuve, y creo que entendió que le iba a responder en el tono y en las formas que él dispusiera.

—¿Entonces no piensas perdonarlo? —ella intentaba tener elementos para luego expresar su opinión al respecto.

—Claro que no voy a perdonar lo que hizo y lo que intentó realizar. En la vida hay que poner límites, y Diego cruzó en forma ruin y descarada las líneas rojas. Supongo que tú coincides conmigo, ¿o crees que debo excusarlo, pasar por alto lo que intentó hacer?

—Por supuesto que no. Pero es que se veían muy bien. Sin embargo, eso de querer golpearte no tiene madre.

—Y no solo eso, su intento fue la gota que derramó el vaso. Me insultó, me humilló, hizo caso a las mentiras de Raúl. Y si no me pegó fue porque sabe que soy igual o más fuerte que él, y que no me iba a dejar.

Fernando hizo una pausa. Sonia no quiso romper el silencio, dejó que su amigo encontrara las palabras para continuar.

—Estaba muy enamorado de Diego. Quizá debí contarle lo de Raúl, pero no quise crear una tragedia al interior de su familia. Además, Diego es muy celoso y medio machista, le gusta controlar todo lo que tiene cerca. Antes de lo de Raúl, me cuestionaba las amistades que tenía, no solo con hombres, sino también con chicas. Un día me preguntó si me gustabas. Le dije que era un estúpido.

—Ja, ja, ja. Qué pendejo. A diferencia de él, nosotros sí tenemos muy claro lo que emociona nuestros sentidos —Sonia dio un largo trago al whisky que tenía hasta vaciar el vaso, y con una seña pidió una nueva bebida.

—En ese punto, qué te puedo decir, sabes que soy especial. A Diego le gustan hombres y mujeres, y creo que a su primo también. A mí, los hombres, pero… —en la pausa, Fernando intentaba expresar con claridad sus ideas—, soy un poco asexual, creo que únicamente con Diego he encontrado el placer. Pero no hay placer que justifique dañar mi dignidad. Todo desaparece cuando el dolor se hace presente. ¿Sabes?, antes del asunto de los celos contigo, me hizo la misma pregunta en relación con Sofía. Ocurrió meses atrás. Te confieso que en ese momento me dio risa. Hoy me produce coraje y asco. Y si Diego tiene problemas, cuando Raúl está presente adquieren una mayor dimensión. Juntos son insoportables, prepotentes, violentos. Se sienten invencibles. Con frecuencia optaban por los golpes con muchachos, solo porque se nos quedaban viendo. O quizá se peleaban porque les da placer causar daño. Creo que la maestra debería tener gente distinta a su lado.

—¿No será que son así por estar a su lado? O bien, están a su lado simplemente por ser así.

—Uf, amiga, eso sí está muy complicado para contestar. El poder es muy extraño, y los políticos buscan acrecentarlo y conservarlo haciendo uso de cualquier cosa. Se rodean de alimañas y, de ser necesario, tragan sapos y escupen piedras. ¿Conoces a algún político que no mienta?

—¿Conoces a algún ser humano que no mienta ocasionalmente? —Sonia le acariciaba la mejilla. Lo quería como amigo, jefe y cómplice de aventuras y proyectos.

—No me refiero a eso. Me refiero a mentir permanentemente, y también a robar y buscar en todo momento aprovecharse de los demás. Nuestros políticos se dedican a pisotear a sus semejantes.

Sonia soltó una carcajada.

—Estás bastante dolido —señaló Sonia mientras llegaba la siguiente bebida, pidiéndole rápidamente al mesero queso para acompañar—. Supongo que lo sigues queriendo. Además, creo que no tienes razón. En la política y en la vida sindical, como en todo, hay gente noble y gente mala. Diego no es bueno, Raúl es peor. Ni hablar. Y quizá esos dos tipos no sean buenos en algunas cosas, pero pueden ser unas excelentes personas en otros ámbitos. No sé, no los veo como monstruos. Al menos a Diego no lo veo así, al otro casi ni lo conozco.

—Quizá a Diego lo conoces poco. Por algo les pedí que nos cambiáramos de edificio. Estar lejos de él era oportuno y conveniente. Con el paso del tiempo me di cuenta de que es un tipo tóxico. Y con su primo cerca, Diego es peligroso —tomó un trago a la bebida—. Bueno, amiga, lo mejor es que cambiemos de tema. Dejemos de hablar de mis desventuras, ¿cómo te ha ido con Cindy?

—Uf. ¿Qué te puedo decir?, Javier es hermoso y Cindy fenomenal. Me llenan los dos, me hacen sentir plena. Creo que son lo mejor que he tenido en la vida.

—¿Te sientes bien en ese papel? —Fernando había vuelto a sonreír—. Es algo que, según recuerdo, me dijiste que nunca harías.

—Tienen razón los que aseguran que nunca hay que decir «de esta agua no he de beber». Cindy también negaba la posibilidad de vivir conmigo o con cualquier mujer, y bueno, no es por presumir, pero te morirías de envidia si supieras. Mi chica dice que nunca había gozado tanto.

—Quizá todo mundo tiene un lado homosexual —expresó Fernando con una sonrisa burlona.

—Más bien, pienso que tengo buena suerte. Logré encontrarme con las personas adecuadas, con seres humanos que entienden que la piel es una extensión del corazón, y por lo tanto no importa la edad o la raza, ni siquiera el género. Lo vital es que todo surja de los sentimientos, que la pasión sea un elemento más del amor.

—Quizá ella sea tal como la describes. Creo que primero nos enamoramos con los ojos, y después los sentimientos son una extensión del gusto. Me queda claro que siempre soñaste pasar tu vida con una chica tan linda como Cindy. Cuando te vi al lado de Javier y observé cómo lo veías, me encantó. No sé cómo decírtelo, noté amor en tus ojos.

—Pues qué te puedo decir. Javier es *nuestro* hijo. Me enteré en Berlín de que estaba embarazada. Rafael será su padre biológico, pero Cindy y yo somos sus madres. Ya tiene cuatro meses, y es mi amor.

El sufrimiento y el miedo causaron estragos en su relación con Luis, al grado de que ella optó por mover indefinidamente la fecha de esa boda que habían soñado.

Pasaron los días, nadie podía dudar de que el dolor de Patricia fuera el más grande de todos. No solo por sentir los golpes y ver cómo la tumbaban y pateaban, sino por la frustración de intentar proteger, de cubrirse el vientre en vano, de pedir, de suplicar clemencia. Solo escuchaba gritos e insultos; padeció el abuso de gente más fuerte que ella. Encontró alivio cuando, irónicamente, la lograron salvar unas maestras institucionales, tan institucionales como los cobardes agresores, pero a la vez, tan mujeres como Patricia.

A lo lejos había visto a Diego, coordinando y azuzando a maestros que golpeaban a los disidentes. Para Patricia, Diego era el gran culpable de lo que le había sucedido. Así se lo hizo saber a Luis, quien no defendió a su amigo, por el contrario, estaba furioso; en la primera ocasión se lo hizo saber al auxiliar de Elba Esther, enfrentándose con el argumento «elemental» por boca de Diego.

—Estábamos en una campal. ¿Qué podíamos hacer? Los disidentes también estaban agrediendo. Te consta que intenté protegerlos, mandé a Raúl contigo, la idea era que buscaran a Patricia.

Luis aceptó esa explicación, más aún, alcanzó a perdonar a Diego.

Patricia no lo hizo y prometió que nunca lo haría. Cuando el dolor y el coraje estaban en su punto más alto, cuando estuvieron a punto de terminar su relación, le dijo su impresión sobre los hombres.

—No entiendo cómo piensan ustedes. No alcanzo a comprender sus sentimientos. Mi padre se molestó cuando le dije que toda la culpa la tenían los charros. En lugar de empatía encontré rechazo de su parte, y todo porque vive idolatrando a Elba Esther. ¿Y qué puedo pensar de mi amor?, mírate: de llorar a mi lado, en seguida te fuiste a tomar unas cervezas con el puñetas de Diego, y también con el porro de Raúl. Insisto, no sé si son culeros, pendejos o cobardes, pero todos los hombres son iguales.

Pese a su enojo y frustración, con el paso del tiempo terminó perdonando a su padre y, con mayor razón, a Luis. Este último podría ser un pendejo, pero ante todo lo veía como su pendejo, el único que tenía, el pendejo al que quería.

Tardaron meses en volver a estar juntos, en compartir besos y caricias, en salir de fin de semana a algún sitio cercano al Distrito Federal, en transitar de las palabras de amor que podían ser artificiales a compartir de nuevo sueños, pensar en vivir juntos. Prácticamente, fue el mismo tiempo que tardó Patricia en volver a interesarse por la vida del sindicato, sin que el coraje personal nublara el análisis colectivo.

En la mayoría de las ocasiones Luis viajaba a la Ciudad de México con el fin de visitar a Patricia, hasta que en una vuelta a Michoacán las cosas cambiaron. Las ventajas de la vida en provincia eran evidentes, tenían la posibilidad de compartir en forma permanente la casa y la cama en algún barrio de Morelia. Quedaron de acuerdo en que en junio del 91 ella solicitaría su cambio de adscripción del Distrito Federal a Michoacán: de la Sección 10 —donde era parte de la Comisión Ejecutiva— a la Sección 18, donde Luis tenía presencia e influencia. Eso lo decidieron durante las vacaciones de Semana Santa. Luis fue por ella al Distrito Federal. El fin de semana pasearon por el Bosque de Chapultepec con la joven madrastra y el nuevo hermanito de Patricia, y el lunes se movieron por carretera rumbo a Michoacán.

133

En Morelia fueron a la Cenaduría de la Inmaculada, el lugar preferido de Patricia por sus ricos antojitos, y de Luis por lo económico que resultaba. Luego, decidieron pasar los días santos en Tzintzuntzan, paseaban por el pueblo y desmenuzaban lo que ocurría en el sindicato de maestros.

—Elba Esther sigue asistiendo a muchas secciones sindicales. Parece que anduviera en campaña —señaló Luis, besando la mano de Patricia, queriendo compensar el tema que le molestaba con una ligera caricia.

—Seguramente lo está —respondió retirando con brusquedad la mano—. Se quiere apoderar no solo del sindicato, sino de la conciencia de los trabajadores de la educación.

—No te molestes. ¿Sabes?, me dijeron que, si aceptaba, me podría incorporar al Comité Ejecutivo Nacional.

—Y luego, ¿qué esperas? Corre, es lo tuyo. Esos cabrones son tus cercanos —espetó Patricia alterada; fruncía el ceño y apretaba los labios después de cada oración.

—Les dije que no. Lo mío no es estar cerca de ella sino a tu lado. Su proyecto no es mi lucha. Hay otros de la disidencia que se incorporaron. Pero yo quiero estar contigo.

—¿Hablas en serio? —Su semblante se transformó, se acercó y lo tomó de la mano.

—Totalmente. Si te cuento que anda por todos lados no es para aplaudir su labor sino con el fin de alertar. Mientras nosotros caminamos, ella está corriendo; dicen que quiere ir personalmente a los estados a presidir los congresos seccionales.

—Que mejor arregle el asunto de la descentralización educativa y el tema de la carrera magisterial —añadió Patricia.

—Según me dijo Diego, ya formularon acuerdos para mantener los lineamientos que le darán sentido nacional a la educación. Todo lo salarial será tema nacional. Y se reconoce como el titular de la representación de los trabajadores al Comité Ejecutivo Nacional, no a las dirigencias de cada sección.

—Interesante eso que te comenta el mafioso golpeador que tienes como tu pinche amigo —nuevamente frunció el ceño, apretó los labios y le soltó la mano—. Habrá que estudiar las implicaciones.

—Eso me dijo Diego. Y me volvió a comentar que él no fue el responsable de lo que ocurrió en Tepic. Insiste en platicar con los dos.

—Pues yo no voy a ir. Tengo dignidad y los ojos muy abiertos. Ese tipo no es buena persona. Lo vi azuzando a los gorilas que llevó al nacional. Y si supieras lo que dicen del tal Raúl, te alejarías de ellos. Pero ya no voy a discutir, solo te repito que no pienso verlo.

—¿Sabes qué me gustaría?

—Lo que sea, mientras no me pidas ver a Diego o a la maestra.

—Nada de eso. Quiero que seas mi esposa.

●

Tiempo atrás era habitual ver dirigentes magisteriales en el *lobby* del hotel Presidente Intercontinental. La razón tenía que ver con el hecho de que la maestra acostumbraba agendar reuniones de trabajo en alguno de los restaurantes ubicados dentro del hotel. Algunos de esos líderes eran citados, otros se apersonaban para intentar saludarla, aunque fuera a distancia.

El restaurante Balmoral se había vuelto el preferido de Elba Esther. Ahí tomaba un café, evaluaba tareas sindicales y giraba indicaciones para nuevos proyectos del SNTE o de la vida política del país. También se le podía ver con gobernadores, empresarios o funcionarios de la Secretaría de Educación. El quehacer político era su vida. Opinar, asesorar, gestionar, tramar… De todo un poco para posicionarse en la escena del país.

En una ocasión, en medio de una reunión con un legislador afín al equipo político nacional, tuvo que suspender la sesión y trasladarse a la Residencia Oficial de Los Pinos; la había citado de imprevisto el presidente de la República.

De la discusión sobre el procedimiento para descentralizar la educación, llegaron al análisis del proceso electoral, en el que incluyeron el difícil tema de la elección de gobernadores en Guanajuato y San Luis Potosí. En ambos casos la inconformidad de los panistas se hacía evidente.

En ese momento, Carlos Salinas no tenía la decisión tomada; se encontraba consultando a diversos líderes de opinión, y la maestra era una de las voces más autorizadas en el contexto nacional, alguien que como defecto o virtud procuraba en muchas de las ocasiones decir lo que pensaba, aunque no fueran políticamente correctas sus expresiones.

—Pues, ¿qué le puedo decir, señor presidente? Por principio de cuentas considero que la elección en Guanajuato fue muy desaseada. Eso era innecesario. Sin trampas hubiéramos ganado; no con un margen de dieciocho por ciento, pero hubiéramos triunfado. Y algo parecido opino de San Luis Potosí.

—Coincido. Pero ya ves cómo piensa el pobre de Ramón Aguirre. Hizo una pésima campaña y convenció a gente de mi gabinete para que repartieran recursos.

Es de todos conocido que en México nada se hace a espaldas del presidente, y menos de uno con las características de Salinas de Gortari, eso le quedaba claro a Elba Esther; sin embargo, prefirió callar, entendía que el mandatario respondía como si fuera un espectador lejano, sin responsabilidades ni competencia. También le quedaba en claro que los gobernantes, por lo general, cuando piden un consejo, solo quieren ser escuchados y que sus palabras reciban la aprobación y el elogio. Ante un mandatario con ese estilo, lo mejor era permitir que se explayara y que sus ideas definieran las decisiones.

—Estoy convencido de que debemos corregir lo sucedido en Guanajuato y, quizá, también en San Luis Potosí —señaló el mandatario—. Lo importante será convertir un par de derrotas en decisiones que sean reconocidas en México y en el extranjero.

Ahí, en la pausa, la maestra entendió que lo que más ansiaba Salinas de Gortari era el aplauso de la clase política estadounidense. Optó por una sonrisa y un ligero movimiento vertical de la cabeza.

—Pues bien, maestra, me da gusto que coincida conmigo. Espero que apoye totalmente la decisión que voy a tomar.

—Así será, señor presidente.

En la mente de Elba Esther había signos de preocupación, sabía que algo se estaba transformando en la política mexicana. El PRI había avasallado en las elecciones federales y contaba con una gran mayoría en el Congreso. Aun así, las opiniones y las protestas provocaban reacciones en el mandatario federal: daban paso a acuerdos tan ilegales como los fraudes que se hacían en las casillas. Había que ver cómo se desarrollaban los procesos electorales y conjuntar esfuerzos con la gente más leal.

Regresó al Balmoral. Ahí se mantenía en la espera el diputado Jesús Sarabia, habían pasado cuatro horas y mantenía la misma sonrisa o, al menos, la mostró cuando vio que se acercaba la maestra. Sarabia Ordóñez era uno de los dirigentes más fuertes del magisterio poblano, con presencia en la dirigencia nacional del sindicato.

—¿Cómo percibes el panorama en la Cámara de Diputados? —preguntó Elba Esther después de dar un sorbo a su café.

—Creo que bastante bien, maestra, no nos podemos quejar. Las cosas van mejorando en el país. El PRI obtuvo un incremento importante de diputados, pasó de 262 a 320 legisladores. Hay en esta legislatura varios profesores, entre los que me incluyo, que tenemos muy claro que estamos ahí por usted, y para servir a nuestro sindicato.

—Quiero que hagas equipo con todos ellos, pero especialmente con Moisés Armenta, Luis Moreno y Eloy Gómez Pando. Ustedes son mi voz en la Cámara de Diputados.

—Así se hará, maestra.

—Entiendo que René Bejarano está ahí por parte del PRD. Si puedes, habla también con él. Traten de llegar a buenos acuerdos. Hay aspectos donde nos tenemos que apoyar. Y en lo general, busca dialogar con diputados de nuestro partido, aunque no sean parte del gremio. El presidente trae muchas iniciativas y me preocupa que algunas lleguen a afectarnos.

La maestra veía la pluralidad como estrategia, insistía a los propios que buscaran el diálogo y la concertación con miembros de distintas facciones al interior y exterior del sindicato.

Sarabia señalaba que así se estaba haciendo, que ya mantenía cierta amistad con varios diputados. Con los de Puebla por ser sus paisanos y con algunos que consideraba emblemáticos y entusiastas.

—En estos días quedé de ir a comer con un legislador de Nuevo León, muy carismático, se llama Jaime Rodríguez Calderón y le dicen el Bronco. Es de un pequeño pueblo, no obstante, creo que tiene futuro.

—Me lo saludas, y uno de estos días te lo traes a tomar un café conmigo. También supe que hay diputados cercanos al hermano mayor del presidente. ¿Qué te puedo decir? Hay que cuidarnos de Raúl Salinas de Gortari, tiene el carácter fuerte, sus ocurrencias suelen ser bastante frecuentes.

—Pues sí. Hay varios diputados que se jactan de ser muy cercanos al ingeniero Raúl Salinas, lo que era de esperarse en estos momentos. Todo mundo presume eso y muchos andan queriendo ir a pasar unos días a Agualeguas, el pueblito ese de Nuevo León de donde se dicen originarios los Salinas.

—Sí, ya sé. Qué ocurrentes y pequeños: organizan competencias atléticas y carreras de caballos. De mí te acuerdas que cuando Carlos Salinas deje la presidencia, esa comunidad se vuelve a morir en el abandono.

Jesús Sarabia rio con la premonición, pensó que era parte de la ley de la vida, un día se olvidarían de Salinas y sin duda también de ella. Mientras la maestra daba un sorbo a su café, agregó:

—Ahora que recuerdo, uno de los que se dicen cercanos a Raúl Salinas es un diputado de Tamaulipas llamado Manuel Muñoz Rocha. Si usted quiere, intento acercarme a él.

—Búscalo, platica con él. Intenta obtener información que pueda sernos de utilidad. Me intranquiliza que algunos presidentes estén tan obsesionados con pasar a la historia a cualquier costo, y Salinas de Gortari es uno de ellos.

Reflexionaron sobre algunos riesgos que corrían los sindicatos. Poco a poco se iba alejando el gobierno de las centrales obreras y campesinas. El SNTE tenía presencia, pero había voces dentro del gobierno que criticaban a disidentes e institucionales.

—Hasta el momento no nos podemos quejar —señaló Elba Esther—. Pero no debemos confiarnos. Entre tantas reformas y privatizaciones pueden tomarnos mal parados. Hay que abrir bien los ojos y estar dispuestos a dar la batalla. Ah, y recuerda, eres uno de mis prospectos, no te descuides ni te precipites.

●

El estado de Guanajuato vivía momentos de gran tensión a causa de la política. En los comicios del 18 de agosto por la gubernatura de la entidad, el PRI obtuvo el triunfo con más de cincuenta por ciento de los sufragios. Su candidato, Ramón Aguirre Velázquez, había sido regente del Distrito Federal y se le reconocía como uno de los personajes más cercanos al anterior presidente de la República, al grado de llegar a ser mencionado como aspirante a la candidatura presidencial. Mucha gente reconocía su carisma, pero la mayoría lo veía como un pintoresco bufón que en el pasado alegraba con ocurrencias las reuniones en el gabinete de Miguel de la Madrid Hurtado. Su triunfo no era reconocido por el Partido Acción Nacional;

sus dirigentes y militantes denunciaron desde el primer momento un fraude electoral.

Como candidato, el PAN tenía a un mediático y próspero empresario que, siendo diputado federal, en la toma de protesta de Salinas de Gortari se había puesto unas enormes orejas imitando al presidente electo.

En tal escenario, por un lado, Carlos Salinas tenía un gobernador electo emanado del PRI que, en el pasado, le había disputado la candidatura presidencial y, por lo tanto, prescindible. Frente a él, un aspirante panista que se había burlado de su físico. Ambos habían cometido graves pecados políticos, pero el tema no quedaba ahí. Había una fuerte presión de sus aliados de derecha y se incrementaban las críticas en los medios de comunicación de los Estados Unidos de América. Entendió que convenía darle mayor fortaleza al PAN, pero no a su candidato.

Faltaban unos días para la toma de protesta de Ramón Aguirre, la prensa nacional e internacional se encontraba en Guanajuato, siendo testigos de las protestas que ocurrían en las calles de sus principales ciudades. A León habían acudido Sofía y Joaquín. Su misión consistía en mandar información y fotografías a Cindy para que ella le diera forma a un reportaje sobre la crisis política en Guanajuato. Se esperaban cosas interesantes en la jornada de protesta. La gente se agrupaba, eran parte de una gran manifestación en las principales calles del centro de la ciudad.

—Al parecer, ya empieza a moverse el contingente. ¿Cuánta gente calculas que se ha reunido hasta el momento? —preguntó Sofía a voz en cuello a Joaquín, quien tomaba fotografías trepado en un poste de madera de alumbrado público.

—Más de cincuenta mil, no hay duda de eso. Se ven entusiastas, supongo que creen que van a lograr su objetivo.

—Pero ¿qué pueden lograr?, ¿acaso piensan que le van a reconocer el triunfo a Vicente Fox? La verdad no lo creo —le gritaba Sofía cuando el candidato del PAN pasó frente a una multitud—. Tómale fotos bien chingonas, de esas que solo tú sabes.

—En eso estoy. Al que no veo es al alcalde de León. Creo que se llama Carlos Medina Plascencia —contestó Joaquín, quien no dejaba de captar las imágenes de las personalidades.

Efectivamente, no se veía, y notaron que tampoco el llamado Jefe Diego. Se les hizo extraño. Apreciaban a mucha gente, pero a pocas figuras de primer nivel.

El contingente avanzó hasta llegar a la plaza principal. Ahí, Vicente Fox tomó la palabra y «encendió» con sus arengas a la muchedumbre. Prometió no rendirse, pidió al pueblo que lo acompañara en el camino hacia el Palacio de Gobierno de Guanajuato. La gente se le entregó entusiasta, tenía un carisma que provocaba la inmediata adhesión a su figura. No obstante, por alguna razón, el mitin duró menos tiempo del esperado.

A las nueve de la noche, Joaquín y Sofía estaban con unos tequilas en el bar del hotel. Ella había insinuado que podrían tomar en la habitación de alguno de ellos, pero Joaquín consideró que era más prudente hacerlo en el bar. Consideraba que si la veían entrar a su habitación podrían pensar mal de ella. Ella aceptó molesta y con comentarios burlones.

Decidieron sentarse al fondo. Había poca gente, la mayoría, periodistas de otros medios de comunicación. Sofía no quería pasar el rato molesta; quiso entablar una dinámica donde pudieran divertirse.

—Oye, chiquito, una pregunta: ¿qué piensas del tal Vicente Fox?

—Pues, todo un personaje el señor. No sé si lo dejen llegar en esta ocasión, pero en algún momento será gobernador del estado y, en una de esas, hasta presidente de México —respondió Joaquín.

—Ay, claro que no. Es más, cada vez que digas una tontería, nos vamos a tomar un caballito de tequila —señaló Sofía y le dio un leve golpe en el hombro.

—Ja, ja, ja. Pero ¿qué tontería dije?

—Que Vicente Fox será algún día presidente de la República —expresó Sofía mientras se vaciaba el tequila en la garganta—. Eso es una megaestupidez.

—¿Y por qué no puede ser presidente? —preguntó Joaquín mientras su amiga lo apresuraba a tomarse el caballito.

—En primer lugar, por el hecho de que hay una ley que impide que los hijos de extranjeros ocupen la presidencia de la República. No sé si eso te baste.

—Ah, pues ni hablar. Tienes razón, y brindemos por ello —concluyó Joaquín, y pidió al mesero que trajeran otra tanda de caballitos. Cuando llegaron, alzó el suyo—. El anterior fue por el castigo, este por la chica más guapa e inteligente.

—Listo —de un trago se tomó el suyo Sofía—. Así me gusta, que me sigas, que no te rajes… Y que seas coqueto. Pide más, chiquito, ¿y qué te parece el actual presidente de la República?

—A mi entender, es un tipo bienintencionado que quiere cambiar la historia de nuestro país.

—Uf, ahora tendremos que tomar un *shot* doble, bien merecido lo tienes por contestar esa burrada, y yo por preguntarte.

El mesero ya había llevado un *shot*, Sofía le indicó que querían más y que estuviera atento. La noche sería larga y tenía que ser llevadera. Tocaba el turno a Joaquín.

—Okey. Sé que falta mucho, pero, ¿quién crees que en el 94 será el candidato del PRI a la presidencia de la República?

—Manuel Camacho Solís o Luis Donaldo Colosio. Bueno, quizá Pedro Aspe —contestó Sofía.

—¿No crees que pudiera ser Ernesto Zedillo? —señaló Joaquín.

—Ja, ja, ja. Te pasas, chiquito, creo que quieres que nos pongamos muy ebrios. Lo malo es que después no me vas a controlar. Mira, el tipo es aburrido, tiene de político lo que yo de monja. Es tan mala tu idea que te voy a perdonar el *shot*.

—Okey, una pregunta más: ¿qué opinas de Elba Esther? —cuestionó Joaquín.

—Es un personaje importante. Comprometido con los intereses de los maestros. Una mujer que gusta de ciertos lujos. Nació para mandar y sueña con el poder. Eso de los lujos rompe con su responsabilidad como dirigente de un gremio donde los profesores ganan poco; en cuanto al resto, su ansia de poder le va a generar problemas con otros actores de la política. ¿Te gustó la respuesta?, ¿o amerita un caballito?

—Pues ¿qué te diré? Coincido con lo que dices. Me gusta cómo piensas. Me gustas mucho —murmuró Joaquín.

Sofía observó cómo su compañero paseaba su mano por la mesa, cerca de ella.

—¿Estás romántico, chiquito? —dijo sin dejar de sonreír.

—Siempre que te veo me siento así —reveló Joaquín.

—Fíjate que tu respuesta implica un *shot* doble, pero no aquí. Dame discretamente la llave de tu habitación.

—Pero…

—Dámela. No te preocupes, no pienso abusar de ti. Te aseguro que es para un fin muy profesional; y disimula un poco, que la gente no nos vea mal. Ahí tienes mi bolsa, pon la llave dentro.

Ella se puso de pie, se despidió alegremente de Joaquín. En el camino fue saludando a otros colegas diciendo que se retiraba a descansar. Cuando Joaquín se dispuso a pagar la cuenta, más de uno le hizo comentarios burlones donde le señalaban que se le «había ido viva la paloma». A todos respondía con una sonrisa… Así era Joaquín.

Al llegar a la habitación, la puerta estaba abierta y en la cama había una hoja que decía: «Chiquito, tu cuarto está muy feo, te espero en mi habitación». Entre el alcohol, la curiosidad y la sensación de que no se le había ido viva la paloma, se encaminó hacia donde se encontraba Sofía. También su puerta estaba abierta.

—¡Qué cabrona eres! ¿Cómo se te ocurre dejar la habitación abierta? —expresó Joaquín más divertido que enojado—. Pudieron entrar y robar mis cosas. O entrar a tu cuarto y abusar de ti.

—Ja, ja, ja. Por principio de cuentas, no tienes nada digno de ser robado, salvo tus labios, y no estaban ahí. Y en cuanto a mi cuarto, acaba de pasar un camarero que me trajo esta botella de tequila, te vi entrar a tu habitación. Sabía que no ibas a tardar, y no tenía ganas de volver a pararme para abrir la puerta. Además, quién te dice que no tengo ganas de que alguien me haga algo… Y ese alguien ya está dentro de estas cuatro paredes.

—Insisto, eres *muy* cabrona. Te gusta jugar conmigo. Te burlas de mí y te divierte hacerlo… ¿Te digo algo? —los ojos de Joaquín se humedecieron. —No sé qué hice mal en nuestra relación.

—No te voy a contestar si no te tomas otro *shot* y si no me das un beso muy largo. Te advierto que si más tarde ocurre alguna pendejada que supere todas las estupideces previas, entonces tendremos que dormir juntos.

Se tomaron el tequila, se dieron un largo beso. A los pocos minutos Joaquín entendió la parte laboral de la presencia de ambos en la habitación: estaba iniciando *24 Horas*, el noticiero estelar de Televisa, conducido por Jacobo Zabludovsky.

—Hay que estar bien informados, chiquito.

—¿Bien informados? ¿Con este noticiero? Ja, ja, ja, ja. Creo que esa pendejada amerita un *shot* triple.

—Tienes razón… cabrón —Sofía ya tenía dificultad para articular con claridad, el alcohol había causado efectos—. Chingado, ya estoy mal… con decirte que hasta te veo guapo.

Estaban en el punto ideal, alegres. A decir de ella, entonados, pero aún fuertes y conscientes. Ambos querían dar el siguiente paso, pero temían el rechazo en el momento decisivo. En eso, Jacobo Zabludovsky anunció la noticia más importante de la noche: se había decidido que Ramón Aguirre no iba a tomar protesta como gobernador de Guanajuato; en su lugar entraría como mandatario interino el alcalde panista de León. No Vicente, no Ramón, no un priista, sino Carlos Medina Plascencia.

—En la madre, chiquito, esto sí que es una pendejada, el destino nos quiere juntos.

Sofía le dio un largo beso y alargó su mano para acariciar el miembro de Joaquín, que respondía vigorosamente al contacto de su exnovia.

Llevaban unos instantes de caricias cuando repentinamente Joaquín se separó de ella, se fajó bien, y sin mediar palabra, salió de la habitación. Para Sofía fue un golpe contundente. No dijo nada, no vociferó. Se sirvió otro *shot*, lo tomó de un golpe y pensó en un «chinga tu madre», seguido de «qué pendeja estoy».

Se metió a la ducha, quería sentir el agua en su cuerpo y alejar los estragos de la borrachera. Llevaba minutos viendo cómo el agua combatía su embriaguez y su tristeza, cuando escuchó que tocaban a su puerta. «Chingado, este pendejo dejó la llave de su habitación», pensó.

Gritó que iba. Se enredó una toalla, tomó las llaves y, al abrir la puerta, a punto de lanzarle las llaves, lo vio con el labio partido y golpes en su rostro.

—¿Qué te pasó?

—Me acaban de dar una paliza.

Un ligero hilo de sangre salía de una de sus fosas nasales.

—Eso se nota, pero ¿cómo?, ¿cuándo?, ¿dónde? —Sofía mostraba su angustia—. Pasa, por favor.

—Salí a la calle. Fui a comprar unas cosas, y cuando venía de regreso me abordaron dos tipos. Solo escuché «es él». Luego sentí los golpes. Traté de defenderme, pero no pude, eran dos vatos muy fuertes. Finalmente corrieron cuando se acercaban unos tres periodistas de *Proceso*. Antes de irse, uno de los maleantes preguntó si me picaban; por fortuna el otro respondió que no había tiempo, que sería en la próxima madriza.

145

—¿Quiénes eran? ¿Por qué a ti? —preguntó una Sofía preocupada. No sabía si acariciarlo; temía causarle daño.

—No sé, en verdad no lo sé. No tengo idea. Es más, no creo tener enemigos.

—Pero ¿por qué te fuiste?, ¿qué hacías afuera del hotel?

—Me da pena decirte.

—Di, cabrón, no estoy para juegos.

—Es que… salí a comprar condones. Aquí los tengo.

—Eres de lo más pendejo que conozco. Me hiciste sufrir mucho, me encuentro peor. Claro que lo vamos a hacer, pero no creo que sea hoy, te veo muy mal. Dime dónde te duele.

—Aquí en el labio, en la nariz y en el ojo derecho —indicó Joaquín. Mientras le señalaba, Sofía besaba los sitios con delicadeza—, y en las costillas, y en la pierna derecha.

—Creo que te tengo que checar bien. No lo tomes a mal, pero debo desnudarte.

—Te aseguro que no lo tomo a mal. Ni lo que dices ni tampoco que se te haya caído la toalla.

Sofía besó lentamente cada parte de su cuerpo. Dejó de pensar si alguna caricia le podría causar dolor a Joaquín. Él pasó su mano entre sus piernas mientras ella le colocaba el preservativo en su miembro. Ella quería estar arriba.

—Así no, por favor, me duele un poco al sentirte encima.

—Calla y aplícate. Espero buenos resultados o te juro que te irá peor que hace rato.

No hubo queja de Joaquín por el dolor. Disfrutaron el momento.

Era la una de la madrugada cuando Joaquín sacó sus cigarros y le ofreció uno a Sofía.

—No me gustan los Marlboro, pero lo haré si en seguida fumas uno de los míos.

—Claro, amor, todo lo que quieras lo haremos juntos —aseveró Joaquín.

Intentó arrepentirse cuando vio que Sofía sacaba un papel al que le ponía hierba encima, para luego enrollarlo y convertirlo en un simpático cigarrillo. No dijo nada, tenía curiosidad por saber hasta dónde quería llegar Sofía.

—Sofía, ¿sabes que el olor del porro nos va a delatar y podemos terminar en la cárcel?

—Sé que me gustas, chiquito —respondió ignorando el comentario de Joaquín— y sé que solo le daremos una calada. Piensa en este churro como una prueba de amor, deseo que quede claro que yo pienso hacer algo más importante que fumar mariguana: prometo ser fiel a tu piel. Eso sí, mientras tu piel guarde fidelidad a mis deseos.

· •

Procuraban verse cada dos o tres meses, la mayor parte de las ocasiones en una parcela por el rumbo de la carretera a Cuernavaca propiedad de Filiberto Herrera. Se juntaban para charlar, beber y planear actos delictivos. A Raúl le agradaba que Filiberto fuera uno más de sus amigos. No tenía la mejor de las conversaciones, era fuerte, decidido, muy heterosexual y su vida se alimentaba de fascinantes y oscuras experiencias.

Esa tarde había ido a la parcela para exponerle unas ideas. Quería involucrarlo en un proyecto.

—Antes que nada, quiero que sepas que te tengo total aprecio y confianza. Más allá de las chingaderas que hemos realizado juntos, de lo mucho que me has ayudado, nos une un tipo de amistad que raya en la hermandad —las palabras de Raúl eran sinceras.

—Nos conocemos de siempre —le respondió Filiberto mientras afilaba dos largos cuchillos, uno contra otro—. Sabes que te debo la vida y por eso nunca he dudado en ayudarte en los encargos que me pides.

Cuando en la adolescencia Filiberto Herrera, también conocido como Filimuerte, sufrió la pérdida de sus padres, Raúl dejó que se quedara en una pequeña casa que tenía en un poblado de Morelos, muy cerca de donde vivía la madre de Elba Esther Gordillo. A Filiberto le dio casa y comida.

—Nos debemos la vida uno al otro, me has quitado de encima estorbos, y eso no hay manera de pagarlo. Este día no te voy a pedir que elimines a nadie, sino que nos metamos en un proyecto interesante. Algo en lo que vengo trabajando desde hace meses. Sabes que me gusta el dinero y que me gusta compartirlo con los cuates.

—Soy todo oídos. Dime de qué se trata y de antemano cuenta conmigo —el fuerte joven de escasos 22 años dejó de afilar los cuchillos para poner más atención.

—Conocí a un tipo; colaboro con él proporcionando datos del sindicato de maestros. Quisiera ofrecerle más información, pero mi primo no me ha conseguido un mejor puesto, algo más cercano a la maestra Elba Esther. Por lo tanto, me tengo que conformar con comentar aquello que logro obtener de labios de Diego.

—Ese primo tuyo se pasa de vergas —la voz del matón se escuchaba decidida—. Creo que deberíamos darle un susto para que se ponga pilas.

—Tal vez tengas razón. Diego es un pendejo malagradecido. Pero no es el tema de esta reunión. Sucede que al tipo del que te estoy hablando le encanta tener conectes en todos lados; en sindicatos, en partidos políticos, en oficinas de gobierno, en infinidad de sitios. Y quiere tener «amigos» en Guerrero, hacer alianza con gente valiente. Desea información, reportes periódicos de lo que pasa en la sierra y en los barrios; sobre todo quiere que se constituya un grupo armado que genere una verdadera revolución. Algo similar a lo que está haciendo él en otro estado de la República.

—Sabes que tengo un pequeño grupo en el que hacemos de todo. Cuando indiques podemos actuar.

—Es que no se refiere a secuestrar, asaltar y matar. Sino a luchar contra el pinche gobierno —expresó Raúl.

—Ese amigo tuyo ¿está pendejo? —soltó una gran carcajada que hizo que su cuerpo se tensara, disfrutaba reírse de una tontería— ¿Acaso vamos a dejar nuestro lucrativo negocio para pelear a lo loco? —continuó riéndose hasta que las arterias del cuello resaltaron, mientras abría los brazos igualmente rodeados por monumentales venas.

—Eso quiere este tipo, pero no necesariamente es lo que haremos. La idea es seguir con lo mismo que ya se realiza, pero disfrazados de insurgentes. Disfrazarnos de luchadores sociales y seguir con lo que hacemos. Eso ayuda a generar simpatías de los ingenuos. Ah, y darle reportes de lo que se observa, de lo que se descubre. Quiere información y eso le daremos. Insisto, eso hago en relación con el sindicato de maestros.

—¿Y qué ganamos nosotros? —cuestionó Filiberto, sin muchas ganas de participar en un proyecto demasiado confuso.

—Estar cerca del poder, eso representa mucho dinero. Además, poseer información, que él nos mande —comprendía Raúl que era importante poner entusiasmo, valía la pena incorporar a su amigo—, es otra forma de ser más que chingones.

—¿Se puede saber cómo se llama el fulano ese del que hablas?

—Me dijo que Sebastián, aunque su gente lo llama de otra manera.

●

Bien dicen que el tiempo siempre ayuda a curar heridas y a conseguir atemperar los sentimientos. Al menos eso ocurrió con ellos. Después de días de tormenta y llanto, los meses se volvieron cómplices generosos de Luis en su búsqueda para volver a construir sueños compartidos con la bella y beligerante Patricia.

Gracias a su perseverancia, a su caballerosidad y, quizá, al hecho de que en la balanza sentimental seguían siendo más las virtudes que los errores y defectos, ella había decidido darle nuevamente el «sí acepto» para caminar el resto de la vida juntos. Se pusieron de acuerdo en los pasos a dar y en los detalles; más aún, en contra de lo que siempre había pensado Patricia, decidieron cumplir con todo ese protocolo que marca la sociedad.

Seis meses después, tal como lo habían decidido, y con la alegría de Patricia al estar nuevamente embarazada, se casaron en Morelia, en la Iglesia de la Inmaculada, al lado del merendero donde tantas veces fueron a cenar. También ahí, en Morelia, se instalaron en una casa de renta muy cerca de la vivienda de doña Carmen, la madre de Luis. Pronto sacarían a crédito una sencilla casa.

En la boda departieron un rato con sus amigos de siempre. Tanto Omar como Ubaldo habían acudido al Congreso Nacional Ordinario, en el cual supuestamente se iba a cambiar al Comité Nacional del SNTE. Sin embargo, eso no ocurrió, aunque sí algunas novedades dignas de comentarse.

—Pues resulta que tu pinche amiga no se fue —decía Omar refiriéndose a Elba Esther—, consiguió que los delegados aprobaran un acuerdo para ampliar su tiempo en la secretaría general, según esto de aquí hasta 1995. No sé lo que opinen ustedes, pero se me hace medio descarado, eso no se había visto nunca. Ni Carlos Jonguitud cometió tal arbitrariedad.

—Allá en los inicios del sindicato alguien hizo algo parecido, creo que el segundo dirigente del nacional —comentó Luis con una enorme sonrisa. Al parecer, en esa noche nada de lo que dijeran lo iba a mortificar.

—No mames, Luis, el amor te hace decir tonterías. Estás hablando de la prehistoria sindical —abonó Ubaldo—; lo que ahora hizo la Gordillo no fue medio descarado, sino descarado y medio, aunque hay que decir que muchos de los nuestros avalaron su capricho y su exceso. Ella se queda, y algunos más, como el de Finanzas, el Humberto Dávila. Otros se mueven, y entre los espacios que dejan, entran varios de los nuestros, gente buena y capaz, como Jesús Martín del Campo. Escuché que unos compas andaban diciendo que había un cargo para ti, pero que no lo aceptaste, que dijiste que querías mantenerte en la lucha en Michoacán.

Luis confirmó la información, pero agregó que no solo le movía seguir en la lucha, sino estar cerca de Patricia. Luego comentaron sobre la conformación de un comité de acción política dentro del SNTE, donde se habían incorporado maestros de distintas ideologías. Y también la realización de un congreso nacional de educación para debatir sobre su materia de trabajo, más de uno aseguraba que eso significaba avalar las propuestas de la dirigencia y hasta de las propias autoridades educativas.

—Eso a mí no me parece mal —comentó Patricia que estaba en un ánimo más conciliador que de costumbre—, siempre y cuando fueran propuestas que logren aterrizar y armonizar, no simplemente manipular a los trabajadores de la educación.

—Espera, no es lo único —Ubaldo estaba cenando, pero quería hablar—: hay otros cambios muy interesantes. A partir de ahora, todas las votaciones se harán en forma secreta, y si hay dos planillas y la que pierde obtiene más de quince por ciento de los votos, entonces logrará espacios en el comité, ya sea en la zona escolar a nivel delegación o en el estado a nivel sección sindical.

Omar estaba a punto de hacer comentarios al respecto, cuando se les acercó Teresa, la esposa de Ubaldo, y notaron cómo le cambió el rostro a Ubaldo.

—Te la has pasado toda la noche cenando, tomando y platicando con estos... *amigos* —todos pensaron que iba a decir *cabrones*, pero la señora se contuvo—. No sé a qué hora piensas estar conmigo. Te recuerdo que dijiste que vendríamos a bailar y, hasta ahorita, me tienes en un rincón.

—Claro, amor —se puso de pie Ubaldo y se marchó a bailar.

Reprimían las carcajadas cuando notaron que Margarita, la esposa de Omar, sonriendo por cortesía, se dirigía hacia el grupo. Omar inmediatamente se levantó de su silla para recibirla y llevarla a la pista.

Patricia y Luis se hallaban en su gran día, lo estaban disfrutando. Había retos familiares, laborales y sindicales. El futuro les pertenecía. Una vida juntos, hasta que la muerte llegara a separarlos.

●

Tenía varios meses de haber llegado a México. Había viajado por todo el país. El dinero no le faltaba, y los lujos estaban lejos de su interés principal, eran moderados y a su tiempo. Buscaba ciertas satisfacciones: una cómoda cama con almohadas suaves y enormes; una suculenta comida, quizá bebida de calidad y, sin duda, una buena compañía. Si la situación lo ameritaba, podía dejar todo lo que tenía con el fin de pasar un buen rato o cumplir uno de sus múltiples sueños o caprichos.

Marián no extrañaba París, le gustaba México. Simpatizaba con sus habitantes, disfrutaba de la comida, la música y las costumbres. Después de andar por medio México, terminó viviendo en San Cristóbal de las Casas, al que al poco tiempo llamaba su primer hogar, dado que París había pasado a ocupar una lejana segunda posición.

Después de otras dos o tres relaciones fugaces, una noche conoció en un bar a un tipo con gran personalidad. Platicaron buen rato, discutieron sobre problemas sociales que se vivían en México y el mundo, coincidieron en que la desigualdad se había vuelto el peor de los males y terminaron en una relación superior a la amistad.

—Veo que no eres de esta parte del país —era una de las conclusiones obligadas por parte de Marián, al ver sus características físicas y percibir su tono de voz.

—Soy del norte, preciosa, de un lugar muy apacible que se llama Tamaulipas. Y tú, aunque hablas bien el español, me parece que tampoco eres de estos rumbos.

—Nací en París. He vivido en muchos lugares, en varios continentes, pero mi hogar se encuentra en San Cristóbal. Mi padre era francés y mi madre mexicana —con una sonrisa extendió el brazo para cumplir con el protocolo de presentación—: mucho gusto, mi nombre es Marián.

—El gusto es mío. Me llamo Rafael Sebastián, pero los amigos me conocen como Marcos; y las amigas, cuando cierran los ojos, me dicen Galeano.

Mucho se decía que, en el país, el gobierno trabajaba para lograr una mayor igualdad y restar privilegios. Lo cierto es que las brechas entre unos y otros se estaban agravando. En la economía, un pequeño grupo de personas ligadas al presidente Salinas avanzaba hacia la élite mundial de *distinguidos* y acaudalados personajes. La venta de empresas públicas había convertido a varios importantes ricos en indiscutibles multimillonarios. Y la gente de a pie —lo expresaba ella misma— seguía jodida. Circulaba la idea de que, en cada empresa, había un socio oculto; en todos los casos era la misma persona, es decir, el político más importante del país. La venta de empresas en el sexenio salinista representó para el mandatario lo que el impulso de Acapulco para Miguel Alemán y Cancún para Luis Echeverría Álvarez.

México cambiaba, pero no lo suficiente. Se había detenido la inflación y había una mayor estabilidad económica. Los maestros, por citar un ejemplo, mejoraron su salario.

En otros aspectos, el país se mantenía en la misma inercia cultural: machista, homofóbica, racista, clasista… violenta. Era común ver peleas de perros, de gallos; que los niños mataran animales por diversión con la complacencia de los padres, y que estos últimos les dieran a sus hijos desde nalgadas hasta auténticas palizas aprobadas por la sociedad. Era normal que el marido golpeara a su mujer; que los padres corrieran de la casa a la hija embarazada o al hijo homosexual.

México, como gran parte del mundo, era un mosaico de diferentes relaciones, algunas aceptadas y hasta promovidas; otras, fuertes, pero ocultas tras cuatro paredes.

Las actitudes de Sofía no eran comunes en una mujer mexicana de los noventa; con esa referencia, su amor por Joaquín era bastante real y distinto. Ambos vivían el tiempo a plenitud, sobre todo cuando compartían la intimidad. Cuando había gente cerca, cuidaban las formas, eran sumamente discretos. En la cama, Sofía mandaba. Ella decidía. Ambos dependían del amor y de la acción bajo las sábanas, donde no simulaban ni callaban pensamientos ni sentimientos. Fuera de la habitación, las cosas cambiaban. En la oficina, en la calle, ante la gente eran un par de amigos y, en otros momentos, cariñosos novios. En público, la última palabra siempre la tenía Joaquín, simple y sencillamente porque la sociedad dictaba que el hombre estaba formado para decidir, cuidar, proteger, mandar.

Por el contrario, Luis y Patricia estaban construyendo una relación más moderna, como la de un hombre y una mujer en los países del primer mundo, compartiendo gastos y decisiones. La llegada de su hija Alondra los unió más. Quizá ocurría eso al pertenecer ambos a círculos de izquierda, a espacios más progresistas. El fuerte carácter de Patricia y el tono conciliador de Luis servían a un propósito de mayor igualdad.

Por su parte, Sonia y Cindy mantenían su romance y la maternidad compartida. Cindy había hablado con Rafael. Lo tuvo que hacer para informarle que eran padres de un hermoso niño.

Rafael no tenía interés alguno en Javier. Por lo mismo, era casi imposible pensar en que apoyaría en su manutención. Cuando Cindy intentó pedir el apoyo económico de ley, se topó con la amenaza de hacer pública la relación que tenía con Sonia y, por consiguiente, el riesgo de perder la custodia del niño. Se lo quitarían a Cindy. No lo tendría Rafael —estaba claro que no quería tenerlo consigo—, seguramente lo llevaría con su madre o simplemente lo entregaría al orfanato de alguna dependencia del gobierno.

Rafael no quería a Cindy. Necesitaba tener a alguien cerca, pero no a la madre de Javier. Un día, después de meses, terminó con esa novia de la juventud o, mejor dicho, ella conoció a alguien más interesante y lo dejó sin un adiós, simplemente se marchó. Para su fortuna, a los pocos días conoció a una chica más joven. Rafael tenía atractivo físico y un recurso económico que podía iluminar el rostro de alguna joven con necesidades, con intereses y sin valores. Por eso necesitaba todo su salario para cortejar con una mayor comodidad. No pensaba dar dinero para la manutención de un niño que era su hijo por la casual eficiencia de los espermas, pero no por la convivencia. Cindy y Sonia decidieron no insistir; no tenía caso hacerlo, con los ingresos de ambas podían darle una buena vida al pequeño Javier.

Hubo un momento, cuando sentía ese desprecio tan común de Rafael hacia su hijo, que por la mente de Cindy fugazmente pasó el deseo de verlo muerto, de querer que el cáncer regresara y acabara con su vida. Pronto se olvidó de su expareja y mantuvo con Sonia la idea de ser muy cuidadosas para no despertar comentarios que pudieran ocasionar un riesgo para el cuidado de Javier. Estaban en 1993, en la calle nunca se tomaban de la mano, y menos se permitían darse algún beso. A la gente le decían que eran primas. En el interior del hogar eran felices, quizá solo con la angustia de cómo decirle algún día al niño que ellas eran pareja, que si bien no tenía padre, sí tenía dos mamás.

En cuanto a Fernando y Diego, ellos habían terminado definitivamente. No solo eso, Diego se había distanciado al grado de haberse ido a vivir a Chiapas. La maestra lo había despedido ante las constantes quejas que llegaban de infinidad de personas, incluido el propio Fernando. Diego partió lleno de rencor y con información valiosa: no solo tenía datos del sindicato, sino de la clase política nacional.

Su cercanía con Elba Esther le había permitido estar cerca del poder político del país. Nadie le dio mucha importancia, a pesar de su capacidad como estratega; se marchó al lugar más olvidado del país, a un sitio sin fuerza política, sin presencia social. Se marchó con su primo; se fue con el corazón lleno de odio contra su exnovio; con deseos de vengarse y de fastidiarlo, de lastimar lo que tuviera cerca. Fernando lo seguía queriendo, pero no podía olvidar el miedo y las humillaciones que vivió a su lado.

Por otra parte, en las altas esferas del poder se hablaba mucho de la relación afectiva que Elba Esther sostenía con un poderoso hombre de la vida económica del país, dueño de empresas y medios de comunicación en México y Chile. Más de uno apostaba que llegarían a firmar los papeles en algún juzgado civil.

La elección de Carlos Salinas de Gortari había sido complicada, la más cuestionada en la historia del México posrevolucionario. La gente vinculaba el fraude electoral con lo que se denominaba «la caída del sistema», y ubicaba a Manuel Bartlett Díaz como el cerebro y operador político que impidió el triunfo de Cuauhtémoc Cárdenas. El premio a Bartlett había sido la Secretaría de Educación Pública, pero al poco tiempo recibió la aprobación para irse de gobernador al estado de Puebla. En su lugar llegó Ernesto Zedillo, un hombre de números, sencillo, frío, insensible y con poco talento político que, sin embargo, debía hacer frente a los proyectos administrativos y educativos que Bartlett Díaz había dejado a medias.

Dos eran los grandes temas educativos que ocupaban el interés, tanto del gobierno de Carlos Salinas como del sindicato de maestros: la descentralización de la educación y la implementación de un programa de evaluación al magisterio. El primero podía ocasionar la desaparición del sindicato al cortar la relación de los dirigentes nacionales con los trabajadores de base, o lo que es lo mismo: en la medida en que toda la problemática se discutiera y resolviera en cada entidad, poco interés podría generar la voz del dirigente nacional. Eso lo sabía Elba Esther. Eso le quitaba el sueño, aunque similar preocupación le despertaba el tema de la evaluación a los maestros. Tanto Bartlett en su momento, como enseguida Zedillo, hablaban de una evaluación que finalmente pondría en riesgo la permanencia de los profesores en sus puestos de trabajo.

Elba Esther sabía que no podía ceder demasiado, buscaba en todo momento establecer acuerdos con el doctor Zedillo, pero se topaba con su falta de tacto político. Se había vuelto asidua visitante a una oficina donde los muebles se notaban más sobrios que en los tiempos de Bartlett y se apreciaban pocas fotografías: la del presidente Salinas, algunas otras con integrantes de la familia de Zedillo y un par donde se veía al secretario haciendo ejercicio.

Las discusiones se mantenían estancadas. De nada servían las mesas de trabajo entre funcionarios de la Secretaría de Educación y del sindicato de maestros, y muy poco ayudaba que Gordillo Morales hablara con el secretario de Educación o con el titular de Gobernación. No había modo de que dieran su brazo a torcer. Todo indicaba que la política gubernamental caminaba hacia una ruta muy clara: pulverizar al sindicato de maestros y disminuir los derechos de los trabajadores.

Sin embargo, como por arte de magia, en una reunión entre Gordillo Morales y Salinas de Gortari, todo entró en ruta de una correcta solución, al menos eso pensaron en la parte institucional del sindicato, no así en otros espacios, donde lo conseguido no obtenía la correcta valoración.

En el estado de Chiapas se habían reunido los principales liderazgos de la disidencia magisterial. Querían analizar la situación del sindicato y las respuestas ofrecidas por el gobierno federal para estar en condiciones de establecer estrategias de lucha. Omar, Ubaldo, Patricia y Luis eran parte del enorme contingente de líderes sindicales; algunos moderados, otros extremadamente radicales, entre los cuales había una interesante novedad: la presencia del profesor Diego Martínez, exauxiliar de la maestra y amigo de Luis Molina.

—Mira, ahí viene tu amigo —articuló Omar—. Me habían dicho que ahora estaba de este lado, del nuestro, no lo podía creer; aun viéndolo, no estoy seguro de su pinche sinceridad.

—Pues sí, es mi amigo. No lo niego y nunca lo voy a negar. Para tu información y la del resto de los aquí presentes, hasta donde tengo entendido se peleó muy feo con la maestra. Me comentó hace unos días que le resultaba insoportable estar a su lado. Dice que es algo complicado mantener una relación laboral cercana a ella, presiona mucho, regaña siempre, y en ocasiones no de la forma más adecuada: un día puede ser la persona más sensible y al día siguiente se convierte en la jefa más implacable; es amable, e instantes después muy grosera.

—Pues qué delicado nos salió el señorito —dijo Ubaldo entre risas, para luego, al ver que ya estaba a unos pasos de ellos, sonreír y saludar a Diego Martínez, quien se hacía acompañar por su primo Raúl—. ¿Así que ahora eres de los nuestros? Mi duda es si podemos confiar en tu lealtad.

—No solo se trata de confiar en su lealtad, sino además habría que ver si será posible que logremos disculpar lo que hizo en el pasado reciente. Al menos de mi parte, eso será más que difícil. Y bueno, los dejo con el caballero.

Patricia emprendió la retirada, y enseguida Luis se disculpó, dejando a Diego y a Raúl con Omar y Ubaldo. Este último aún alcanzó a decirle que no se fuera, que dejara en su muina a su esposa, que no fuera mandilón.

—¿Cómo puedes aguantar la presencia de esos cabrones? Por su culpa perdimos a nuestro hijo. Me dan ganas de partirle su madre —chilló Patricia.

—Mi vida, la verdad sigo pensando que lo ocurrido no estaba en sus manos. Sé que de haberte visto hubiera parado a los pinches charros —insistía Luis a su mujer.

—¿Y me vas a decir que es un hombre leal? Acaba de traicionar a Elba Esther, y antes de que lo disculpes, solo te digo que en todos los pleitos siempre hay al menos dos versiones, y la que me contaron dista mucho de lo expresado por el puñetas ese. Comentan que a Diego lo corrió la maestra al enterarse de que era un golpeador; y no me refiero a lo que hizo con nosotros, sino a madrizas que no solo les ha dado a sus adversarios, sino a sus propias parejas y a todo aquel que muestra interés en sus novios. Es decir, nadie puede dirigirles la palabra o alguna mirada, pues desata la furia de ese desgraciado.

—¿Quién te dijo eso? —cuestionó Luis.

—Todo se sabe, cabrón. Únicamente se necesita ser menos inocente, hablar con gente más informada. Y para que no te quedes con la duda te voy a decir de dónde obtuve esos datos. El otro día estaba presente en una plática informal que sostenían compas con periodistas, uno de ellos tuvo una relación sentimental con Diego. No terminaron bien, y le fueron con el chisme a Elba Esther. Después de eso, todo desencadenó la fractura en el equipo de los institucionales. Luego el pinche Diego se vino a trabajar a Chiapas y los disidentes de aquí decidieron arroparlo.

—¿Y para contarles a ustedes *eso* los buscaron los periodistas?

—Claro que no. Querían saber nuestra opinión sobre el programa de estímulos a los maestros. Dije que era un paso atrás, que el SNTE nos había traicionado al acordar ese programa que llaman Carrera Magisterial y, en los hechos, es una carrera de obstáculos. Les dije que cada vez que un maestro mejore su salario, la brecha al interior del magisterio se irá ensanchando. La lucha magisterial debió ser por incrementos para todos.

—Y eso de que el gobierno quería un examen con el cual se evaluara y si alguien reprobaba podía perder el empleo, ¿crees que sea cierto?

—Claro que no, Luisito. Eso no puede ser cierto. No creo que el gobierno piense hacer eso ni hoy ni nunca. No se van a aventar el tiro de una evaluación punitiva. Ni que fueran tan pendejos. Corren a un maestro y se los carga el payaso. Es decir, no lo digo porque sean buenos con nosotros, sino por el hecho de que ni ellos pueden tener ese nivel de pendejez.

Mientras Patricia y Luis discutían, también veían la manera de alejarse de sus compañeros, de esas reuniones que, luego de agotarse la parte formal, se convertían en convivios donde el alcohol ocupaba la parte central y se volvía el detonante del entusiasmo de hombres y mujeres.

En diversos espacios, grupos de profesores charlaban, debatían y bebían; entre ellos el conformado por Omar, Ubaldo, Diego, Raúl y unos profesores de Chiapas, quienes abordaban diversos temas mientras tomaban cerveza y aguardientes artesanales. Unos más pronto que otros iban dejando el encono para aceptar las ventajas de unir fuerzas. De todos ellos, quien estaba más ebrio era Omar, que insistía en dejar Tuxtla para ir a San Cristóbal.

—Vamos a pistear allá, cabrones, esto ya cayó en el aburrimiento total. Nuestros líderes se han aburguesado, son unos pinches y miserables culos.

A pocos les importaba la imprudente forma de hablar de Omar.

—¿No crees que pudieran solicitar una acción más, tomar las calles, por ejemplo, o diversas oficinas gubernamentales? —decía Ubaldo, no tanto por convicción, sino por las ganas que tenía de quedarse a dormir en el hotel que les habían reservado.

160

—No mames, ya terminó todo. El pinche comunicado ya lo aprobamos. No seas joto, ni tú tampoco, pinche Diego de mierda, hijo de Elba Esther. Bueno, contigo se entiende pues eres mariquita.

Diego solo reía, aguantaba las ocurrencias de su compañero. También él quería marcharse y así lo hizo saber.

—No seas cabrón, no insultes, pinche machito. Además, yo sí quiero acompañarte. Por mí, vámonos ahorita a San Cristóbal. Allá tengo amistades que pueden alegrar el resto de la noche.

—¿Te refieres a unas viejas? ¿O a unos jotitos? Porque bien que sabemos que te gusta correr para tercera base, y neta, Diego, yo no le hago a eso. El pinche Ubaldo yo creo que sí, pero yo no. Por unos pesos el cabrón de Ubaldo te hace lo que quieras —al señalarlo vio que había perdido el conocimiento—, pero ya te la pelaste, con este güey no podrás hacer nada, se nos quedó dormido.

—Mira, machito, para ti tengo un par de niñas, de esas que te gustan, medio gordas y muy groseras; solo que con tanto alcohol está difícil que les puedas cumplir. Y para mí… pues qué te importa. Mientras no te agarre las nalgas, no tienes por qué quejarte.

—Okey, okey. No te enojes, princesa. Vámonos, dame las llaves de tu auto… yo manejo.

—Andas muy pedo, no quiero matarme. Además, es mi auto.

—Como gustes, princesa, pero ya vámonos. Este pinche mezcal es afrodisiaco, ya me puse caliente.

Raúl se fue con ellos y tomó el volante del vehículo. Los tres tenían ganas de llegar pronto a San Cristóbal, para ello había que acelerar el paso. Eran poco más de las once de la noche, y una ligera lluvia obligaba a extremar precauciones. Omar empezó a roncar a escasos minutos de haberse subido al auto. Tenía mucho alcohol en el cuerpo, demasiados *shots* en poco tiempo; entre chances y pleitos verbales de amigos, había pasado un

161

buen rato. Se le veía una leve sonrisa en el rostro, y en ese momento no era consciente de que quizá esos fueran los últimos tragos de su vida. No despertaría nunca más.

●

Luis y Patricia tenían la costumbre de beber una Coca-Cola después de hacer el amor. El refresco debía estar bien helado, casi a punto de congelarse. Acompañaban la bebida con una sabrosa plática que incluía un repaso de lo sucedido en las últimas horas y la proyección de planes para el futuro cercano: Patricia quería estudiar una maestría y Luis poner un negocio. Ella deseaba viajar mucho y él ahorrar lo suficiente para ampliar un poco la pequeña casa adquirida con un crédito del Fovissste. Luis se quejaba de las actitudes machistas y violentas de su suegro, y Patricia de lo metiche de su suegra. Ambos aseguraban que lo mejor que les había pasado en la vida era haberse conocido.

Como muchas otras veces, luego de que la Coca-Cola elevaba su temperatura, Luis buscaba expresarle a Patricia el deseo que sentía por ella. Y ella reaccionaba con la pasión pretendida, y entre besos y caricias, caminaban hacia la cama.

Prácticamente al terminar de hacer el amor, Patricia sintió el peso del cuerpo de Luis. Como otras veces, el agotamiento lo llevaba a dormirse y ella entonces buscaba la manera de quitárselo de encima. En tanto él roncaba, ella intentaba dormir un poco. No era tarea fácil, tampoco se quejaba; sabía que al día siguiente podría echarse un sueño mientras él manejaba.

A las tres de la madrugada, cuando Patricia estaba iniciando la primera fase del sueño, unos fuertes golpes en la puerta la hicieron despertarse por completo y mover a Luis para que se levantara y abriera la puerta. Afuera de la habitación se encontraban varios maestros, entre ellos Ubaldo, quien con ojos llorosos apenas podía expresarse.

—Se mataron, chingao. Se mataron.

—¿Quiénes, cabrón? ¿De qué hablas? —en calzoncillos, Luis intentaba entender lo que había ocurrido.

—El pinche Omar se dio en la madre. Pinche accidente culero.

—Pero, *¿están seguros?* A lo mejor no es Omar; el cabrón no traía vehículo y casi nunca maneja.

—No hay duda, es él. Iba con los pinches putos en el auto que rentó Diego. Supongo que iban bien pedos. Se cayeron a un barranco. El pinche carro se incendió bien gacho, pero uno de los cuerpos era el de Omar. No hay duda. Ahí estaba su pinche cadena naca. Los tres se murieron de una forma muy culera.

●

—¿Qué es lo que sientes por mí? ¿Por qué evades las respuestas siempre? ¿Qué soy para ti? ¿Qué represento en tu vida?

Por enésima ocasión Joaquín cuestionaba a Sofía sobre su relación sentimental. Lo había hecho en horas de trabajo, cuando salían a desayunar, cuando llevaban algunas copas encima y hasta en seguida de hacer el amor. La insistencia era lo de él. Las evasivas caracterizaban a Sofía. En esta ocasión hacía el interrogatorio cuando se trasladaban de Puerto Vallarta a Guadalajara. De la agencia de noticias les informaron que alguien había asesinado al poderoso e influyente cardenal Juan Jesús Posadas Ocampo. La noticia los había tomado por sorpresa mientras terminaban de disfrutar un fin de semana en el destino turístico de Jalisco. Pocos sabían que se habían ido juntos, Fernando y Sonia entre ellos.

Por respuesta al cuestionamiento de Joaquín, Sofía le dio un beso en la mejilla mientras pasaba su mano por encima de su pierna y le apretaba el miembro mientras le susurraba:

—Soy la dueña de esto. No me importaría morir mientras lo acaricio. Si tú tienes miedo a un extraño accidente, entonces te sugiero que dejes de hacer ese tipo de preguntas y manejes con la prudencia que te caracteriza —volvió a darle un beso y se alejó un poco. Joaquín, por su parte, decidió cambiar de tema en la conversación.

—Vaya noticia la del cardenal.

—Uf, chiquito, ¿qué te puedo decir? Todo está muy raro. Posadas Ocampo no era cualquier persona, y no estaba en ese lugar por un tema intrascendente. Estaba ahí para recibir a un personaje de la vida católica, al nuncio apostólico. No sé a ti, pero me suena muy tonto lo primero que han dicho, es decir, que lo confundieron los Arellano Félix con Joaquín *el Chapo* Guzmán. Puede ser cierto, pero de ser verdad no deja de ser algo muy estúpido. Nuestros narcos deben de ser muy torpes como para hacer eso. Pero insisto, todo puede ocurrir en un país como el nuestro. Hay varios testigos que ubicaron a dos de los hermanos Arellano en el lugar de los hechos. Es más, según dicen, usaron vuelos comerciales para regresar a Tijuana, todo en medio de la más impresionante impunidad.

—Otros rumores hablan de que el cardenal tenía información de políticos muy importantes que están vinculados con los narcos. Por lo tanto, lo mejor era silenciar al poderoso religioso —agregó Joaquín.

—No descartemos nada. Aunque, como está la vida en nuestro país, habrá que resignarnos a pensar que la verdad nunca se conozca del todo —la mano de Sofía volvía a acercarse al cuerpo de Joaquín, pero en el último momento detenía el paso de sus dedos para evitar que se pusiera más nervioso—. Lo cierto es que nuestro querido cardenal Posadas Ocampo se daba unos lujos bastante alejados de la humildad y sencillez cristiana. Según se señala en el comunicado que nos mandó Cindy, el religioso iba en un auto similar al que usan muchos narcos en nuestro país. Es que esos pinches sacerdotes, cuando no se ponen a acariciar niños, se la pasan entre lujos y excesos. Por eso la gente se aleja de la Iglesia.

—No todos, cariño, no todos —al decirlo, Joaquín optó por persignarse, quizá temiendo que hablar mal de la Iglesia pudiera traer un riesgo al viajar por la carretera.

* * *

Existían pocas manifestaciones de inconformidad al interior del sindicato: habían logrado mantener la conducción, varias reformas estatutarias imprimían un nuevo rostro a la organización, y los beneficios salariales y en prestaciones cambiaron parte de la situación económica de los profesores. Aun así, la maestra no estaba conforme, quería algo más: buscaba consolidar su liderazgo; tenía que planear la agenda para los últimos quince meses de gestión sindical.

Cuatro años atrás, Carlos Jonguitud era el hombre fuerte del sindicato; sin embargo, se encontraba en medio de una avalancha de críticas por parte de miles de maestros que, abiertamente, desafiaban su liderazgo. Ahora, Elba Esther Gordillo Morales ocupaba el espacio, su voz era escuchada y atendida dentro y fuera del SNTE, la disidencia estaba debilitada y por su casa desfilaban legisladores, gobernadores y secretarios de Estado. Por si fuera poco, tenía «derecho de picaporte» con el presidente de la República.

Cual cerezas de un pastel, había temas pendientes y una serie de compromisos dictados por los temas políticos en puerta. Varios asuntos le quitaban el sueño a la maestra: la elección presidencial, con sus respectivas reuniones de las estructuras sindicales con cada aspirante a la presidencia de la República para mostrar la pluralidad al interior del sindicato; el apoyo al aspirante priista; y la celebración de un congreso nacional de educación para entregar al mandatario electo la propuesta educativa del sindicato.

En el primero de los puntos, Elba Esther tenía la confianza de que la candidatura estaba en la bolsa de Camacho Solís.

A su entender, era el personaje que mejor garantizaba el triunfo para el Partido Revolucionario Institucional, la tranquilidad política para el mandatario saliente y la alianza política y estratégica para el sindicato magisterial. En los círculos políticos, junto a Camacho, se mencionaba a Luis Donaldo Colosio y a Pedro Aspe Armella. Gordillo Morales estaba tranquila, asumía que la suerte estaba echada a favor de Manuel Camacho y así lo comentaba con sus más allegados.

—La fortuna nos sonríe, pero hay que actuar con prudencia, poner corazón, sobre todo mucho cerebro.

Gordillo Morales se sentía en confianza, le gustaba estar con los suyos, exponer sus ideas y esperar que los cercanos tomaran nota, aprendieran en el debate, en la discusión, aunque con ella poco se discutía, casi nadie lo hacía. Su elegante departamento se había vuelto el espacio de la mayoría de las reuniones.

—No es un hecho, todavía hay un largo camino por recorrer, pero creo que las mayores posibilidades están en nuestro amigo Camacho Solís. Sin embargo, tenemos que asumir que el sindicato no puede quedarse como simple espectador de la vida de la nación ni nosotros como cargamaletines de los políticos. Hay que formular la convocatoria a todos los candidatos a la presidencia, no importa el partido que los postule. A todos hay que tratarlos con respeto, esperando que ellos establezcan compromisos con la educación, con los profesores y con nuestro sindicato. Igualmente, se precisa convocar a un gran evento sindical para debatir sobre propuestas educativas.

—Entonces, ¿ahí, en el ejercicio sindical, se van a construir las propuestas?, disculpe que lo diga, pero me parece bastante arriesgado.

Había preocupación en el comentario del secretario de Finanzas del SNTE, el coahuilense Humberto Dávila Esquivel. El resto, con su mirada, mostraba coincidir con Dávila.

—Claro que no, querido Humberto. Nos gusta la democracia, pero no somos ni podemos ser ingenuos. Supongo que lo dices en broma. Vamos a tener las propuestas ya elaboradas. Serán ideas serias y coherentes, pero no hechas por los profesores de base. En el congreso sindical se van a validar y legitimar. Ya tengo a especialistas trabajando en ello. Si tienen alguna idea, coméntenla con René Fujiwara Apodaca —se refería al esposo de una de sus hijas, un profesor sencillo, carismático y sumamente preparado.

De improviso se abrió la puerta. Entró la secretaria con el rostro serio, entregó una tarjeta a la maestra donde escuetamente se mencionaba que había muerto Diego Martínez.

—Pero ¿qué me escribiste? —respondió ahogando un grito. Sus ojos se llenaron de lágrimas. Elba Esther mostraba su imagen más humana.

—Según dicen, maestra, fue un accidente. Murieron otras dos personas —señaló la joven secretaria.

—Consigue la dirección de su exesposa, quiero ir a presentarle mis condolencias, a ella y a sus hijos.

Capítulo IV

La detención, *febrero de 2013*

—Disculpe maestra, noto movimientos extraños. De la torre de control nos piden que nos coloquemos en un extremo de las pistas, es decir, quieren que vayamos a una posición alejada del hangar. No es normal.

El copiloto, tenso, nervioso, decía a la maestra lo que estaba pasando. Esperaba de ella indicaciones, aunque de antemano entendieran ambos que no estaban en posibilidad de cumplirlas. Elba Esther comprendió todo lo que iba a suceder, pero también lo que se había fraguado en Los Pinos y, quizá, hasta en el seno de la organización sindical. Entendió que las reuniones programadas para el día siguiente eran una farsa. Tanto Osorio como Videgaray le habían puesto un cuatro. Nunca pensaron reunirse con ella: querían atraparla, destruirla. Estaba a minutos de ser detenida. Tenía que pensar rápido, actuar. Sin embargo, su celular no funcionaba, no había señal, un ligero escalofrío recorrió su piel. Sus peores pesadillas estaban a punto de volverse realidad.

Dos agentes abordaron el avión: un hombre y una mujer. Con gestos rudos y una extraña voz amable, la invitaron a bajar. La llevaron hasta el interior de una Suburban y se colocaron a sus costados. Atrás había un convoy de grandes vehículos. Ya dentro, vio cómo su celular se activaba, estaban llegando mensajes. No tenía ánimo de leerlos, la agente a su lado no le quitaba la vista de encima, no había posibilidad de escribir algo. Los agentes se comunicaron con sus superiores, escuchó a uno de ellos decir lo que le pareció una típica y estúpida frase: «Misión cumplida».

∴

En Bucareli, en las oficinas de la Secretaría de Gobernación, estaban reunidos los gobernadores de la mayoría de los estados. Se fueron sentando como si se encontraran en un auditorio, ocupando las primeras sillas los que llegaron temprano. Ahí estaba Eruviel Ávila, el poderoso gobernador del Estado de México; a su lado, el mandatario de Coahuila, Rubén Moreira; ambos, intrigados sobre el motivo de la reunión.

Los celulares de todos comenzaron a sonar, recibieron noticias: la maestra había sido detenida. Filas atrás, dos gobernadores mostraron su alegría. «Chingón, qué bueno que detuvieron a esa pinche vieja», decía uno de ellos. «A mí ya me tenía hasta la madre la cabrona», respondía el otro. No pronunciaron más frases, pues llegó al recinto Miguel Ángel Osorio, el secretario de Gobernación.

—Entiendo que ya se enteraron. Hemos detenido a la maestra Elba Esther Gordillo Morales, solicitamos el apoyo de todos ustedes. Queremos que establezcan comunicación con los dirigentes locales del magisterio y eviten un alzamiento. Háganles saber que no es una agresión hacia ellos, ni habrá persecución de ningún tipo. Por si las dudas, hemos congelado las cuentas de todas las secciones sindicales y tenemos expedientes de varios dirigentes, desde aquellos que no hacen declaraciones de impuestos, hasta los que han movido recursos del sindicato de forma irregular. Estamos analizando quién se queda al frente del sindicato. Quizá sea Juan Díaz, o tal vez ese señor acompañe a la maestra en la cárcel. No lo sabemos, depende de cómo se comporte en las siguientes horas el profesor Díaz de la Torre.

Unas manos se alzaron, pero Osorio Chong continuó su discurso.

170

—Absténganse de preguntas por el momento. Necesito que se pongan a operar para cumplir una encomienda que le hará bien al país: hablen con los dirigentes locales, con otros líderes magisteriales y con la gente de la prensa. En las próximas horas se verá de qué está hecho el magisterio mexicano. Veremos si salen a la defensa de su dirigente o se apanican.

Rubén y Carlos establecieron comunicación. Uno y otro iban comprendiendo cómo se desarrollaba el evento político judicial en ambos frentes: en Gobernación y en las instalaciones del consejo sindical.

●

La maestra comprendió que iba camino a la cárcel. En el trayecto pasaba por su mente un sinfín de recuerdos, de temores. Entendía que tal vez pasaría el resto de su vida detenida; tenía claro que eso era más probable que el hecho de salir en unas horas en libertad. Sabía la fuerza del poder presidencial y la debilidad de cualquier grupo opositor. No confiaba en ver a los maestros en la calle, eran demasiado «institucionales»; dicho de otra forma: muy tibios. Habían sido formados para no protestar, y en eso ella tenía parte de la culpa. Cerró los ojos, supo que la prensa se le iría encima, que muchos enemigos aprovecharían el momento. Pero no podía rendirse, tenía que dar la batalla.

No esperaba contar con el consuelo de nadie, con la presencia de nadie. Había sido todo tan sorpresivo. La trasladaban a través de pasillos lúgubres flanqueados por muros mal cuidados: la introducían en las instalaciones de la cárcel. De pronto, de la nada, vio el rostro de su nieto. Tan joven, tan frágil y, a la vez, tan decidido a pelear, aun sabiendo que la lucha estaba perdida. René se enteró de la noticia en la Cámara de Diputados y se escabulló ágilmente con el apoyo de compañeros del partido. No quería hablar con la prensa, ni con nadie, solo deseaba ver a su abuela. Como legislador federal se le permitió hablar con ella tan solo unos minutos, los suficientes para mandarle un mensaje a Juan Díaz a través de él. Quizá ese era el gran objetivo: que estuviera en posibilidad de mandar una señal.

Volvió a quedarse sola. Muy sola y terriblemente triste. Pensó en la caída de Jonguitud: recordó aquel 89 en donde nadie hizo algo por él, por *don Carlos Jonguitud Barrios*. Pensó en este 2013, lo ubicó como uno de los años que marcaría una época, quizá no tanto como el 68 o el 94, pero para ella lo sería todo.

Un año de pesadilla, *1994*

Parecían un par de inocentes enamorados. La complicada situación de pareja contrastaba con sus comentarios de quinceañeros enamorados. Carlos: casado, con 45 años, padre de tres hijos, político y economista; el hombre más importante del país y uno de los personajes más influyentes en el mundo. Ana, soltera, diez años más joven, sin reflectores, con poca publicidad, en un discreto puesto de tercer nivel en el Gobierno de la República. Se conocieron años atrás en el ITAM; Salinas de Gortari daba clases y ella destacaba como una de las mejores estudiantes. Habían pasado juntos experiencias difíciles y bellos momentos. En ese instante se comunicaban por teléfono. Carlos, relajado, presumía a su novia el momento tan genial en el que se encontraba: la sucesión presidencial estaba definida y faltaban unas horas para que arrancara el Tratado de Libre Comercio. Relataba a su enamorada que estaba satisfecho con la decisión de apoyar a Luis Donaldo Colosio, quien no se movía sin pedir permiso. También el hecho de que Manuel Camacho había hecho una rabieta, pero finalmente tuvo que optar por la disciplina. Le decía que extrañaba sus caricias y ansiaba dormir a su lado. Ambos recordaban la vez que pasearon juntos por Florencia, tomados de la mano, probando helados en distintos sitios, con el riesgo de ser reconocidos, con la emoción de ser simplemente un par de enamorados.

Tuvo que despedirse, Cecilia lo había mandado llamar: estaban todos los invitados listos. Colgó el teléfono, no sin antes decirle que la quería y prometerle una vez más que en un año estaría libre de la presidencia, del matrimonio. Libre para vivir juntos y disfrutar de la vida, para probar helados en Italia y cervezas en Irlanda.

Faltaban unos minutos para despedir el 93. Los invitados esperaban el mensaje del presidente Salinas de Gortari. Sabían que el poderoso mandatario hablaría de lo ocurrido en los últimos doce meses, pero mayormente haría comentarios sobre lo que se visualizaba para México en 1994: el año de la elección, el año del TLC, el año en que México entraría de lleno al primer mundo. Y en todo eso, se reconocía a Salinas como el gran artífice, el hombre que había transformado el país y que se codeaba con los principales líderes del mundo.

Su mensaje fue, como siempre, espectacular, aleccionador. Al terminar el discurso, avanzó un par de pasos para abrazar a Cecilia Occelli. Fue un abrazo largo y fuerte, para luego separarse un poco y en voz alta decirle que la quería, sellar su cariño con un beso en los labios y gritar un ¡Viva México! Todos aplaudieron. Sus hijos sonreían, los invitados brindaban, los vítores se escuchaban: ¡Viva México! ¡Viva Salinas! ¡Viva el Tratado de Libre Comercio!

Inició la cuenta regresiva, 10, 9, 8… 3, 2, 1, y enseguida, en medio de sonrisas y buenos deseos, surgieron decenas de abrazos —algunos, con beso incluido—. Todos disfrutaban de una increíble y maravillosa velada, cuando, sin previo aviso, todo cambió.

Repentinamente la fortaleza de la administración se rompió en pedazos, la realidad nacional pasó del éxito al mayor de los fracasos. Las caras de los invitados se fueron transformando, de la alegría a la sorpresa y, después, a la incertidumbre y el temor. Lo primero que vieron fue a un auxiliar entrar intempestivamente. No iba bien vestido, su sencillez contrastaba con la elegancia de los asistentes. La esposa de un funcionario lo miró con desprecio y algo le dijo al oído a su marido. El joven

174

no hizo caso de las caras, la suya la tenía desencajada: entregó el teléfono que tenía en su poder a José Córdoba Montoya, jefe de la Oficina de la Presidencia de la República, y este al contestar se puso pálido, se aproximó a Salinas de Gortari y lo puso al tanto de la situación. El mandatario no pronunció palabra, abandonó el recinto. La familia salió detrás del presidente, Raúl Salinas incluido. Luego, este último regresó para disculpar al presidente Salinas y exponer brevemente que había ocurrido un lamentable hecho en el sur del país protagonizado por un grupo de *revoltosos*, pero que afortunadamente el Ejército Mexicano ya estaba cumpliendo con su labor.

Cuando el personal de la Presidencia empezó a retirar la comida, los invitados entendieron que debían marcharse. Al día siguiente escucharían al primer mandatario de la nación condenar a un grupo terrorista y prometer una serie de contundentes acciones para impedir la desestabilización del país.

Al tiempo en que el presidente de la República condenaba a los zapatistas, la prensa internacional hacía eco de sus demandas. A la opinión pública mundial le quedaba claro que mientras la clase dominante festejaba el ingreso de México al primer mundo, los excluidos se alzaban en armas.

●

En el ambiente se percibía la crisis política y social. Cerca de la Residencia Oficial de Los Pinos, en el restaurante de un importante hotel capitalino, se encontraban reunidos Manuel Camacho y Elba Esther Gordillo, lo hacían para cumplir con una cita pactada tiempo atrás en aras de saludarse en año nuevo y repasar la nominación de Luis Donaldo Colosio.

Días antes, en la llamada que habían hecho, Elba Esther le dijo con sutileza que le parecía importante platicar sobre el asunto de la candidatura, la cual generaba distintos escenarios y la necesidad de implementar nuevas estrategias. Sin embargo, la nueva situación del país derivaba en un panorama diferente y, por ende, la plática entre el exregente y la líder magisterial tendría un contenido más profundo.

Habían pasado menos de setenta y dos horas del alzamiento zapatista y el México que deseaba estar en la cima del mundo ahora se encontraba en el centro de la atención de todos los países, pero no en medio de los elogios que había soñado el gobierno de Salinas. En esos momentos se expresaba una condena unánime por la forma de manejar el conflicto. Periodistas y líderes de opinión daban un apoyo total al denominado Subcomandante Marcos, el carismático y visible líder de los insurrectos.

—Disculpe, licenciado, pero sigo pensando que usted debió ser el candidato del PRI. El país requiere un gobierno más tolerante, que sepa dialogar. Un gobierno que enfrente las desigualdades con mejor visión social —la maestra tenía aprecio por Camacho, aun así sus comentarios los basaba en el análisis de la realidad que vivía el país.

Manuel Camacho había pasado de ser el precandidato favorito, al político molesto que había renunciado, que se había negado a saludar al elegido y que a regañadientes aceptó la Secretaría de Relaciones Exteriores. No quiso asistir a Los Pinos a los festejos de fin de año, pero estaba solicitando una reunión con el presidente para plantear una propuesta que diera rumbo de solución al conflicto zapatista.

—El hubiera no existe, hoy tenemos candidato en el PRI. Es amigo de ambos y es un buen tipo —expresó con claridad un Camacho tranquilo, zanjando así el tema, mirando a su amiga con afecto—. En cuanto al problema en Chiapas, creo que está pésimamente tratado. Pienso que es un error político colocar al ejército frente a un grupo de indígenas que no solo están mal armados, sino que presumen de contar con fusiles obsoletos. La imagen del país se está cayendo a pedazos, y no se diga la del presidente Salinas.

—Coincido en eso de pensar que el licenciado Colosio es un buen candidato, pero, con todo respeto, usted está por encima en la estatura política y la habilidad para negociar y concertar. Eso sí, Colosio no es Pedro Aspe, y Aspe tampoco es Ernesto Zedillo. Este último sería el caos y la burla total. No me lo imagino ni de presidente ni de aspirante. Alguien me había dicho que Salinas lo quería de candidato para luego mangonearlo, pero creo que ganó la prudencia. Insisto, usted era mejor candidato, pero también tiene razón, el hubiera no existe, aunque siempre es posible el cambio de candidato —mencionó Elba Esther algo que rondaba en los círculos políticos, sobre todo después de la aparición del grupo insurgente.

—Más de uno me lo ha dicho. Las cosas están muy complicadas, complejas. El debate nacional y mundial se encuentra en los pasamontañas de Chiapas —dijo Manuel Camacho con el semblante serio.

—Y a todo esto, ¿qué quiere proponerle al presidente Salinas?

—Dejar el gobierno —entonces sonrió—, convertirme en pieza fundamental para el diálogo.

●

Carlos Salinas entendió la importancia de la propuesta de Manuel Camacho Solís, nombrándolo comisionado para el Diálogo y la Reconciliación en Chiapas, responsabilidad que empezó a ejercer en medio de miles de reflectores nacionales e internacionales, dejando en segundo término toda la agenda del país, incluida la presencia del abanderado del PRI, quien no ocupaba titulares en los medios de comunicación. No transmitía emociones.

En diciembre, el presidente no dejó crecer a Colosio y, en enero, la aparición de los zapatistas prácticamente fulminó su imagen. Tal como lo comentaron durante ese desayuno

Camacho y Gordillo, diversos analistas dejaron entrever la posibilidad de que Luis Donaldo declinara y en su lugar fuera nombrado un nuevo candidato, en ese sentido todas las opiniones giraban en torno al comisionado Manuel Camacho Solís.

Más allá de lo mediático, las negociaciones caminaban despacio. Tres personajes disputaban los reflectores: Manuel Camacho, el obispo Samuel Ruiz y el llamado Subcomandante Marcos.

Nadie manejaba mejor la comunicación que los zapatistas, al grado que hasta los medios tradicionales ligados al régimen eran utilizados por los guerrilleros para difundir sus comunicados y generar la agenda en Chiapas y en el país. Los zapatistas decidían qué decir, cuándo y con quién hacerlo. Eran los dueños de la información, tenían la sartén por el mango. *Proceso*, *La Jornada* y *Unomásuno* eran sus medios de comunicación consentidos, quienes disfrutaban de las entrevistas y a quienes ofrecían trascendidos, esas notas con elementos de veracidad que ayudaban a centrar el rumbo de la información; eran sus preferidos, aunque de vez en cuando los miembros del EZLN daban alguna exclusiva a otro periódico o revista.

Un martes por la tarde se recibió un comunicado en la Dirección General de Siete de Junio, en el cual se les invitaba, como agencia de noticias, a una reunión en medio de la selva chiapaneca, donde estarían los principales líderes insurgentes. Planteaban requisitos: tenía que acudir en persona el director de la agencia, dejarse conducir con los ojos vendados y utilizar pasamontañas desde San Cristóbal de las Casas hasta uno de los campamentos zapatistas. Fernando dudó un poco. No había pasado mucho desde la trágica muerte de Diego, sabía que la tristeza de transitar por la misma carretera del accidente se convertiría en una pesada losa para su corazón. No obstante, estaba claro que debía realizar la cobertura, se encontraba frente a una oportunidad demasiado valiosa como para que sus sentimientos perjudicaran el trabajo periodístico, menos para cuestionar las condiciones impuestas por los guerrilleros, las cuales sonaban lógicas. Sabía que había riesgos, como también la posibilidad de hacer historia.

●

Fernando se sentía parte de un mundo surrealista. Lo trataron de manera cordial; sin embargo, el camino parecía más largo de lo esperado y mucho más incómodo de lo que le habían prometido. Al detenerse el vehículo, justo cuando pensó que por fin había llegado a su destino, lo subieron a un burro. Durante más de una hora siguieron avanzando; le resultaba incómodo y hasta doloroso ese medio de transporte. Tiempo después se enteró de que tantas horas de viaje no coincidían con los diez kilómetros que los separaban de San Cristóbal, pero en ese momento no conocía los pormenores. Lo cierto es que ese día se vio dentro de una cabaña. Unas manos fuertes y duras le quitaron la venda. Frente a él y en un español mal hablado, una mujer indígena lo invitó a tomar asiento; dijo llamarse Rosa y ser una de las comandantes del movimiento zapatista. Se mantuvo a su lado durante los siguientes veinte minutos en un precario diálogo, donde a las largas preguntas de Fernando —que incluían reflexiones—, las respuestas de Rosa eran frases cortas o simples monosílabos. Finalmente entró el Subcomandante acompañado de dos hombres y cuatro mujeres; tres de ellas y uno de ellos tenían voz y rasgos indígenas.

—Te escuchamos —dijo el Subcomandante al tomar asiento frente a Fernando.

Fernando agradeció la oportunidad —pensaba que tendría pocos minutos para la entrevista— e inició cuestionando al Subcomandante sobre las características de la lucha zapatista y los fines de la misma.

—Dejar de ser invisibles, pasar de objetos a sujetos. Convertirnos en los dueños de nuestro destino y en impulsores de nuestra dignidad —expresó con voz pausada el Subcomandante Marcos.

—Por su mirada y algunos de los rasgos que se logran apreciar atrás del pasamontañas, me parece que usted no es indígena.

Las palabras de Fernando generaron el silencio total entre los zapatistas, así que continuó:

—Es un movimiento donde se lucha para que los indígenas no sean excluidos. A la vez usted los coordina y ellos se dejan coordinar —agregó el periodista.

—En los campamentos somos varios mestizos —señaló el Subcomandante sin mostrar molestia alguna por su comentario—, la mayoría nacidos en este país. Al llegar pedimos perdón a los hermanos indígenas. En este momento y en esta tierra, un servidor, junto con los comandantes Mariana y Néstor, somos hermanos de los hombres y mujeres que habitan la selva y cultivan el maíz. Somos hermanos de los grandes herederos, de los auténticos dueños del territorio nacional. Estamos aquí para apoyar, nunca para conducir. Estamos aquí para elevar la voz sin gritar ni ofender. Estamos aquí para obedecer y servir, nunca para que alguien nos ubique en el plano de la conducción de los indígenas.

Con una impactante personalidad, por su vestimenta y por la forma segura de articular cada palabra con serenidad, el Subcomandante lograba controlar la atención de todos los presentes. Para Fernando era un honor estar tan cerca y dialogar con tal libertad. Pocos podían presumir de contar con ese enorme privilegio y, hasta ese momento, no tenía idea de por qué gozaba de una entrevista con dichas características. Suponía que muy pronto se detendría todo, que intempestivamente se levantarían y le dirían adiós. No ocurrió así, el diálogo se extendió toda la tarde y se fue modificando hasta terminar en una relajada cena en la cual Fernando pudo hablar con casi todos los presentes, a excepción de la fría comandante Ramona y de un enigmático comandante Néstor. La primera era una indígena de complexión robusta, mirada penetrante, actitud en extremo seria y distante. Por el contrario, en el comandante Néstor se apreciaba a un joven mestizo, cuyos ojos estaban puestos en Fernando, pero ajeno a participar en la conversación a pesar de que la comandante Mariana —cuyo tono de voz denotaba su origen extranjero— le lanzaba puyas, retos, afectivos ataques verbales; todo, con la finalidad de que opinara, que estuviera cerca de Fernando, que le mostrara el campamento o le diera su parecer sobre la situación política y la corrupción en Chiapas. Por más cosas que le decía, Néstor no contestaba; su mirada cambiaba de dirección y se perdía en el horizonte. Ante ese escenario, y quizá para evitar que la incomodidad se extendiera en todos los presentes, tuvo que ser el propio Subcomandante Marcos quien, con una sonrisa y un cariñoso apretón de mano, le hizo ver a Mariana que no siguiera por ese camino.

Pasada la media noche, fue Rosa quien encaminó a Fernando a una habitación sencilla ubicada en una pequeña choza. En el trayecto fue testigo de la parsimonia con la que el resto de la directiva indígena se marchaba a descansar, salvo unos pocos que optaban por coordinar la vigilancia del lugar. También observó que, contra lo que hubiera pensado, el Subcomandante no se hacía acompañar de Mariana, sino que abordaba un vehículo con Néstor para irse del lugar.

Cuando quiso cerrar la habitación, notó que era imposible, no había pasador; y al sentarse en el borde de la cama, vio que la comandante Mariana abría la puerta.

—No me gusta dormir sola y Marcos se marchó. Va rumbo a San Cristóbal, así que tendremos que compartir habitación. Pero no te preocupes, no eres mi tipo, o quizá sí. Tienes una personalidad cautivadora, me resultas muy atractivo. Lo que resulta complicado es que yo pudiera convertirme en un ser humano que genere en ti atracción física. Como reto sería interesante

—agregó al ver la sorpresa de Fernando por su atrevimiento—. Y me gustan los retos. Vivir cosas distintas.

A través del pasamontañas resplandecían unos grandes ojos verdes. Su delgadez la mostraba a través de una camiseta ajustada, donde también se revelaban unos senos pequeños, pero bien formados. La insurgente zapatista no paraba de hablar. Dejaba en claro que le gustaba bromear.

—¿Sabes? —continuó—, esta página la viví en mi adolescencia, hace unos años mantuve una relación con un napolitano más guapo que tú y más femenino que yo. Los besos y las caricias eran más intensos que las penetraciones. No te asustes, no pienso intentar que algo pase entre nosotros, al menos no esta noche. A lo mucho seremos buenos amigos.

—Sé que no pasará nada y supongo que es una forma de vigilarme y quizá hasta de obtener información. En ambos asuntos estoy a tu disposición —Fernando actuaba a la defensiva.

—Te equivocas. Marcos se fue con el chilanguito de Néstor, y por lo mismo es justo que yo duerma contigo, aunque cada quien lo haga en un extremo de esta cama. Por cierto, no estoy en tu cuarto, te encuentras en la habitación que comparto con el Subcomandante Marcos. Ponte cómodo para colocarte este antifaz. No me gusta dormir con pasamontañas ni con la ropa puesta, y me preocuparía que al ver mi boca o mis senos se te olvidara tu vocación sexual.

●

Al día siguiente abandonó el campamento, y a la semana recibió correspondencia de la directiva zapatista. Le dejaron un sobre color amarillo por debajo de la puerta de su departamento. El conserje del edificio le mencionó que había visto en las escaleras a una chica bonita, de cabello largo y con trazas de ser extranjera. Al abrir el sobre encontró tres documentos. El primero hablaba sobre la mecánica para mantener comunicación:

ellos le facilitarían información privilegiada y le pedirían un trato objetivo en las publicaciones periodísticas. Esperaban que, en algunas notas, Fernando les enviara ciertas claves que sirvieran no solo a la causa indígena, sino al ejercicio epistolar. Por ejemplo, debía escribir algo sobre la lucha por el medio ambiente, e introducir comentarios en clave que sirvieran para expresar si existían coincidencias mínimas con el movimiento zapatista y con los comandantes con los que se compartió la entrevista y la cena.

Fernando cumplió y lo hizo con creces, en alguna medida cruzó los límites hacia la complicidad cuando se le ocurrió alertar a los insurgentes de ciertos planes que se tenían en las fuerzas armadas —que sus fuentes le habían hecho llegar— relacionados con la idea de detener a algunas de las cabezas del EZLN. Como también lo hizo, tiempo después, para comentar que la identidad del Subcomandante había sido descubierta.

El segundo documento era un informe del estado que guardaban las negociaciones con el comisionado por la paz. Para los zapatistas todo marchaba sobre ruedas, salvo el riesgo de una excesiva intervención de personajes ligados a la embajada estadounidense.

Por último, quedaba una carta de Mariana donde agradecía la actitud respetuosa de Fernando y le indicaba que no siempre sería ella quien le haría llegar los escritos, que también Néstor tendría la responsabilidad de estar cerca de él. Se despedía con una pregunta: «¿Crees que un día podremos tomar un café?». De nuevo, no pudo conciliar el sueño, aprovechó para responder en un artículo tal como le habían sugerido.

En la naturaleza, encontramos seres vivos distintos a nosotros. Con ellos y con todos estamos obligados a convivir. Algunos no solo debemos tolerarnos, además se necesita la colaboración mutua para crecer. Ojalá pudiéramos amar a todos, al menos hay que generar un sentimiento de fraternidad...

Obviamente el artículo fue muy criticado; se dijo que era confuso y estaba mal redactado. A Fernando poco le importó, lo que le interesaba tenía que ver con cumplir con el objetivo de estrechar los lazos entre los insurgentes y la agencia de noticias.

Días después llegó el segundo sobre amarillo con información del EZLN. Ahí se aportaban no solo datos relativos a las negociaciones, sino que se exponía que el país en su conjunto se encontraba en una parálisis política producto de una gran confusión dentro del sistema priista. Estaba por concluir febrero del 94 y la candidatura de Luis Donaldo seguía sin «prender». Al interior del EZLN se discutía qué hacer al respecto. Algunas voces hablaban de tratar de ocupar el vacío político y, otras, de ser cautos, mantener la lucha social. Solicitaban a Fernando trabajar a favor de esta segunda línea de opinión.

Junto al documento, venía una carta de Mariana que iniciaba así:

Sé que solo podremos ser amigos, tampoco busco algo más. Si el amor me llegara por los ojos, estaría muerta por ti, pero deseo que el sentimiento fluya en el aire, y siento que en eso somos iguales. Además, Marcos sigue estando presente en mi vida, aunque en cierta forma él podría pensar más en ti, sobre todo si te conociera un poco mejor. Y no solo eso, hay alguien más que sueña contigo.

Luego la carta finalizaba nuevamente en la solicitud de verse, de correr el riesgo y tomar un café sin pasamontañas de por medio.

Como respuesta, una semana después Fernando escribió un artículo donde establecía puntualmente que el gobierno de Salinas de Gortari estaba obligado en el mes de marzo a modificar planteamientos políticos. Además, alabó el discurso de Luis Donaldo Colosio con motivo del aniversario del PRI y pronosticó un cierre de filas de los priistas en torno a su candidato.

Con el fin de mandar una clave al entorno zapatista, en una de sus colaboraciones expuso que en su vida había nombres relacionados con ciertos números. Señaló que siempre que pensaba en el número once, recordaba a Diego, que mencionar el seis le hacía evocar el nombre de Esther, y que cada vez que escribía el número veintitrés, surgía el vínculo con una amiga llamada Mariana.

A los tres días llegó un telegrama que decía: «A las 3 el 23 en tu depa, con tinto». No tenía remitente, pero Fernando sabía que lo había mandado Mariana. Al leerlo no pudo evitar sonreír y su gesto no escapó de la mirada de Sonia, con quien compartía café y pan dulce en la sala de su departamento.

—¿Pasa algo? ¿Acaso te envía un telegrama algún enamorado? —expresó Sonia mientras daba un largo sorbo a su bebida.

—No, qué va, es de una amiga que apenas conozco.

—Pero ¿qué dices? Me estás asustando. ¿Acaso estás cambiando de equipo?

—Ja, ja, ja, claro que no. Es un asunto meramente profesional. Te repito que apenas la conozco. Es más, ni siquiera le he visto la cara. Pero creo que es bastante guapa.

—Ay, amigo, me tienes intrigada. Eso adquiere el nivel de verdadero misterio. ¿Me vas a contar? ¿O me mantendrás, como es tu costumbre, en una cruel y total incertidumbre?

Soltó una risa que terminó contagiando a Sonia, quien se quejaba de no tener whisky cerca para transformar el café en la versión irlandesa.

—Creo que será lo segundo. Prometo que muy pronto te diré de quién se trata. No te preocupes, solo quiero evitar equivocarme y sobre todo cumplir con la palabra empeñada: ser discreto.

Sonia no se quedó conforme, mas la dinámica de la agencia de noticias la hizo entregarse al trabajo. Habían llegado varios faxes y debía leerlos para organizar las tareas. Optó por despedirse para ir rumbo a la oficina.

Fernando evitó sacar el tema en las siguientes reuniones y se mantuvo a la espera de que llegara el miércoles 23 de marzo. Cerca de la fecha, se arrepentía de no haber propuesto un día menos complicado. Quizá el 25, que por ser viernes hubiera resultado mejor, pero ya no quiso cancelar ni modificar la cita, pues sería muy difícil hacerlo.

El martes previo al encuentro pasó a una vinatería con el fin de comprar un par de botellas de Casa Madero. Tenía confianza en que el vino fuera del agrado de Mariana: necesitaba que la bebida le ayudara a estrechar las relaciones. Cualquier periodista daría todo por convivir con alguien tan cercano al principal grupo insurgente en México, grupo que además disfrutaba de una extraordinaria calidad mediática en el mundo.

Los zapatistas eran bien vistos por los principales líderes de opinión en la izquierda de América, Asia y Europa. Lo sabía Fernando. También entendía que Mariana pertenecía al primer círculo del Subcomandante Marcos. Por si fuera poco, corrían los rumores de que el EZLN contaba con un sistema de información que le permitía conocer el movimiento de las fuerzas políticas más representativas en el país, y que tenía gente incrustada en sindicatos, partidos políticos y hasta en grupos delictivos.

Salió temprano de la oficina. Por nada del mundo quería llegar tarde y dejar a la comandante Mariana esperando fuera del departamento. La tenía que cuidar, debían protegerse. También necesitaba preparar hasta el último detalle en el departamento. Por suerte la comida estaba lista, todo gracias a la ayuda que le habían brindado Sonia y Cindy.

Al avanzar por la ciudad, cada vez que veía a una mujer joven y esbelta, trataba de adivinar si podría ser ella, la insurgente extranjera, la novia de Marcos, la comandante Mariana. Estaba a punto de abordar a una chica, cuando velozmente un hombre se acercó para reclamar el intento por comunicarse con su novia; Fernando pidió disculpas y se alejó. Ellos se quedaron discutiendo; mejor dicho, ella llorando, el novio insultándola y estrujándole los hombros. Se sintió mal, le molestaba no poder hacer algo, interceder podía ser contraproducente, ya le había sucedido que al defender a una chica de su abusiva pareja terminaba en problemas con ambos, el abusivo intentando golpearlo y ella profiriendo insultos por meterse en donde nadie lo había llamado.

Quizá por estar pensando en todo eso, no reparó en que una mujer se le acercaba y lo tomaba del brazo para luego susurrarle al oído un «¿me extrañaste?» casi inaudible, casi como una provocación. Fernando tenía calculado lo que debía hacer: no mostrarse muy impresionado, no asustarse, no hacer movimientos en falso. Simple y sencillamente porque de seguro había varios ojos sobre ellos, y algunos brazos esperando una señal para defender a Mariana y acabar con su vida. Apostaba que no iba sola al encuentro.

—Hola, amiga. Estamos muy cerca del edificio, aunque creo que llegas temprano.

—No me gusta acudir tarde a una cita importante, y, bueno, te vimos salir temprano, muy bañadito, con dos chicas y tu cara de asustado. Nos dio la impresión de que no tardarías mucho.

Al hablarle en plural, estaba en lo cierto: había personas vigilando, dispuestas a actuar si Fernando cometía un error.

—Son dos compañeras del trabajo. Viven en el mismo edificio, son buenas amigas. Desconocen que voy a reunirme contigo. Bueno, saben que comeré con alguien, pero nada sobre el papel que desempeñas en este momento.

—Ay, Fernandito, qué formal eres y qué bueno que no le dijiste nada a Sonia ni a Cindy. Por cierto, hacen bonita pareja, son buenas madres. Un día les contamos de lo nuestro.

Fernando abrió con precaución la puerta del edificio. Al hacerlo, pensaba si no había sido un error aceptar la visita de la comandante Mariana, quien, por lo visto, conocía todo lo concerniente a su vida; sabía el nombre de sus compañeras y estaba enterada de su relación sentimental. Lo que no alcanzaba a

187

comprender era eso de *contarles de lo nuestro*, es decir, ¿qué era lo nuestro?, quizá antes de contarles a ellas, alguien debía explicárselo a él.

●

En un sucio taller mecánico ubicado en un peligroso barrio en el norte del país, un hombre joven y delgado cerraba los ojos para intentar rezar, hincado frente a una pared llena de carteles con imágenes de las artistas del momento, todas ellas en ropa ligera.

No era muy bueno en eso de pedir a Dios, menos a la virgen de Guadalupe. Buscaba en su mente una oración y terminaba pensando una blasfemia. No sabía de rezos, no tenía buena memoria, nunca la había tenido.

De blasfemias sí sabía, era algo que escuchaba a diario, en la casa y en la calle. Entendía que las cosas serían muy difíciles, que quizá esa misma noche ardería en el infierno con una bala en la frente y muchas otras en el cuerpo. Pedía fuerza y puntería para cumplir con su responsabilidad. No podía fallar. La vida de su familia estaba en juego. Cerraba los ojos e intentaba rezar. Otros muy cerca de él hacían lo mismo.

No eran los únicos que torpemente rezaban en silencio… en otras casas, en barrios igual de peligrosos, pequeños grupos de personas se encomendaban al dios en el que creían. Eran sujetos adiestrados, adoctrinados, atemorizados. Solo uno o quizá unos cuantos serían los elegidos para «la gran encomienda». Sin embargo, todos tenían que estar listos. Los jefes les habían dicho que, de tiempo atrás, miles de ojos los estaban vigilando y, en el momento más importante del día, habría gente de la Ciudad de México atenta a sus movimientos. Después agregaron que no solo los chilangos los vigilarían, también unos gringos que, con su tecnología y violenta imaginación, se mantendrían pendientes de cada uno de ellos.

Uno a uno, les repitieron las mismas palabras:

—Si te toca la distinción de ser el sicario, vas a pasar a la historia, por lo tanto, tienes que cumplir tu misión sin cometer errores. Si abres la boca, estarás muerto, al igual que tus hijos, tus hermanos, tu puta madre y tu pinche padre.

Faltaba poco tiempo. La historia los recordaría por siempre. El país iba a volver a cambiar. La suerte estaba echada.

·

Fernando le había pedido que se pusiera cómoda en la pequeña sala color beige de su departamento. El reloj marcaba la 1:30 de la tarde y todo estaba dispuesto. Conversaban bebiendo un whisky adquirido a instancias de Sonia; escuchaban música pop en español y un par de discos de cantantes franceses en un moderno estéreo.

A Fernando le dio gusto cuando Mariana le comentó que tenía toda la tarde para platicar. Habría tiempo para discutir muchas cosas. No obstante, cierta preocupación llegó cuando ella empezó a cuestionar sobre el sitio en el que le tocaría dormir. No supo si estaba jugando y no quiso hacer preguntas al respecto. Deseaba conocer un poco más del movimiento insurgente y aprender de la visión de ellos sobre la situación del país.

Fernando consideraba que Mariana se mostraba abierta a contestar todo, a responder cualquier interrogante y expresar abiertamente sus opiniones, aun con el poco tiempo de conocerse. Aunque también tenía la desventaja de sus persistentes bromas y falta de seriedad. Contestaba todo, pero existía la posibilidad de que sus expresiones se tuvieran que ubicar en el mundo de la fantasía, de la broma. Confiaba en que la tarde se alargara, había mucho por preguntar. Quería estar con ella todo el tiempo posible sin que eso implicara tener que compartir la noche juntos.

La comida fue una extensión de los momentos que tuvieron en la sala. Conversaron de todo, en tono serio y en broma. Solo cambiaron los platillos, las bebidas y, obviamente, el lugar para charlar.

—Mariana, dime qué piensas sobre el futuro en Chiapas. ¿Consideras que ya está cerca el final del túnel? Es decir: ¿en el corto plazo se podrán firmar acuerdos entre el gobierno y el EZLN?

—Primor, antes te quiero aclarar que me llamo Marián. A Marcos le gusta decirme Mariana para volverme más mexicana, pero soy Marián; y bueno, en relación con lo que dices, habrá que subrayar que no soy una insurgente fácil como para darte toda la información que tengo… a cambio de una simple mirada. Te voy a responder porque soy una dama, pero antes te pido que brindemos por nuestra amistad y por uno de los años más difíciles para el puto PRI-gobierno. Quiero que al brindar mires mis ojos y te atrevas a decir que no te gustan.

—Claro que se me hacen muy lindos, tu mirada es deslumbrante. Bien sabes que eres hermosa. Si pudiera pasear contigo por la calle, diría que tengo una amiga encantadora. Desgraciadamente no puedo presumirte. Además de bonita eres inteligente y una mujer muy importante. Por eso quiero saber sobre lo que haces y no cómo te reflejas en un espejo. Recuerda que soy periodista.

—Gracias por los cumplidos, y pues Marcos no está muy contento con las propuestas del gobierno del señor Salinas de Gortari. El comisionado habla mucho, pero no tiene la capacidad para dar respuestas serias. El gobierno de Salinas piensa que nosotros luchamos por unas despensas y unos patios escolares. Son muy brutos, están muy equivocados. Nuestra lucha es por transformar la situación del país, por empoderar a los grupos indígenas, por rescatar nuestra historia. Dinero no nos falta, al menos a mí me sobra —al hablar se miraba las manos, apreciaba sus largos y delgados dedos con sus uñas mal cuidadas.

—Hablas como si fueras parte del mundo indígena, y no lo eres. Te lo digo con respeto. No sé cuántos más en el EZLN estén en la misma condición.

—Somos pocos extranjeros. Otros compañeros son mexicanos, pero no indígenas. La gran mayoría sí lo son. Aunque no lo creas, ellos, los indígenas, son los que definen el rumbo de las acciones. Nosotros únicamente apoyamos, servimos, ya te lo dijo antes Marcos. No me aburras repitiendo las mismas preguntas.

La conversación viró hacia un mal camino. Fernando intentó ser más amable, más amigable. No podía fracasar. Expresó ideas donde sutilmente hacía elogios a los zapatistas y, a la vez, fuertes críticas al Gobierno de la República. Trataba de no mentir, ya que eso podía generar un disgusto con Marián. Por lo mismo, de lo segundo era más fácil hablar. Había muchas cosas para exigir un cambio en el gobierno de Salinas de Gortari y en los gobernantes estatales. Alabar a los insurgentes era complicado, dado que, a tres meses de su aparición, seguían siendo una incógnita para la población mexicana.

En el diálogo no había mucho avance; en la comida ocurría todo lo contrario, ambos coincidían en que estaba deliciosa. Fernando confesó que sus amigas habían ayudado con buena parte de lo que se había cocinado, dejándole una serie de sencillas instrucciones para servir los alimentos.

Marián disfrutaba desviando la conversación a un plano personal con un toque de agresividad, siendo irrespetuosa a la condición de homosexual del periodista. Le dio a entender que conocía todo lo relativo a su relación con Diego y la presencia de Raúl en sus vidas. Fernando quería ser amable pero la actitud de Marián le estaba quitando las ganas de mantener comunicación con zapatistas. La información que tenía sobre Diego y Raúl lo inquietó, indicaba que lo venían siguiendo desde hacía bastante tiempo, sabían cosas muy personales.

191

—Veo que sabes mucho de mí. En Chiapas comprendí que tenías conocimiento de mis intereses sexuales, por eso me ha parecido un poco tonto que de repente hables en un tono coqueto; pero, en fin, es tu personalidad.

—No te enojes, creo que me pasé un poco. Sinceramente te pido disculpas. Conocemos lo tuyo con los primos y algunas otras cosas de la agencia de noticias. Somos un grupo insurgente que vive en la selva, que busca establecer un sistema de inteligencia de primer mundo; no es tarea fácil, lo hemos ido construyendo a lo largo de varios años —al hablar, por primera ocasión lo hizo con total seriedad—. Tenemos comunicación con gente de muchos países, podemos establecer campañas globales, contamos con la capacidad de influir en sus propios movimientos. En el caso de nuestro país, supongo que debes saber que no solo tenemos información de tu agencia de noticias, sino de otros medios de comunicación, de partidos políticos, sindicatos, consejos de administración de varias empresas, y de poderosos grupos de delincuentes. Muchos de ellos no saben que contamos con gente en su interior que nos informa. Raúl era uno de ellos. Él nos decía todo lo que pasaba en el sindicato de maestros, las cosas que planeaba hacer la maestra Elba Esther. Por cierto, ella es una mujer muy *traviesa*, muy cabrona. Pero te insisto, no lo tomes a mal, no queremos espiar a tu agencia de noticias. Cuando lleguemos a hacerlo no es con la finalidad de generar algún daño, sino para tener datos que nos puedan servir. Tómalo como un cumplido, los investigamos porque nos interesan, porque son importantes.

—¿Eso quiere decir que además te debo dar las gracias? —expresó Fernando con un tono más amigable.

—Claro que no. Quiero ser sincera contigo. Me caes muy bien, podemos ser equipo. No seríamos pareja; por eso y por otro asunto igual de importante: por el hecho de que no tienes buen sentido del humor.

Fernando quiso reírse; entendía que Marián no era mala persona, solo muy aguda en ciertas observaciones. Miró sus ojos y reparó en algo.

—También yo quiero ser tu amigo, y claro que podemos ser equipo, obviamente cuidando las responsabilidades y valores éticos de cada uno. Únicamente una pregunta: ¿quién es tu informante dentro de Siete de Junio?

—Ay, chiquito. Pídeme lo que quieras, menos que delate a mis fuentes. Tú, como periodista, no lo harías. Yo como cuasi terrorista, *menos* lo puedo hacer. Únicamente te digo que sabemos muchas cosas, y no me refiero a tu agencia, todos ahí son muy aburridos, salvo Sofía, que se parece a mí *en su amor por el amor, sin que necesariamente exista amor.*

—Y entonces a qué te refieres cuando dices que sabes muchas cosas —dijo mientras la invitaba a que regresaran a la sala. Marián aceptó con la condición de que volvieran a beber whisky. Él sugirió que lo mezclaran con agua de coco, tal como se bebía en distintos lugares de Brasil.

—Pues conozco lo que ocurre en muchos sitios. Debo ser discreta, no sé si me entiendes. Pero bueno, te doy tres ejemplos, el sindicato de Luz y Fuerza se está radicalizando, los tenemos muy cerca de nuestras filas; además hay unos grupos de delincuentes que están incrementando el tema del secuestro en el estado de Morelos y en Guerrero. Contamos además con información de políticos mafiosos o mafiosos políticos interesados en desestabilizar el país. Hay al menos ocho personajes que se encuentran en la mira de ellos. Tres de ellos son actualmente candidatos a la presidencia de México.

—¿Corren peligro sus vidas? —cuestionó Fernando.

—Claro, como también la vida de Marcos está en riesgo. Más de uno quisiera verlo muerto, pero no para acabar con los zapatistas, sino para incendiar al país. Antes de que me preguntes, entre los otros están dos dirigentes sindicales y un par de gobernadores. ¿Secuestrables?, muchos; entre ellos familiares de la dirigente del SNTE.

Marián le dio un gran trago a su whisky y aprovechó para elogiar el sabor que le daba el agua de coco. Después buscó cambiar la conversación. Quería quitar un poco de tensión, lo cual prácticamente agradeció Fernando.

—¿Te puedo preguntar algo personal? Bueno, varias cosas, ¿puedo hacerlo? —agregó Marián.

—Claro, con la posibilidad de que me permitas hacer lo mismo; es bueno conocernos un poco más.

—Una pregunta la haces tú, y otra yo. Así hasta que no podamos hablar por tanto whisky. Si te parece, empiezo, pues soy la dama, o al menos la que tiene cara de dama. Lo haré con una pregunta sencilla: ¿quisiste mucho a Diego?

—La verdad, sí. Es más, siento que aún lo quiero. Me dolieron mucho las cosas que hizo. Creo que era algo tóxico; no tanto como Raúl, pero tenía lo suyo. Por eso terminamos. Aunque bueno, los insultos no siempre son suficientes para acabar con el cariño hacia alguien. Eran muchas las cosas que me gustaban de Diego, nunca he querido a nadie como a él. Y aclaro esto porque siempre he pensado que soy asexual. Es un tema que no disfruto. Creo que solo con él sentía placer. Y bueno, me lastimó muchísimo la noticia de su muerte, y de cómo había fallecido en ese horrible accidente. En fin, creo que me toca preguntar. También empezaré con algo obvio: ¿tú y el Subcomandante son pareja? Es decir, ¿se exigen fidelidad?

—Ay, Fernando, juegas con esa carita de hombre tierno, pero eres tremendo. ¿No será que te gusta la personalidad y no el género? ¿Acaso te gustaré yo y te me estás insinuando? —respondió con una gran sonrisa y dando un sorbo al whisky.

Fernando solo se recargaba en el respaldo del sillón, con el trago en la mano, esperando la respuesta a su pregunta.

—Pues mira, empezamos como amigos. Lo conocí en San Cristóbal. Nos tomamos unos tragos en un bar. Pensé que era un mexicano más que estaba de turista. Hablamos de política y de justicia social. Al principio no se me hizo tan atractivo, nada

que ver contigo, que desde el primer momento me flechaste
—a sus palabras agregó un guiño—. No obstante, no tenía a
nadie cerca para convivir, y empezamos a frecuentarnos. Me
mostró muchos lugares de Chiapas y con eso me di cuenta de
que no era un mexicano más, sino alguien muy especial. Conocía no solo la geografía, sino a muchas personas que le hablaban con respeto y aprecio. Empezó a gustarme esa forma de
vivir, esa manera de aventurarse, el riesgo, la lucha por transformar el mundo. Sin embargo, no me enamoré, nunca nos enamoramos el uno del otro, empezamos a tener relaciones por la
comodidad de estar cerca, porque nos apetecía, porque lo nece-
sitábamos. La gente del pueblo, ¿cómo te digo?, los originarios,
los hombres indígenas me caen bien, pero no se me antojan,
menos en asuntos románticos. Tienen costumbres que no me
agradan del todo. En ese sentido, Marcos y yo hemos compartido varias noches, pero siempre sabiendo que no me ama, ni
yo a él. Y, por lo tanto, la fidelidad no es parte de nuestra rutina
diaria. Con Rafael, perdón, con Marcos logré cumplir una de
mis muchas fantasías, puse un ángulo en mi *lista de locuras*.

—¿Lista de locuras?

—Así es, pero luego te cuento.

—Okey, ¿tienes miedo de que Marcos se llegue a enamorar
de ti y tengan problemas? O bien, ¿tú de él?

La plática se mantuvo cerca de una hora por ese rumbo,
preguntas sencillas, tragos continuos, bromas y risas que les
permitieron mejorar su relación de amigos. Llegado el momento, uno y otro discutían si Fernando era asexual o pansexual. Si carecía de interés o si se enamoraba de la personalidad
de una persona. De pronto hicieron una pausa en la plática, alguien tocaba insistentemente a la puerta. Fernando se levantó
para atender. Al abrir, encontró a una Sonia desencajada.

—Con una chingada, descolgaste el teléfono, cabrón. Está
hablando Sofía desde Tijuana, le acaban de meter un balazo
a Colosio.

La ciudad era un caos, envuelta en la incertidumbre, el coraje y el temor colectivo. Por doquier era posible encontrar personas que, a todas luces, no eran de ahí. Quizá eso era lógico, la presencia del candidato en Tijuana implicaba que grupos de asesores y periodistas se hicieran presentes. Sin embargo, eran demasiados; había más de la cuenta, algunos que no se vieron en los actos de campaña estaban ahí, y no quedaba claro si se encontraban investigando lo ocurrido o destruyendo evidencias.

Horas antes, el candidato del PRI había llegado a Tijuana. Estaba en plena campaña. Atrás se encontraban los días de presión de la prensa y de la clase política para que dejara su aspiración y fuera relevado por Camacho Solís. La campaña empezaba a tomar vuelo. El evento en Tijuana era importante. Se reuniría con miles de personas en un espacio popular, de difícil acceso. Se pretendía establecer una imagen de contacto con la gente más necesitada.

No obstante, el evento fue regular en cuanto al entusiasmo. Los mensajes no llegaron a impactar. Hubo demasiado acarreo. Los medios de comunicación más importantes del país habían mandado corresponsales. La agencia de noticias Siete de Junio hizo lo propio enviando a Sofía y Joaquín. Al finalizar el evento, iban corriendo para tomar el vehículo que los llevaría al hotel.

—Hay que apurarnos para llegar al autobús —decía algo agitado Joaquín por el esfuerzo de avanzar con rapidez—. Estos señores de la coordinación de prensa del candidato nos pueden dejar.

—Pues si nos dejan eso, cabrones, nos vamos en un taxi —respondía Sofía.

—Aquí ni de chiste vamos a encontrar taxis, está muy complicado el rumbo, en estos lugares matan gratis —las palabras de Joaquín denotaban intranquilidad.

—No te preocupes, yo te defiendo —Sofía sabía cómo fastidiar a Joaquín, y Joaquín cómo quejarse sin sentido. Ambos iban juntos. Ninguno se separaba del otro. Atrás iban rezagados otros periodistas—. No me pongas esa cara, estoy jugando, no seas quejoso —agregó cuando llegaron a donde estaba el autobús, aliviados—. ¿Cómo viste el evento? Para mi gusto, bastante gris. Esperaba más. Luis Donaldo se veía cansado, y la gente esperaba la torta.

—Tienes…

El diálogo de Joaquín fue interrumpido por gritos que se escuchaban atrás. Notaron movimientos extraños en la muchedumbre, un gran alboroto por el rumbo donde intentaba avanzar el candidato. Sofía y Joaquín hicieron el intento de acercarse, pero rápidamente cayeron en la cuenta de que resultaba imposible; la gente se movía, consternada, en sentido contrario. Todos se alejaban del lugar donde se había generado el problema. No tardaron en enterarse de una parte de lo ocurrido: le habían disparado al candidato.

Su papel en el lugar de los hechos empezaba a cobrar una mayor relevancia. Decidieron regresar sus pasos para moverse al autobús de los periodistas, seguramente los llevarían al hospital donde atenderían a Colosio. En un lapso de un par de horas, habían pasado de un evento de escasa relevancia política a un atentado y de ahí a la muerte del candidato priista a la presidencia de la República. Tardaron en establecer comunicación con Fernando, y cuando lo hicieron recibieron la indicación de buscar al licenciado Tereso Rodríguez, de quien pronto se enteraron que ni era licenciado ni se llamaba Tereso, pero que podía ofrecer información muy relevante. Quedaron de verlo en una casa cercana al aeropuerto de la ciudad, próxima a la frontera con los Estados Unidos. Al llegar les abrió la puerta una mujer robusta, cuyo acento indicaba la nacionalidad estadounidense y sus facciones, ascendencia oriental.

—Hola, nos espera el licenciado Tereso Rodríguez —dijo Joaquín.

—Aquí no se encuentra ningún Tereso. ¿Quiénes son ustedes? —respondió la mujer, quien parecía más fuerte que Joaquín y con más carácter que Sofía.

—Nos manda Fernando Sánchez —expresó Joaquín.

—Desconozco quién es esa persona, y les sugiero que se vayan de aquí o tendrán verdaderos problemas.

—No nos manda Fernando; bueno, sí, pero nos dijo que comentáramos que venimos de parte de Marián. La verdad no la conocemos, pero Fernando, que es nuestro jefe, la conoce. Pensamos que es amigo de ella —intervino Sofía—, al parecer Marián ya se comunicó con el licenciado Tereso, pero si no está o no vive aquí, pues sin problema nos retiramos.

—Pásenle. A la otra digan correctamente de parte de quién vienen, además —mirando detenidamente a Sofía con cara de pocos amigos, agregó:— procuren no hablar tanto, pueden volver loco a cualquiera. Si no les dan un balazo por pendejos, se los dan por parlanchines. Sigan detrás de mí, *sin hablar*.

Siguieron por un largo corredor donde había puertas del lado derecho, habitaciones seguramente, supusieron. Hasta el final del mismo entraron a lo que parecía una sencilla oficina con un escritorio, varias sillas y una enorme televisión ubicada en medio de dos puertas. Ahí estaban unos hombres, al parecer armados. Uno de ellos tomó el relevo en la conducción de los periodistas y les indicó por cuál acceso deberían meterse. Joaquín supuso que la otra puerta llevaba a un baño, aunque le resultó extraño que tuviera candado. Ya dentro se toparon con un gran despacho donde se hallaba un hombre delgado, de unos cuarenta años, con una incipiente calvicie y trazas de ser extranjero.

—Hola. Estamos buscando al licenciado Tereso Rodríguez —habló Sofía cuando entendió que debían presentarse—, nos manda Marián.

—Tomen asiento en uno de los sillones de esa sala —contestó. Por su acento confirmaron que era de España, quizá del sur de la península ibérica—. Mi nombre es Francisco López de la Vega, me dijeron que os atendiera de la mejor manera.

—Disculpe, ¿podríamos ver al licenciado Tereso? —nuevamente Sofía hizo uso de la palabra.

—Perdón. Perdón, señorita, soy Tereso, aunque para los amigos mi nombre es Francisco. Digamos que Tereso es el nombre mejicano, algo para tropicalizarme. Pero insisto, los amigos me dicen Francisco; los políticos me llaman Tereso, y allá en el sur me conocen como, mmm... mejor os cuento luego. Entremos en materia, que al parecer vuestro país se os está calentando de más. Miren, atrás de esa puerta por la que no vais a pasar, están unos amigos. Su labor es ir procesando la información que va llegando sobre temas importantes —el español se mostraba amable, con una interesante personalidad, entremezclando modismos españoles y latinoamericanos y con un ligero tic nervioso reflejado en el constante movimiento de su nariz, siguió dando instrucciones—. La idea es que en el transcurso de la noche os diga lo que vayamos teniendo del tema. ¿Os parece correcto? Mientras, podéis estar aquí. Traerán para vosotros algo de beber y un poco de comida. Podéis usar ese teléfono para comunicaros a la ciudad de Méjico. Ahí tenéis máquina de escribir, equipo de cómputo, un fax. Hay de todo para que hagáis la tarea.

Se pusieron a trabajar. Tal como les había dicho López de la Vega. La oficina, sin ser lujosa, era amplia y bastante cómoda. Les llevaron tacos y refrescos, solo eso de beber, pues en ese sitio estaba prohibido el alcohol.

Mandaron reportes a la capital del país, primero los sencillos y evidentes: la muerte de Colosio, las características del lugar donde ocurrió, la declaración del médico, la cantidad de balas en su cuerpo, el llanto de la viuda. Después —cada media hora—, Francisco les iba dando información interesante:

desde datos objetivos como la extraña presencia del gobernador de Sonora, Manlio Fabio Beltrones, para coordinar las investigaciones —desplazando al gobernador de Baja California, seguramente por ser este último de una filiación partidista distinta al PRI—, hasta diversas teorías que incluían, por un lado, las razones por las cuales Manlio Fabio estaba ahí como enviado del presidente Salinas y, por otro, la posibilidad de que el asesinato fuera ordenado por el narco o desde la propia presidencia de la República. Nada se podía descartar, todo estaba en la mesa. En el transcurso de la noche estuvieron mandando información. Nadie durmió. Ni ellos en Tijuana, ni Fernando y Marián en el Distrito Federal.

A las siete de la mañana, tiempo de Tijuana, Francisco les indicó que podían dormir un par de horas en una de las habitaciones y, si querían, usar el baño para una ducha, para luego ir todos a San Diego a pasear y comer.

—Nos gustaría. Se nos acomoda el tiempo, nuestro vuelo sale hasta las once de la noche, pero Joaquín no trae visa —dijo Sofía.

—Eso no es problema, vayan a descansar y nos vemos a las doce horas en el pasillo. Aquí Sandra os indicará dónde se encuentra vuestra recámara. Por cierto, ahí en esa habitación están las pertenencias que teníais en el hotel, nos tomamos la libertad de ir por ellas. Espero que no estén muy revueltas sus maletas. Todo fue inspeccionado. Ya saben, indicaciones son indicaciones. Ser precavido es garantía de supervivencia.

Horas más tarde, poco antes de las doce, ya estaban en el pasillo con la incertidumbre de cómo entrarían a los Estados Unidos. Mientras se bañaban, después de discutir, llegaron a la conclusión de que a Joaquín le tocaría ir encajuelado, con un montón de trapos o cajas encima. Esa opción se antojaba como la más probable, aunque muy insegura para todos, dado que las autoridades estadounidenses, luego del asesinato de Colosio Murrieta, tenían más que reforzada la revisión en la frontera:

examinarían exhaustivamente cada vehículo que intentara cruzar a su territorio.

Les pasó por la mente disculparse con el español señalando que preferían descansar, sin embargo, cuando Sandra se acercó con ellos, en vez de encaminarlos a la puerta de la casa, les indicó que volvieran a ir al fondo y entraran por la puerta por donde habían ingresado el día anterior. Ahí estaban los mismos tipos, uno de los cuales les indicó que podían pasar y les dio una linterna; la tomaron sin entender nada. Cuando Sofía se encaminó hacia la puerta que los llevaría a la oficina de Francisco, les señalaron el ingreso por la otra puerta, la que antes especularon que era un baño. Al abrirla se toparon con tinas, escobas y, al fondo, una pared de madera que había sido movida. Avanzaron hasta notar que el camino desembocaba en unas escaleras que descendían: entendieron el valor que tenía la linterna. Al bajar encontraron a un sonriente Francisco, de vestimenta casual, en un espacio rústico.

—Hola, chicos, confío en que hayáis descansado bien, os toca caminar unos tres kilómetros. Espero que no os moleste. Ah, y no tengáis pendiente, el puto túnel es de lo más sólido.

Cada diez metros había una lámpara colgada que intentaba alumbrar el camino que por momentos se volvía demasiado angosto y los obligaba a caminar uno delante del otro. Según se enteraron, a lo largo de la frontera había más de cien túneles con características similares, la mayoría propiedad de narcotraficantes. El que recorrían tenía menos de tres años de haberse construido.

Mientras andaban, Francisco los ponía al tanto de lo último que se sabía de la muerte de Colosio: el gobierno entregaba grandes cantidades de dinero para que no se le acusara de haber asesinado a su candidato. Era muy probable que en los próximos días habría varios detenidos y también que algunas personas aparecerían muertas. Al final, solo un individuo sería calificado como el responsable del crimen. Lo llamarían *el asesino solitario*.

Habrán recorrido menos de una hora cuando vislumbraron otras escaleras. Al ascender abrieron una puerta que permitía el acceso a un cobertizo. Ahí cerca, una amplia camioneta destellaba por el sol lista para moverlos. Se encontraban en una enorme finca donde se erigía una hermosa casa con piscina. Estaban en San Ysidro, en los Estados Unidos, cerca de la autopista 5, la cual tomarían con destino a San Diego, California.

●

El país parecía entrar en una fase de mayor tranquilidad. Transcurrido el proceso electoral y, a diferencia de hace seis años, el Partido Revolucionario Institucional se consolidaba como la primera fuerza en el país. El PRI ganaba la presidencia de la República sin protestas de los perdedores, sin dudas sobre el resultado; con la fuerza de los votos producidos por el temor al cambio y gracias a la sangre del candidato asesinado en Lomas Taurinas.

Ernesto Zedillo había entrado al relevo. Se le veía como un personaje lleno de limitaciones que le impedían desenvolverse a plenitud en el mundo político. Un personaje que, después de un par de balas, se presentó ante Salinas de Gortari como su única carta para competir en el proceso electoral. El presidente no tenía muchas opciones. No podía ser Pedro Aspe, pues enfrente tenía un enorme obstáculo legal; menos aún Camacho Solís, cuyo impedimento político era colosal. Más de uno decía que las balas que atravesaron el cuerpo de Luis Donaldo se incrustaron en Camacho Solís para sepultar su carrera política. Hubo quien buscó a Salinas de Gortari para abogar por Camacho; al menos la maestra Elba Esther lo hizo en un par de ocasiones, poco obtuvo con ello. Los desvelos que le hizo pasar el comisionado por la paz a Colosio Murrieta no fueron perdonados por un grupo importante de priistas, y principalmente por la viuda del aspirante presidencial.

A un mes de alzarse el partido oficial con el triunfo en la elección presidencial, Gordillo Morales tomaba café en uno de sus restaurantes favoritos. Con ella estaban los dirigentes más cercanos, todos miembros del Comité Nacional del sindicato. Atentos a sus palabras, contenían el aliento, ninguno osaba interrumpir. Recordaban lo que había ocurrido en el 94, ese año fatídico que puso a México contra las cuerdas y que los obligó, como equipo político del SNTE, a tomar medidas extraordinarias. La maestra decía entre sorbos de café que, en el momento en que Ernesto Zedillo Ponce de León se convirtió en el candidato priista, ella entendió: tenía que apoyarlo con todo. Lo aceptó ella y todos los que se decían priistas. El triunfo no se veía como tarea fácil, y menos con la falta de carisma de un aspirante como el doctor Zedillo. No había duda al respecto: como funcionario tenía muchas cualidades, pero en su faceta de candidato solamente destacaban los defectos.

Además de organizar a contingentes de maestros en todo el país, Elba Esther había llevado a cabo una de las acciones más interesantes y vanguardistas al interior del SNTE, algo nunca visto en un sindicato en Latinoamérica, algo que la llenaba de orgullo y de satisfacción. La dirigente magisterial abrió las puertas para que los candidatos de todos los partidos tuvieran un encuentro con las principales estructuras sindicales de la organización gremial.

Si bien la mayoría de los asistentes pertenecían al PRI, el análisis que hicieron los dirigentes de las secciones y del Comité Nacional del SNTE reflejaba aspectos importantes de la empatía y conocimiento de intereses educativos y magisteriales. Los testigos de los eventos destacaban el acierto de hacer las cosas en grande: mostraban un impresionante poder de convocatoria; debatían con altura de miras, tanto con amigos como con los adversarios políticos; escuchaban a todos los candidatos y les hacían llegar el mensaje del magisterio: las necesidades e inquietudes de los trabajadores de la educación. Posteriormente, valoraban el desempeño, las fortalezas y debilidades de cada candidato. La gran mayoría destacaba la empatía de Cuauhtémoc Cárdenas con el magisterio mexicano; la frescura de Cecilia Soto, su gran capacidad para comunicar y conectar con los asistentes; la fuerza en la oratoria de Diego Fernández de Cevallos que enamoraba a muchos de los maestros; y la falta de simpatía del aspirante priista. De no ser por la disciplina de los dirigentes sindicales, ninguno de ellos habría movido un dedo para apoyar a Ernesto Zedillo. Sin embargo, se les dijo que por ningún motivo podían fracasar. El magisterio habría de movilizarse.

La calidad en la participación de los candidatos también se hizo notar en lo que fue el primer debate en la historia del sistema electoral mexicano: un debate donde Diego Fernández pasó por encima de sus dos adversarios. Luego, de forma por demás sospechosa, bajó el ritmo en su campaña y nada pudo o quiso hacer contra el candidato oficial.

El país estaba relativamente tranquilo; con algunas manifestaciones, mas ninguna de importancia. Quizá en Tabasco se estaba desarrollando la protesta más significativa, escenificada por el candidato del Partido de la Revolución Democrática a la gubernatura, un expriista de nombre Andrés Manuel López Obrador que se negaba a aceptar el resultado a favor del candidato del PRI, por lo que desarrollaba con miles de tabasqueños una huelga de pagos a la Comisión Federal de Electricidad y la toma de pozos petroleros.

Lo que seguía para el SNTE tenía que ver con la organización del Congreso Nacional de Educación. Era necesario dejar el café y ponerse a trabajar. La maestra estableció las comisiones correspondientes en el restaurante que se encontraba en el sótano del lujoso hotel. Cuando salían e iban subiendo las escaleras contiguas a la terraza del restaurante, la maestra se encontró con Fernando Sánchez, director de la agencia de noticias Siete de Junio, quien se hacía acompañar de una bella mujer.

—Hola, cariño, qué gusto verte —le dijo depositando firmemente un beso en la mejilla del periodista—. Te veo muy bien, veo luz en tu cara.

—Gracias, maestra, usted también se ve excelente. Mire, le presento a Marián, una gran amiga. Una mujer llena de virtudes que nos hace el honor de brindarnos asesoría en la agencia de noticias.

—Mucho gusto, cariño. Eres muy guapa, me encantan tus ojos. Te lo encargo mucho, es un buen tipo, un hombre bueno, honesto y talentoso, alguien a quien quiero mucho —comentó melosamente. Luego, dirigiéndose a Fernando, agregó—: espero verte pronto, hay muchas cosas por platicar. Me sigue doliendo lo que le ocurrió a Diego, no lo puedo superar. Ya ves que no terminamos bien y, no sé… me duele su muerte.

Se dieron un abrazo y acordaron llamarse por teléfono. La maestra siguió avanzando rumbo al *lobby* del hotel; cerca de ahí, se reuniría con funcionarios del ISSSTE. Fernando y Marián bajaron las escaleras para ir a El Balmoral. Un café les vendría bien, había temas pendientes. Desde la vez que se vieron en el departamento de Fernando solo se habían encontrado en un par de ocasiones en restaurantes de la capital del país; una de las cuales fue para festejar el cumpleaños del periodista con la compañía de varios de los miembros de Siete de Junio. A ellos les dijo que Marián trabajaba para los servicios de inteligencia francesa y le ayudaba a establecer contactos con personajes de la vida política en el país. Sofía y Joaquín no dudaron en agradecerle por las atenciones recibidas por Tereso Rodríguez —Francisco—, el turbio, misterioso y agradable español que les brindó su apoyo en Tijuana y los llevó a comer a San Diego.

—Al ver cómo saludas a la profesora Gordillo… creo que amerita destinarle unos minutos en nuestra charla.

—Bien sabes que mi expareja fue su particular y que por medio de él la conocí. Le tengo aprecio, pero solo eso. Es una mujer con mucho carácter, inteligente y muy dada a meterse en problemas.

—Se nota que le tenía aprecio a tu ex. Al parecer, le dolió lo que le sucedió.

—Mira, creo que así es ella. Según me decía Diego, la maestra regaña muy feo, cuando da pelea lo hace sin contemplaciones, pero después se arrepiente. Y si algo malo pasa, se le va el sueño. Diego comentaba que hay tres cosas que ella considera muy importantes en sus subalternos.

—¿Se puede saber cuáles? ¿O tengo que buscar a uno de los primos para que me las diga?

—No manches, respeta a Diego; no juegues con los difuntos.

A Marián le gustaba divertirse hablando de Diego o de Raúl como si estuvieran vivos, lo que disgustaba a Fernando.

—Era broma, carajo; se me olvidaba que no tienes sentido del humor. Por cierto, espero que eso del sentido del humor no sea una de las tres cosas que valora la maestra Elba Esther.

—Déjame decirte que ella apoya a los suyos en estos tres casos: primero, si quieren superarse académicamente; segundo, si sufren un problema de salud; y tercero, cuando deben atender una situación familiar apremiante, desde una enfermedad hasta un aniversario de bodas, pero no de dos o tres años, sino unas bodas de plata o unos treinta años de casados, o el cumpleaños número setenta y cinco de alguno de los padres. Ante cosas así, Elba Esther pasa por alto sin ningún problema cualquier ausencia, no se molesta, por el contrario, se comporta con una amabilidad exagerada.

—Algo de eso me comentó Néstor. No sé si te había dicho, alguien cercano a él estuvo incrustado en el sindicato de maestros, por eso Néstor sabe todo lo que se debe conocer de las entrañas de esa organización. Un día de estos te lo presento. O mejor no.

—¿Y eso? ¿Hay alguna razón para que no me lo presentes?

—Pues mira, ya ni quiero hablar de él. No sé para qué lo saqué en la conversación. Solo te digo que por su culpa Marcos casi no me atiende; es decir, resulta que el mentado Néstor mantiene muy ocupado al Subcomandante.

—Bueno, no lo mencionemos ni me lo presentes. Tú eres mi amiga, estás por encima de cualquier interés, como el querer estar cerca de un extraño comandante. Ahora, ¿qué más conoces de Elba Esther?

—Ya te dije que me contaron sobre su «sensibilidad», pero también que la señora es muy cabrona, ambiciosa, no tiene límites en su búsqueda por alcanzar el poder. Confía mucho en la gente a su cargo, y creo que la confianza será su perdición. La van a traicionar, te aseguro que muy pronto la van a traicionar sus más cercanos. El próximo presidente de México no la quiere y verá la manera de aplastarla.

Dejaron de hablar de Elba Esther, comentaron asuntos personales para enseguida Marián compartir parte de la información recabada por los zapatistas.

—Los datos que tengo indican que tanto la situación económica como la política en México están colgadas con alfileres. Tu moneda está sobrevalorada; de mí te acuerdas que pronto habrá una devaluación. Mientras más pronto ocurra, será mejor, o menos peor para el país. La delincuencia sigue creciendo y los crímenes en contra de los políticos continuarán ocurriendo. En relación con los zapatistas, todo está estancado. Estamos pensando en acciones contundentes, generar fuerza en el resto del país, pero al interior del EZLN hay posiciones encontradas. Quizá terminemos en un rompimiento. En una de esas, muy pronto me verás como una ciudadana común y cualquiera, hasta pidiendo trabajo en tu agencia de noticias.

Les servían más café cuando se acercó una joven. Al verla, Marián se puso de pie y fue sonriente a su encuentro. Hablaron poco y regresó para despedirse.

—Fernando, me tengo que ir, tu país se sigue calentando. En quince días nos tendremos que ver. Piensa en mí, recuerda que necesito un fin de semana a tu lado, en plan de alegres confidentes... o como dos amantes. Tú decides.

—Pero no me dejes así, dime qué fue lo que ocurrió —Fernando intuía un nuevo episodio sangriento para el país. La respuesta le aclaró sus dudas.

—Nada que nos afecte demasiado a nosotros dos. Cosas de la vida y de tu país. Acaban de matar a Francisco Ruiz Massieu, ya lo sabes, secretario general del PRI, excuñado de Salinas de Gortari. Como te decía, la violencia se mantiene: los políticos siguen obstinados en matarse. Al paso que vamos, dentro de poco los zapatistas no tendremos a quién combatir.

Tantas horas de autobús le habían permitido a Luis reflexionar sobre lo que sucedía en su entorno, en el país; mayormente en la experiencia vivida en Chiapas y en la propuesta que le hicieron.

Días antes había recibido una llamada de Tuxtla Gutiérrez. Unos conocidos de la Sección 7 le pidieron acudir a Chiapas. Tenía buenas referencias de ellos, pertenecían a la coordinadora. Le dijeron que necesitaban compartir ideas e información relevante, no solo para el sindicato, sino también para el país. Agregaron que no le podían adelantar nada por teléfono. Tenían que verse.

«No comas ansias, cabrón, de frente, de frente te vamos a pasar toda la información que precisas tener», le había dicho quien contaba con un importante liderazgo en el grupo de la Sección 7, que le mandarían recursos económicos para que acudiera de inmediato y sin pretextos.

Se fue en avión. Primero de Morelia a la Ciudad de México, y luego de la capital del país a Tuxtla Gutiérrez. Hacerlo en avión ofrecía comodidad y rapidez, pero también un alto costo en el boleto. Volar valía la pena, sobre todo pensando que el traslado no lo estaba pagando de su bolsillo.

Al llegar encontró mucha diversión y poca información. Estaba confundido, pero contento. Pensó en quejarse, pero el ambiente del bar le indicó que podía esperar y tomar tragos antes de preguntar por el tema de la reunión. Pedir explicaciones implicaba la posibilidad de instalarse en la formalidad y, consecuentemente, dejaran de servir los tequilas. «Si ellos no tienen prisa, yo tampoco», pensó. Continuaron tomando hasta perder el sentido.

Al siguiente día no recordaba nada. Menos aún reconocía el sitio de aspecto campero en el que se hallaba. El clásico ruido de la ciudad era inexistente. La puerta estaba cerrada, no podía salir de la habitación. Por una pequeña ventana pudo mirar hacia afuera, y al hacerlo se le heló la sangre. Estaba en la selva, no en Tuxtla Gutiérrez. Se encontraba en un campamento zapatista, eso le indicaban los pasamontañas y paliacates de quienes rondaban cerca de la habitación. A lo lejos se veían personas con el rostro descubierto: indígenas, insurgentes zapatistas.

●

En Morelia, Patricia esperaba la llamada de Luis. Debía haberse comunicado en cuanto aterrizara en Chiapas, pero no lo hizo, tampoco al llegar al hotel. Se durmió enojada, despertó preocupada. Su marido no era tan irresponsable, no podía ser tan cabrón con ella. Quizá le había pasado algo malo. Se movió a la Sección 18 para conseguir, con los amigos de Luis, teléfonos de los profesores de la Sección 7. Ella también pertenecía a la disidencia magisterial, pero ninguno de los nombres que le mencionó Luis se le hizo conocido, al menos no tenía la manera de contactarlos.

El edificio sindical estaba envuelto en el caos. Los compañeros disidentes habían tomado las instalaciones, tenían los vidrios rotos y salían huyendo personas lastimadas. Los institucionales se habían replegado para ocupar sedes alternas. Fuera de eso, unos y otros sabían que con urgencia requerirían organizarse para conseguir una buena presencia en el Congreso Seccional de Educación, y, por consiguiente, llevar delegados al Congreso Nacional que habría de realizarse en tres semanas en el Distrito Federal.

El grupo de Patricia estaba tan ocupado que no repararon en su cara de angustia. Al saludarla lo primero que le dijeron fue que preparara sus maletas. Ella y Luis irían como delegados, era uno de los acuerdos sostenidos por la disidencia con los dirigentes institucionales. No los escuchó. Les dijo que estaba muy mortificada por no saber nada de su marido. Se tranquilizó un poco al escuchar a uno de los compañeros.

—Ayer en la noche hablé con los compas de Chiapas. Lo siento, amiga, estaban muy ebrios en un bar, y Luis se encontraba con ellos. Se oía lo que parecía una canción mal entonada y unos gritos de alegría. Sin duda era él, bien sabes que siempre canta y que lo hace bastante mal.

Patricia dejó de inquietarse, al menos por un momento.

⁕

En su habitación, o en su celda… o en lo que fuera ese lugar en donde se encontraba encerrado, Luis intentaba definir cuáles debían ser los pasos a seguir. Sabía que estaba descartado gritar. No tenía caso pedir ayuda, menos hacer alboroto. Quizá tocar la puerta, pedir explicaciones, solicitar hablar con alguno de esos compañeros con los que pasó la noche tomando. Pero… ¿y si ellos estaban muertos? ¿Qué tan difícil era suponer que lo tenían privado de su libertad? La mayoría de la gente ubicaba a los zapatistas como luchadores sociales, generosos, honestos, gente del pueblo que nunca pensaría en maltratar al pueblo. Pero, ¿y si la gente estaba equivocada? ¿Si los zapatistas no eran más que delincuentes vestidos con capucha, torturadores, amigos de narcotraficantes? ¿Si su gran negocio estaba en el secuestro? Aunque si así fuera, definitivamente serían unos pésimos secuestradores al raptar a personas sin dinero. Cualquiera podía notar que Luis no tenía en qué caerse muerto.

Volvió a asomarse por la ventana y vio a escasos metros a un tipo portando un rifle, fuerte y de gran estatura. Pensó que detrás de ese sucio pasamontañas debía estar un indígena alto y mal encarado. Lo primero era difícil de encontrar, lo segundo bastante común. Pero eso no fue lo que empezó a perturbarlo: podía mirar a dos de sus amigos —profesores de la Sección 7—, tranquilos, departiendo con encapuchados. No los habían matado, sus amigos estaban vivos. Quiso gritarles, pero se detuvo ante la cercanía del rifle de aquel hombre. Después, al ver detenidamente cayó en la cuenta de quién era uno de los encapuchados que hablaba con sus compañeros, su pipa lo delataba. Parecía lo más increíble que podía ver en esos días, pero no lo era. Había algo más.

⚬

Dentro de las estrategias más comunes del SNTE se encontraba la organización de los congresos seccionales en los espacios más conflictivos, pocas horas antes de la realización del evento nacional. Así los disidentes no podían establecer grandes protestas. Tenían que actuar con rapidez y acordar con los dirigentes institucionales. Se sabía que los disidentes eran hábiles para elaborar largos discursos, pero bastante torpes para acciones rápidas. Muchas veces las secciones radicales se quedaban sin nombrar delegados por hacer exageradamente largos sus eventos sindicales; de tal forma que, cuando estaban por elegir a sus delegados, lejos de ahí ya estaban clausurando el Congreso

Nacional. *Eso* analizaban varios líderes de la coordinadora. Entendían la importancia de estar en el Congreso Nacional de Educación. En primer lugar, para implantar ideas, críticas, protestas; pero además como un ejercicio previo al Congreso Nacional donde se renovaría al comité encabezado por Elba Esther Gordillo, salvo que ella nuevamente se reeligiera.

Todos los presentes mostraban entusiasmo y determinación. Todos, menos Patricia. Habían pasado más de setenta y dos horas desde que Luis había salido de casa como siempre: sonriente, amable, prudente y con el compromiso de reportarse. Más de setenta y dos horas sin saber de él, sin escuchar sus motivos, con el miedo de que algo le hubiera pasado o de que ya no quisiera volver. Patricia se decía una y otra vez que, si no estaba muerto, lo iba a estar; ella lo iba a aniquilar. Aunque pasados unos segundos sabía que no sería así, solo quería escuchar la noticia de que se encontraba bien y que pronto regresaría.

●

Tenía más de cinco días encerrado. No lo trataban mal, pero nadie le daba razones, nadie respondía sus interrogantes. Lo habían movido a un espacio más amplio donde contaba con baño y una pequeña cocina —comía más de tres veces al día—, el lugar no estaba mal. Preguntó una vez más por sus amigos y el silencio fue la respuesta. Pidió hacer una llamada a su casa y le dijeron que ya habían mandado un mensaje a su esposa, que no tenía de qué preocuparse. Preguntó por el Subcomandante y, a través de la capucha, pudo apreciar la mirada dura y penetrante del guerrillero que lo invitaba a quedarse callado.

Al sexto día despertó gracias a un intenso olor a chorizo. Alguien estaba cocinando. Por el olfato le entró el hambre, se incorporó, dio unos pasos, caminó al encuentro de la comida y del cocinero, lo vio… ahí estaba. No era un sueño ni una pesadilla. Tuvo que detenerse para no caer. No podía hablar. Empezó a temblar.

●

Sonó el teléfono de la casa de Patricia. Al levantarlo escuchó lo necesario para acallar algunas de las preguntas que rondaban su mente. Un hombre —muy serio— le dijo que podía estar tranquila. Debía tener paciencia. Nada de llorar, menos de odiar a su marido. Luis se encontraba en un involuntario retiro ideológico. En diez días más lo tendría de regreso en casa, completamente sano, tan alegre como siempre.

Al colgar no supo si debía informar a las autoridades. Lo pensó un poco y lo descartó. ¿Qué caso tenía decirle a la policía que estaba sola, que su marido se hallaba perdido y que por lo tanto podían ir a asaltar su domicilio cualquier día? Tenía que esperar, aguantar un poco. En definitiva, no podía ir a ver a doña Carmen, su suegra. No quería mentirle, tampoco angustiarla. Acudiría a la iglesia, volvería a ese pequeño templo al que solo iba cuando las cosas se ponían difíciles, siempre a pedir, a prometer, a llorar a solas.

No le gustó lo que había escuchado; menos aún lo que no le habían dicho. Tampoco la voz de ese hombre. Extrañaba a su Luis, quería escuchar en qué lío se había metido. Seguramente lo tendría que sermonear. Sin duda le perdonaría todo.

●

Compartieron el desayuno. Estaba claro que no era el mejor cocinero, pero después de verlo, lo menos interesante eran esos huevos con chorizo y las tortillas que les llevó un indígena con paliacate cubriendo su rostro. Bastaron unas horas para que muchas cosas quedaran aclaradas. Había una propuesta: se le pedía que supliera a su amigo en las entrañas del sindicato,

213

convertirse en la voz, y sobre todo en los oídos del Ejercito Zapatista dentro de la organización magisterial. Tenía que intentar incidir en las acciones del sindicato, especialmente en la disidencia.

Recordó cuando Diego lo invitó a que estuviera dentro del Comité Nacional del SNTE. Su amigo deseaba que estuviera cerca de Elba Esther. Luis no aceptó en aquellos días para no meterse en problemas con Patricia. Luego Diego se alejó de la maestra, y con esa lejanía la posibilidad quedó cancelada. Hoy el tiempo le regresaba una propuesta bastante similar.

A partir de ese momento, el EZLN quería que Luis fuera un miembro más de la agrupación; un activo en el programa de inteligencia. Los siguientes días serían de capacitación, de análisis de estrategias, de construcción de proyectos políticos y de insurgencia. La dirección del EZLN tenía en claro —como todo organismo— que la información equivalía a poder, y que la distribución de elementos camuflados por actividades diversas implicaba fuerza, influencia, posibilidad de enfrentar distintos escenarios. Consideraban al SNTE como el sindicato más importante de México. No era el único, también estaban el Sindicato Mexicano de Electricistas y el Sindicato de los Trabajadores Petroleros. En todos los espacios contaban con gente, muchas personas que, sin embargo, entre ellas no se conocían. Todas dispuestas a apoyar las causas del EZLN.

Antes de abordar el autobús llamó a Patricia, le dijo que la quería, que era el amor de su vida y deseaba verla. No hubo reproches. Quedaron de hablar en el Distrito Federal, en el marco del Congreso Nacional de Educación.

Decidió viajar por tierra. Deseaba tener el suficiente tiempo para estar a solas y reflexionar sobre lo que le había sucedido, analizar muy bien qué le diría a Patricia y qué decidiría en función de la propuesta de los zapatistas.

Llegó tarde. Ya se habían marchado los delegados de la coordinadora. Consiguió hablar con Ubaldo, quien le dijo que todos estaban descansando, que durante la tarde y hasta iniciada la noche habían protestado hasta que se hartaron y optaron por irse. Según Ubaldo, era muy posible que uno de los líderes se hubiera arreglado con Elba Esther. Por eso las huestes disidentes no habían llegado a la inauguración donde Salinas dio un mensaje, por eso se retiraron antes de concluir el evento, para no votar los acuerdos del congreso.

Ubaldo se disculpó, quería descansar. Luis decidió entrar. Se acomodó en la parte superior del Auditorio Nacional y ahí pudo platicar con unos delegados de Coahuila. Uno de ellos, de nombre Carlos, le dio más información. Había estado Salinas de Gortari en la inauguración, emitió un mensaje de respaldo. Agregó que los primeros dos días el congreso avanzó muy despacio, con más discusión sobre temas políticos y laborales que con cuestiones académicas. Los disidentes armaron su escándalo y luego se salieron. Los institucionales los abuchearon y enseguida se pusieron a aprobar todo sin analizar nada. Después, un receso.

Luis charlaba con los delegados de Coahuila cuando ingresó Elba Esther, de forma histérica pidió que todos se acomodaran en sus asientos. La mayoría le hizo caso. Pasaron quince minutos y entró Ernesto Zedillo, el presidente electo; tomó asiento y con una gran sonrisa escuchó el mensaje de Gordillo Morales para enseguida tomar la palabra articulando un discurso mal elaborado y peor dicho.

Estaba claro que había respeto para el magisterio, que el presidente saliente y el electo reconocían el liderazgo de Elba Esther, también que se hacían acuerdos en las sombras entre la dirigencia institucional y el grupo disidente. Unos y otros veían a Ernesto Zedillo como un tipo sin carisma, que duraría seis años y rápidamente caería en el olvido.

No había dudas en Luis sobre la situación política y sindical. Caso distinto a lo que tendría que decirle a Patricia sobre lo que había visto y vivido con quienes tuvo que compartir el tiempo en la selva chiapaneca. No le podía contar todo; de hacerlo, pondría en riesgo la seguridad de Patricia. Había información que ella no debía conocer, por ejemplo, que el comandante Néstor en realidad se llamaba Raúl Martínez, el supuesto difunto.

Quizá lo mejor era llamar a Raúl y decirle que prefería dar un paso atrás, no meterse en líos. Necesitaba pensar mucho sobre los pasos a seguir, ahora también pensaba en su hija Alondra.

●

Si la parte final del sexenio de Carlos Salinas había estado marcada por el escándalo y la tragedia, los inicios de la administración de Ernesto Zedillo se podían ubicar en un elevado nivel de caos y derrumbe económico.

Fernando, Marián, Sonia y Cindy se reunieron en un restaurante de la colonia Roma con el fin de discutir las últimas novedades del México zedillista y compartir los chismes de la cotidianidad. Asimismo, Fernando quería dar un paso más en la tarea de integrar a Marián en las discusiones de Siete de Junio; antes habían departido con Sofía y Joaquín, ahora le tocaba al resto de las chicas. Pensó que aún no era tiempo de develarles su verdadera identidad.

—Entonces, eres la amiga secreta de Fernando —bromeó Sonia para romper el hielo, mientras Cindy la veía muy sonriente al tiempo que cuidaba a Javier, ya de cinco años, quien cada día se parecía más a Rafael.

—Así es. Soy su casi novia, pero también su confidente, su amiga, asesora y puente hacia la heterosexualidad —dijo Marián en tono divertido.

Todos rieron; parecía como si se conocieran de mucho tiempo atrás. Cindy se quejó un poco de Fernando. Decía que como patrón no pagaba lo suficiente, por lo mismo había tenido que despedir a la muchacha que la ayudaba a cuidar a Javier.

También criticaba al padre del niño, quien no contaba mucho en su vida, pues por un lado estaban sus frecuentes recaídas producto de su enfermedad, o al menos eso decía; y por el otro, su indiferencia hacia el cuidado de su hijo.

—Aquí el único padre soy yo —se ufanaba Sonia, para en seguida escuchar el reclamo de Cindy.

—¡Claro! Y como todo buen macho mexicano sufres una alergia con el cuidado de los niños.

—Así como las ves, peleando —añadía Fernando—, son la pareja más estable y hermosa que conozco. Se cuidan, se quieren, son un ejemplo para todos.

Cindy se recargó en Sonia. Tenía muchas cosas en mente, pero no todo se podía comentar, sobre todo lo relacionado con la visita que tuvo días atrás.

Sonia puso su mano encima del antebrazo que tenía su novia sobre Javier. Estaba feliz, gozaba de la vida. Sentía que Cindy le daba todo lo que necesitaba para ser feliz. Marián, al verlas, intervino para quitar solemnidad y romanticismo al momento.

—Así deberíamos ser tú y yo. ¿Alguna de ustedes me puede explicar por qué la vida es tan extraña e injusta? ¿Por qué los heterosexuales caminan hacia la homosexualidad, pero nadie lo hace en sentido inverso? ¿Por qué Cindy pudo encontrar el amor en una mujer y Fernando se resiste a buscarlo en mi persona?

—¿Alguna vez se han besado? —cuestionó Sonia, y Fernando, al sonrojarse, aumentó el interés en la pregunta.

—Tuvimos una noche de besos y caricias, sin llegar a nada más que eso. Fue mi regalo de cumpleaños —expresó Marián—. Lo disfruté mucho. Fernando dice que no le llegó la electricidad, aunque algo en la parte media de su cuerpo me hacía ver que en ese momento la estaba pasando más que bien.

Fernando pidió cambiar de tema. Adujo que la presencia del pequeño Javier los obligaba a ser más respetuosos en el diálogo. Todas coincidieron en que era bastante homofóbico y conservador; más aún, que era un peligro para la formación de Javier. También convencieron a Cindy de que buscara a una muchacha para que cuidara al niño por unas horas, por lo que se marchó un momento para hablar por teléfono.

Mientras llegaba la chica que haría de niñera, comentaron sobre la vida política del país. Cualquiera en la mesa gozaba de información relevante, pero Marián llevaba la conducción del diálogo.

—El 94 fue un año terrible; la ceguera de Salinas de Gortari y la maldad inherente al sistema llevaron a México a un nivel difícil de sostener, y la incapacidad de Zedillo provocó no la simple caída de la economía del país, sino su hundimiento total. Me explico. Con Salinas tuvimos un Tratado de Libre Comercio al que se le apostó todo, incluso los recursos del país, los Tesobonos y esas pendejadas. No contaba el peloncito con la aparición de los zapatistas y de que su circo se vendría abajo. Tampoco con que matarían a Colosio y luego a Ruiz Massieu.

—A mí los zapatistas me caen muy bien —interrumpió Cindy—, me parece que vinieron a refrescar el ambiente social en nuestro país, a traer nuevas ideas y un mejor debate sobre la problemática de pobreza y marginación; es más, y aunque se enoje Sonia, si no estuviera ella en mi vida, estaría enamorada del Subcomandante Marcos.

—Ay, cariño, es fácil hablar de alguien a quien se le ve únicamente en una pantalla de televisión —intervino Marián, poniendo en peligro su identidad—, creo que de conocer al Subcomandante sabrías que nunca tendrías su amor. Pero bueno, ya que hablaste, ¿qué piensas sobre las investigaciones en torno a los asesinatos de Colosio y Ruiz Massieu?

—Siempre he creído que hay algo de culpabilidad en el entorno inmediato de Salinas de Gortari. Las casualidades no existen a ese nivel, y la vida en la casa presidencial suele ser muy tóxica. No digo que el culpable sea Salinas o alguien en particular, porque no tengo elementos para afirmar algo así, solo digo que los inocentes no escalan hasta esas alturas —agregó Cindy.

Todos agregaron algunos elementos a lo dicho por ella, pero prácticamente le dieron la razón. Después, se enfocaron en lo que Marián llamó errores de Zedillo: citar a los empresarios y darles la funesta noticia de que en unos días habría devaluación, con lo cual los invitó a comprar dólares y sacar su dinero del país, fue una gran estupidez; además negarse a controlar el cambio monetario, dejando el precio de la moneda al libre mercado. «Mucha gente tenía sus deudas en dólares y lo que les ha tocado es vivir en la pobreza u optar por el suicidio», les dijo.

Sonia agregó el pleito de Zedillo con Salinas, uno a otro acusándose de ser los responsables de la crisis económica; concluyeron en que la historia terminaría castigando al expresidente Salinas de Gortari.

—Es el más mediático —señaló Fernando—. A él se le recordará por eso y por muchas cosas más, casi todas negativas. Ernesto Zedillo es y será un cero a la izquierda. Hoy tiene mucha fuerza por ser el presidente, pero solo por eso. Con el paso del tiempo la historia se olvidará de su existencia.

No podían dejar de mencionar a Elba Esther Gordillo, seguía siendo figura importante en la vida nacional.

—La maestra Gordillo se ha hecho fama de estar en todos los sitios y en cualquier discusión; algunos la ubican como la mente siniestra de todo lo que ocurre en el país —señalaba Marián—. Su fuerza y su debilidad radican en que quiere abarcar más de lo meramente sindical. Habla con todos los políticos, no importan los colores ni las aspiraciones. Se comunica con quien se le antoje y busca llegar a acuerdos que no siempre puede cumplir. Termina construyendo amistades, pero también potentes enemigos. Por eso no dudo que esté detrás de varios golpes contra el presidente actual. No es amiga de Zedillo y eso quedó en claro con el desplegado que pagó para su inserción en los medios de comunicación quejándose de la política del primer mandatario.

Estaban lejos de la esfera del poder, no había por lo tanto una preocupación personal en el devenir de los hechos. Todos optaron por pedir un *shot* de tequila para brindar por el circo romano a la mexicana, fundamental para generar infinidad de noticias.

—Brindo por todos los detenidos que habrá en las próximas semanas, por las muchas noticias que tendremos gracias a las estupideces de nuestros gobernantes, y por Susana, la chica que acaba de venir por Javier, en la cual deposito mi confianza para que lo cuide muy bien por el resto de la noche —alzó Cindy el *shot* y todos lo hicieron con ella.

En Los Pinos se desarrollaba una intensa reunión donde Zedillo era el personaje principal. Tal como Salinas había necesitado a la Quina para afianzarse en el poder, Ernesto Zedillo pretendía detener a alguien para lograr un poco de fortaleza, un poco de respeto.

—Detengamos a Carlos Salinas, eso nos ayudaría a conseguir algo de popularidad, y sobre todo un poco de credibilidad —señalaba el secretario de la Contraloría.

—Creo que tienes razón, eso es lo que necesitamos hacer —apuntó el presidente acomodándose los lentes y asintiendo con un constante movimiento de cabeza.

—No estoy de acuerdo. Si detiene a Carlos Salinas la devaluación será muy fuerte, perderemos muchos millones; quizá no exista forma de salvarnos —argumentó el secretario de Hacienda.

—Creo que tienes razón. No lo podemos hacer —decía Ernesto Zedillo, y volvía a acomodarse los lentes.

—Entonces, ¿vamos a dejar que se burle de nosotros? Usted es el presidente, usted tiene las manos limpias. Ese pendejo de Salinas ya no es nadie —volvía a intervenir el secretario de la Contraloría.

—Creo que tienes razón. Ya no es nadie el licenciado Salinas, yo soy el presidente, debo demostrar fuerza.

—No es cosa de quién es el presidente, de eso no hay duda. El tema es que detrás de Salinas de Gortari hay muchos empresarios que se volvieron multimillonarios en su sexenio, y muchos le guardan lealtad. Si ellos se deciden, sacan lo que aún tienen en nuestros bancos y se lo llevan a otro sitio —hablaba el responsable de Hacienda cuando lo interrumpió otro de los invitados a la reunión.

—Bueno, ya es suficiente. Dejemos de discutir —hizo uso de la palabra el embajador de los Estados Unidos, y todos guardaron silencio—. Voy a decirles lo que se tendrá que llevar a cabo. Al expresidente Salinas de Gortari no se le va a meter a la cárcel, pero se le dará un gran golpe. El detenido será su hermano Raúl. Habrá que acusarlo de… no sé; quizá de peculado, y también del asesinato de José Francisco Ruiz Massieu. Creo que eso será suficiente para elevar la popularidad del actual mandatario y mostrar músculo político.

Todos estuvieron de acuerdo. La voz del embajador era ley en México. Siempre lo había sido, pero aún más en esos momentos gracias al rescate financiero promovido por el presidente Bill Clinton.

Al día siguiente, la policía detuvo a Raúl Salinas de Gortari, y en seguida su hermano Carlos reclamó fuertemente al Gobierno de México, al grado de iniciar una huelga de hambre en una humilde casa en una colonia popular de Nuevo León. El expresidente esperaba un levantamiento de miles de mexicanos, pero no sucedió así; en vez de ello, recibió una llamada desde la embajada estadounidense para darle instrucciones. Minutos después levantó su huelga, se limpió las lágrimas y se fue del país con la promesa de que Raúl recibiría un buen trato en la cárcel: se le permitiría vivir en condiciones de lujo entre cuatro paredes.

·●·

En otro tiempo había sido un hombre cariñoso, amable, sensible, incluso romántico. Esos momentos parecían tan lejanos, como si no hubieran existido. Cindy no entendía cómo la gente podía cambiar tanto. Le costaba comprender cómo Rafael había pasado de profesarle amor a mostrarle un odio tan grande. Aunque ella misma también dejó de quererlo, después sintió una clara indiferencia, luego malestar, y ahora hasta repulsión hacia cualquier imagen que tuviera de él.

Era la tercera ocasión que la visitaba. La primera vez se presentó a la puerta del departamento, «casualmente» a los pocos minutos de que Sonia se hubiera ido a trabajar. Era martes, el día en que Cindy no iba a la agencia de noticias. Rafael llegó con el pretexto de ver a Javier. Se mostró amable, se veía sincero, sus palabras generaban confianza. Cindy cometió el error de no contarle nada a Sonia, tuvo miedo de sus celos, de echar a perder la tarde y quizá hasta los próximos días.

Un mes después, ocurrió la segunda visita. En esa ocasión fue para proponerle que regresaran a la relación que tenían. Quería que dejara a Sonia para ser los tres: Cindy, el pequeño Javier y él, una verdadera familia. Se mostró menos amable, dejó entrever parte de su malicia y un cierto poder que empezaba a mostrar. «Quiero a Javier, quiero lo mejor para él. Deseo que tenga papá y mamá, lo contrario es afectarlo. Sé que tú también piensas en él, y que harías cualquier cosa por su beneficio. Por eso te pido que lo pienses». Le dio un plazo de sesenta días. Escasos dos meses para definirse. Durante el resto del día no dejó de llorar. Sentía que estaba viviendo la peor de las tragedias. Estaba equivocada: en la última de las visitas el tono fue muy distinto y la propuesta muy diferente.

Rafael dejó de cuidar las formas, mostró su verdadera cara. No quería que Cindy regresara a casa, no pensaba en formar una familia, no deseaba asumir el papel de padre del niño. Javier no le interesaba en lo más mínimo, al menos no como hijo, aunque sí como moneda de cambio. Rafael exigía un poco de cariño y algo de dinero. O, mejor dicho, quería sexo y que Cindy lo mantuviera. Había perdido el empleo y a causa de la crisis económica le era casi imposible encontrar trabajo. No quería esforzarse mucho, ni tampoco morir de hambre. Asumía que merecía un pago por «el derecho de maternidad» que gozaba Cindy gracias a él. Si ella podía vivir con su hijo, entonces debía cubrir una cuota. Nuevamente estaba en el aire la amenaza de quitarle al niño. El pequeño Javier se había convertido en eso, en un cruel y vulgar medio de chantaje.

«La próxima vez que te vea, quiero que me des una mamada y que pagues por tenerla en tu boca». Sus palabras taladraban la mente de Cindy, tenía ganas de vomitar.

●

No había reflectores, todos los ojos estaban puestos en la crisis política entre los dos mandatarios. Por primera vez en muchos años, un Congreso Nacional del SNTE se estaba desarrollando en la completa soledad política. Quizá porque todos compartían la idea de que ella seguiría mandando. Lo pensaba el grueso del grupo institucional, lo decían los disidentes, lo creía, sin decirlo, la propia Elba Esther Gordillo.

●

Luis y Patricia pasaban un rato juntos tomando un refresco en las afueras del recinto sindical del evento para elegir la dirigencia de Michoacán. Tenían tiempo de sobra, el Congreso Seccional se desarrollaba muy lento, poco importaba que todos supieran que Raúl Morón sería el ungido. La persona que dirigía el evento daba largas y más largas, al parecer traía instrucciones de permanecer encerrados muchos días.

—¿Para qué tanta pérdida de tiempo? —preguntaba molesta Patricia, mientras su esposo se terminaba su refresco de manzana—. La gran mayoría de los delegados estamos a favor de Morón, ya quiero que termine esto para irnos a Oaxtepec.

—Creo que es un hecho que queda Morón, pero siento que parte del acuerdo para que el nacional lo deje llegar a la dirigencia tiene que ver con que el congreso se extienda tanto, que no tengamos tiempo para acudir a la etapa nacional y así no llevemos la voz de los compañeros, ni molestemos a los intereses del SNTE.

—Pues mira, mi papá fue como delegado de la Sección 36 del Estado de México y dice que allá todo es celebración —dejó la contrariedad de lado y agarró con fuerza y cariño el brazo de Luis—. Y sabes, yo quiero ir de fiesta contigo, tenemos mucho sin disfrutar de nosotros, y no sé, desde que tuviste aquel problema en Chiapas te he notado diferente, pensativo, no me has querido decir nada. De pronto creo que Elba Esther es quien te mantuvo secuestrado y tal vez hasta embrujado.

—Nada que ver, amor —quiso reír—, no tiene que ver con ella. Todo lo contrario, se trata de participar en un movimiento, ya les dije que no, pero insisten. No te he querido dar más información hasta no estar seguro de que no hay ojos mirándome. Estoy pensando qué pasos son los que debo dar. Ten confianza en mí —la vio a los ojos y le dio un beso—. Bien sabes que absolutamente *todo* en la vida lo hago pensando en nosotros.

—También te quiero, pero estás muy misterioso. Espero que me comprendas. No voy a insistir. Lo que quiero no es la información sobre ese asunto, sino saber si estamos bien, si no hay nadie más.

—Ten la seguridad de que no existe nadie y que quiero pasar tiempo contigo. Es más, te propongo que vayamos a

224

Oaxtepec, pero no al evento sindical, sino a estar unos días tú y yo solos. Dejamos a Alondra con mamá y nos vamos para allá.

—Me parece bien, pero prohibido hablar del sindicato, únicamente de nosotros y de nuestro futuro juntos.

•

Elba Esther había llamado a Humberto Dávila Esquivel, la Liebre, el poderoso secretario de Finanzas del Comité Nacional, a reunirse, ocupar un sitio en la sala que estaba en la *suite* del centro vacacional Oaxtepec. Quería charlar sin testigos, definir de una vez por todas el futuro del sindicato de maestros y calcular qué viabilidad tendrían a partir de ese momento sus proyectos personales.

—¿Cómo estás, Humberto? ¿Cómo ves la situación que estamos viviendo? ¿Qué opinas sobre lo que debo hacer?

La maestra intentaba verse tranquila, mostraba autoridad al hablar. Humberto Dávila Esquivel no tardó mucho en intervenir. Por un lado, no tenía tiempo, pero, además, estaba preparado, entendía que algo así le iba a cuestionar; era importante la brevedad en su respuesta tanto como el hecho de abarcar con sus palabras todo lo que la maestra quería escuchar. No debería existir en ese instante ningún margen de error. Se jugaba su futuro.

—Sin duda, el momento que vive el país es muy complicado. Demasiado difícil, muy diferente a lo que tenemos como sindicato. Han sido seis años de mucho trabajo, durante los cuales se han logrado cosas importantes, desde la pluralidad en la construcción de las dirigencias, hasta incrementos salariales nunca antes vistos. Somos, además, un sindicato con un intenso diálogo con todos los actores sociales del país. Estamos en el mejor momento de la vida de la organización y en una de las peores etapas de la historia del México moderno.

—Eso es muy obvio, necesito que respondas con más inteligencia: dime qué sugieres, cuáles son los pasos que tenemos que dar en el SNTE para enfrentar el futuro inmediato.

—Pienso que hay que salir fortalecidos del Congreso Nacional. Opino que solamente hay una opción: que usted siga al frente del sindicato, que se establezca una nueva prórroga, o alguna figura que permita que continúe como nuestra secretaria general o nuestra máxima dirigente. Algo que dé confianza al interior y consolide nuestra fortaleza ante las amenazas que se van a ir presentando.

Elba Esther mantuvo la respiración. Se quedó en silencio durante unos minutos; a Dávila Esquivel le parecieron horas.

—Es algo que he pensado en repetidas ocasiones. Lo he consultado con la almohada y creo que es una opción. Tendríamos muchas ventajas, pero también un sinfín de ataques. Es una alternativa, pero no la mejor. Agradezco tus palabras, solo te pido que las recuerdes siempre, que tengas en mente de dónde vienes y a quién te debes. Somos un equipo, tu amiga lo encabeza. No lo olvides. Yo tampoco voy a olvidar cuál será el papel que debo jugar. Me iré y te quedarás al frente. Pelearé desde el Sector Popular del PRI y desde la Confederación de Educadores de América. Tú lo harás desde el SNTE. Juntos, fortaleceremos la lucha de los trabajadores de la educación.

Capítulo V

Sentimiento de traición, *febrero de 2013*

Tal como lo tenían programado, el consejo se instaló; luego entró en un receso. Algunos pensaban que serían sesenta minutos de descanso, lo justo para terminar de comer; otros, con un poco más de «colmillo», apostaban que al menos tardarían cuatro horas para empezar a llamar a la gente. Nadie sabía lo que estaba por ocurrir.

Todos los concejales se veían tranquilos, aunque, sin duda, expectantes ante posibles acuerdos del evento sindical y obviamente molestos por las acciones desarrolladas en los últimos días por el Gobierno de la República.

—Se va a chingar el pinche Peña. De aquí salimos con la bandera rojinegra —decía uno de los concejales del Bajío mientras se tomaba la fotografía para su credencial como miembro del SNTE.

Más de uno de los presentes le festejó el comentario. El ánimo era excelente, hasta que empezaron a llegar los mensajes de texto.

Quien había alzado la voz ahora se veía pálido, nervioso. Tan solo acertó a dirigirse con el coordinador de organización para preguntar si los mensajes eran ciertos y, sobre todo, qué tocaría hacer como sindicato.

En unos instantes todos los concejales sabían la situación en torno a la maestra Elba Esther, pero desconocían lo que sucedería con la organización sindical. Carlos Moreira recibió la indicación de reunir al Comité Nacional y a los secretarios generales de cada sección. Al resto de los concejales se les pedía que se recluyeran en sus habitaciones.

·•·

Juan Díaz iba en el elevador cuando vio la noticia en su celular. No quiso entrar a su cuarto, le pidió la llave a un auxiliar y se recluyó en esa habitación, se veía más modesta y estaba a nombre de su particular. Evitó regresar al cuarto que se le había asignado. Tenía temor y coraje. No quería ver a la maestra en la cárcel ni acompañarla a algún peligroso reclusorio. Necesitaba estar a solas y llorar.

Elba Esther había mandado el mensaje con su nieto: expresaba y pedía toda la confianza a Juan. Ya sola, pensaba si había acertado. Repasó todos los errores de los últimos días, de los últimos años. Fue pasando por su mente una larga lista con todos los enemigos: los del PRI, los del PRD, algunos que tenía en el PAN y en el Verde Ecologista, y la extensa lista de los enemigos que tenía al interior del sindicato.

En el mensaje expresaba toda su confianza a Juan Díaz. No estaba segura de haber hecho lo correcto, pero no había otra opción. La carrera sindical de Juan la había construido ella. De la nada lo volvió dirigente de su sección y luego secretario general del Comité Nacional. Ahora lo haría su sucesor; era la segunda ocasión que Elba Esther nombraba sucesor. La primera vez sufrió mucho, se sintió traicionada. Ahora no podía equivocarse, no la podían apuñalar nuevamente.

·•·

Lejanía del poder y rompimiento, *1995-1997*

Cada semana la visitaba Humberto Dávila, discutían proyectos y posturas, revisaban la agenda sindical y política. Eran equipo. Había respeto, apoyo, confianza.

El país estaba sumido en una profunda crisis económica y en un complejo y creciente conflicto donde los distintos actores de la política mexicana asumían confrontaciones directas y ataques camuflados. Latía una crisis social donde las alianzas iban modificándose hasta convertirse en una lucha campal.

El presidente Zedillo se veía débil y torpe, dubitativo, manejado por los supuestos subordinados, entregado a los Estados Unidos. A la par, Salinas de Gortari recogía parte de lo sembrado: se había marchado del país; su gobierno se describía como corrupto, represor y, nuevamente, cobraba fuerza el recuerdo del escandaloso fraude del 88. Por si fuera poco, una parte importante de los mexicanos daba por descontada su participación en el asesinato de Colosio Murrieta.

Mientras tanto, el EZLN se mantenía vivo en Chiapas y beligerante en los medios de comunicación. También se apreciaba el crecimiento de un sinfín de grupos de delincuentes que veían florecer su actividad en el tráfico de drogas, la trata de mujeres, en el asalto y en el secuestro. Diversos analistas resumían la situación en pocas palabras: México en su conjunto se hallaba torpemente gobernado por un individuo sin carisma que llegó a la presidencia de forma accidental en medio de un reguero de sangre. Con una pobre clase política enemistada y devaluada, mientras grupos de delincuentes iban tomando calles y pueblos a lo largo y ancho del territorio nacional.

Los dirigentes del sindicato estaban preocupados por la próxima respuesta salarial. Sabían que la situación que vivía el país afectaba cualquier optimismo. No era momento de dividirse, así lo entendieron en ese primer momento, conformaron un equipo y se apoyaron en todo para sacar la negociación avante. Desde diversos frentes lucharon para que la respuesta salarial fuera, cuando menos, aceptable. Así terminó ocurriendo.

En el tema político, el interés de la maestra distaba mucho de la visión de Dávila Esquivel. Para el oriundo de un pequeño poblado del sur de Coahuila, su función se debía circunscribir al ámbito gremial. La maestra, en cambio, insistía en la idea de que la fortaleza del sindicato pasaba por la capacidad que tuviera el gremio para influir en el rumbo del país.

—¿Qué hay que hacer, maestra? —inquiría Dávila Esquivel con un *shot* de tequila en la mano a manera de digestivo en el propio departamento de Elba Esther.

—Me voy a meter de lleno en la vida del partido, necesito seguir creciendo —se notaba tranquila, tomaba un poco de agua—. Si te parece, me pienso ocupar de la agenda de la Confederación de Educadores Americanos, necesitamos que crezca lo suficiente para competir con la otra asociación de educadores, la Internacional de la Educación. La confederación es nuestra, desde ese espacio podemos hacernos fuertes; desde ahí es posible que evitemos cualquier ataque del gobierno actual o de cualquiera de los que sigan. El PRI va a la baja, y con este presidente no hay buen futuro. También quiero mantener mi presencia en el Grupo San Ángel, bien sabes que ahí se está discutiendo el presente y el futuro del país, se encuentran líderes de primer nivel y de todos los colores políticos. Por cierto, en algún momento me gustaría que pudieras incorporarte.

—También me encantaría acudir a las reuniones que tienen ustedes, pero mi lugar está en el sindicato, aquí soy feliz y puedo colaborar en proyectos del gremio.

—Tienes razón, Humberto, creo que debemos espaciar nuestras reuniones; no solo quiero reforzar mi papel en los sitios de poder, en el PRI, en la Confederación de Educadores y en el Grupo San Ángel; me gustaría viajar, ya sabes que todo lo místico me apasiona, quiero estar en Asia, o quizá en África. Ahí nació todo.

Eran tiempos difíciles para el país. Eran tiempos de tranquilidad para el sindicato. Las cosas iban a cambiar. Tiempo al tiempo.

●

Vivir una doble vida no estaba en los sueños ni en los valores de Cindy. En varias ocasiones había querido comentarle a Sonia, pero tenía miedo. No quería poner en riesgo al amor de su vida o que le quitaran a Javier.

A lo largo de los últimos años, cada mes le daba dinero a Rafael; no lo que le exigía, no tenía tanto. Ya había hecho muchas peticiones a sus padres, en alguna ocasión había fingido un asalto para justificar un par de joyas que tuvo que vender en un bazar. Buscaba administrar el dinero, tenía que suplicarle a Rafael que aceptara lo que lograra reunir.

Agradecía al cielo cuando el padre de su hijo empezaba a salir con alguna chica. En esas temporadas demandaba dinero y no exigía sexo. La última ocasión en que Rafael inició una nueva relación, agradeció su llamada y sus insultos.

«No quiero que te me acerques. Ya no vas a tener amor de mi parte, solo necesito que pagues puntualmente por tener a mi hijo. Quiero que sepas que estoy con una verdadera mujer. No se parece en nada a esa caricatura en la que estás convertida», le dijo mientras le presumía que su nuevo amor era una jovencita doce años menor con quien paseaba y se divertía; sin embargo, todo terminó demasiado pronto. Al parecer la chica le quitaba buena parte del dinero y Rafael no cumplía a plenitud en la intimidad. Después, la llamada que no quería escuchar; la amenaza, los insultos, la cita que le provocaba asco, vergüenza y coraje.

—Te necesito —dijo Rafael.

Enseguida, al arrepentirse de usar esa palabra, la cambió por algo más contundente. Expresó vulgarmente su odio.

—Te veo mañana en el hotel de siempre, quiero cogerte. Lleva dinero.

En unas horas debía verlo. Tenía ganas de llorar, quería decirle a Sonia, confesarlo todo. Tenía ganas de matarlo o de suicidarse.

Con una inquieta niña de dos años, estabilidad económica que permitía pequeños lujos y una relación de pareja con ciertos altibajos, Luis y Patricia sentían que se encaminaban al mejor momento de su existencia.

En el olvido se encontraba aquella dura crisis ocurrida un año antes, cuando Luis decidió ir a Chiapas a visitar a compañeros de la Sección 7 y pasaron varios días sin que Patricia supiera de él. Al regresar, durante las primeras semanas la relación de pareja no mejoró en forma considerable; sobraba el silencio y el misterio. En contra de su naturaleza, Patricia se mostró paciente y tolerante; ni siquiera quiso insistir en saber la verdad, no buscó enterarse de los pormenores. Respetó esa actitud extraña de Luis. Lo veía temeroso, no tenía la imagen del cabrón mal portado sino del hombre que vive con miedo.

Poco supo Patricia de su relación con los zapatistas, nada sobre la existencia de Raúl, en ese entonces poderoso comandante Néstor. Era claro que ella no podía saber que estaba vivo y menos aún que había convivido con su marido. El matrimonio había estado en riesgo. Esos temores fueron los que motivaron a Luis a no atender la invitación del EZLN. Era un tema interesante, quizá ayudaría a cumplir sueños de incidir en la transformación del país, pero no encontraba cómo trabajar con ellos sin provocar un rompimiento con Patricia. Y ella significaba demasiado, era lo más importante en su vida.

Su pequeña Alondra se había quedado con la abuela, la pareja viajaba por carretera rumbo a Oaxtepec. Querían estar en el complejo vacacional que había servido de sede de ese Congreso Nacional que había marcado la salida de Elba Esther de la dirigencia del SNTE. Se trasladaban en un vehículo nuevo pero modesto. Luis seguía siendo un excelente conductor. Antes de marchar habían decidido comer con doña Carmen y con su hija, por lo que salieron de Morelia después de las cinco de la tarde. No había prisa. Tenían siete días para descansar.

—¿Cómo ves si llegamos a dormir a un hotel aquí en Toluca? —propuso Patricia cuando estaban por pasar cerca de la capital del Estado de México.

—Ay, amor, no tiene caso, falta muy poco para llegar. No te preocupes, aguanto eso y más.

A Luis le gustaba manejar, y el hotel en Oaxtepec estaba previamente pagado. Patricia abrió unas golosinas y le ofreció a Luis. Eran felices. Estaban juntos. Cuarenta minutos después, la tragedia.

·•·

La discusión en la agencia de noticias estaba centrada en la posición que se debía asumir en relación con la crisis que vivía el país y la actuación de las autoridades. Había dos opciones: la primera, mantener el fuego directo contra el gobierno, resaltar cada error; la segunda, suavizar la crítica, ponderar circunstancias.

—Miren, compañeros, en lo personal no veo mejora alguna. La economía sigue por los suelos, el gobierno busca salvar a los bancos con una enorme deuda pública, no sé si eso sea legal, pero es bastante inmoral —señaló Sonia, al hacerlo mostraba su molestia y su inclinación en mantener la línea dura.

—Coincido contigo, pero al hacerlo hay que entender que nuestras finanzas también están en riesgo —agregó Fernando.

Su responsabilidad como periodistas indicaba arreciar críticas. Su instinto de conservación invitaba a moderar posiciones. Sabían que la crisis volvía al pueblo más dependiente de un gobierno que había provocado el propio problema económico. Los medios de comunicación no eran ajenos a esa dependencia económica.

La mayoría propuso mantener el ataque constante, la crítica fuerte y puntual al gobierno y al sistema político mexicano. Mientras todos discutían y bromeaban, sonó el teléfono. Fernando contestó. Al ver su expresión guardaron silencio. Algo muy malo estaba ocurriendo.

Colgó. El miedo reflejado en su rostro se tornó en tristeza para agregar una frase muy corta:

—Necesito buscar dinero.

●

No entendía cómo, en cuestión de minutos, pudo pasar de un sueño a una pesadilla; y cómo estaba logrando soportar el hecho de sentirse estancada ahí, en esa alucinación a lo largo de unas horas que parecían eternas. En su mente todo tenía que ver con momentos de confusión, temor, incertidumbre, dolor. No sabía qué hacer, rezaba por inercia, rezaba con dolor y rabia. ¿Cómo Dios había permitido todo eso? ¿Cómo toleraba todo lo que les hacían? Habían pasado doce horas, pero apenas recordaba su vida anterior: pasajes recientes y lejanos como si fueran flashazos. Veía a su hija intentando correr o a su suegra felicitándola por el guiso; así era doña Carmen, siempre una buena persona; metiche, amable, empática. Luego, los últimos minutos de felicidad: viajaban con el estéreo a todo volumen riendo de sus voces desafinadas. Les faltaba poco para llegar cuando una camioneta blanca con la caja cerrada los rebasó y fue frenando, después otro auto, azul marino, se puso a un lado de su vehículo, la camioneta no los dejaba acelerar; vio cómo del auto empuñaban una pistola, y con ella hacían señas que les indicaban detenerse.

No opusieron resistencia, obedecieron en todo. No había forma de escapar. Pensaron que les quitarían el auto y lo poco que traían. Así ocurrió, pero no solo eso. Los subieron a la camioneta, como si fueran costales. Arriba los sujetaron para amarrarlos, los golpearon. Ella en medio de los golpes sentía el sucio manoseo. Fue cuando escuchó la voz del más gordo.

—Vamos a violarla.

Oyó la voz de otro preguntando si tenían permiso. La risa de todos. Uno de ellos le arrancaba la ropa, exponiendo sus senos, rasgando su pantalón. El llanto y los gritos de ella, los golpes, la sangre. Luis en un rincón, maniatado, sufriendo al ver cómo su mujer era mancillada; tenía ganas de morir, ganas de matar. Patricia vio la mirada en sus ojos y supo que iba a intentar algo.

Con dificultad, Luis logró levantarse, calculó tiempos, movimientos y se lanzó a golpear a uno de ellos. Usó su cabeza, cual si fuera un animal enloquecido. El delincuente trastabilló, golpeó la puerta trasera, abriéndola con su peso y salió disparado cayendo en la carretera, ahí perdió la vida. El chofer decidió parar y orillarse. A Patricia la dejaron tranquila; se fueron encima de Luis para golpearlo, para destruirle el cuerpo. Ahora era Patricia la que sufría viendo. Uno de los delincuentes, familiar del que había caído de la camioneta, sacó una pistola y disparó sobre Luis diciendo: «Por mi broder, maldito».

Llegó rápidamente el auto azul. Uno de los tripulantes tomó a Patricia y la arrojó a la cajuela mientras el otro le disparaba al delincuente que había usado la pistola contra Luis. Nada se podía entender. Patricia ignoraba si Luis había muerto, no comprendía por qué escuchaba voces que decían que habían matado a quien disparó a su marido. No sabía qué le iba a suceder a ella misma.

●

La voz llorosa a través del teléfono era de Marián. La habían secuestrado. Pedían dinero y no confiaba en nadie más que en su amigo periodista. Fernando ya había comentado lo sucedido a sus compañeros.

Las primeras preguntas que salieron a relucir tenían que ver con información sobre la secuestrada: ¿Quién era en realidad Marián? ¿Por qué pedían tanto dinero de rescate? ¿Por qué la habían secuestrado? ¿De dónde iban a sacar el recurso para apoyarla, si estuviera en sus manos el poder hacerlo? Fernando prometió contestar todos los cuestionamientos, solo pedía que no hubiera una pregunta sobre otra, que se aceptaran las respuestas y al menos en lo inmediato no hubiera otras interrogantes.

—¿Quién es Marián Belanguer Jiménez? —inició Fernando, repitiendo las preguntas para darles respuesta—. Lo que ustedes ya saben: es mitad francesa, mitad mexicana —hizo una breve pausa para tomar aire—. Lo que desconocen: la primera vez que tuve contacto con ella fue en Chiapas, ahí nunca le vi el rostro, eso fue cuando acudí a la entrevista con el Subcomandante Marcos. La llamaban comandante Mariana, en esos momentos pensé que era la mujer del líder de los insurgentes. Luego ella me aclaró que solo eran algo así como «amigos con derechos»; primero amantes frecuentes, luego ocasionales. Su dinero ayudaba a la causa.

—Entonces, ¿es zapatista?... ¿Revolucionaria? —gritó Sofía en la última palabra, e inmediatamente se puso la mano en la boca. Estaba rompiendo la regla que acababa de fijar Fernando.

—Ya no es zapatista. Se separó del EZLN. Primero dejó a Marcos, y poco después a los insurgentes. Según me dijo, quería vivir aventuras y terminó aburrida. Nadie de su familia reside en México. Algunos están en Europa, y los que no, se encuentran en Nueva York. Tienen dinero, mucho más dinero del que podamos imaginar. Ella no necesita trabajar ni pasar sufrimiento en la selva. Insisto, quería una aventura y la tuvo. Puso el *angulito* a su lista y después pensó en darle un giro a su vida, considerar otras cosas, nuevas aventuras —Fernando pasó las manos por su rostro, luchaba para concentrarse.

Les informó que la familia tenía dinero, pero no gozaban de una buena relación. Al menos por el momento no podría comunicarse con ellos.

—He sido confidente de Marián desde hace meses. Y en clave, ahorita en la llamada, me indicó el primer paso que debo dar. Espero haberla entendido. Tengo que ir a su departamento y mañana a primera hora a una oficina de correos; ahí supongo que tiene rentado un apartado postal. Debo revisar qué es lo que se encuentra en ese espacio.

—¿Todo eso te dijo? —cuestionó Sofía intrigada.

—Algo así le entendí. Usábamos claves todo el tiempo. Así nos gusta llevar la comunicación. Dijo: «Me urge que me apoyes. Habla con mi hermano, el que tiene cinco higueras. Organicen todo, si se requiere vendan mis joyas».

—No, pues sí está muy claro —ironizó Sofía—. Mejor explícate bien, al menos por mi parte no entendí nada.

—Como les dije, ella no se lleva bien con sus hermanos; ninguno de ellos está cerca, ni sé cómo contactarlos. Entonces no es por ahí. Pero en más de una ocasión la he acompañado a Correos, a unas oficinas que están por la calle de La Higuera.

Supongo que tiene un apartado ahí. Espero que sea el número 5, y la llave debe de estar en algún joyero en su domicilio. ¿Alguien gusta acompañarme? El departamento de Marián queda rumbo a nuestro edificio.

—Me apunto —de un brinco Sofía se puso a su lado—, pero tengo una duda: ¿cómo vamos a entrar a su departamento?

—Tengo sus llaves y ella las mías. Por cierto, mañana cambiamos la chapa de este departamento.

●

Patricia llevaba cerca de dos semanas encerrada en un pequeño cuarto, sujeta de una de las extremidades, casi sin poder moverse; con un recipiente que alguna vez tuvo pintura dispuesto para sus necesidades y un plato viejo donde le daban algo de comer. Cada vez que sus secuestradores le decían que iban a entrar, tenía que introducir la cabeza en un viejo costal. No debía verlos, tenía prohibido mirar. Desde el día en que la raptaron no la habían vuelto a golpear ni intentado violarla. No tenía derecho a salir del cuarto, algo distinto a lo que sucedía con otra mujer que estaba encadenada muy cerca. En medio de su tragedia, por alguna extraña razón, se compadecía de ella.

Llegaron a ese lugar con diferencia de días. Supo su nombre, su edad, platicaron de sueños, tristezas. Era hermosa, y todo en ella indicaba que tenía dinero. Ambas se encontraban en el infierno. Patricia sabía poco de lo que le estaba ocurriendo a Luis. Marián no tenía a nadie, y cada tercer día sufría una violación, siempre por la misma persona, un enorme y obeso individuo que despedía un olor nauseabundo; la sacaba del cuarto cuando iniciaba su turno como vigilante en la casa de seguridad.

Una mañana, cuando se llevaban a Marián, se le ocurrió pedir que no lo hiciera, que tuviera compasión. Recibió una patada, y enseguida la respuesta que escuchó del delincuente la dejó sin respiración.

—Mira, pendeja, supongo que tienes ganas de que te coja, pero no es tu tiempo, el patrón me dijo que no podía hacerlo; no te puedo chingar mientras siga con vida tu pinche marido. Si se muere el culero, entonces serás mía, solamente una vez, te va a gustar, me vas a recordar toda tu puta existencia. Vas a querer que te vuelva a chingar, me recordarás desde un puto congal; ahí será tu destino. Nadie va a ofrecer algo por ti, salvo algún pinche padrote de un congal de tercera. Ahí te van a coger todos los días unos diez o quince cabrones; todos súper enfermos, los culeros, y cada que te la metan te vas a acordar de mí, vas a extrañar a este hermoso gordo que te hizo feliz.

Se quedó sin habla y escuchó cómo se llevaba a Marián. Supo que ella había dejado de pelear; al menos no luchaba como en un inicio, ni lloraba ni pedía clemencia. En algún momento, casi como un susurro, Marián le dijo que era mejor colaborar, ante la objeción de Patricia de *eso no es muy digno, es mejor morir que darle placer a ese cerdo*, la respuesta de Marián fue contundente, le resonaba aún en su cabeza: «No seas tonta. Mejor que morir dignamente, es matar a gente tan indigna. Hay que colaborar para calcular el momento, cooperar para no restar fuerza a nuestro cuerpo, contribuir para lograr su confianza, para responder con fuerza. Y si un día salimos con vida, no quiero que andes contando a todo mundo lo que me pasó». Fue la única vez que la vio enojada con ella, la única vez que sintió que no había ningún tipo de lazo afectivo entre ellas.

Marián regresó con el labio nuevamente destrozado y con una amenaza. Si no llegaba su rescate, le cortarían una oreja.

Patricia empezó a rezar en voz alta.

—Dale fuerzas a Marián para soportar todo, para no dejarse vencer. No dejes que me ocurra lo mismo.

Como tenía los ojos cerrados, no pudo apreciar la mirada de odio de su compañera.

La madre de Luis parecía un simple objeto en el lujoso corredor de Palacio de Gobierno. Así se sentía, así la hacían sentir. Nadie, absolutamente nadie, le hacía caso. Tenía días en esa situación: cuando no era ignorada, recibía insultos; cuando no la querían extorsionar, la amenazaban.

Dos semanas antes había sucedido: los había visto partir, alegres, enamorados; le encargaron a su pequeña Alondra, y como siempre lo hacía, les dio la bendición. Aquella noche debieron comunicarse, pero no lo hicieron. No se inquietó, sabía que las llamadas solían ser caras, hablarían al día siguiente, mas no lo hicieron. Buscó a familiares para que la ayudaran. Llamaron al hotel y les dijeron que no habían llegado. Habían pasado dos noches sin saber de ellos. Había que buscar a las autoridades del estado de Morelos, hacer trámites, moverse para encontrarlos. Faltaban ocho días para que le pagaran su pensión como maestra jubilada. No podía viajar, debía pensar primero en los funcionarios del gobierno de Michoacán. Primero fue a la comandancia de Morelia, donde unos policías quisieron sacarle dinero argumentando que tenían contactos en varios estados de la República. Quiso llevarles un reloj que tenía guardado, pero un sobrino se lo impidió.

—Son unos ojetes esos pinches cerdos. No les haga caso, tía, con ellos no se soluciona nada —dijo molesto.

Y le hizo caso. Como maestra jubilada tenía conocidos, compañeros que le fueron dando sugerencias.

—Tienes que moverte —le comentó uno de ellos.

—No puedes andar dando dinero, aunque lo tengas no lo puedes dar —dijo otra compañera con quien tenía más de veinte años de amistad.

—Hay que acudir a la sección sindical. Los dirigentes están obligados a ayudar, de lo contrario, pues, ¿pa qué los queremos? —le sugirió un joven docente recién llegado de Oaxaca, donde había hecho sus estudios de Educación Normal.

De todos escuchaba comentarios, sugerencias, consejos; la mayoría con la mejor de las intenciones. Había quien señalaba, quizá por así creerlo o tal vez para darle ánimo, que resultaba muy probable que los hubieran confundido. Algún ingenuo aseguraba que podrían estar perdidos, y que por lo tanto llamarían en cualquier momento. Los insensibles apostaban al peor de los escenarios, a uno posible: al hecho de que después de tantos días, su hijo y su nuera ya estuvieran muertos.

Todo era extraño. Nadie se había comunicado con ella, no había la solicitud de un rescate. Acudió a la oficina del gobernador, para encontrarse con la escueta respuesta de un funcionario menor: le dijo que el mandatario estatal tenía cosas más importantes. Lo único que consiguió fue que la remitieran con el secretario general de Gobierno.

Ahí se encontraba, en el pasillo como un inservible objeto. No la recibían, nadie le hacía caso. Cerró los ojos y juró que no se movería hasta ver a alguien importante, alguien que le diera esperanza; y como suele ocurrir, su juramento se volvió maldición. Al abrir los ojos un policía de Palacio de Gobierno la conminó a salir, a volver otro día, a no molestar a la gente que estaba trabajando. Le quiso explicar su tragedia, por respuesta recibió la teoría más básica, estúpida e insensible.

—Mire, señora, seguramente sus muchachos andan en malos pasos. Lo único que le queda es rezar y no molestar a la gente decente.

Sus rodillas se doblegaron, cayó al suelo. Sus lágrimas se aferraban a ese sitio. Necesitaba que alguien le ofreciera un poco de esperanza. El policía la tomó del brazo y, precisamente en el momento en que la iba a estrujar, unas manos lo empujaron alejándolo de la profesora Carmen. Un docente de mezclilla y cabello largo le tendió la mano, le indicó que ellos la iban a acompañar para que el secretario de Gobierno la atendiera, y, si no podía, entonces irían con el gobernador.

Eran cuatro miembros del Comité Seccional, dirigentes de la línea dura acostumbrados a tomar calles y quemar oficinas; profesores a los que no les temblaba la voz para reclamarle al gobernador ni tampoco para llenarlo de insultos. Los había enviado Raúl Morón, el secretario general de la Sección 18, una de las más combativas y violentas en el país. Se anunciaron con una señorita perfectamente maquillada y vestida de forma por demás elegante, quien hacía las veces de administrativa en las oficinas de la Secretaría General de Gobierno. A ella no le gritaron ni buscaron asustarla, todo lo contrario, le sonrieron agregando un cumplido; ella les devolvió la sonrisa y en seguida los hizo pasar. Prácticamente no hicieron antesala.

—Estaba a punto de atender a la maestra —dijo el número dos en el gobierno de Michoacán. Se había acercado a la puerta del despacho para recibirlos, iba saludando de mano a cada uno de los profesores.

—Nos conocemos bien, licenciado —expresó el que llevaba la voz cantante entre los sindicalistas—, no nos venga con mamadas, ustedes solo atienden cuando se les presiona un poco. Y neta que tenemos ganas de presionar mucho. Tenemos un chingo de pendientes, pero no venimos por otro asunto más que por el del compañero Luis Molina y la maestra Patricia Verástegui. Ya debe saber usted que están desaparecidos, son profesores, pertenecen a la dirigencia, son amigos nuestros. Ah, y son buenas personas, para que no vayan a salir con una pendejada.

La mamá de Luis explicó lo poco que sabía del caso. Hacía días que no los veía, tenía miedo de que les hubiera pasado algo, entregó fotografías y describió cómo iban vestidos cuando salieron rumbo a Oaxtepec. De inmediato, el secretario de Gobierno se comunicó con el gobernador, con el procurador del estado y, en seguida, con su homólogo de Morelos. Al procurador de Michoacán le pidió que hiciera lo propio con el procurador de Morelos. Luego, se dirigió a los maestros.

—Mañana a las doce habrá información. No les prometo más que todo nuestro esfuerzo. Le pido a la maestra Carmen que venga con mi secretario particular, él deberá atenderla de la mejor manera.

—No, no, no cabrón. Mañana aquí nos tienes nuevamente, vamos a venir nosotros con ella y nos vas a atender tú o el huevón del gobernador. Y si no tenemos a Luis con nosotros, nos verás aquí en tu oficina todos los días a las doce horas.

Cuando salieron, la profesora Carmen se abrazó a quien encabezaba a los maestros, le agradecía entre lágrimas todo lo que hacía por su hijo y su nuera. Con un «para eso estamos» y un apretón de manos, le señalaron que seguirían en la lucha.

Al alejarse de Carmen, Germán —uno de los más combativos— preguntó si no estaría bien contactar a la dirigencia nacional del sindicato. El que llevaba la batuta del grupo frunció la boca y respondió:

—No manches, esos pinches charros no valen un cacahuate, y menos ahora que según dicen están peleados entre ellos. La maestra era una hija de la chingada, pero al menos en estos casos movía sus influencias y ayudaba. Era muy cabrona, pero servía para algo. En fin, si les parece lo comentamos con Morón y vemos qué nos indica.

En el apartado postal encontró las llaves de una casa, un lugar que desconocía. Ahí había dinero y algunas cosas de valor, no las suficientes. Entre los dólares, los francos, unos centenarios, joyas y la venta de un auto del que se tuvo que desprender a un precio sumamente bajo, Fernando consiguió juntar la mitad de lo que pedían los secuestradores. Estaba claro que necesitaba más tiempo para reunir el dinero o que ella saliera y pudiera disponer de las cuentas que tenía en distintos bancos. Fernando ya había puesto su auto en venta, y si era necesario haría lo mismo con el departamento. El colmo del asunto era que la crisis provocaba que muchos quisieran vender y pocos tuvieran para comprar. La gente terminaba malbaratando sus pertenencias. La crisis generaba más delincuencia e injusticia. Le pasaba por la mente buscar a los familiares de Marián.

En la última llamada sostenida con los secuestradores, había solicitado que aceptaran la cantidad que había podido reunir, pero se negaron. Después buscó tiempo y la respuesta fue una carcajada.

—O estás muy pendejo o no sabes con quién estás hablando —le decía una voz que al pasar por un trapo se distorsionaba—. Mira, pinche marica de mierda, nos queda claro que tú no quieres ver a tu amiguita con vida, tú la quieres en pedacitos. Ahorita le digo al cabrón que la cuida y le da de tragar que se la coja, luego pensaré cómo te hago entender que la vida vale más que el puto dinero que les gusta atesorar. Mañana… mañana en el transcurso del día sabrás de nosotros. Y no cometas pendejadas. Sabemos dónde vives y a qué te dedicas, pinche periodista estúpido, con quiénes te juntas, y hasta cómo cagas.

Durante la noche no pudo conciliar el sueño. Antes del amanecer ya se había bañado. A las siete llegaron Sonia y Cindy al departamento, les encargó la conducción de la agencia de noticias. No pensaba ir a la oficina, no tenía cabeza para nada. Además, no podía despegarse del teléfono que tenía en su hogar. Esperaría atento cualquier llamada.

Transcurrieron la mañana y la tarde sin noticias de los secuestradores. A las ocho de la noche llegaron los compañeros de la agencia. Lo encontraron recargado en un sillón con el teléfono cerca. Llevaban comida de la calle —tacos y tortas— para cenar juntos. Fernando no tenía hambre. Comenzaron a idear formas para conseguir recursos, alguno opinó que podrían buscar a ciertos políticos y pedirles apoyo, quizá al secretario de Gobernación o a la maestra Elba Esther que, si bien ya no estaba al frente del sindicato, seguía contando con un gran poder y recursos a su alcance. En eso estaban cuando pasadas las nueve y media de la noche sonó el teléfono. Después del «hola» expresado por Fernando, un escueto mensaje:

—Mira putito, vas a ir al parque España, vas solo. Ahí, en uno de los botes de basura pusimos una calcomanía del PAN. Ese es el bote bueno; busca dentro y encontrarás una caja café, de chocolates franceses, de los que le gustan a Marián. Ahí dentro de la pinche caja hay instrucciones. No tardes, piensa: hay mucho vagabundo buscando comida.

Se encontraban a poco más de dos cuadras del lugar. Apenas colgó, les dijo lo que sucedía y salió corriendo. Los demás insistieron en seguirlo a escondidas para protegerlo, pero en conclusión, decidieron esperar en el departamento.

Cindy fue a prender un cirio, Sonia un cigarrillo.

Al poco tiempo regresó Fernando, desencajado, temblando, con lágrimas. Maldiciendo.

—Estos hijos de puta solo me dan cuarenta y ocho horas —dijo mostrándoles el contenido de la caja. Cindy quería vomitar; Sofía se puso a llorar—. Si en cuarenta y ocho horas no les garantizo la entrega del resto del dinero… me mandan la otra oreja… o un par de dedos.

●

Se volvieron asiduos visitantes de la Secretaría de Gobierno. Poco antes de las doce llegaban, coqueteaban un poco con la señorita de la recepción y metían en aprietos al segundo en importancia dentro del gobierno de Michoacán. Se enteraron de que el día de la desaparición de Luis y Patricia murieron dos personas en esa carretera; uno de ellos con una bala en la frente, y el otro por algo parecido a un accidente; ambos eran hermanos y tenían antecedentes penales. También supieron que algunas partes del automóvil fueron localizadas en un deshuesadero.

Se les informó que en esa región operaban varias bandas de secuestradores. La más famosa y sanguinaria la encabezaba un tipo denominado el Mochaorejas, solo que no había posibilidad de que esos delincuentes fueran los responsables de la desaparición de los profesores; dicho maleante difícilmente se equivocaba. Invariablemente secuestraba a gente con mucho dinero. Lo más probable es que la autoría estuviera en algún aficionado, lo cual no necesariamente resultaba más alentador, dado que en muchos casos los aficionados terminaban matando a las víctimas por error. Con este panorama, se pactó un acuerdo con el gobierno de Morelos para dar prioridad al caso de los maestros michoacanos desaparecidos.

Ese día, ya contaban con pruebas que podrían ser de utilidad.

●

Escucharon sus pasos. Por el día, la hora y el sonido que hacía cuando caminaba, supieron que era el Gordo Maloliente, apodo que le pusieron para identificarlo. Marián había comentado que cuando abusaba de ella le quitaba el costal que cubría el rostro, pero le exigía que mantuviera los ojos cerrados. Le gustaba pasarle la lengua por la cara. Si abría los ojos recibía golpes más fuertes que los acostumbrados. Esos golpes, según él, la excitarían.

Querían acabar con el Gordo Maloliente, esperaban a que se presentara una buena oportunidad. Necesitaban actuar de manera coordinada. Si bien había confianza en la posibilidad de lograrlo, el miedo era aún más grande. Temor a no tener la fuerza suficiente, a carecer de valor en el instante decisivo, a que alguna de ellas no actuara oportunamente.

Escucharon su voz pastosa, sus groserías y amenazas. Marián tenía coraje, solo que en ese momento no se sentía con fuerzas para actuar: le habían cortado una parte de la oreja y eran muchas las violaciones en muy poco tiempo. Quería descansar, quería morir. Por si fuera poco, estaba harta de las quejas y los lloriqueos de su compañera. Harta e intrigada de por qué la trataban con tales consideraciones.

Patricia vivía sus propios fantasmas. No quería escuchar que la iban a violar, eso indicaría que Luis había muerto. Su esposo en la debilidad, en el sufrimiento, la seguía protegiendo; no sabía cómo, ni por qué, pero estando vivo, ella se había vuelto intocable. ¿Qué pasaría cuando le señalara que la violarían? No tenía claro si se volvería extremadamente violenta o simplemente se desvanecería.

—Les tengo una noticia buena y otra mala. Hoy no habrá nada, no te voy a tocar, francesita. La mala es que mi pareja me pidió que lo cubriera mañana, tendré que trabajar dos días seguidos; qué pinche fastidio, qué hueva. Aunque a lo mejor mañana me llega la autorización de cogerme a las dos. Recen, putitas, porque así sea.

Escucharon sus pasos alejarse, sus carcajadas. Se burlaba de ellas, de su tristeza, de su desdicha, de ese miedo que ambas tenían. Marián se quitó el saco.

—Tengo unas ganas de partirle su madre, de acabar con su maloliente vida —había coraje en cada una de sus palabras.

—Te confieso que también quiero matarlo, pero me da terror que a la hora buena no sepa cómo actuar.

—Solo no te congeles, haz tu parte. Cumple con lo que hemos hablado y deja que yo le quite el último aliento —Marián la miraba fijamente, intentaba transmitirle la determinación y la rabia—. También te voy a confesar algo. Espero que no me juzgues loca: una de mis fantasías tiene que ver con quitar una vida, con mandar al más allá, de ser posible al infierno, a un ser humano. Por lo mismo te exijo que no me quites mi sueño.

Patricia se asustó. Entendió que el dolor y el coraje movían las expresiones y los sentimientos de su compañera. Luego

247

de muchos días de verla con la mirada perdida y sin ganas de vivir, ahora Patricia veía a su compañera con una inexplicable fortaleza; quizá tenía razón para estar así. Volvieron a repasar los puntos más importantes de la estrategia. Necesitaban darse ánimo una a la otra. La única forma de lograrlo implicaba no cometer ni el mínimo de los errores.

A pesar de ser ultrajada y mutilada, Marián tenía futuro. Ella, en cambio, estaba a expensas de que Luis viviera, y si se recuperaba, no sabía qué iba a suceder. Ni siquiera tenía claro el motivo por el cual los habían secuestrado ni qué relación tenían los delincuentes con su esposo. Luis había matado a uno de ellos, no eran amigos, pero otro de los delincuentes asesinó a quien le disparó a Luis. Entonces… todo era una locura. Se prometía no preguntar nada a su marido, solo soñaba con estar junto a él, volver a abrazar a su pequeña hija. Lo demás no importaba.

El Gordo Maloliente les llevó comida. Entre bocado y bocado, Marián le repitió a Patricia nuevamente, en un tono lleno de seriedad y dureza, que le gustaría que, de salir vivas, guardara silencio sobre los ultrajes y las humillaciones que habían sufrido.

—Promete que mantendrás la boca cerrada. Únicamente yo podré relatar lo que me ha sucedido. Nadie más puede hablar de mi sufrimiento.

—Sí, claro —dijo sin mucho entusiasmo.

Sus palabras no le dieron confianza a Marián, menos al escuchar sus improvisados rezos.

—Dame fuerza, dame inteligencia, de ser posible que mis manos no se llenen de sangre, de ser posible que no me ocurra lo que vive mi compañera, no quiero estar en su lugar.

Marián cerró los puños. Estaba harta de todo. Descansarían lo mejor que pudieran, al día siguiente debían estar fuertes, muy fuertes.

El gobierno mexicano estaba convertido en un circo. Abundaban en las diferentes dependencias los malabaristas, y sobre todo los payasos. Los malabaristas bastante buenos, mientras que los pobres payasos, más que risa, causaban pena.

Desde siempre el Gobierno de México había tenido por costumbre buscar algún distractor para mantener entretenida a la gente. En los tiempos de López Portillo, como nota principal se difundió el nacimiento de un panda en el zoológico de Chapultepec, y todos los mexicanos se entretuvieron buscándole un nombre al tierno animalito. Ahora, en el escenario, se exhibía un supuesto ser infernal, un animal peligroso, una bestia que mataba a los niños. Le decían el Chupacabras, último invento de las autoridades. Seguramente en un tiempo pasaría de moda y deberían inventar algo más, quizá la boda de un candidato con una actriz de telenovelas, o mejor aún, la rifa de un avión organizada desde Palacio Nacional.

En aquellos momentos, además del Chupacabras, había una extraña vidente: la Paca. Aseguraba haber soñado con el cadáver de un diputado federal que, además de estar desaparecido, había sido acusado de ser cómplice de Raúl Salinas de Gortari, y responsable de pagar al sicario que dio muerte a José Francisco Ruiz Massieu. El procurador general de la República, un panista de nombre Antonio Lozano Gracia, y el subprocurador, Pablo Chapa Bezanilla, encabezaron un contingente de policías y periodistas para ser guiados por Francisca *la Paca* Zetina, además de vidente, asidua practicante del vudú, la astrología y la cartomancia. El objetivo implicaba buscar y encontrar el cuerpo del diputado en un rancho de los Salinas de Gortari.

Sofía y Joaquín se incorporaron al contingente de periodistas destinado a atestiguar lo que algunos definían como el descubrimiento del siglo; otros lo dejaban en el nivel de vergüenza nacional y mundial.

—La neta, no sé por qué Fernando nos manda a estas labores tan estúpidas. Estamos aquí siendo público de un grupo de payasos —espetó una Sofía molesta.

Joaquín, como siempre, se mostraba más paciente, prudente y tolerante.

—Aunque sea una burla, no deja de ser noticia. Te aseguro que pronto habrá consecuencias. Recordaremos este momento durante mucho tiempo. Las autoridades tienen razón al decir que será el descubrimiento del siglo.

—¿Consecuencias de qué, cabrón? ¡¿Descubrimiento del siglo?! No manches, no me digas pendejadas, no creo que estés de acuerdo con esta marranada.

—Mira, lo que está pasando es lo mejor que podría ocurrirle a Raúl Salinas. Utilizar a una bruja es algo… ¿Cómo te digo?… No sé si ilegal, pero sí bastante torpe. La defensa lo va a usar para desacreditar al gobierno de Zedillo —reflexionaba Joaquín analizando la situación—. Pensemos que los restos que están sacando son los del diputado, ¿cómo van a justificar que pudieron encontrarlos? ¿Por el sueño de una bruja? ¿Y si no son? Entonces la culpabilidad del hermano de Carlos Salinas quedaría en entredicho.

—Uf. Eres un genio, por eso me pones bien cachonda. Hoy quiero secuestrarte —le dijo Sofía cerrándole un ojo.

—No digas esa palabra, que se me quitan las ganas de todo. Recuerda que está prohibida en el equipo. Pero sí, tengo muchas ganas de que nos veamos.

※

Muy golpeadas, el Gordo Maloliente las había sacado a las dos. Extrañamente ambas se lo propusieron. Le dijeron que era lo mejor que les podría pasar. Patricia prometió que nadie se enteraría. Las obligó a besarse y las azotaba cuando no ponían el suficiente entusiasmo. De nada servía que ellas le dijeran que querían disfrutar de su cuerpo, todo indicaba que para el Gordo no había prisa alguna.

Los planes no estaban saliendo del todo bien. Menos cuando les dijo que únicamente tendría sexo con una de ellas, que la otra estaría amarrada viendo todo. Ya no le importaba que lo vieran, y eso solo podría significar que o estaba demasiado drogado o quizá les deparaba algo mucho peor.

—Solo me voy a coger a la francesa, aún no tengo permiso contigo —apuntó despectivo mirando a Patricia.

—Me gustaría que hiciéramos algo los tres antes de que me cojas frente a Patricia. Quisiera chuparte la verga y lamerte los huevos mientras le acaricias las tetas a Patricia y ella te besa apasionadamente. No te imaginas cómo besa la cabrona, ni tampoco cómo puedo hacer que viajes al cielo mientras me llenas la boca.

El Gordo creyó que estaba inmerso en algo especial, algo único para recordar el resto de su vida. No lo pensó mucho, aceptó con una sonrisa. Antes de que iniciaran, descargó sus puños en cada una; a Patricia sin el ánimo de dejarle marcas. En seguida sujetó su pistola y la apuntó a la frente de Marián, mientras que le ordenó que se pusiera de rodillas.

El miembro estaba flácido, tenían que trabajar para lograr el objetivo de los tres; la emoción y el deseo del Gordo Maloliente estaban ligados a la estrategia de ellas. Caricias vulgares y besos repulsivos pusieron al Gordo de mejor humor, se relajó. Ya no tenía la pistola apuntando, se sentía dueño de la situación. Tenía a las mujeres a su disposición, o como él les decía: «A sus perras haciendo de zorras». No se podía quejar, ambas estaban acopladas, en diversos momentos le succionaban el miembro al mismo tiempo y los labios o la lengua. Iban por más: Patricia tenía que dar el primer paso. Marián debía actuar enseguida.

—Acaríciame los senos, cariño —le dijo Patricia al secuestrador, y cuando lo hizo con una mano, le pidió que le tocara ambos senos, con sus manos agarró las de él para que apretara con fuerza.

—Así, así me gusta, cabrón —eran las palabras clave que debía pronunciar Patricia.

Con un par de mordidas desaparecieron una parte de la lengua y la mitad del miembro del Gordo Maloliente. Después, en medio de sus gritos de dolor, no les resultó difícil quitarle la pistola. Lo hizo Patricia, se alejó un paso y le dio un tiro en la frente. Dejó caer la pistola, y cuando elevaba la cabeza para que sus ojos miraran hacia arriba, pidiéndole perdón a su Dios, dos balas en la espalda hicieron que se desplomara.

Sentada en la cama de la habitación del hotel en el que había quedado de verse con Rafael, sabía que, de tragedia en tragedia, lo suyo no se comparaba con lo que vivía Marián. Sin embargo, ese pensamiento no representaba un consuelo. A final de cuentas, ambas sufrían.

Repasó parte de su vida al lado de Rafael. La forma en que se conocieron, lo simpático que le parecía, la educación que siempre mostraba. Recordó que en otro tiempo, cuando eran novios y construían ilusiones juntos, llegó a sentir placer cuando hacían el amor. No era lo máximo, pero en aquellos días supuso que todo mejoraría con algo de práctica y experiencia. Algo que nunca sucedió. Cayó en la cuenta de que la intimidad con Rafael nunca estuvo cerca de compararse con lo que fue experimentando con Sonia. Con ella entendió lo que era un orgasmo y lo que significaba el amor. Si en los primeros tiempos estar con él implicaba sueño e ilusión, ahora era suplicio y vergüenza. Sin embargo, no tenía alternativa. No quería alejarse de su hijo y no tenía la fuerza para soportar perder a Sonia. En las manos de Rafael estaba todo. Lo sabían ambos. Lo dejó en claro en la última vez: «Mira, pendeja, tengo varias fotos de nuestros encuentros y no voy a dudar en mostrarlas al monstruo con quien vives». Con la imagen que le enseñó, le obligó a entregar más dinero en cada encuentro.

Cindy ya no sabía de dónde obtener recursos; no se le ocurría qué más podría vender para cumplir las exigencias de Rafael. Pensó en hablar con Fernando, seguramente él podría ayudarla, aunque no estaba segura de su reacción; a fin de cuentas, era más amigo de Sonia que de ella. No solo eso, también estaba el hecho de que a Sonia se le consideraba imprescindible, era la segunda en la jerarquía. Ella, en cambio, se veía como una más en la agencia, una más en la vida, un ser del que todo mundo podía prescindir y abusar. Nuevamente tenía ganas de suicidarse.

Ya había pasado más de media hora esperando la llegada de Rafael. Le quedaba en claro que lo suyo no tenía que ver con la puntualidad, y tampoco tenía ganas de que llegara. Imaginó a Rafael con otra, una nueva novia, alguna aventura. Pensó que sería algo fantástico. Quizá un amor lo hiciera más sensible, una mujer buena e inteligente lo ayudaría a ser mejor persona. Pensándolo bien, el problema estaba en que Rafael no tenía cualidades para lograr el cariño de mujeres buenas e inteligentes. No era tan guapo como en el pasado y su nivel de maldad estaba muy por encima de su coeficiente intelectual. Tenía que seguir esperando. Volvió a mirar el reloj y empezó a preocuparse. No había dejado las cosas listas en su departamento. Se concentró en el televisor. Recorrió los canales buscando distraerse con los programas matutinos de Televisa o de TV Azteca. Sonó su celular. Era la madre de Rafael. Tenía mucho sin hablar con ella.

—Hijita, necesito que vengas, mi pequeño está muy grave. Lo encontré tirado en el baño, está inconsciente bajo la regadera. No tiene buen color. Ya le hablé a la Cruz Roja. Ven, por favor.

En México y en el mundo apareció tanto la noticia de la hermosa y frágil, joven extranjera que logró escapar de sus captores en un pequeño pueblo de Morelos, como la del profesor que muy cerca de ahí fue liberado por elementos de la Policía Federal, luego de semanas de estar privado de su libertad. Por desgracia, todos los medios de comunicación informaban de una maestra que había perdido la vida en su intento por escapar.

Se omitía el nombre de la joven que había escapado. Según el reporte que tenían las autoridades, mientras forcejeaban con uno de sus captores, las mujeres secuestradas consiguieron dañar físicamente al delincuente, luego el criminal mató a la maestra, y la sobreviviente, de alguna manera, consiguió arrebatarle la pistola dándole un balazo en la frente al peligroso criminal.

Se sabía que la joven, de nacionalidad francesa, cuya madre era mexicana, había relatado en su declaración ministerial que durante muchos días había sido violada por el hoy occiso. Señaló que ese día quiso abusar de las dos, lo que les permitió causarle algunas lesiones.

—Mi compañera intentó correr y el infeliz… sacó su pistola para dispararle por la espalda. No sé de dónde saqué fuerzas, creo que las lesiones que le provocamos lo debilitaron al punto de que pude arrebatarle el arma de fuego.

Se convirtió en una heroína. Políticos de todos los partidos expresaban elogios y exigían acabar con la ola de secuestros en el estado de Morelos. A los reclamos se sumaban las voces de luchadores sociales, dirigentes sindicales y líderes empresariales. Entre ellos destacaba la fuerte crítica expresada por el Subcomandante Marcos.

Queda claro que el Gobierno de la República no aspira a mantener la paz en el país, la sangre de los mexicanos alimenta su estatus de dueños de la tierra y de quienes en ella habitan. A la ciudadana francesa, nuestro reconocimiento, ojalá pudiéramos rendirle en persona el homenaje que merece. A la maestra fallecida, nuestro corazón y el compromiso de luchar por un México diferente.

Algunas —muy pocas— voces opinaron en sentido contrario, marcaron la polémica al expresar ideas políticamente inaceptables. Una de ellas, la expresada por el vocero de un nuevo y peligroso grupo revolucionario localizado en el estado de Guerrero; un tipo con un discurso violento y contestatario, personaje oscuro del que se decía que había pertenecido en el pasado reciente al Ejército Zapatista de Liberación Nacional pero que, por diferencias en las formas y en los objetivos, se había distanciado del Subcomandante Marcos y de los indígenas chiapanecos.

Antes de condenar el secuestro, exigimos al Gobierno de México que pida perdón por tener secuestrado a nuestro país. Antes de elogiar a una francesa, demandamos que sea investigada por haber asesinado a un connacional.

Decía en un comunicado el llamado comandante Néstor.

Marián recibía atenciones y cuidados en el departamento de Fernando. Ahí se encontraban los principales miembros de la agencia de noticias. Sofía y Joaquín viajarían en unas horas, irían a hacer un reportaje a Ciudad Juárez, mas no podían marcharse sin compartir los alimentos con quien se había vuelto una celebridad para el mundo y un miembro más del equipo.

Había muchas cosas por exponer, algunas para festejar y otras, simplemente, para añadirles valor con el análisis colectivo.

Además de la alegría que despertaba ver con vida a Marián y la curiosidad de contar con relatos exclusivos, algunos tenían sus propias historias que habían tomado fuerza en las últimas semanas.

Marián les expuso su versión de los hechos. Ocultó algunas cosas. No iba a confesar que al Gordo lo había matado Patricia, y que ella, Marián, la había asesinado por cumplir una de sus fantasías: quitarle la vida a alguien. Si hubiera tenido la oportunidad de matar al secuestrador, seguramente Patricia estaría ahí compartiendo los guisos y las bebidas, pero se le ocurrió arrebatarle la experiencia que buscaba. En su valiente acción estuvo su error. O quizá, después de matar al Gordo, la hubiera asesinado. Había cosas que no le gustaban de Patricia, esos discursos de superioridad moral y lo extraño que le resultaba que a ella no la maltrataran. En varias ocasiones le pasó por la cabeza que Patricia pertenecía al mismo grupo delictivo.

En otros asuntos fue más sincera. Comentó que durante muchos días quiso estar muerta. Sentir al secuestrador sobre su piel fue lo peor que le pudo haber ocurrido en la vida.

—Eso fue más cabrón que la mutilación de mi oreja. Siento destrozado mi cuerpo.

—Se supone que al día siguiente te iban a liberar —comentó Fernando tomándola tiernamente de la mano—, ya habíamos juntado el dinero.

—Entiendo que vendiste muchas cosas, por eso te quiero tanto. Te prometo que vamos a recuperar todo.

Sofía pidió que abrieran un licor para brindar. Destaparon un tequila extra añejo que tenía Fernando para una ocasión especial.

—Quiero brindar, y quiero que cada brindis implique un *shot*. Así que les pido que abran más botellas, aunque no sean tan finas como esta —dijo Sofía levantando su caballito.

Fernando se dispuso a acercar otras botellas, todas de tequila. Se veía venir uno de los clásicos juegos de Sofía.

—Por Marián —continuó ella—, por ser un ejemplo para todos nosotros, por su valentía y su coraje, ¡salud!

Después de ingerir el caballito con tequila, abrazaron a Marián, le dijeron que la querían.

Sofía sirvió más *shots*.

—Por nuestro jefe, Fernando, quien no deja a nadie sin apoyo. Por ser un hombre que quiere con la piel y con el corazón. Si no estuviera Joaquín en mi vida, ya lo tendría entre las sábanas de mi cama. ¡Salud!

Subió el entusiasmo. Volvieron a llenar hasta el borde los vasos tequileros, y elevando su *shot*, Sofía miró a la novia de Sonia.

—Por el exmarido de Cindy, que tuvo a bien morirse y que nunca quiso apoyar a nuestro Javier. ¡Salud!

Cindy no pudo evitar sonrojarse. El comentario se ubicaba dentro del mal gusto, pero aun así originó una sonrisa en varios de los presentes.

—Brindemos también por Patricia, esa pobre maestra que murió en el secuestro —señaló Sofía—. Por ella y por todas las mujeres que se vuelven objetivo de degenerados, de cobardes, de ojetes.

Habían pasado de la alegría a un coraje ligado a la conciencia social.

El último de los brindis tuvo que ver con la encomienda que tenía Sofía, lo que la obligaba a dejar la reunión.

—Como ustedes saben, Joaquín y yo tenemos que ir a Ciudad Juárez; haremos unos reportajes relacionados con la enorme cantidad de mujeres asesinadas en los últimos meses. Por eso quiero pedir un último brindis, que sea para que cambien las cosas. Brindemos por un milagro y que el gobierno realmente cuide al pueblo. Brindemos para que la sociedad entienda que hombres y mujeres somos iguales. ¡Salud, amigos, salud!

Sofía y Joaquín se despidieron prometiéndoles andar con tiento en una de las ciudades más peligrosas del planeta; una capital que se había deformado hasta convertirse en tierra de nadie, en nido de narcotraficantes y asesinos, en símbolo mundial del maltrato, la desaparición y el asesinato de mujeres. Ciudad Juárez era el espacio en donde no importaba la edad o la condición social de la víctima, como tampoco la identidad del asesino: podía ser su familiar, su pareja o un simple desconocido. Cualquiera podía acabar en la frontera mexicana con la vida de una mujer. La tragedia había escalado a un extremo tal que en todos los países desarrollados se conocía el fenómeno con el nombre de *Las muertas de Juárez*. En todos los sitios se condenaba, en cualquier parte se exigía al gobierno mexicano tomar cartas en el asunto y actuar con responsabilidad, seriedad y eficacia.

Estarían, al menos, diez días fuera de la capital del país. Antes de despedirse, Marián les proporcionó un contacto que los ayudaría a encontrar información y, sobre todo, a tener mayor seguridad durante su estancia en el norte del estado de Chihuahua.

Los vieron partir y decidieron continuar un par de horas más la reunión. Sonia y Cindy debían regresar a su departamento dado que la muchacha que ayudaba a cuidar al niño no podía quedarse después de las seis de la tarde. Además, Marián debía descansar. Sin embargo, ella misma fue la que buscó alargar la reunión.

—Creí escuchar que tu exmarido murió, y que antes de eso se portó como un canalla. Cuenta, para no ser la única a la que ponen en el centro de la atención.

—No hay mucho que platicar. Primero debo aclarar que nunca estuvimos casados. Fuimos novios, vivíamos juntos. Hace tiempo terminamos. Me dejó por una novia de la juventud, a la que tanto él como su madre adoraban.

—Dile que antes de eso tú lo estuviste cuidando —interrumpió Sonia mostrando una sombra de coraje.

Cindy tomó aire y empezó a contar su historia, no la real sino la que había elaborado para dar lógica a gran parte de su comportamiento. En su relato no hacía mención de la mayoría de las cosas que se vio obligada a realizar; no podía arriesgar su relación con Sonia, aun así, Rafael quedaba como el hombre trastornado y tóxico que le había causado dolor y angustia.

—Dejé de saber de él hasta que un día se presentó afuera de la agencia de noticias y me pidió unos minutos para hablar. Su amor de juventud lo había dejado, la mujer regresó con otro novio del pasado —hizo una pausa para respirar profundamente—. Quería volver conmigo, «darme una nueva oportunidad», así me lo dijo el descarado. Obviamente lo rechacé. En ocasiones me enviaba mensajes diciendo que me iba a quitar al niño, que ya tenía la asesoría de una organización de defensa de la familia. Pero no pasó de ahí. La verdad, muchas cosas me las callé para no mortificar a mi mujer.

—Pero por fortuna murió —interrumpió Sonia—. Ahora habrá que esperar si alguna organización intolerante anda buscando hacernos daño. Tenemos que estar alertas.

—Así es —agregó Cindy.

Pasado el momento de tensión, se sentía más tranquila. Pensó por un momento que su versión, su historia, pasaba por un nuevo filtro: nadie la ponía en duda.

—Es obvio que aquí todos somos diferentes, y todos fabricamos historias, algunas más reales que otras —agregó Marián sonriéndole a Cindy, quien se puso nerviosa, luego dejó de mirarla y continuó hablando. Nadie quiso interrumpirla—. He vivido situaciones en estas semanas que no me gustaría que nadie padeciera, y de eso tengo enseñanzas, algunas muy dolorosas. Mi vida es diferente a como era antes: pienso distinto, me arrepiento de muchas cosas, de buena parte de lo que hice en el pasado, y soy consciente de que haré cosas mañana de las que en seguida me voy a lamentar. Me revienta la cabeza cuando pienso que he perjudicado a personas que no lo merecían —le brotaron lágrimas—, y que no tuve el valor o la fuerza para hacerles daño a seres malvados. Hay gente a la que deseo destruir… Creo que ustedes y yo nos conocemos poco, y quizá por eso no sé cómo explicarme. No soy de las que olvidan. No soy de las que perdonan con facilidad. Sé que así es la vida. Somos víctimas o victimarios y, a veces, ambas cosas. Gente buena hay poca. Fernando es uno de esos seres humanos que vale la pena conocer. Aclaro, no quiero compartir la cama con él; es más, no sé si vuelva a tener ganas de estar con alguien. Pero, aun así, quiero estar cerca, cerca de él siempre. Verlo sonreír y querer a otro ser humano, tenerle envidia pero apoyarlo siempre. Creo que sus enemigos son y serán los míos. Y siento que lo que me pasó tiene que ver con alguien a quien ambos conocemos; alguien del pasado de Fernando —las miradas de todos se centraron en ella. Cuando estuvo a punto de mencionar el nombre de Raúl, prefirió cambiar de opinión—. No me hagan caso, quizá solo estoy cansada, ya no sé ni lo que digo. Disculpen, creo que es hora de irme a la habitación. Mañana será un buen día.

Se fue a descansar. Sonia y Cindy se quedaron un rato con Fernando, ayudando a limpiar y acomodar todo lo que se había utilizado en la reunión. Cuando se marcharon, Fernando se quedó un par de horas en la sala, tenía que revisar unos apuntes; quería tomar un poco de whisky, necesitaba pensar en lo que había dicho Marián: extrañaba estar con alguien, tener una ilusión. Después de Diego, no había encontrado el amor con nadie. El coqueteo de Marián le resultaba simpático, pero con poca esperanza de llegar a algún lugar. Sus besos y caricias eran agradables, pero estaba claro que en ese momento necesitaba un hombre a su lado… un hombre con corazón de mujer.

Poco después de la medianoche decidió irse a descansar. En el camino escuchó un lastimero llanto. Decidió entrar a su cuarto. Como en otras ocasiones, la encontró recostada sobre la cama en posición fetal, llorando. Cuando se acercó para acariciarle el hombro, ella se tiró a sus brazos, le pidió que se quedara. Fernando la sintió desvalida, pequeña, inocente, hermosa.

Más tardó Marián en recargarse en su pecho que en quedarse dormida. Mientras le acariciaba el cabello, recordó aquella noche en Chiapas, cuando durmieron juntos e intentó ponerlo nervioso, cuando conoció al Subcomandante y al llamado comandante Néstor.

●

La maestra Elba Esther Gordillo se encontraba en el hotel Presidente Intercontinental de Mérida, había rentado una *suite*. Participaba en diversas reuniones y entrevistas. Estaba ahí para tomar decisiones, para exigir ser considerada en la conformación de la planilla que se presentaría para convertirse en el próximo Comité Nacional del sindicato.

El congreso de relevo sindical había iniciado cinco días antes. A la inauguración acudió el gobernador de la entidad, quien optó por ser breve en su intervención dado que los maestros de la Sección 9, encabezados por su dirigente Gonzalo Martínez Villagrán, amenazaban con irrumpir hasta el presídium y agredir a quienes ahí se encontraban.

Un grupo de delegados al Congreso Nacional se había reunido con Elba Esther para informarle los pormenores de lo ocurrido.

—Fue un evento muy deslucido, con discursos huecos, sin grandes planteamientos. Parecía que estaban de acuerdo institucionales y disidentes —habló una de las maestras de la Sección 36 del Estado de México, relatando parte de lo sucedido en la ceremonia de inauguración—. De lo contrario, cómo se puede explicar el hecho de que precisamente en el momento en que el gobernador Cervera Pacheco dijo: «Siendo las once horas con veinticinco minutos del día…», en ese instante empezaron a volar sillas, y las huestes de los maestros disidentes iniciaron su movilización intentando llegar al frente del recinto, buscando alcanzar a las autoridades.

—Hubiera visto, maestra —intervino otro de los testigos del evento mientras Elba Esther esbozaba una sonrisa—: el gobernador y Dávila Esquivel prácticamente salieron corriendo mientras grupos de maestros de Coahuila buscaban detener a los delegados de la Sección 9, y mire que lo consiguieron por muy poco y a costa de muchos golpes.

Continuaron relatando que después de la inauguración se hizo el primero de muchos recesos, el cual fue aprovechado por los disidentes que estaban ahí para tener una reunión que derivó en un importante desencuentro. Elba Esther les explicó que al interior de la coordinadora había diferentes posturas, unos compañeros más ligados a temas de ideología y otros más proclives a acuerdos económicos con quienes detentan el poder en el sindicato o en el gobierno.

—Pero ojo, amigos, los institucionales somos muy parecidos. La unidad no es fácil de conseguir, hay demasiados individuos que se pierden entre los intereses personales y las bondades de la cercanía con el poder. Además, la ingenuidad es una de las grandes debilidades de la organización sindical. Según la información que tengo, muchos pensaban que el congreso sería muy rápido y nombrarían a alguien cercano a Dávila Esquivel. Pero ya ven que no ha sido así. Hemos tenido numerosos recesos y *obviamente* no vamos a permitir que llegue uno de sus incondicionales; por el bien del equipo y del sindicato, no pueden quedarse con el poder del gremio.

Habían pasado varios días y la maestra Elba Esther procuraba no salir de su *suite*. Ahí atendía a delegados, dirigentes sindicales, medios de comunicación. En ese espacio repasaba estrategias con los más cercanos y reflexionaba sobre lo ocurrido en los últimos años. Por un lado, estaba todo lo positivo: había sido fructífera su labor al frente de la Confederación de Educadores de América, su voz se escuchaba en todo el continente. En México tenía una fuerte presencia en el PRI; unos meses antes había logrado un curul en el Senado de la República por la vía plurinominal. Y por primera ocasión en la Cámara de Diputados, el PRI no contaba con mayoría, eso hacía más débil al presidente de la República, lo cual era bueno para las estrategias de Gordillo Morales. Por si fuera poco, estaba consolidada su posición dentro del Grupo San Ángel, un importante espacio plural con destacadas personalidades del ambiente político e intelectual de México.

Por otra parte, estaban los aspectos negativos. De procurar una sensata distancia con la dirigencia sindical, pasó a ser ignorada y agredida. Luego se enteraría de que un pequeño grupo de auxiliares de Dávila Esquivel habían operado para distanciarlos. Quizá el secretario general no era del todo culpable, no obstante Elba Esther conservaba intacto su enorme malestar con el dirigente que ella propuso, o, mejor dicho, que impuso al frente del sindicato. Bastaba recordar lo ocurrido un año antes, en Veracruz, para que Gordillo Morales mantuviera su rencor hacia los dirigentes que en este momento estaban al frente del SNTE. Le dolía recordar cómo en la inauguración del Segundo Congreso Nacional de Educación un violento contingente de maestros disidentes se dedicó a insultarla. No fue un hecho fortuito: existía la fuerte sospecha de un acuerdo entre ellos y la gente de Dávila Esquivel para hacerle sentir que no era bienvenida en los eventos del sindicato.

El tiempo colocaba a cada quien en su sitio: Zedillo, el presidente de la República, que había coqueteado con el dirigente en turno y le había hecho sentir que todo se haría con él, se mostraba titubeante ante el enorme poder político de la maestra, y por la propia debilidad que seguía manteniendo el mandatario en la vida política del país.

En una de las entrevistas concedidas a Siete de Junio la maestra fue muy clara en sus aseveraciones.

Vengo a impedir que esta bola de traidores se apodere del sindicato, no les voy a permitir que sigan destruyendo lo que con tanto esfuerzo logramos construir. El salario se ha estancado, la rezonificación se detuvo, no hay presencia en la vida social, política y educativa. Se defiende a violadores y se deja en el desamparo a los maestros que cumplen en sus centros de trabajo.

No en todo tenía razón, pero su molestia y su fuerza se hacían presentes en el desarrollo del Congreso Nacional. Dávila Esquivel intentó hablar con funcionarios de la Presidencia de la República y la respuesta fue muy tajante.

—Dice el señor presidente que se ponga de acuerdo con la maestra Elba Esther Gordillo Morales —le expresó uno de los auxiliares de Ernesto Zedillo.

—¿Entonces debo hacer lo que ella indique, que ponga a quien ella quiera al frente del sindicato? —la ronca voz de Dávila Esquivel se advertía más preocupada que molesta.

Y nuevamente la respuesta:

—Escuche bien, la instrucción del doctor Zedillo es muy sencilla: póngase de acuerdo con la maestra.

La indicación era contundente. Así lo entendió el dirigente sindical. Por lo mismo, a partir de ese momento, Humberto Dávila buscó una reunión con la maestra: la invitó a desayunar. Ella no aceptó. Por respuesta le dijo que lo esperaba en su *suite* a las cuatro de la tarde. Dávila Esquivel mandó decir que estaba de acuerdo.

Minutos antes de la hora acordada se vio a Dávila salir del Fiesta Americana, cruzar la calle y entrar en el hotel Presidente Intercontinental. Afuera de la *suite*, un par de agentes de seguridad lo detuvieron. Le dijeron que esperara un momento.

—Maestra, afuera está el profesor Humberto Dávila Esquivel —le señaló el jefe de la seguridad de Gordillo Morales—, dice que tiene cita con usted. ¿Qué indicación nos da?

Elba Esther estaba sentada en el escritorio de la *suite*; frente a ella, dos sillas, y más atrás, una pequeña sala; a su derecha la puerta que conducía a la recámara.

—Mira —le indicó al agente—, eso que traes ahí, lo pones dentro del cajón del buró.

—Pero…

—Pero nada, no te preocupes. Pon eso ahí… ¡Hazme caso, con un carajo! Luego sal al pasillo y dile al profesor Dávila que pase.

Minutos después Elba y él debatían. De las quejas y aclaraciones pasaron a la definición de la planilla. Dávila rechazaba todas las propuestas que le hacía la maestra, y ella a las personas que proponía el secretario general. Habían transcurrido dos horas de discusión, de reproches y desacuerdos, hasta que Elba Esther lo miró fijamente por unos instantes; luego le pidió que entrara a la habitación, que fuera rumbo al buró y lo abriera. Dávila atendió su solicitud. Cuando escuchó el sonido que hacía el cajón al moverse, la maestra prácticamente le gritó:

—Mira, cabrón, saca y usa eso que está ahí, ten huevos. Porque si no lo haces, iré y tomaré la pistola y te daré un par de tiros, pendejo. Entiende, Humberto, o me matas o te mato, pero el sindicato no lo vas a destruir con tus pendejadas.

Dávila regresó pálido, sin el arma en sus manos, dispuesto a negociar.

—Creo que no es necesario que lleguemos a extremos. Que sea quien usted diga. Solo permita que yo proponga en varios puestos a algunas personas, sobre todo a los secretarios generales salientes de las secciones de Coahuila. Y bueno, si es posible, que al frente del sindicato no quede Rafael Ochoa.

—No te preocupes, Rafael tendrá otras responsabilidades. Llegará su momento. ¿Qué te parece Tomás Vázquez Vigil? Es un buen cuadro, capaz y muy leal. Además, te aprecia.

—Como usted diga, maestra.

Capítulo VI

La diosa fortuna, *febrero de 2013*

La maestra había sido detenida, y el sindicato, en su conjunto, estaba en riesgo de conservar su vigencia. Cerca de cuatrocientos dirigentes sindicales se hallaban en Guadalajara. En su calidad de concejales nacionales del SNTE buscaban dirimir dudas y diferencias, no avanzaban lo suficiente, la situación política al interior de su organización se avizoraba complicada.

Había cuatro posicionamientos entre los principales liderazgos. El primero provenía de quienes querían radicalizar posiciones pero que no sabían cómo hacerlo: nunca se habían mostrado contestatarios, eran institucionales; jamás anduvieron en revuelta alguna en contra del sistema. Al poco tiempo, el número de miembros de ese grupo fue disminuyendo, sobre todo ante los escenarios de riesgo que se observaban para la propia Elba Esther Gordillo. Entendían que cada acción de los dirigentes implicaba una reacción en contra de su líder nacional. Querían tomar las calles pero comprendían que la maestra Elba Esther podría sufrir las consecuencias: ella, su propia familia, y muchos líderes del sindicato, incluidos ellos mismos. Las cárceles se podrían llenar de maestros y familiares de Gordillo Morales.

Otros pensaban que era momento de negociar, de buscar la salida de la maestra de la cárcel; sostenían esa prioridad, aceptaban que ninguno de los miembros del Comité Nacional podría llenar el hueco que ella dejaba. Tenían la idea de que al frente del sindicato podrían llegar personajes que no estuvieran

267

tan vinculados con la maestra; en el imaginario de posibilidades se hallaba el senador Daniel Amador, o el maestro Gerardo Montenegro, ambos con fortaleza política y sin relación con los asuntos inherentes a las acusaciones que se cernían sobre la maestra. Amador o Montenegro podrían —en un futuro muy cercano— hablar de tú a tú con el gobierno, o al menos sin el temor de ser encarcelados. En este segundo grupo permeaba la idea de que si la maestra se iba, justo y razonable sería que se fuera todo el equipo nacional, *todo*. Pugnaban por presentar una renuncia colectiva a la dirigencia y con ello permitir que Elba Esther abandonara el reclusorio.

Quienes conformaban el tercer grupo querían correr, abandonar las instalaciones, huir lejos; algunos pasaron de los deseos a las acciones y huyeron escondidos en la cajuela de un vehículo. Hubo quien optó por el amparo pensando que de esa manera sería posible escapar del sistema, sin saber que el sistema los quería cerca. Para el sistema gozaban de cierta utilidad.

Por último, estaban los oportunistas. Los que veían en la caída de Elba Esther el momento para crecer. Esos últimos, sin gritarlo, estaban sonriendo, brindando en honor de la diosa fortuna.

Liderazgo compartido, *1997-2000*

No quiso acudir como delegado al Congreso Nacional desarrollado en Mérida. Sufría por la ausencia de Patricia. No tenía fuerza. Ella significaba todo: su amor, su conciencia, el valor para enfrentar retos, la inteligencia para establecer rutas y estrategias. Sin su esposa, la lucha sindical dejaba de tener sentido. No deseaba viajar ni discutir ni luchar.

Había prometido que siempre y en cualquier circunstancia la cuidaría, aun sabiendo que la fortaleza estaba en ella. Los secuestraron juntos, él fue liberado, ella cobardemente asesinada. La idea taladraba su mente, se repetía una y otra vez: «chingada madre, a Patricia la estaban matando mientras la Policía Federal lograba rescatarme». Sabía que los compañeros de la Sección 18 presionaron al gobernador del estado, y que este hizo lo propio con el secretario de Gobernación del gabinete de Ernesto Zedillo. Escuetamente le dio las gracias a Raúl Morón, el dirigente de su combativa sección. No lo hizo con el entusiasmo esperado, simplemente no tenía ganas de agradecer nada; «¿cómo hacerlo si mi mujer está muerta?», se decía a sí mismo. No podría seguir vivo mientras el cadáver de Patricia se estaba pudriendo. En otro momento saludaría a Morón, le daría un abrazo, quizá hasta lloraría a su lado.

Por lo pronto correspondía recibir a Ubaldo Gutiérrez en su casa, hablar con el amigo cercano, el compañero de lucha. No lo sabía Luis, pero para Ubaldo el fin de la visita —que pasaba por «distraerlo», hablar de todo y nada— era tratar temas de su interés: las novedades educativas, políticas y, sobre todo, sindicales. Ubaldo entendía que si en algún momento del café pasaban a los tragos, debía poner el hombro para apoyar el sufrimiento de su amigo, entre lágrimas y lamentos de desesperanza.

—Entonces, ¿regresó la maestra? —articuló Luis sin ganas, solo para no ser descortés y con el ánimo de generar un diálogo alejado de su desgracia personal. Estaba harto de que todos se acercaran a preguntarle sobre los detalles de su cautiverio y lo ocurrido con Patricia. Si tenía que hablar, quería hacerlo sobre otros temas.

—Pues sí y no. Al frente está un exdirigente de Jalisco, un personaje que en el pasado tuvo cargos en el Comité Nacional, pero que ya se encontraba medio retirado de la vida sindical —relataba Ubaldo—. Con decirte que antes de ser secretario general del SNTE andaba como supervisor escolar. Estaba en la base, fue delegado en el Congreso Nacional de puro milagro. No sé si es compadre de Elba Esther Gordillo, lo cierto es que ella no se le despega, y él todo le permite. Prácticamente despachan juntos. Presiden las reuniones uno al lado del otro. Tomás Vázquez Vigil, que así se llama el secretario general, le cede el lugar de mayor jerarquía a la maestra.

—¿Igual que Jonguitud, pero sin la corriente magisterial, sin su Vanguardia Revolucionaria? —preguntó Luis Molina recordando la expresión política que encabezaba el exlíder sindical.

—Pues sí, en buena medida es así o quizá hasta más. Te insisto en que no se le aparta. Supongo que tiene miedo de que le ocurra lo mismo que con Humberto Dávila, es decir, que se separe y la olviden, la desprecien, la maltraten —agregó Ubaldo mientras comía unas galletas con un bombón encima y cubiertas de chocolate que tenía a su alcance—. Dicen que prometió que nunca más llegaría al frente del sindicato alguien de Coahuila. Creo que los detesta. Ahorita hay tres de ese estado, y al menos a uno de ellos lo tiene congelado. Creo que era cercano a Dávila Esquivel.

—¿Cómo se llama ese pobre hombre? —preguntó Luis por simple curiosidad.

—Alfonso Cepeda no sé qué más, está en el área de Organización, es joven y con buen discurso. Según dicen, el tipo incluso es académico.

—Pobre cuate, supongo que hasta ahí llegó su carrera sindical.

—Quién sabe —dijo Ubaldo sin dejar de comer galletas, por fortuna Luis no ponía atención en ellas, se empezó a preocupar: el paquete se iba terminando. Al ver a lo lejos otro envoltorio cerrado, goloso continuó—, el estilo de Elba Esther es muy extraño, con la Gordillo nunca se sabe, los maltrata y luego los consiente. Y enseguida los vuelve a maltratar. Sin embargo, al ser de Coahuila, Cepeda la tiene muy difícil, trae un fuerte rencor contra los dirigentes de ese estado.

—¿Sabes qué me preocupa, cabrón? —preguntó Luis— La Sección 9. Veo divididos a los camaradas, con unos liderazgos que quieren radicalizar la lucha y otros negociar en extremo con los institucionales. Si viviera Omar, tendríamos una carta fuerte para jugar en el relevo.

—Pues el congreso sindical de ellos empieza en estos días, ahí nos mediremos nuevamente con los charros del SNTE. Debemos volver a ganar; ya habrá tiempo de analizar los resultados, pero deberán ser positivos. Y ya que sacaste el nombre de nuestro querido amigo Omar, recordé algo que tengo que decirte: me fue a buscar el «resucitado», dijo que te había visto hace tiempo en Chiapas, que te explicó algunas cosas relacionadas con su labor y con el propio Omar.

Ubaldo se refería a Raúl Martínez, el otrora llamado comandante Néstor, quien de pertenecer fugazmente al Ejército Zapatista de Liberación Nacional y estar bajo las órdenes del Subcomandante Marcos, se había separado para formar un nuevo grupo insurgente denominado Ejército Revolucionario en Lucha contra los Empresarios, conocido por sus siglas como ERLE. A partir de ese momento la conversación se volvió más tensa, menos amigable. Había un sinfín de dudas sobre el comportamiento de Raúl que inquietaban a ambos amigos. Desde cómo había sobrevivido en el accidente, hasta su rol en el grupo insurgente y las actividades que llevaban a cabo, entre las que se encontraban algunas clasificadas como criminales.

—Dicen que le hacen al rollo del contrabando de todo tipo de drogas, a la trata de personas y hasta —Luis tuvo dificultad para continuar—… hasta lo han relacionado con el secuestro y la extorsión.

—De todo eso hablamos. Según me asegura, y sinceramente le creo, en lo de la droga solo reciben un impuesto de los narcos para dejarlos pasar por Guerrero.

—No mames, ese ojete debe de estar colaborando en el traslado y hasta en la producción de droga —dijo Luis al tiempo que se puso de pie, empezó a caminar de un lado a otro, a hablar y hablar. Había coraje en sus palabras—. No nos hagamos, los narcos no pagan impuestos a pinches grupos de insurgentes con armamento de tercera; los narcos son más fuertes que ese pinche Ejército Revolucionario de no sé qué pendejada. Hasta donde yo puedo entender, el Subcomandante Marcos lo corrió del EZLN cuando empezó a sugerir actividades ilegales y lucrativas. Estuvieron a punto de meterle unos balazos al pendejo.

—Pues no sé qué decirte —Ubaldo titubeó, no sabía si debía continuar con esa conversación—. Raúl dice que te aprecia bien. Que hasta ayudó con sus contactos a liberarte.

Luis se quedó callado. Dio un gran sorbo a su café, le supo a nostalgia, a tristeza. Sabía que Ubaldo tenía parte de razón, pero que había demasiados interrogantes. El primero y más difícil de explicar: por qué los habían secuestrado cuando solo eran un par de profesores sin recursos económicos.

—Sí, supe eso de que ayudó en mi rescate. Creo que pasó información importante, al menos eso me dijeron unos compas de la Sección 18, que alguien de un grupo revolucionario había colaborado. Pero qué te puedo decir, no tengo ánimo de agradecerle a nadie, y a Raúl menos que a nadie, me despierta demasiadas sospechas, y no de ahora, sino desde hace mucho tiempo. Por eso mismo rechacé apoyar al EZLN, no me gustaba la presencia de Raúl, su forma de ser y de actuar no garantiza un trabajo con cierto compromiso ideológico. Ahora bien, sería mi Dios si en lugar de ayudar en mi rescate, hubiera hecho algo por Patricia. Tengo dudas de si al menos hizo el intento por ayudarla. Es más, quisiera buscar a la joven esa que logró escapar, escuchar de sus labios qué fue lo que ocurrió con mi Patricia.

●

Javier estaba durmiendo mientras una muchacha se hallaba atenta a su cuidado. Cindy decidió ir al departamento de Fernando —sabía que ahí se encontraba Marián—, eran sus últimos días antes de marcharse a una de las distintas casas que tenía por el rumbo de Polanco. Aprovechó que Sonia y Fernando habían salido del país por cuestiones de trabajo.

Charlaron largo rato, y entre el deseo de desahogarse y la búsqueda de un consejo, Cindy le contó lo que había vivido en los últimos tiempos. Necesitaba la ayuda de alguien, y Marián era su mejor alternativa.

—La mamá de mi exesposo quiere pelear la custodia de mi hijo —dijo Cindy a punto del llanto.

—Pero no tiene derecho a hacerlo. Tú eres la madre. Aunque viviera tu ex no creo que las autoridades le hicieran caso.

—No lo sé. La justicia en México se maneja con intereses y valores. A la señora no le preocupa gastar su dinero si con ello consigue arruinar mi vida. Además, pesa mi relación con Sonia, creo que tiene muy documentado ese aspecto. Hay jueces

273

muy conservadores y organizaciones de derecha que no van a dudar en apoyarla.

—¿Tienes los datos de dónde presentó la demanda? —cuestionó Marián—. Tengo amigos abogados que pueden revisar el caso y hablar con quien sea necesario. Son buenos, y de los gastos no te preocupes, me deben favores, lo harían sin cobrar nada.

Cindy le entregó una carpeta con la información requerida, desde la demandante hasta lo que sabía del juzgado y del expediente presentado.

●

Dos meses después de la reunión entre Cindy y Marián, el caso no había avanzado. El juez desestimó los argumentos de la demandante, quien optó por buscar la siguiente instancia. Sin embargo, una noticia que había llegado a la redacción de la agencia modificaba la situación. Fernando mandó llamar a Cindy para preguntarle algunas cosas e informarle lo que tenían en sus manos. Ahí estaba Sofía revisando apuntes relacionados con diversos reportajes.

Le comentaron lo que se trabajaba, repasaron lo sucedido con el caso de la Paca y las falsas osamentas. También la tragedia que se vivía en Ciudad Juárez producto de la enorme cantidad de mujeres desaparecidas y el desinterés del gobierno para atender con energía el tema. Hablaron de los secuestros y de la violencia ejercida en muchos de los casos por parte de los delincuentes. Incluso para comentar sobre los distractores que crea el gobierno para mantener entretenida a la población, desde el nacimiento de un oso panda hasta la aparición de una criatura diabólica a la que se denominó el Chupacabras.

Luego se centraron en el asunto por el cual pidieron a Cindy que acudiera a la reunión. Ocuparon unos segundos en servir café. La noticia no era sencilla de transmitir. Debían cuidar sus palabras.

—Supongo que estás enterada de la serie de asesinatos que han sucedido en las últimas semanas, en los cuales las víctimas son mujeres de la tercera edad —comentó Fernando—. El gobierno no sabe si se trata de uno o varios delincuentes, tampoco le queda claro si todos los crímenes obedecen al mismo autor o grupo delincuencial. Suponen que el asesino o los asesinos son del sexo masculino; sin embargo, nosotros pensamos que se trata de una mujer, una señora que se disfraza para entrar a los domicilios, acabar con la vida de damas de más de sesenta y cinco años y así robar sus pertenencias. Para nosotros es algo así como la Mataviejitas.

Luego de sus palabras, tomó un respiro; Cindy mostraba signos de no entender el mensaje.

—No comprendo —mostraba extrañeza—. ¿Qué tengo que ver con ese asunto? He escuchado algo en las noticias, he visto las notas que enviamos a medios de comunicación, pero no estoy empapada en el tema. No sé si quieren que colabore con Sofía en el reportaje. De ser así, ya saben que atiendo las indicaciones. Tengo algo de tiempo disponible, puedo ajustar los otros proyectos para apoyar a Sofía. Ustedes mandan.

—No, Cindy, no es por ahí el asunto. No voy a encargarte un trabajo —Fernando trataba de encontrar las palabras adecuadas para exponer con claridad y sensibilidad el asunto, tomando unos documentos de su escritorio—. Lo que pasa es que uno de los reporteros nos trajo la información de una mujer que acaba de ser encontrada muerta en su domicilio. La señora cumple con las características de los asesinatos perpetrados por la Mataviejitas, mas no estamos seguros de que sea esa figura quien haya cometido el crimen. Lo que sí sabemos es la identidad de la víctima… se trata de tu exsuegra —agregó poniendo el expediente frente a ella.

Cindy simplemente palideció.

Por el rumbo de Polanco se llevaban a cabo dos reuniones importantes, ambas interesantes, pero con finalidad y contenido totalmente diferente. En la primera, la maestra Elba Esther Gordillo departía con integrantes del Grupo San Ángel, entre los que destacaba Vicente Fox, anfitrión de una reunión que tenía lugar en el domicilio de la maestra, ubicado en el *penthou*se de un edificio de departamentos situado en la calle Galileo número 7. Discutían sobre la falta de liderazgo que ejercía Ernesto Zedillo en el país y las dificultades que tendría el PRI para conservar el poder presidencial.

La maestra hablaba de la importancia de seguir luchando por una mayor apertura democrática, de fortalecer instituciones ciudadanas, de garantizar que, en el 2000, gane quien gane la presidencia sea reconocido y mantenga un proyecto de país moderno, eficiente, abierto al mundo.

Alguno de los asistentes señaló que Cuauhtémoc Cárdenas cumplía los requisitos y además seguía gozando de popularidad. La mayoría coincidía con el comentario, incluida Elba Esther, quien, sin negar su filiación priista, subrayaba los riesgos para la vida política del país: un presidente Zedillo sin carisma, el activismo del gobernador de Tabasco que abiertamente se enfrentaba al sistema con una campaña en la que incluía la frase «dale un madrazo al dedazo», la influencia del presidente Salinas.

—Puede ser lapidario para mi partido, pero también para la construcción democrática del país.

Enseguida intervino Vicente Fox, todos supusieron que haría un alegre comentario.

—Desde mi punto de vista el ingeniero Cárdenas no representa un riesgo para el PRI, es más, les aseguro que Cuauhtémoc no gana las próximas elecciones. Eso sí, coincido con mi amiga en que el PRI tiene demasiados problemas internos, le falta *punch* para enfrentar la batalla del 2000. Pero le faltó señalar lo más importante, lo más obvio —respondió mientras acariciaba una de sus botas que exhibía ante los asistentes, apoyada sobre su rodilla izquierda —, el principal riesgo del PRI lo tendrá con el PAN, sobre todo ahora que me nombren su candidato. Les aseguro a todos ustedes que vamos a ganar la presidencia de la República y que, efectivamente, colocaremos a México en una dinámica moderna de democracia, transparencia y participación.

Los presentes festejaron el comentario de Fox, unos tratando de transmitirle «buenas vibras», otros haciendo burla de lo que veían como una más de sus ocurrencias.

Frente al edificio de departamentos un hombre caminaba despacio, había tomado nota de las personas que vigilaban el lugar. Planeaba, junto con Raúl, un gran secuestro: privar de la libertad a Elba Esther o a uno de sus familiares más cercanos. Decidirían en su momento lo más conveniente o más dañino.

Cerca de ahí, Marián recibía en una habitación del hotel Marriot a un joven de vestimenta sencilla, musculoso. No había un interés afectivo ni hacían buena pareja. Lo que sí existía era un tipo de respeto y un conjunto de acuerdos. Marián lo citó en el cuarto de ese hotel porque necesitaba estar alejada de las miradas y de los oídos de otras personas. Nunca se sabía quién podía estar cerca.

—¿Cómo te fue con mis encargos? —preguntó la joven francesa.

—Uno ya lo terminé, jefa, fue todo sencillo. La señora estaba muy tonta, la engañé con facilidad. El mismo cable que me iba a servir para «mejorar» su sistema de televisión de paga, lo utilicé para hacerle una bonita corbata y acabar con su pinche vida. Tal como usted me indicó, robé algunas cosas, no porque me guste lo ajeno —al decirlo soltó la carcajada—, sino para taparle el ojo al macho.

—Muy bien, creo que mi amiga estará más contenta ahora que su suegra se fue al infierno. Y del otro tema, ¿qué me tienes?

—No mucho, aún no me logran decir quiénes estuvieron detrás de su pinche secuestro. He preguntado aquí y allá y nada, ningún cabrón suelta la sopa. Lo que sí es seguro es que no fue obra del Mochaorejas, su gente me aseguró que ellos no tuvieron que ver en el asunto. Prometieron indagar e informarme. Con lo que sé, podría asegurar que fueron delincuentes que no están especializados en el tema del secuestro. Quizá miembros de un grupo insurgente que opera en Guerrero. Ahora que recuerdo, alguien mencionó el nombre de un tal Filiberto.

—Te encargo que me averigües pronto lo que sucedió, tengo una corazonada, pero necesito estar segura. Ahí en el maletín tienes unos pesos para tus vicios y los de tus mujeres.

Julián salió contento. Caminó rumbo a la calle Emilio Castelar, ahí había dejado su automóvil, a dos cuadras, distancia suficiente para despistar a cualquier persona que le siguiera los pasos. Iba contento, tenía efectivo para pasar una noche de lujo. Invitaría a Rosalía a dormir a su casa. Pensó en sus ojos y en sus caderas, en el movimiento de su largo cabello y su hermoso cuerpo.

Escuchó un ruido a su espalda. Cuando volteó, vio que una señora se había tropezado con un niño y se cayó al suelo. Pensó en regresar y ayudarla a levantarse, pero cambió de opinión; la señora no era su responsabilidad y, además, no era nada atractiva. Si el gobierno no arreglaba las banquetas, esa no era su culpa. Él pensaba enfocarse en la noche de sus sueños. Al regresar la mirada a su camino, se encontró con Filiberto Herrera apuntándole con una pistola, directo a la cara, diciéndole la razón de su destino:

—Por culero te vas a morir, hasta aquí llegaste por pinche pendejo. Debiste ayudar a la ñora, pero eres ojete, y te vas a morir también por preguntón, por ser un pinche sicario de mierda.

El sindicato de maestros asumía nuevamente una serie de funciones inéditas en la vida política del país. Seguía siendo una organización cercana al gobierno, plegada en muchos sentidos a la voluntad y los caprichos de los poderosos políticos del sistema, pero a la vez generaba acciones que rompían con los esquemas mexicanos mostrados por el resto de las organizaciones gremiales. Volvía a desarrollar encuentros entre dirigentes sindicales y candidatos a la presidencia de la República, en los cuales se buscaba que unos y otros escucharan los planteamientos que movían sus propuestas e inquietudes.

Asimismo, en el marco de las nuevas disposiciones electorales, había reunido e inscrito una impresionante agrupación de observadores para las futuras elecciones. De tal forma que el día de los comicios, si los números quedaban muy cercanos, su voz sería determinante.

Por si fuera poco, el SNTE desarrollaba un fuerte activismo en el sector femenil del magisterio, algo inédito en la vida de las organizaciones de trabajadores.

En la pasarela de políticos por las instalaciones del SNTE —a diferencia del 94—, frente a los secretarios generales de las secciones y de los dirigentes del Comité Nacional, en un primer momento se presentaron los cuatro precandidatos del PRI: Francisco Labastida Ochoa, quien finalmente resultaría el triunfador en la contienda interna; Roberto Madrazo Pintado, Manuel Bartlett y Humberto Roque Villanueva. Luego lo hicieron los candidatos de los otros partidos: Cuauhtémoc Cárdenas, Vicente Fox Quesada, Gilberto Rincón Gallardo, Manuel Camacho Solís y Porfirio Muñoz Ledo.

Los maestros con funciones sindicales pertenecientes a la parte institucional siempre se habían caracterizado por una férrea disciplina en la vida gremial y política. Por eso todos veían en Labastida al candidato a quien estaban obligados a apoyar. Sin embargo, en la mente y en el ánimo de cada uno de ellos había opiniones diversas.

—Pues hay que apoyar a Labastida en la interna, pero híjole, qué huevos tiene el Madrazo, con él no tendría problemas el PRI para ganar —decía uno de los dirigentes del norte del país luego de escuchar a los cuatro precandidatos.

—Coincido contigo —contestó otro dirigente—. La verdad, cada vez se complica más eso de organizar a los compañeros para apoyar la línea política que se nos dicta.

Más allá de las simpatías y lealtades que se podían tener con alguno de los candidatos, con todos los aspirantes se desarrolló un diálogo cordial y un debate de altura.

Ante el panorama político que se observaba en el 2000, la maestra estaba segura que la suerte le sonreía. Al menos veía que entre los aspirantes había tres con los que llevaba una excelente relación. El primero, Francisco Labastida Ochoa, candidato de su partido, exgobernador de Sinaloa con una gran trayectoria en el servicio público. Además, gran favorito en las encuestas, con quien llegó al acuerdo de apoyarlo no solo con el trabajo político del magisterio, sino con la coordinación del movimiento de mujeres del PRI, aportando la fuerza de la agrupación que al interior del SNTE venía encabezando su propia hija, Maricruz Montelongo. El partido en el poder reconocía que el movimiento de mujeres del SNTE era una novedad en el mundo gremial, ningún otro sindicato impulsaba el activismo de la mujer como lo hacía la organización encabezada por Elba Esther.

La segunda posibilidad afín a Elba Esther entre los aspirantes a la presidencia de la República la representaba Manuel Camacho Solís, con quien seguía teniendo una excelente relación, aunque en esta ocasión los números no le daban al exregente de la Ciudad de México para competir por la presidencia. La maestra se lo había dicho en repetidas ocasiones, y poco antes de que se destapara formalmente. Adicionalmente, le mandó otro mensaje más con uno de los políticos más cercanos y leales al excomisionado por la paz.

—Mira, Marcelo, sabes lo mucho que quiero al licenciado Camacho; me encantaría que ganara y fuera nuestro presidente, creo que sigue siendo la mejor carta para el país. Pero no es su tiempo, no hay condiciones.

En la sala del departamento de Elba Esther, ambos sostenían tazas hechas de una finísima porcelana de té.

—Coincido con usted, maestra —le respondió Marcelo Ebrard—, varias veces le he comentado a Manuel que piense bien lo que va a realizar, le he sugerido que apoye a uno de los candidatos con posibilidades de ganarle al PRI.

—¿A quién te gustaría que apoyara Camacho? —le cuestionó con afecto la maestra Elba Esther.

—Sin duda, al ingeniero Cárdenas, por cuestión de lealtad a la ideología y por su compromiso con México. Entiendo que tampoco cuenta con las posibilidades de hace doce años, pero es, después de Camacho, quien tiene mejor nivel para gobernar este país.

—Pues viéndolo así resulta que los que no tienen posibilidades son los mejores candidatos, lo cual sería simpático si no fuera trágico para México —se aventuró Elba Esther a señalar con claridad su opinión de los aspirantes a la presidencia—: Camacho, Cárdenas, Rincón Gallardo y Porfirio son superiores, las mentes más preparadas. Creo que vamos a tener que conformarnos con Labastida, representa más de lo mismo, o con mi amigo Vicente, cuyas grandes virtudes son su carisma y sus agallas, pero no su nivel cultural.

Y precisamente en Vicente Fox Quesada estaba la tercera de sus cartas. Juntos habían formado el Grupo San Ángel y gracias a ello fueron estrechando su amistad.

Así, la maestra tenía en Labastida al candidato de su partido, en Camacho al político con el que se la jugó en el 94, y en Fox Quesada, al amigo. Las cosas no podían salir mal, lo complicado estaba en cumplir con todos sin perder la imagen y sin faltar a la lealtad de su amistad con cada uno de ellos.

●

Mientras la maestra dialogaba con Marcelo Ebrard, tratando de encontrar la cuadratura a su círculo político, y en el afán de apoyar a los tres aspirantes —sin terminar rompiendo los lazos con sus tres amigos y el compromiso con el partido—, en la disidencia magisterial se desarrollaban diversas reuniones para participar en la lucha electoral a favor de Cuauhtémoc Cárdenas Solórzano.

Ubaldo y Luis acudieron a uno de esos eventos. No salieron satisfechos. El exceso de debate impidió tomar decisiones que fueran aceptadas por la mayoría de los activistas magisteriales.

—Neta que somos bien chingones para discutir —comentaba Ubaldo mientras caminaban hacia el auto de Luis—, pero muy pendejos para ponernos de acuerdo.

—Esa es nuestra historia, amigo. Los charros que encabezan el sindicato nunca nos van a ganar en una discusión. Pero en las elecciones nos vencen por una sencilla razón: ellos no necesitan debatir para aceptar cualquier opción, de arriba deciden por ellos. Van juntos, siempre juntos, muy obedientes los culeros —hizo una pausa Luis mientras abría el auto, para luego arrancar el vehículo—. Aunque, bueno, pensando un poco, creo que ellos también están cambiando, en algunas secciones se nota un activismo medio revoltoso entre institucionales.

—¿Se te hace? Habrá que ver, son muy dados a pelear a medias y después asustarse. Pero eso no quita el hecho de que nosotros sí la tenemos muy cabrona. No hay forma de armar estrategia. Y para colmo, nuestro candidato está muy acartonado. Es bien chingón, pero no entiende cómo manejarse con los medios y cómo construir en su rostro algo parecido a una puta sonrisa.

—¿Viste el debate? —preguntó Luis a su amigo, expresando antes su opinión— Lo mismo que hace seis años. No mejoró en nada. Es extremadamente aburrido, Cuauhtémoc va de nuevo hacia un lejano tercer lugar. En cambio, el pinche Fox, muy cabrón, le puso una chinga al puñetas de Labastida.

Luis se veía menos triste que meses atrás. Seguía sufriendo ante la ausencia de Patricia, mas trataba de distraerse en las discusiones y en los análisis de la política nacional. Se había vuelto más agresivo en sus comportamientos, con actividades radicales.

—Muy cabrón el Vicente y muy pendejo el Labastida. Eso de quejarse porque le dijo «Lavestida» fue torpe, infantil, una pendejada histórica —aseveró Ubaldo sacando una bolsa de cacahuates japoneses. Comía sin siquiera ofrecer a su amigo, se mantenía en sus críticas hacia el político priista—. Se vio hasta marica. Es más, creo que los asesores políticos, cuando den sus pinches cursos y conferencias, van a tomar su participación como ejemplo de errores en un debate.

—Y la respuesta que dio Vicente Fox también será empleada, pero como ejemplo positivo, como la manera en que se tiene que responder. Eso de «a mí me podrá decir que soy un grosero, pero no un corrupto como usted», fue un chingadazo al priista.

Siguieron comentando de la vida del país, de las posibilidades de los candidatos y hasta de la participación de la dirigencia del SNTE. Tenían claro que la maestra jugaba en varios frentes, y de ser necesario, buscaría acercarse con el ingeniero Cárdenas; si no lo hacía, era por no verle posibilidades.

Más allá de la política nacional, les interesaba el tema sindical. La posición de Luis había cambiado. Su tolerancia y prudencia eran cosas del pasado.

—Quiero que vayamos pensando la manera de pegarles más fuerte a los institucionales, ser mucho más radicales. No me gusta la pasividad en la que nos encontramos. Nadie nos toma en serio. ¿Tienes conectes con disidentes radicales de varios estados? Busquemos reuniones que generen alianzas, ¡activismo real!

●

En uno de los restaurantes de Coyoacán conversaban Joaquín y Sofía sobre el futuro del país y los compromisos personales que querían asumir a corto plazo. Habían pasado —años atrás— de un cariño de adolescentes a una horrible traición. De ahí, al perdón. Después a una amistad desinteresada, y luego a la pasión desenfrenada en cuartos de moteles, para finalmente terminar en un amor verdadero. Ninguno de ellos entendía la vida sin disfrutar de la compañía del otro.

Comentaban en la sobremesa que el país mantenía un alto nivel de criminalidad, la Ciudad de México continuaba siendo un espacio de alto riesgo. Grupos armados defendían su presencia en diversas partes del país. Algunos, como el EZLN, con ideas y propuestas; otros, como los ubicados en Morelos y Guerrero, con armas, tráfico de estupefacientes, cobro de piso a comerciantes y secuestro como sus principales elementos distintivos.

Faltaba poco para el proceso electoral. Ambos pensaban que ganaría Francisco Labastida, pero querían votar por Gilberto Rincón Gallardo. Recordaban reuniones pasadas, entre ellas una con su amiga Marián, quien había subrayado que votar por candidatos sin posibilidades significaba tirar el sufragio. La respuesta fue clara y contundente: «Te equivocas, tirar el voto sería si lo hiciera por alguien en quien no creo, ni confío», le respondió Joaquín ante la orgullosa mirada de Sofía.

El aprecio que profesaba Joaquín por Rincón Gallardo derivaba de las entrevistas que le habían realizado; a ambos les permitieron conocer su entorno, su trayectoria política y social. Sabían que no lograría el triunfo, pero veían que su voto sería a favor de la esperanza. Entendían que sus pasos en el periodismo y en la vida en la comunidad tenían que coincidir con su relación de amor y complicidad.

El tema político les parecía atractivo, pero como un simple punto de conversación. Tenían decidido su voto por Rincón Gallardo, y por lo tanto el asunto estaba superado. Lo que seguía era defender ante otros su posición. Y cuando estaban juntos, hablar y pensar otras cosas.

—¿Recuerdas cuándo nos conocimos? —preguntó Joaquín mientras Sofía tomaba un coctel hecho a base de mezcal.

—Me acuerdo de todo, me encanta que detrás de esa carita de hombre serio y conservador se encuentre un ser humano intenso y vigoroso.

Ella sabía cómo hacerlo sonrojar, le divertía que se pusiera nervioso y trastabillara un poco. Sin embargo, su respuesta la tomó por sorpresa.

—Deseo que las cosas cambien entre nosotros. Hay sentimientos que no puedo ocultar. Hay cosas que no me gustan del todo —expuso Joaquín, quien tenía a su lado un *shot* de mezcal oaxaqueño sin beber.

Él había soltado su mano, y ella mudó su sonrisa por la seriedad para en un tono molesto responderle:

—No sé a qué te refieres. Te pido que no le des vueltas al asunto, y si vas a decir algo, exprésalo con todas sus letras. Sea lo que sea no te haré un escándalo.

Sofía hablaba por hablar, pues al pensar que Joaquín podía terminar con ella, lo primero que hizo fue mover su silla y colocar su pie de tal forma que ante el anuncio de que terminarían, le daría una patada en los testículos. Así era ella, no sabía perder.

—Es bueno que pienses así. Hemos vivido cosas hermosas, pero también momentos desagradables. Te he querido mucho, pero nunca me ha gustado que ante los demás no podamos mostrarnos. En ocasiones… he sentido que no te gusta que nos vean juntos. Muchas veces te he pedido que seamos novios y *siempre* me he topado con tu negativa, con tu frialdad.

Sofía quería responderle, decirle que tenía muchas ganas de ser su novia, que eso no podía ser impedimento para seguir juntos, pero él con su mano le pedía que lo dejara continuar.

—Insisto, he deseado ser tu novio y tú no lo has querido. Ha pasado tiempo y debo decirte que ya no aspiro a serlo.

Sofía no quiso escuchar más, apretó la mandíbula y con un movimiento extendió su pie para golpear con fuerza a Joaquín. En seguida se incorporó, le tiró el *shot* que él no se había tomado.

—Eres un pendejo, te quiero un chingo, pero no me vas a ver suplicándote, por mí te puedes morir, puto cabrón.

—Espera —apenas podía hablar—, no me has dejado terminar...

—¿Y qué chingados me vas a decir? —atajó con odio Sofía, poniéndose pálida cuando vio lo que sacaba Joaquín de entre sus ropas.

—No quiero que seamos novios —dijo después de un quejido, para con esfuerzo continuar hablando—: deseo que te cases conmigo.

●

Cuatro meses después, precisamente en el día del cumpleaños de Vicente Fox, se anunciaba su triunfo en las urnas, contundente, categórico, irrefutable. Avalado por los Estados Unidos. El presidente Zedillo no tuvo empacho en aceptar la derrota de su partido. El resto de los priistas, desencajados y casi a regañadientes, poco a poco fue reconociendo la victoria del panista. Hubo pequeños escándalos, como el de Eduardo Andrade, senador del PRI: ebrio y molesto irrumpió en uno de los foros de Televisa para discutir con el periodista Joaquín López-Dóriga. Su belicosa actitud y su desvergonzada presencia reclamaban un inexistente lugar en la política. Significaba una prueba más de que las cosas habían cambiado en el país.

A los pocos minutos de la derrota, muchos analistas pronosticaban el fin del otrora partido invencible, del instituto político que en otros tiempos se jactaba del «carro completo» como una forma de expresar sus triunfos en la totalidad de las elecciones.

Elba Esther estaba tranquila, se cumplía uno de sus pronósticos, sabía que tarde o temprano el PRI dejaría Los Pinos, por eso no había puesto todos «los huevos en la misma canasta» y, en ese sentido, como no había cometido un error en sus cálculos políticos, suponía que el sindicato estaba preparado para enfrentar el cambio de gobierno. No obstante, había cosas que no cuadraban. No tenía la confianza al cien por ciento, tenía que imaginar cualquier escenario, estar alerta.

Alguien le dijo que cuando un gobernante toma protesta, sea gobernador o, especialmente, el presidente de la República, en esos segundos donde baja su mano después de decir «sí, protesto», en esos instantes, es posible que se transforme. Ahí puede nacer un estadista, un dictador o un simple payaso. En cualquiera de esas opciones, su transformación terminará afectando, para bien o para mal, el presente y el futuro de todo un país.

Se acababa de retirar Tomás Vázquez de su departamento. Poco había que discutir sobre los temas del sindicato, a lo mucho, ir preparando el relevo del Comité Nacional, más ahora que Tomás había conseguido un escaño en el Senado de la República.

Sola, en la sala de su departamento, había establecido comunicación telefónica con una decena de gobernadores priistas, prácticamente todos ellos preocupados por los cambios que podían ocurrir; algunos, interesados ante la orfandad política en la que ahora se encontraban.

—Creo que se vienen tiempos interesantes, amiga —le decía uno de los gobernadores del sur del país—. En un par de años se viene el cambio de gobierno en mi estado, y ahora sí, sin duda, la voz cantante la tendré yo. El presidente de la República no pertenece al PRI, y por lo tanto se acabó la disciplina; el primer mandatario no será el gran elector en mi estado. Aquí, quien manda soy yo, lo demostré en este proceso electoral: en mi estado ganamos y tengo derecho a decidir quién será mi sucesor.

Elba Esther sonrió, le dijo que era un cabrón y que esperaba que comieran pronto en ese sitio español que tanto le encantaba, o verse para cenar en el departamento. Acordaron encontrarse en cinco días. Al colgar, pensó que su amigo tenía razón. Paradójicamente él, junto con el resto de los gobernadores priistas, con la derrota, había ganado libertad. Gracias a la derrota se habían convertido en los nuevos dueños del partido. La duda giraba en torno al tema de la duración del PRI a escala nacional. Si bien los gobernadores priistas habían alcanzado la mayoría de edad, también se encontraban más cerca de conseguir un acta de defunción para el partido.

Se disponía a descansar cuando volvió a sonar el teléfono. Cerró los ojos y esbozó una sonrisa, era la llamada que esperaba, la que le daría tranquilidad por el resto de la noche y del sexenio.

—Mi querida maestra, ¿cómo estás? Ya ves que no me equivoqué en mi pronóstico y te aseguro que los mexicanos tampoco en su decisión. Te hablo para decirte que somos amigos, que valoro mucho tus consejos y hasta las críticas que haces. Te adelanto que muchas cosas relacionadas con mi forma de ser y de pensar no las pienso cambiar, te lo digo para no escuchar consejos de tu parte, ja, ja, ja —por la risa, Vicente Fox tosió un poco, tomó agua, carraspeó y continuó con sus palabras—. También te comento que sigue en pie el compromiso que hice en aquella reunión con los dirigentes de tu sindicato, el proyecto educativo lo quiero hacer con mis maestros, nada a espaldas de ellos. En fin, hay muchas llamadas que debo hacer y hay infinidad de temas que debemos platicar tú y yo. Mi triunfo es de todos. En unos días te buscan de mi oficina para que nos veamos en mi rancho, allá en Guanajuato, sirve que te enseño mis vacas y puercos.

Elba Esther le expresó su lealtad y los mejores deseos para su gobierno. Con gusto aceptó la invitación. Su poder crecía.

●

Día a día se mostraba más fuerte, nuevamente se presentaba ante los ojos de la clase política mexicana como la líder indiscutible del sindicato. Habían pasado tres años desde el Congreso de Mérida. Con Tomás Vázquez había encontrado esa disciplina y lealtad necesarias para alejar los fantasmas ligados a la traición. La maestra nunca permitió que ejerciera solo, que tomara las decisiones propias de su cargo. Se mantuvo cerca, atenta a cada uno de sus movimientos. Colocó en la oficina de Vázquez Vigil a un par de secretarios técnicos afines a ella y en la secretaría particular a un joven de Jalisco de nombre Juan Díaz, que todos los días se reportaba para pedir indicaciones e informar lo que sucedía en el entorno del dirigente electo del sindicato.

La maestra se había cansado de decir que las formas eran importantes, sin embargo, las había roto con Tomás Vázquez. Durante años, Elba Esther en su discurso señalaba que no eran correctos los liderazgos morales, que no estaba bien tener a alguien detrás del secretario general. Mas cuando se alejó un poco del gremio, sintió un grosero desprecio a su persona, una creciente docilidad de los dirigentes que encabezaban el sindicato ante el gobierno, y la ausencia de visión y liderazgo en el SNTE. No confiaba en sus allegados, no importaban las constantes muestras de lealtad y sacrificio. No quería cometer nuevos errores. Pensaba que sin ella el sindicato no podría avanzar correctamente. Un problema de ego se trazaba en su cabeza. Estaba aferrada en mantener la dirección del SNTE.

Entendió que fue excesiva su presencia en la vida de la organización, prácticamente no dejó respirar a Tomás. A los demás dirigentes que gozaban de su mayor confianza les comentaba que eso no era del todo correcto, prometía no hacerlo con el siguiente dirigente.

En esos tres años había pasado por momentos complicados, aunque los asuntos más trascendentales habían ocurrido en su entorno afectivo: su familia era blanco de ataques y de intentos de secuestro, en más de una ocasión recibió pequeñas cajas de regalo, con tres flores y una bala. Las campañas negras buscaban dañar su imagen y su presencia social. De todo se le acusaba: de represiva, de prepotente, de amasar fortuna, de mandar asesinar a algún maestro disidente de la coordinadora, incluso de no gozar de una apariencia física atractiva.

En el sindicato las dificultades se centraban en los espacios naturales de la disidencia magisterial. El tema más complicado había ocurrido en la Sección 9, ubicada en la Ciudad de México —sección sindical en donde se aglutinan los docentes de educación preescolar y primaria—. Eran tiempos de cambio en la dirigencia de las secciones sindicales, y en el congreso de relevo de la emblemática Sección 9, los miembros de la disidencia dejaron en claro que contaban con una gran mayoría de delegados. No obstante, el grupo ligado a Elba Esther Gordillo consiguió, sorpresivamente, el número suficiente de delegados como para formar una planilla y buscar los espacios destinados a la primera minoría. Los miembros de la disidencia aglutinados en la Coordinadora Nacional de Trabajadores de la Educación optaron por la rudeza e impidieron que eso ocurriera. Tomaron la sede del congreso y solo permitieron que participara una sola planilla, la de ellos.

—Que se jodan los charros del SNTE —acusaban a voz en cuello los disidentes.

Por charros se referían a los sindicalistas más institucionales, los que estaban alineados con la dirigencia formal.

—Ya nos han hecho muchas, que se jodan los culeros —insistían enfurecidos.

—¡Calma, compañeros!, ¡calma! —intentaba expresarse la persona que presidía el evento sindical—. La instrucción que tenemos es la de llevar a cabo un congreso en orden. Entendemos que ustedes son mayoría y van a volver a presidir la sección, pero dejen que participen los compañeros institucionales.

—Ni madres, cabrón, aquí no se va a hacer lo que digas —se acercó al presídium un profesor de más de ciento veinte kilos de peso junto a un grupo de maestros, en medio de amenazas hacia quien dirigía—, o le tomas la protesta a la compañera Blanca Luna Becerril, a la que acabamos de elegir los democráticos, o te lleva la chingada.

No había forma de discutir, no se observaban condiciones para debatir o para intentar que se hicieran valer los estatutos. La profesora Blanca Luna tomó protesta como dirigente de la Sección 9. Los maestros democráticos festejaron y finalmente dejaron ir a los institucionales.

El Comité Nacional decidió que el congreso había estado plagado de irregularidades y decidió invalidarlo. Los maestros de la coordinadora decidieron tomar nuevamente las calles, se sentían fuertes, intocables. Optaron por endurecer su posición. A los pocos días, exigieron el reconocimiento del Comité Nacional, y para ello protestaron en la Cámara de Senadores. La manifestación pasó a mayores, hubo destrozos y varios trabajadores del recinto legislativo fueron reportados con lesiones leves. Los maestros intentaban localizar a Elba Esther Gordillo —que en esos momentos se desempeñaba como senadora de la República—, no la encontraron, pero se fueron satisfechos: habían conseguido ubicarse en el centro de las noticias nacionales.

Poco les duró el gusto, en menos de una semana, la secretaria general de la Sección 9 fue detenida junto con un grupo de miembros de su comité seccional. El motivo: privación de la libertad en contra de trabajadores de la Cámara de Senadores. El castigo: décadas en la cárcel.

Miembros de la disidencia aseguraban que Gordillo Morales estaba detrás de las detenciones. Lo cierto es que al final de la microhistoria, Gordillo Morales salió victoriosa. Por principio, sus aliados en la Procuraduría General de la República detuvieron a Blanca Luna Becerril. A la par, las protestas de los disidentes fueron poco concurridas; algunos de los líderes significativos, por temor a ser detenidos, prefirieron callar y esconderse. En seguida, la cereza del pastel: Elba Esther convocó a reunión de Consejo Nacional del SNTE y mostró inconformidad por la detención de los maestros de la Sección 9. Metió abogados, ayudó a liberar a Blanca Luna, le respetó su espacio como dirigente sindical y se la ganó como aliada política. Así como movió cielo, mar y tierra para detenerla, volvió a mover cielo, tierra y mar para liberarla. Después de eso, la Sección 9 no volvió a ser ese espacio aguerrido y organizado, ya no recuperó el liderazgo dentro de la disidencia magisterial.

Las secciones consideradas como institucionales superaban en mucho el número donde los disidentes tenían presencia. En pocas secciones hubo problemas en los cambios de dirigencia. Destacó lo ocurrido en la Sección 5 de Coahuila, donde la maestra amenazó con una comisión ejecutiva para impedir la llegada de un dirigente lejano a sus afectos. En otras secciones los maestros se quejaron por el perfil de la persona que Elba Esther había decidido que encabezara la sección sindical. En ninguno de los casos era el de mayor experiencia ni parecía tener una capacidad superior, simple y sencillamente se encontraba cerca de la maestra o de su primer círculo familiar. Más de uno opinaba que se empezaba a gestar uno de los graves errores de la época elbista: la participación del círculo afectivo en la toma de decisiones.

Para el Congreso Nacional se escogió el estado de Chihuahua como la sede de los eventos. Elba Esther conocía la entidad a la perfección: durante largo tiempo había sido delegada del PRI, y en un sinfín de ocasiones había departido con los maestros de la entidad. Contaba con buena comunicación con el gobernador del estado y, por lo tanto, también con el compromiso de sacar los trabajos a cualquier precio. No obstante, nada sería sencillo, la disidencia agrupada en la coordinadora estaba más organizada que en el pasado congreso de Mérida. Los profesores disidentes apostaban por ejercer presión y, si se requería, violencia.

•

Luis Molina trataba de concentrarse en la vida sindical para no pensar en su esposa. Alondra, su hija, estaba a cargo de doña Carmen. No era el mejor de los padres; asumía que no tenía la capacidad de cuidar a nadie. Pensaba que si no había podido proteger a Patricia, no debía arriesgarse a fracasar en el cuidado de su hija. Se decía a sí mismo que, desde el más allá, Patricia no se lo perdonaría.

En el sindicato tampoco quería cargos importantes, solo trabajo, mucho trabajo y pocos reflectores. No deseaba responsabilidades sindicales, no estaba preparado para tener compromisos importantes. Era útil en la construcción de estrategias de lucha, los miembros de la Coordinadora Nacional de Trabajadores de la Educación reconocían su talento, temeridad y empuje. Había aprendido a pegar: se había radicalizado en extremo, le gustaba hacer daño a quienes identificaba como representantes de un sistema podrido.

Dentro de las tácticas de la coordinadora se habían establecido dos grandes frentes de lucha. El primero tenía que ver con el debate en las mesas de trabajo. En otro tiempo ahí fue útil Luis, pero ya no quería estar en la discusión, sino en el otro frente, en el de la calle, en el mundo de los golpes, en la destrucción. Los miembros de la coordinadora sabían que en el debate podían ganar, pero no en las votaciones. Por lo tanto, había que estar preparados para la lucha en el terreno de la violencia.

—Dicen que quieren cambiar la sede del congreso —comentó Ubaldo a Luis, en uno de los constantes descansos. Entre la tensión, se pronosticaba un final inédito en el evento sindical.

—Estos cabrones son capaces de cualquier cosa. Tenía razón mi vieja cuando se quejaba de ellos —señaló Luis.

Patricia se había vuelto inevitable en las charlas de los dos amigos. Luis necesitaba recordarla. Quizá ambos. También recordaban con tristeza a Omar. En poco tiempo desapareció la mitad del equipo. El nombre de Raúl salía a relucir, pero no en el mismo tono, ni con el mismo afecto.

—¿Qué has sabido de Raúl? —preguntó Ubaldo sabiendo que era mejor verlo enojado que triste.

—Pues, debe de estar en esa agrupación seudorrevolucionaria que figura allá por tu tierra. Supongo que tú sabrás más de ese pendejo.

—Pues no. La verdad tengo mucho sin verlo, pero sí he sabido parte de lo que anda haciendo. Creo que tú tenías razón cuando dijiste que no te cumplió a cabalidad. Te salvó por el aprecio que te tiene, pero debió ayudar a Patricia.

—Me queda claro que Diego y Raúl organizaron la madriza a los profes en Tepic. Ahí le pegaron a mi vieja, ella dijo que habían sido esos cabrones y yo no hice nada. Por eso a cada rato me dan ganas de madrear charros, y no me digas que no tiene sentido y que eso no me la va a devolver. No busco eso, sino hacerle caso... aunque ya sea tarde —se hizo un breve silencio, la mirada de Luis denotaba impotencia, una lágrima apareció en su semblante—. Son muchas las ideas que se me vienen a la cabeza, y no voy a descansar hasta tener información precisa del comportamiento del pinche Raúl.

Durante unos minutos nadie dijo nada, hasta que Luis rompió el silencio:

—Neta que la vida de ese cabrón es un misterio. Estaba cerca del poder y se alejó, eso se puede entender. La pinche vieja Gordillo lo corrió junto a Diego por maricas; pero luego vino la muerte de Omar; después, su presencia en el EZLN, su salida de ese grupo y su incursión en el ERLE. Todo muy raro, no es entendible que pasara tan rápido de la ideología a la violencia. Por último, su participación en mi rescate. No alcanzo a descifrar qué hizo y qué dejó de hacer —Luis hablaba con molestia—. Piénsalo, Ubaldo. Raúl es un tipo muy extraño. Es inestable. Mira, primero era alguien realmente cercano al grupo de Elba Esther, a ella hasta le besaba los pies, y luego salió peleado con los charros. Después vivió con el Subcomandante Marcos, y hasta le acomodaba la cama, y también terminó enemistado. A nosotros no se nos despegaba en la reunión de Chiapas, presumía de la amistad que nos unía y ya ves… Es probable que salga peleado con nosotros y termine muerto. A ratos me gustaría estar más cerca de ese cabrón, y quizá cuando se confíe, ponerle dos balas en la espalda, tal y como le hicieron a Patricia.

—Bien sabes que donde la juegues, la compito; en cualquier proyecto, en cualquier terreno. Contigo hasta la muerte. Sin pedo nos partimos la madre con quien digas, pero antes vamos a ver qué quieren los de la directiva, creo que ya se está moviendo el rollo con los charros. Tal vez ya nos toque tirar chingadazos.

Elba Esther sabía que debía tomar cartas en el asunto. El Congreso Nacional del SNTE podía desbordarse por las protestas de los grupos disidentes. Ya se habían dado episodios que incluían golpes e insultos en las calles aledañas a la sede del evento. Por esa causa suspendieron momentáneamente los trabajos, informando a los delegados que sería un breve receso, que al día siguiente se reanudarían actividades a las diez de la mañana. Los delegados institucionales se fueron a descansar, los disidentes, a una reunión con sus bases de apoyo para pensar cómo fracturar el evento. Unos y otros tenían su estrategia.

A las dos de la madrugada Luis y Ubaldo caminaban por las calles de Chihuahua. La junta había concluido, los dirigentes mostraban coraje y confianza en provocar un fuerte golpe a las huestes de Gordillo Morales.

«La gente que está en la calle será fundamental para poner contra la pared a los pinches charros», había dicho uno de los líderes de la lucha de la disidencia a Ubaldo y Luis. Sobre esa aseveración conversaban. No tenían certeza en la capacidad de sus dirigentes; no obstante, pensaban que tal vez se podría construir una planilla opositora al interior del congreso y obtener la cuota por la pluralidad. La poca confianza desapareció cuando vieron alrededor de setenta camiones pasar por uno de los bulevares: llevaban a los delegados institucionales, se movían a las afueras de la capital del estado: estaban fracturando el congreso para evitar que los disidentes hicieran lo propio. La práctica, sucia, era algo común en la vida del sindicato.

—Pinche Ubaldo, ya nos chingamos, se nos pelaron estos pinches charros.

Dieron aviso a los compañeros, los contingentes de la disidencia tardaron mucho en agruparse para seguirlos, y cuando lo hicieron, no pudieron salir de Chihuahua, fuertes retenes les impidieron el paso.

●

«Compañeros, vamos a acelerar los trabajos. En un par de horas vamos a concluir con el Congreso Nacional», escuchaban una voz al micrófono. Los delegados intentaban celebrar la propuesta, pero el frío los estaba matando; por lo mismo nadie participaba. Los resolutivos se iban aprobando sin oposición y en unos minutos presentaron la planilla para conformar el nuevo Comité Nacional.

Tres años antes, la maestra Elba Esther había querido designar a su amigo Rafael Ochoa para que ocupara la Secretaría General, pero fue vetado por Humberto Dávila Esquivel. Rafael se disciplinó por completo, aceptó que Tomás, el otro compadre de la maestra, fuera quien ocupara el primer puesto en el Comité Nacional. Ahora, nadie podía oponerse. Elba Esther sabía corresponder a la disciplina.

En su mensaje como nuevo dirigente nacional, Rafael Ochoa Guzmán fue breve, expresó con claridad su compromiso y su lealtad.

—Únicamente hay una dirigente nacional, y esa es la maestra Elba Esther Gordillo. De usted esperaremos orientación e indicaciones, de nosotros tiene la garantía del compromiso y la lealtad.

Capítulo VII

El visto bueno, *febrero de 2013*

En una habitación del Fiesta Americana, recargado en el respaldo de la cama, Juan Díaz no podía contener los nervios. Si bien contaba con un amparo, tenía miedo de ser detenido. No era el único con ese documento legal bajo el brazo: Mirna Saldívar y Silvia Luna también habían hecho el trámite correspondiente. Francisco Arriola, exesposo de Elba Esther y poderoso responsable de las finanzas del sindicato, se había escondido en la cajuela de un auto con el fin de darse a la fuga. Lo había conseguido, ya nunca lo detendrían.

Familiares de la maestra se hicieron presentes en el hotel. Tristes, pero con la tranquilidad de contar con el visto bueno del gobierno para acudir al Fiesta Americana —tenían un salvoconducto para transitar sin ser detenidos—, se reunieron con Juan Díaz, le dieron el mensaje de Elba Esther. Lo hicieron también con otros miembros del Comité Nacional. Trabajaban en una especie de cabildeo en aras de fortalecer la opción de Juan Díaz al frente del sindicato mientras la maestra salía de la cárcel.

El grueso del Comité Ejecutivo Nacional y de los secretarios generales sostenían una reunión con Carlos Moreira y con la licenciada Soraya Bañuelos en espera de nuevas indicaciones. Buscaban aclarar dudas. Desde ese espacio mantenían comunicación con los compañeros de cada una de las secciones a través de sus celulares: daban instrucciones para que ofrecieran contadas declaraciones a la prensa, pedían cuidar cada mensaje que se enviaba a las bases, solicitaban información sobre el clima político en cada entidad y exigían salvaguardar los edificios sindicales.

Todo indicaba que se construía un acuerdo. La mayoría estaba a favor de Juan Díaz de la Torre. Poseía una gran experiencia para ocupar la dirigencia nacional, era parte del equipo político y, lo más importante: los familiares de Elba Esther ahí presentes informaron que tenía el visto bueno de la maestra. Los miembros del Comité Nacional con mayor cercanía a Gordillo Morales, como Carlos Moreira, René Fujiwara o Jorge Salcido, solicitaban que al mismo tiempo de la lucha sindical se mantuviera la defensa de Elba Esther, y por todos los medios posibles se buscara su salida de la cárcel.

En las sombras, otros miembros de la dirigencia sindical seguían festejando. Su cercanía con Juan Díaz era mucha, igual al desprecio que de tiempo atrás les profesaba Elba Esther Gordillo.

⬤

En la Residencia Oficial de Los Pinos el presidente de la República reflexionaba en voz alta:

—Es incomprensible cómo nuestra amiga no alcanzó a entender el momento que vive el país; con su posición estaba en contra del progreso, y hasta de su propia línea discursiva.

Aurelio Nuño escuchaba en silencio, no quería interrumpir a Peña Nieto, buscaba evitar que saliera a relucir una gran sonrisa en su aburguesado y juvenil rostro. Para el jefe de la Oficina de la Presidencia, Elba Esther era un estorbo en los proyectos de gobierno; y tenía la certeza de que, con lo que acontecía, para sí mismo y sus intereses personales, las cosas le estaban quedando como anillo al dedo.

—Espero que pueda enfrentar el encierro con fortaleza —seguía en su monólogo el presidente de la República—, voy a dar instrucciones para que tenga comodidades, y de ser posible, que pase este tiempo en la habitación de un hospital.

Sus inquietudes se vieron interrumpidas por una llamada. Su compadre, su amigo, su pieza fuerte en la Secretaría de Gobernación, le solicitaba autorización para reunirse con Juan Díaz.

—Hazlo, Luis, sabes que no debes pedir autorización. Si no le ves un punto flaco, dale el visto bueno.

Un SNTE azul

Tenía cerca de veinte minutos esperando su llegada. Se hallaba en uno de los restaurantes del hotel Intercontinental, a unos pasos del edificio donde se encontraba el *penthouse* de Elba Esther Gordillo. Sabía que la puntualidad no estaba entre sus cualidades. «La maestra solo es puntual si la convoca el presidente de la República», le había comentado uno de sus amigos en Tabasco.

Roberto Madrazo estaba tranquilo, destinaba el tiempo a tomar café y charlar con dos de sus allegados sobre temas intrascendentes. No podía externar quejas en relación con su tardanza: la necesitaba. Su aspiración a presidir el Partido Revolucionario Institucional requería el apoyo del magisterio. Sus adversarios del propio partido mostraban músculo y coraje, no le perdonaban sus críticas al mismo ni a Ernesto Zedillo —último de los presidentes emanados del PRI—. Controlaban un buen número de sindicatos y los sectores del partido; junto a ellos se ubicaba Francisco Labastida Ochoa, el tristemente célebre excandidato a la presidencia de México.

Bien valía esperar treinta minutos o dos horas, no era oportuno exponer el malestar que sentía al ver ofendida su dignidad y su orgullo, ya llegaría el tiempo de desquitarse, ahora tocaba simplemente sonreír. Necesitaba a la maestra Elba Esther Gordillo.

La vio llegar. Se aproximaba lentamente, con templanza; venía acompañada de Rafael Ochoa, el dirigente formal del

302

sindicato. Un tipo duro, que mostraba lealtad a Elba Esther y gozaba de todas sus confianzas. Tenía fama de temerario y de poseer un colmillo largo y retorcido. La maestra no necesitaba a nadie, pero al hacerse acompañar de Ochoa Guzmán se presagiaba una reunión más complicada de lo previsto. Después de mostrar cortesía en los saludos, Elba Esther quiso ir directamente al punto clave de la reunión.

—Pues aquí nos tiene, estamos a sus órdenes —comentó la maestra transformando su rostro.

Le hablaba de usted con ese respeto que implica colocar barreras. Ella sabía que se encontraban en la etapa de negociación, por lo tanto, tenía que actuar con inteligencia para llegar a acuerdos que serían importantes para sus propias aspiraciones y quizá para los intereses del gremio que representaba.

—Como ustedes saben —señaló el tabasqueño—, pretendo lograr la presidencia de nuestro partido, pero quiero que vayamos juntos. Creo que nuestros proyectos y nuestras personas pueden caminar de la mano en el futuro que se avecina. Quiero ser presidente del PRI y deseo que la maestra sea la secretaria general del partido. El país necesita un organismo político fuerte, que represente una alternativa a este gobierno que no tiene pies ni cabeza. El país necesita liderazgos serios que contrasten con la actitud irresponsable y carente de agenda de nuestro actual mandatario.

—Mire, licenciado: no nos interesa estar en un proyecto que no piense en México antes que en los intereses personales. No coincido con lo que dice sobre el señor presidente. Tiene sus defectos y los hemos dicho. Pero es un buen hombre, honesto, leal, congruente.

La maestra colocaba en su discurso líneas nacionalistas y en defensa del mandatario. Sabía que cualquier interlocutor podría usar sus palabras o sus silencios más allá de la reunión. Además, Vicente Fox era su amigo.

—Creo que no me he dado a entender, me gustaría que estuviéramos juntos en un proyecto que sirva al país, y sin usted, no podemos ganar.

Madrazo, casi a punto de sudar, intentaba conducir la reunión. Percibía que la dirigente de los maestros estaba dispuesta a estropear todo lo que se dijera. Entonces ella expuso uno de sus grandes sueños: presidir al Partido Revolucionario Institucional.

—Sé que no estamos en los mejores momentos, nuestro instituto político se encuentra más débil que nunca, pero aun así quiero presidirlo. Creo que el PRI todavía tiene la oportunidad para volver a ser grande, pero para eso se requiere tener grandeza en los proyectos —hizo una pausa con la boca a medio abrir, con una expresión que denotaba que estaba buscando las palabras. Madrazo intentó hablar y ella, con la mano, le dio a entender que aún tenía la palabra—. Pero no se asuste, no pienso presentarme como alternativa. Siempre he sido de la idea de que hay momentos. Pues bien, estamos en su momento. Le pido que tenga altura de miras. En el otro equipo está gente que no le hace bien al país, y obviamente tampoco al partido.

—Muchas gracias, maestra. Le aseguro que no se va a arrepentir, seremos un equipo que logre construir grandes cosas y se mantenga unido durante muchas décadas.

—Espere, licenciado Roberto Madrazo; no hemos llegado a un acuerdo. Le subrayo que no quiero ser la secretaria general del PRI, ahí no se encuentra mi aspiración. Mi deseo es ser la presidenta de mi partido —una sonrisa se dibujó en su rostro—. Puedo esperar, aunque la verdad algo me dice que debiera tener prisa; tal y como están las cosas, ustedes en cualquier momento pueden acabar con nuestro instituto político, pero insisto, puedo y quiero esperar.

—Maestra, no sé si no he sido claro. Sin usted no puedo ganar: la necesito como secretaria general, luego seguirá usted en la presidencia. Se lo aseguro.

—Me está diciendo que será usted y luego yo —indicó centrando su mirada en el tabasqueño. Su respuesta había sido calculada, esas palabras esperaban el momento preciso para salir en la conversación—. No me parece descabellado, pero creo que podría ser en las elecciones intermedias; usted se va de candidato a diputado federal, coordina la bancada y me quedo en la presidencia del partido.

Roberto Madrazo no vio venir la propuesta. No podía negarse, pensó que tampoco estaba obligado a cumplir cada palabra; algo podría inventar cuando llegara la fecha para tomar decisiones. No sería la primera persona que debía transformar sus expectativas.

—Me parece excelente idea, ese podría ser nuestro gran acuerdo —con una sonrisa se había colocado en el mismo estilo discursivo—; así todos podríamos ganar, de entrada, lo haría México...

No había terminado de hablar cuando el profesor Rafael Ochoa hizo uso de la palabra en aras de subrayar el compromiso que se estaba sellando entre ellos.

—Con todo respeto, pero creo que es importante que esto mismo que han hablado se repita frente a los liderazgos del SNTE. No tengo por qué dudar del compromiso del licenciado Madrazo, pero tampoco puedo meter las manos al fuego. La maestra Elba Esther le pertenece al sindicato, sus obligaciones y su lucha se hallan con los maestros. Si en los próximos meses se va a integrar a un proyecto político será para fortalecerse ella y apuntalar al magisterio. En pocas palabras, lo que voy a decirle quiero repetirlo frente a los dirigentes sindicales: la maestra Elba Esther le pertenece al magisterio y solo se la vamos a prestar un tiempo. Cuídela, ahí va el futuro del gremio, pero también del partido y de su propia carrera política. Con nosotros puede llegar muy lejos, o por nosotros puede ver destruido su propio proyecto político.

Tres días después, Roberto Madrazo hablaba frente a los dirigentes del Comité Nacional y de las secciones magisteriales. La maestra sonreía, los profesores aplaudían.

El mundo se detuvo.

●

Marián dialogaba con Pierre. Tenían tiempo comunicándose, limando asperezas, construyendo puentes para generar una ansiada y desconocida unidad familiar. El mayor de sus hermanos, aquel que años atrás la había despreciado y hasta hizo el intento de dejarla sin parte de su herencia, fue el primero en buscarla. Viajó a México, lo hizo cuando se enteró de que ella era la mujer que había sido objeto de un secuestro altamente difundido en los medios. Deseaba saber si podía hacer algo en aras de ayudarla. El gesto transformó a Marián.

Al poco tiempo falleció la madre de sus medios hermanos y ella se trasladó a París, respondió con cariño la solidaridad y afecto de su hermano. Después, se llamaban al menos una vez al mes y en ocasiones se veían en México o en los Estados Unidos. Con Adolphe, su otro medio hermano, el avance era más lento, las desconfianzas, más grandes.

—No te preocupes, tiene buen corazón, pero no sabe expresar sus sentimientos —le decía Pierre en una llamada telefónica—. Aquí lo tengo cerca, llegamos temprano a la oficina; le voy a comentar que ya es tiempo de que nos veamos los tres.

Marián estaba contenta. Prácticamente habían desaparecido las diferencias, existía la esperanza de compartir un futuro juntos. Le decía su hermano que pronto contraería matrimonio y que Adolphe salía con una chica de ascendencia mexicana. Querían compartir tiempo y espacio, conocerse más.

De pronto notó cambios en su voz, ruidos extraños. Gritos.

—Se escuchó una explosión, todo empezó a temblar —fueron las últimas palabras de Pierre.

Laura revisó su agenda de trabajo: desayuno con esposas de funcionarios, una reunión con legisladores y por la tarde tomaría el té con amigas de la juventud. Su marido se encontraba fuera de la ciudad, sus hijas en la universidad. Cerró por un instante los ojos, reparó en la constante tensión en la que vivían, pero también en la felicidad que le producía su familia. «Hoy será un gran día», pensó dirigiéndose a uno de los jardines para disfrutar de café y de un ligero desayuno, ya la estaban esperando en las oficinas legislativas.

Poco antes de las nueve de la mañana le hicieron saber que había ocurrido una tragedia, un fatal accidente que cobró la vida de cientos de personas. Pensó en llamar a su esposo, quizá en mandarle un mensaje. Sabía que esos acontecimientos lo llenaban de tristeza y conseguían inmovilizarlo; en varias ocasiones lo había visto perder minutos intentando encontrar respuestas ante una mala noticia.

No había pasado mucho tiempo cuando un agente del servicio secreto le pidió que se trasladara a un lugar más seguro. No se trataba de un accidente, sino de un conjunto de atentados. Su vida, la de su familia y la del país entero corrían peligro.

Dentro de las propuestas de la administración de Bush estaba la encomienda de elevar la calidad educativa. Los indicadores decían que países asiáticos y europeos superaban a sus connacionales en el gusto por la lectura y el manejo de las nuevas tecnologías. La población en general valoraba cuando se hacían esfuerzos para que niños y jóvenes adquirieran el hábito de leer. Era la educación, por lo tanto, una veta electoral. Por eso el presidente acudía a escuelas de educación elemental a lo largo y ancho del país, para atestiguar los esfuerzos de los maestros e intentar motivar a los alumnos a seguir el ejemplo y las indicaciones de sus instructores.

Se hallaba de excelente humor; quienes manejaban su agenda definieron que visitaría una institución educativa en un pequeño poblado llamado Sarasota, en el estado de Florida. Presenciaba una lectura cuando le informaron de un terrible accidente. «Debo ser fuerte, construir un mensaje de aliento. Seguramente el piloto sufrió un infarto», se dijo a sí mismo mientras se disponía a saludar a la maestra Sandra Kay y a los pequeños estudiantes del segundo curso. Iniciaba la mañana del 11 de septiembre del 2001. Poco después, su jefe de gabinete, Andrew Card, se acercó para susurrarle unas palabras.

—Señor presidente, un segundo avión se ha estrellado contra la segunda torre… Estados Unidos es objeto de un ataque.

Luego ocurrió lo que suponía Laura Bush: su marido se quedó petrificado.

●

La agencia de noticias Siete de Junio recibía información de lo ocurrido en los Estados Unidos: cuatro aviones habían sido secuestrados. Diecinueve terroristas, todos ellos de origen árabe, habían decidido inmolarse para afectar los intereses estadounidenses y causar terror en el mundo occidental. Dos de las aeronaves se estrellaron contra las Torres Gemelas, una contra el Pentágono y el último de los aviones comerciales fracasó en su misión terrorista al encontrar una férrea insurgencia de pasajeros y miembros de la tripulación que optaron por sacrificar su propia vida en aras de impedir que se afectara a sus conciudadanos; dicho avión terminó estrellándose en una zona despoblada.

El presidente George W. Bush se encontraba en Florida, en una escuela promoviendo su reforma educativa. Al principio consideró que todo se debía a un accidente, luego, ante la frecuencia de secuestros y ataques, fue parco en declaraciones para, finalmente, emitir un estado de alerta general y el compromiso de emplear todos los recursos legales para dar castigo a los responsables intelectuales y financieros de la trama terrorista.

El mundo entraba en una fase de incertidumbre. Millones de estadounidenses exigían justicia, no eran pocas las voces que clamaban venganza. Crecía el riesgo de utilizar armas nucleares para acabar con poblaciones en el Medio Oriente.

Mientras tanto, Marián lloraba en los brazos de Fernando por sus hermanos fallecidos en la tragedia de las Torres Gemelas.

●

Michoacán se había convertido en el nuevo dolor de cabeza para el Sindicato Nacional de Trabajadores de la Educación. La coordinadora ejercía un mayor nivel de violencia y controlaba el poder político en la Sección 18. Años atrás, en pleno Consejo Nacional del sindicato realizado en la ciudad de Guadalajara, el líder seccional había expresado su desacuerdo con el representante del SNTE en Michoacán.

—Quiero decirles a todos los miembros de este Consejo Nacional que no vamos a tolerar la presencia de miembros del Comité Nacional del SNTE en nuestro estado —las palabras de Juan Pérez calaban hondo entre los dirigentes de todo el país.

—Pero en concreto, ¿de qué te quejas? —le cuestionó Elba Esther, mientras Alfonso Cepeda Salas levantaba la mano para pedir palabra.

—Muy sencillo, nuestra queja es por la presencia de Poncho Cepeda en escuelas de la Sección 18. El profesor Cepeda habla con los compañeros, intenta convencerlos, genera debates… —expresó otro dirigente de Michoacán.

El debate en el Consejo Nacional del SNTE se mantenía, los maestros de la Sección 18 exigían autonomía, demandaban controlar por completo la vida de su sección, sin atender directrices nacionales. Elba Esther les señalaba que las escuelas no eran de la sección, ni siquiera del sindicato, y que los maestros podían hablar con cualquier persona. Mientras Alfonso Cepeda solicitaba la palabra, los dirigentes de la Sección 18 planteaban amenazas.

—Le sugiero al maestro Alfonso Cepeda Salas que no regrese a nuestro estado. Si lo hace, si se siente muy valiente, entonces les pido a todos que no me hagan responsable de lo que le pueda ocurrir. Yo le tengo aprecio a Cepeda, pero hay mucha gente que no quiere respetar su vida.

Elba Esther decidió hacer un cambio de delegado, Cepeda Salas no regresaría a Morelia, un par de profesores coordinados por el ingeniero Juan Manuel Sánchez se movieron para recoger las pertenencias de Alfonso Cepeda; en su lugar quedaría Carlos Gutiérrez, exdirigente de la Sección 25 de Quintana Roo, quien llevaba la encomienda de desconocer a Juan Pérez como dirigente de la Sección 18. Después de unos meses llegaría como representante del nacional San Juanita Cerda Franco.

Los dirigentes de las secciones disidentes no volverían a participar en consejos o congresos nacionales del SNTE. En ocasiones despreciaban la convocatoria, en otros momentos se les ignoraba y, a veces, se les impedía el paso.

●

La profesora Cerda Franco pertenecía desde hacía mucho tiempo al equipo cercano a la maestra Elba Esther Gordillo, a su primer círculo. Tenía fama de mujer dura, implacable, honesta, y de gozar de la amistad de Elba Esther. En el Comité Nacional contaba con pocos seguidores y se caracterizaba por su constante crítica hacia Cepeda Salas. Colocarla en el lugar que ocupaba el coahuilense se entendía como un golpe a Alfonso Cepeda.

«Si ponemos a una mujer, la van a respetar», repetía Elba Esther a los más cercanos. Sin embargo, no fue así; la maestra se equivocó y puso en peligro la vida de su amiga.

Los problemas seguían siendo enormes en Michoacán, por lo que San Juanita Cerda hizo una propuesta en una reunión presidida por la maestra Elba Esther.

—Miren, el contexto se observa extremadamente complejo, los chicos de la coordinadora controlan la estructura sindical, pero no están unidos, y en las bases existe una gran inconformidad. Ustedes los conocen, son muy represivos, y de «democráticos» no tienen nada —expuso San Juanita ante varios dirigentes del Comité Nacional reunidos en torno a Elba Esther en la sala de su departamento, aprovechando además su intervención para descalificar a uno de sus adversarios en la política sindical—. Creo que se perdió mucho tiempo mientras Cepeda andaba dizque trabajando en Michoacán.

—¿Qué propones, San Juanita? ¿Cómo le hacemos para retomar el control sindical en Michoacán? —preguntó Elba Esther entrelazando las manos.

La maestra esperaba una propuesta concreta, algo viable que permitiera avanzar en el control de la sección y los llevara a mejorar la imagen del sindicato. San Juanita tenía una idea interesante.

—En los estatutos se permite la posibilidad del voto universal, vamos a ejercerlo. No será la primera ocasión. Allá por los años sesenta se utilizó en la Sección 9. Pensemos en una elección en la que puedan participar todos los trabajadores de la educación de Michoacán.

Las palabras de San Juanita provocaron silencio. Nadie quería hacer comentarios. Unos y otros esperaban la posición de Elba Esther Gordillo para luego sumarse a sus palabras. Ella los miraba sin verlos, se acariciaba la barbilla, pensaba en la propuesta de su amiga. Por fin definió su posición.

—Me gusta la idea, hay que darle difusión. Obvio, tenemos que asegurarnos de que no salgan victoriosos los de la coordinadora. Entiendan eso: a cualquier costo debemos vencer, por ningún motivo nos pueden ganar.

En los siguientes días, la gente del Comité Nacional distribuyó la convocatoria y estableció comunicación con líderes regionales. La estrategia incluía generar varias planillas, fraccionar el voto, mostrar una imagen democrática a la sociedad, pero por ningún motivo perder la elección.

Algunas voces de la coordinadora, reunidas en la capital de Michoacán, apoyaban asumir el reto y ganar en las urnas. La mayoría, sin embargo, coincidía con el hecho de que el control del proceso electoral le daba al grupo de Elba Esther lo suficiente como para definir el resultado.

—No podemos ser ingenuos —las miradas de todos se centraban en el de la voz cantante, en Luis Molina. De ser moderado ahora era parte del ala radical, acudía sin falta a las reuniones sindicales—, los charros no están promoviendo la democracia. Lo que pretenden es arrebatarnos el control de la sección. Se muestran ante la sociedad y ante nuestros compañeros como tiernos corderos, pero todos sabemos que son lobos, no van a dudar en mordernos, en destrozarnos… en aniquilarnos.

En la reunión, nuevas voces se fueron sumando en el mismo sentido. La decisión estaba tomada: no participarían. Lo siguiente a definir tenía que ver con las acciones que deberían llevar a cabo para evitar que los representantes del nacional tuvieran éxito en su encomienda.

—No podemos andar con cuestiones de leyes —nuevamente Luis expresaba una posición radical. Su voz potente difundía un discurso agresivo, contundente e incendiario—: hay que agarrar a varios de ellos y partirles su madre. Debemos presionar al gobierno para que *no* los reconozca.

●

Quince días después San Juanita Cerda daba una entrevista en un programa en la televisión local. De improvisto, un grupo de profesores —entre los que se hallaba Luis Molina— irrumpió violentamente en el estudio de transmisión. Empujaron a los conductores del programa, golpearon a Lucino Soriano, quien acompañaba a la profesora San Juanita, y se dirigieron a tomar los micrófonos para enviar un mensaje a los maestros y a la población michoacana.

—No vamos a tolerar las actitudes antidemocráticas de los charros del SNTE. No podemos permitir que vengan a burlarse de nosotros —expresó Luis.

—No intentamos otra cosa más que generar un ambiente verdaderamente democrático…

San Juanita no pudo continuar, un fuerte jalón por parte de una maestra de la coordinadora la sacó de la mirada de las cámaras.

Los maestros disidentes iniciaron su operación: unos comenzaron a desconectar aparatos de transmisión; otros a crear un cerco para evitar que los empleados de la televisora protegieran a los profesores invitados. Luis empujó a San Juanita y a Lucino mientras varios profesores los insultaban, les lanzaban escupitajos. Luis siguió dando indicaciones.

—Compañeros, vamos a exhibir a estos cabrones. Vamos a mostrarlos ante la sociedad michoacana como lo que son —dijo tomando de los hombros a San Juanita—, un grupo de farsantes que intentan engañarnos con una seudodemocracia —mientras hablaba, la sacudía de un lado a otro. Luego, Luis de entre sus ropas sacó unas tijeras y exclamó festivo—: ¡vamos a raparlos!

Entre gritos de aprobación y euforia, Lucino y San Juanita fueron trasquilados, parte de sus ropas arrancadas con salvajismo. Un sinfín de elucubraciones se escucharon, incluyendo una voz enloquecida que entre sonoras carcajadas sugería violarlos. Finalmente, decidieron exhibirlos por las calles para que la población fuera testigo de la forma en que se castigaba a los adversarios de la coordinadora y del bloque de maestros democráticos.

Fue una caminata humillante por la ciudad. Intentaban cubrir la desnudez de sus cuerpos y proteger la dignidad. A cada paso recibían golpes, insultos, escupitajos, huevazos, plumas de ave que se pegaban a su cuerpo. Los trabajadores disidentes buscaban dejar en claro que no habría límites en la lucha sindical.

Al enterarse, Elba Esther se comunicó con el gobernador del estado. Sumamente molesta, exigía que se protegiera la vida de los compañeros del Comité Nacional.

—Estamos organizando un operativo, maestra. No será sencillo, es una enorme turba la que los tiene cautivos. Le aseguro que en unos minutos los rescatamos —respondió el gobernador nervioso.

—No pierda tiempo, señor gobernador, mis compañeros se están jugando la vida, y usted su carrera política.

Después de colgar, repasó lo acontecido. Le dolía mucho lo que estaba sufriendo su amiga San Juanita. Esperaba que no pasara a mayores y que muy pronto se dieran las condiciones para poder abrazarla. Confiaba en que su sacrificio sirviera a la causa. Les llamó a varios compañeros del Comité Nacional. Necesitaba conocer sus puntos de vista, requería que algunos se trasladaran a Michoacán a presionar a las autoridades para que se diera un castigo a los disidentes.

—Esos de la coordinadora son muy cabrones —comentaba una hora después Rafael Ochoa a la maestra—, pero también demasiado pendejos. Sus acciones los están colocando en el espacio de la barbarie. Van a decir que los provocamos, lo cierto es que actuaron de la forma más estúpida.

•

Sofía se encontraba camino a la iglesia: lucía elegante, moderna… radiante. Estaba feliz por compartir el resto de su vida al lado de Joaquín. Todo había sido vertiginoso: primero la entrega del anillo en aquella desafortunada velada; después las disculpas, los besos y el «claro que sí acepto». Enseguida acordaron una ceremonia sencilla, un festejo de menos de cien personas en el que se incluyera únicamente a los más cercanos: a la familia y a los amigos. Los jardines de una de las casas de Marián estaban listos, ahí compartirían la cena y la pista de baile.

Sofía llegó a la iglesia, le sorprendió no ver a su novio. Saludó a los invitados, estaba contenta —no había espacio para los reproches—. Eran una pareja del siglo XXI, no tenía por qué llegar primero Joaquín. No obstante, pensó que en la intimidad buscaría castigarlo eróticamente para dejarle en claro quién mandaba en la relación.

Minutos después, Fernando hacía intentos por localizarlo. Lo mismo hacían los padres de Joaquín. Su teléfono celular estaba encendido, nadie respondía. Lo que estaba ocurriendo no cuadraba con la personalidad del fotógrafo. Joaquín era ejemplo de responsabilidad, seriedad y respeto a los demás. Igualmente, siempre mostraba un amor hacia Sofía que rayaba en la idolatría. Aun así, entre los invitados, algunos expresaban alarmantes teorías.

—Coincido contigo en que es muy responsable, también en su timidez —decía Sonia, casi en un susurro en el oído de Cindy—. Creo que le falta carácter y los que carecen de carácter son proclives a huir.

—Supongo que no debe de tardar —contestó Cindy—, estamos en la Ciudad de México, aquí los retrasos son cosa de todos los días; no perdonan ni al enfermo que quiere llegar al hospital, ni al enamorado que se dirige a la iglesia.

La familia de Joaquín estaba entre preocupada y avergonzada, mientras que los padres de la novia mostraban intranquilidad y molestia.

Al parecer, nada iba a salir bien. Sofía, desesperada y llena de lágrimas, tiró el ramo que tenía en las manos y dijo la frase que nadie quería escuchar.

—Me dejó plantada. El muy cabrón se fue y me dejó plantada —chilló. El llanto comenzó los estragos en su maquillaje.

Sonia, Cindy y familiares de Sofía se acercaron para abrazarla, intentaban darle tranquilidad. La mamá de Joaquín hizo lo propio.

—Mi hijo no es así… algo debió ocurrir. Dejemos que llegue para que se disculpe —decía mientras el párroco amenazaba con cerrar las puertas de la iglesia y hacía gestos de desaprobación, como si los ahí presentes tuvieran la culpa de lo que estaba sucediendo.

Nadie pensaba retirarse hasta que lo hiciera Sofía.

La iglesia ya estaba cerrada, el novio no aparecía y la novia lloraba en su espectacular vestido con el peinado medio deshecho.

Los mirones se agrupaban; la mofa se volvía colectiva: había más curiosos que invitados. Se escuchaban exclamaciones de compasión y de burla.

Fernando pensó que ya era momento de ayudar a coordinar la movilización de todos. Irse a la casa de Marián, o cada quien a su domicilio. Quizá lo segundo era lo recomendable, sobre todo viendo el estado en que se encontraba Sofía. Esperaba que Joaquín tuviera buenos argumentos para disculparse. No era justo lo que estaba ocurriendo. Si Sofía no lo perdonaba, en la agencia de noticias lo tendrían que despedir.

—Voy a acercarme a Sofía, le diré que ya tenemos que irnos —le comentó a Marián, quien miraba su celular desconcertada.

Al escuchar a Fernando reaccionó y lo retuvo sujetándolo del brazo.

—Espera, tenemos que acercarnos, pero para abrazarla y decirle la verdad. Me acaban de informar que a Joaquín lo mataron en el periférico: tiene más de diez balas en el cuerpo.

En más de una ocasión se había arrepentido de sus decisiones. Su gente más cercana, siempre cuidando las formas, le repetía insistentemente que tuviera cuidado, pues la lealtad y la confianza suelen toparse con actos de traición. Elba Esther tenía claro que ese «hubiera», repetido tantas veces, simplemente no existía. Por lo tanto, no tenía más opción que cargar con las consecuencias de sus errores. Se sentía traicionada por Roberto Madrazo, utilizada. Sabía que estaba obligada a seguir luchando.

Su coraje y tristeza se nutrían de pensamientos ligados a traiciones y arrepentimientos mientras hacía antesala en la oficina de Vicente Fox, en la Residencia Oficial de Los Pinos. Tiempo sobraba para recordar, para repasar lo ocurrido en los últimos meses: las elecciones para alcanzar la dirigencia nacional del PRI no habían sido sencillas. Se toparon con una aguerrida Beatriz Paredes Rangel, exgobernadora de Tlaxcala y referente del sector campesino del Partido Revolucionario Institucional, quien basó su estrategia en colocar a su lado a un casi desconocido político coahuilense, un personaje con pocos activos en la política nacional, pero a la vez sin pasivos. Además, Paredes consiguió generar una corriente de opinión en la que ubicaba a la dupla Madrazo-Gordillo como responsables —vía la traición— de la derrota del PRI en el año 2000.

En un frente estaban Beatriz y el viejo PRI con el apoyo del sector obrero-campesino, de un buen número de gobernadores y agrupaciones sindicales; en el otro un carismático y combativo exgobernador de Tabasco junto a ella, la líder del sindicato más importante del país.

No fue una elección sencilla. El triunfo, en buena medida, se debió a la operación política que Gordillo Morales articuló en las alturas, hablando en todo momento con personajes de primer nivel, con gobernadores que se mostraban apáticos o que simplemente no pertenecían al PRI, y con líderes de otros partidos. Poco interesaba quién metiera mano en las elecciones del PRI, el objetivo era ganar y se tenía que conseguir. Sabía de la importancia de cualquiera de los personajes con los que tenía comunicación y que con ellos habría que construir acuerdos. Al mismo tiempo se encargó de coordinar el activismo que llevaron a cabo miles de maestros a lo largo y ancho del territorio mexicano.

El triunfo se obtuvo, pero la luna de miel duró poco tiempo. La razón de fondo se podía encontrar en las aspiraciones de Madrazo Pintado, quien veía a la presidencia del partido como un escalón en su proyecto político. El tabasqueño tenía los ojos puestos en la principal oficina de Palacio Nacional.

Madrazo sabía que la maestra le había ayudado a ganar la dirigencia del partido, pero a la vez pensaba que su presencia no sería suficiente para hacerlo llegar a Los Pinos. Diversas personalidades aseguraban haberle escuchado decir que Elba Esther le estorbaba. Luego de tomar protesta como dirigente del PRI, Roberto Madrazo estableció un discurso de reconciliación con los perdedores y una ruta que incluía el diálogo con los grupos contrarios en la pasada contienda. Su acercamiento a Paredes Rangel y los liderazgos que la acompañaban tuvo como costo político el alejamiento de Elba Esther y el magisterio.

Mientras Madrazo se acercaba al priismo tradicional, Elba Esther lo hacía con el presidente de la República. Lo que provocaba el incremento en las críticas de importantes priistas hacia la dirigente magisterial, incluidos gobernadores, y hasta del excandidato a la presidencia Francisco Labastida. Paradójicamente, sin su cercanía con el presidente Fox, esa que tanto se criticaba, no se hubieran podido generar los acuerdos políticos para salvar de la cárcel a destacados líderes del PRI, por ejemplo, a los dirigentes del sindicato petrolero que habían triangulado recursos para la campaña de Labastida Ochoa.

Como frecuentemente ocurre, los rencores suelen ser más importantes que la gratitud. Las ambiciones de unos y otros fueron pesando más que los acuerdos que habían dado origen a la alianza Madrazo-Gordillo. La incongruencia estaba presente. Roberto quería que su compañera gestionara en Palacio Nacional, pero a la vez la criticaba por hacerlo. Elba Esther no podía ni quería estar lejos del primer mandatario de la nación; su gestión en Los Pinos ayudaba al PRI, pero también a las aspiraciones salariales y de prestaciones del magisterio mexicano.

La maestra Elba Esther se enfrentaba con una nueva realidad: Roberto Madrazo no quería irse a la Cámara de Diputados y, por lo tanto, no pensaba dejar la presidencia del partido. En medio de ese panorama de molestia e incertidumbre, el presidente de México le había mandado un mensaje: *No tomes decisiones hasta conversarlo conmigo.*

Y ahí estaba, en Los Pinos, afuera de la oficina de Vicente Fox Quesada, esperando ser atendida. Elba miraba su reloj cuando llegó la secretaria del primer mandatario y le pidió que entrara a la oficina. El presidente estaba al teléfono. Con un gesto la invitó a sentarse y luego tapó el auricular para decirle que no tardaría. Se despedía de su interlocutor. Elba Esther no pudo evitar sonreír al escuchar el tono de las expresiones de Fox Quesada; supuso que estaba hablando con Martha Sahagún.

Al colgar el teléfono miró a Elba y le recordó con una carcajada que lo que pasaba en la oficina del presidente, se quedaba en la oficina del presidente. Ambos rieron, quizá eso sirvió para quitar un poco del estrés que sentía Elba Esther.

El presidente le hizo saber que no la había convocado para hablar sobre el sindicato; la maestra aprovechó para agradecer las respuestas salariales y la actitud amable y respetuosa del secretario de Educación, Reyes Tamez Guerra.

—Genial, eso es genial; pero no te llamé por el tema educativo, tampoco para pedirte consejo sobre mi situación amorosa —rio de buena gana el mandatario; tomó un poco de agua quejándose de que no fuera tequila y volvió a reír—. Te llamé por otro asunto, amiga. Algo muy importante; trascendental para nuestro país. Me han llegado informes en relación con tu presencia en el PRI: entiendo que Roberto Madrazo no quiere que ocupes la presidencia del partido, ni quiere irse a la Cámara de Diputados. Pretende que te vayas tú.

—Así es, señor presidente. Me ofrece que sea diputada para encabezar el grupo parlamentario del PRI. Que buena parte de los legisladores plurinominales los escoja yo, personas de mi entera confianza. Pero no sé, el acuerdo había sido otro. No quiero seguir siendo juguete de ese desgraciado.

—Sabes que somos amigos, que tengo compromisos con el magisterio y que les he cumplido. Sabes que tienes derecho de picaporte y que las prioridades del sindicato de maestros son parte de mi agenda de trabajo.

—Todo eso lo sé, presidente, y se lo agradezco. Usted también debe estar seguro de que le guardamos aprecio y lealtad.

—Pues en atención a todo ello quiero pedirte un favor. Uno muy grande. Me gustaría que aceptaras ser diputada federal. Tienes talento, tienes madera —hizo una pequeña pausa y tomó del escritorio unas almendras que se echó a la boca—, te necesitamos ahí, estoy seguro de que nos puedes ayudar a fortalecer la segunda parte de mi mandato. Mira, te cuento lo que ya sabes, creo que será muy complicado que el Partido Acción Nacional consiga la mayoría en la próxima legislatura; sin embargo, con ustedes se podría conseguir una mayoría *de facto*, con tu apoyo lo puedo lograr.

Sabía que en ese contexto se incrementarían las críticas hacia su persona. La alejaría de las bases priistas, encendería las armas de los grupos tradicionales y las de sus eternos enemigos para dañarla y, de ser posible, destruirla. No obstante, tenía claro que, como tantas otras veces, se hallaba en el momento de las definiciones. Debía asumir los riesgos, responder a la amistad con gratitud y lealtad. Sabía que el presidente de la República la iba a necesitar. No dudó en su respuesta.

—Señor presidente, como siempre, estoy a sus órdenes. Vamos juntos.

●

Habían acudido a las oficinas del procurador General de la República para exigir el esclarecimiento del asesinato de Joaquín. Llenos de coraje reclamaban la inmediata detención de los culpables. Fueron recibidos con una sonrisa, tan extraña como los datos que les presentaban y las líneas de investigación que estaban siguiendo. Para las autoridades no existía posibilidad de que el crimen estuviera relacionado con el ejercicio periodístico de la víctima. Los periodistas estaban alterados, indignados. El procurador intentaba calmar los ánimos y crear confianza en el trabajo que se realizaba. Lo cierto era que no había avances más allá de los datos que se conocieron en los minutos siguientes al crimen perpetrado en contra de Joaquín.

●

Joaquín había salido de su casa, con su traje negro, sus zapatos relucientes y una singular sonrisa que los vecinos notaron al saludarlo mientras caminaba hacia su auto. No quiso que nadie lo acompañara rumbo a la iglesia. Deseaba ir solo y regresar con ella. Quería que ese día fuera especial. Siempre manejaba con exceso de precaución. Iba escuchando música; el tráfico

321

era denso, pero tenía tiempo suficiente, estaba a escasos veinte minutos de la iglesia y faltaban tres cuartos de hora para el momento en el que tuviera la dicha de ver y recibir a Sofía. Pensaba en ella, soñaba en el futuro que tendrían juntos, en los niños que educarían, con los que jugarían. Deseaba tres hijos, dos niñas y un varoncito. Todos con los ojos y los lunares de Sofía, con sus ideas y aires de libertad. La amaba y se prometía hacer lo necesario para que constantemente fuera feliz. Disfrutaba de las canciones durante ese lento transitar por el Periférico. Estaba cerca. Por el espejo retrovisor vio acercarse una motocicleta con dos tripulantes, un hombre y una mujer, pensó que por fin iba a dejar de sentir esa envidia que le daba al ver una pareja de enamorados. En menos de una hora él estaría unido para siempre a Sofía. La imagen del retrovisor se desvaneció y en su lugar apareció Sofía vestida de novia entrando a la iglesia del brazo de Fernando. Quién lo hubiera imaginado, con toda su rebeldía casándose en la iglesia. Todavía seguía sonriendo cuando la motocicleta se le emparejó y le roció una lluvia de balas.

●

Según datos de las autoridades, nadie hizo nada. Solo fueron testigos de la forma en que se marcharon. No hubo robo ni un incidente que provocara el acto violento. Cualquiera con dos dedos de frente podía llegar a la conclusión de que había sido un acto premeditado cuyo objetivo era Joaquín. Cualquiera, menos las autoridades de la Procuraduría. Los funcionarios insistían en la teoría de la casualidad, del hecho fortuito.

—Tuvo mala suerte, al parecer el joven estuvo en el lugar equivocado, se topó con unos locos —reiteró un comandante.

—Sí, unos locos que lo estaban buscando directamente a él —dijo Sofía.

—Por favor, era periodista, tiene que revisar esa línea de investigación —exigió Fernando.

—Bueno, quizá tengamos que checar posibles vínculos del difunto con el crimen organizado. Tal vez estamos frente a un ajuste de cuentas. No se sabe. Por lo pronto, tendremos que entrevistar a todo su círculo afectivo. Los celos son muy dañinos. ¿No saben si tenía otra mujer? ¿O si su casi viuda andaba con más hombres?

Se fueron de la procuraduría con más rabia que tristeza. Sentían que nadie sería castigado, que la verdad nunca se conocería. Anhelaban justicia para Joaquín, pero vivían en un país inmerso en la impunidad.

Al llegar al edificio se encontraron con una enorme corona de flores y una tarjeta con un mensaje muy claro: «Faltan cuatro. Dejen de estar difundiendo información de mierda».

Se quedaron inmóviles. Nadie dijo nada, hasta que Sonia pronunció una frase que todos secundaron.

—Chinguen a su madre. A mí me la pelan.

Al día siguiente, en un terreno baldío, en medio de un montón de hierbas y de bolsas con basura, apareció el cuerpo de un comandante asignado a la Procuraduría General de la República. Las torturas sobresalían en la imagen dantesca. Faltaban sus ojos, algunos dedos, gran parte de su piel. En la frente tenía clavado un papel. La sangre impedía leer a simple vista el mensaje con el que explicaron la razón de su final: «Por inepto. Por pendejo».

·

Generaron expectativas difíciles de cumplir. La apatía en el electorado creció al mismo ritmo que se desgastaba la figura presidencial. Los mandatarios estatales entendieron el momento, mostraron músculo y estrategia, fuerza y maña. Contra todos los pronósticos, el Partido Revolucionario Institucional volvió a tener el mayor número de legisladores en la Cámara de Diputados.

Tal y como meses atrás se había anunciado, Elba Esther se perfilaba para convertirse en la líder del Grupo Parlamentario del PRI y, por lo tanto, del Congreso. Sin embargo, no todo concluyó de forma tersa y con la unidad partidista: a la cámara habían llegado aliados de la maestra, pero también adversarios muy poderosos; estos últimos hicieron un primer intento para arrebatarle el poder.

Las discusiones entre Elba Esther y Roberto Madrazo se volvieron cotidianas. La primera exigía que el presidente del partido estableciera su autoridad y la nombrara líder del grupo parlamentario. Madrazo le indicaba que no podía hacer nada, que no había forma de evitar una elección entre ella y Manlio Fabio Beltrones. Elba Esther se veía molesta. Madrazo feliz.

—No es una cuestión de democracia, no me salgas con eso; es un asunto de responsabilidad y de facultades. Estás cediendo otra vez. Ellos no te ayudaron a llegar y yo sí. Nuevamente estás faltando a tu palabra. Pero no te preocupes. Competiré por el espacio. Tengo memoria, espero que conserves un poco de visión —el reto en la mirada de Elba Esther desembocaba en los ojos arrogantes de Madrazo Pintado.

Mediante voto secreto, la mayoría de los diputados del PRI decidió que la maestra estuviera al frente de su grupo parlamentario, con ella se posicionaron Miguel Ángel Yunes, Roberto Campa Cifrián y Rafael Moreno Valle, entre otras figuras que a la postre llegarían a tener una fuerte presencia en la historia del país. Había ganado una batalla, pero no la guerra. Sus enemigos dentro del PRI se mantuvieron a la expectativa, criticando cada acción, aprovechando cada error. Elba Esther fortaleció su relación con el Poder Ejecutivo. Tenía que sacar adelante proyectos que consideraba positivos para el país, pero también otros ligados a los intereses del presidente de México. El estilo de la maestra no gustaba a muchos legisladores, que no estaban acostumbrados a esperar largas horas para charlar con ella. Todo fue criticado duramente por miembros de su partido y por ese sector de la prensa que manejaban gobernadores de varios estados.

En la Cámara de Diputados despachaba no solo aspectos relacionados con su ejercicio legislativo, sino además cuestiones magisteriales. Un buen número de profesores y dirigentes sindicales buscaban tener reuniones con ella y solucionar problemáticas en sus entidades, o revisar sus propios proyectos sindicales.

—¿Así que nuevamente aspiras a dirigir tu sección? —le preguntó Elba Esther a Carlos Moreira mientras tomaban un café en uno de los restaurantes ubicados al interior de la Cámara de Diputados.

Era octubre de 2003. La fuerza de la maestra estaba en su punto más alto. En una mesa cercana se encontraba Miguel Ángel Yunes, quien no perdía el hilo de la conversación y sin tapujos se comportaba como su escolta; también Óscar Pimentel, diputado de Coahuila, quien había gestionado la reunión, y Gustavo Cantú, profesor coahuilense que acompañaba a Moreira en el viaje a la Ciudad de México en su afán por entrevistarse con la maestra.

—Tengo aspiraciones y creo que ya no existe un impedimento, mi hermano ya no ocupa un lugar en el gobierno del estado.

—Lo sé, pero aún hay tiempo. Eres muy joven, podrías esperar más. Te pido que estés tranquilo y ayudes a la estabilidad de la sección y del sindicato —respondió amablemente Elba Esther.

Con una sonrisa, la maestra indicaba que contaba con posibilidades; con sus palabras, Carlos entendía que habría que prepararse para dar la batalla nuevamente.

Faltaban varios meses para el cambio. La Sección 5, al igual que otras en el país, vivía los días previos a un proceso electoral sindical. La maestra mandó un representante del Comité

Nacional que dedicó tiempo y esfuerzo para romper la unidad de la dirigencia seccional y generar un grupo disidente. Prevalecía el «divide y vencerás», estrategia que se utilizaba en distintas secciones y en diferentes momentos. En ese instante, la unidad no se veía como herramienta indispensable para avanzar en la lucha del sindicato. No obstante, eso estaba a punto de cambiar. La problemática a la que se enfrentaría Elba Esther Gordillo en la Cámara de Diputados provocaría una transformación en el manejo político del sindicato.

•

Con el inicio de la discusión presupuestal de ingresos y egresos de la federación, la tensión al interior del PRI se transformó en una auténtica crisis. De las decisiones y los acuerdos de Elba Esther con el gobierno de Fox emanaron fuertes críticas de un importante sector en el PRI y provocaron la rebeldía de la mayor parte de los diputados.

En diciembre, en medio de acusaciones del grueso de la bancada priista, la maestra fue destituida como líder del grupo parlamentario. Se le acusaba de traición al partido. Después de ello optó por renunciar a la diputación y a su militancia dentro del PRI. Un buen número de diputados se mantuvieron leales a Elba Esther y decidieron formar su propio grupo parlamentario.

El PRI, luego de ganar las elecciones legislativas y ser la mayor fuerza al interior de la Cámara de Diputados, volvía a convertirse en una más de las minorías. Durante los siguientes treinta y dos meses de esa legislatura, una parte de los diputados priistas se acercó al Partido de la Revolución Democrática. La otra, la ligada a Elba Esther, apoyó las propuestas del PAN.

La maestra comprendió que debía regresar a casa, ocuparse de los temas ligados al SNTE, establecer nuevos proyectos y estar preparada para cobrar facturas.

—Me volvieron a traicionar —le comentó a Carlos Moreira cuando lo recibió cerca de la medianoche en su departamento—. Necesito liderazgos más fuertes en cada una de las secciones, maestros que no se rajen; con los cuales pueda construir alternativas para este país donde la miseria política siempre vence. Me ganaron una batalla, pero la guerra continúa —dejó de sonreír, volteó a ver a Rafael Ochoa y cambió de tema—: diles a los muchachos de Guerrero que no se dejen, que ya estuvo bien de poner la otra mejilla.

●

La luz del día perdía fuerza, no así el grupo de maestros que esperaba a la orilla de la carretera. Eran más de doscientos, todos fuertes, acostumbrados a la ofensiva en las calles, armados con piedras, palos, tubos y machetes. Sabían que los autobuses que transportarían a los delegados de la Sección 14 del estado de Guerrero tenían que pasar por esa ruta, era el único camino para llegar a la sede alterna del Congreso Seccional, evento en el cual se haría el relevo de dirigentes.

Los disidentes no tenían la mayoría de los delegados, pero estaban seguros de que, al calor del congreso, algunos institucionales harían alianza con ellos para integrar una planilla con la cual competir, y quizá derrotar a la presentada por los institucionales. La estrategia tenía posibilidades de funcionar, sobre todo porque se había agregado una acción para impedir que más de tres autobuses llenos de delegados llegaran a su destino.

Todo estaba previsto. Bueno, casi todo.

Cuando vieron que sus rivales se acercaban, colocaron objetos en la carretera. Los choferes tendrían que detener el paso. No hacerlo implicaba que se poncharan las llantas y sufrieran desperfectos. Al frenar se toparían con una lluvia de piedras, después con la promesa de dejarlos pasar poco a poco. Los últimos autobuses ya no seguirían su trayecto y por lo tanto los delegados estarían impedidos de votar.

No obstante, las cosas nunca salen como se planean, en ocasiones solo ocurren ligeros cambios. Así lo pensaron los disidentes, no tenían de qué preocuparse. Los conductores pararon su marcha mucho antes de lo que esperaban los profesores disidentes apostados en la carretera. Muchos lanzaron las piedras que traían, pero casi ninguna alcanzó a impactar en sus objetivos. Los disidentes optaron por caminar en la carretera. En los primeros autobuses no se veía movimiento alguno. Pensaron que los profesores intentaban ocultarse. Más atrás, grupos de maestros salían del transporte y se colocaban en la parte trasera de los autobuses, como si quisieran esconderse. Los disidentes pronosticaban una masacre.

Había más maestros institucionales que disidentes, se sabía que entre los primeros no todos eran varones y seguramente la mayoría no sabía de peleas. Suponían que por edad o condición física, muchos no se encontraban aptos para un enfrentamiento físico. Algunos ni siquiera tendrían la fuerza necesaria para salir corriendo. Los disidentes reafirmaban su creencia: sería una auténtica masacre, algo para recordar por mucho tiempo.

—Compas, les vamos a partir su madre. Cero piedad con esos cabrones. Recuerden lo que nos han hecho en otras ocasiones —gritó Ubaldo, quien se encontraba al frente del contingente. No era delegado, pero sí parte importante en el equipo de apoyo. Junto a él caminaban los maestros más decididos.

Estaban aproximadamente a veinte metros de los autobuses cuando entendieron que las cosas no serían tan fáciles. Algunos cayeron en la cuenta de que sí sería una masacre, pero las víctimas no estarían en el bando institucional, sino en las filas de la coordinadora.

—¿Qué pedo con eso? —preguntó Lauro Enríquez, uno de los más bravos, de los cercanos a Ubaldo, al ver cómo salían de los camiones decenas de jóvenes, todos armados con tubos y machetes.

Vieron atónitos cómo encima de uno de los autobuses se treparon dos supuestos maestros con altavoz y metralletas. Uno de ellos, con su alarido, definió las reglas.

—¡Será un pleito decente, compañeros, únicamente se permiten tubos, palos y piedras!¡A cualquiera que saque una pistola o un cuchillo se lo carga la verga! ¡Por lo mismo, regresen los machetes a los autobuses! ¡Si ven a alguien tirado solo le pueden dar dos tubazos!, ¡únicamente dos y ninguno en la cabeza! ¡No sean pendejos! ¡Este es un pleito decente!

La mayoría de los disidentes que se encontraban ahí no eran delegados, lo mismo ocurría entre los institucionales; quizá la diferencia era que, entre estos últimos, muchos ni siquiera eran docentes.

Ubaldo y Lauro Enríquez se lanzaron al ataque.

—¡Sobre ellos! Que no quede ninguno de esos maricas —los alentaban a seguir, exigiendo a los de atrás que se sumaran al combate, mientras ellos, poco a poco, se alejaban de los golpes.

—Camarada, creo que es momento de salir de aquí —muy quedo le decía Lauro a Ubaldo.

—Vamos por más palos para repartirles a todos, recuerden que esos putos valen madre —gritó Ubaldo, mientras le hacía una seña a Lauro para salir corriendo.

Un minuto después, varias decenas de profesores de la coordinadora trataban de huir; algunos buscando un vehículo que les permitiera escapar, otros agarraban monte en la espera de que los institucionales no decidieran perseguirlos. Ubaldo y Lauro se treparon a una motocicleta y lograron escapar. Otros no tuvieron la misma suerte.

Horas después, la maestra recibía una llamada.

—Listo, jefa, les partimos la cara —informaba uno de los responsables de la estrategia de los maestros institucionales.

—Espero que no se les haya pasado la mano. No quiero pensar que tengamos que lamentar alguna muerte —expresó la maestra.

—Creo que ninguna. Sí mucha sangre, mucho disidente fracturado, pero muertos, ninguno.

—Se lo merecían, por *camiones* —concluyó la maestra.

Una gran parte de las secciones había realizado su evento estatutario con el fin de renovar dirigencias y nombrar delegados al Congreso Nacional del SNTE, espacio sindical en el cual se habría de elegir un nuevo Comité Nacional. La maestra sostenía una reunión con su círculo más cercano, en aras de revisar una extensa agenda.

—Son muchos los temas a discutir. Para empezar, quiero saber si cuento con la lealtad de cada uno de ustedes y la opinión que tienen sobre quién debiera encabezar el próximo Comité Nacional —mientras hablaba, Elba Esther iba mirando a cada uno de los presentes. La primera de las preguntas resultaba obvia, estaban ahí porque ella confiaba en su lealtad, aunque el segundo cuestionamiento podría ayudar a subrayar esa lealtad y su compromiso.

El primero que se animó a hablar fue Rafael Ochoa. Estaba obligado a iniciar con las participaciones por ser el secretario general, el segundo en la jerarquía dentro del equipo político.

—Maestra, durante toda mi vida le he sido leal, y lo seguiré siendo siempre. De usted he recibido todo lo que tengo en mi vida sindical y personal. En relación con el relevo, sabe que estoy de acuerdo con lo que usted disponga, aunque ya le he dado mi opinión sobre la persona que debe estar al frente del sindicato.

A una señal de la maestra, el profesor Rafael Ochoa interrumpió su participación. Al parecer Elba Esther Gordillo no quería que Ochoa revelara las características de su propuesta.

—Antes de que sigas, quiero escuchar lo que tienen que decir Francisco y San Juanita. Después de que hablen, daré mi opinión.

No había prisa; estaban en la sala del departamento de la maestra, y pronto llegaría algo para cenar. Francisco Arriola había sido esposo de la maestra, juntos habían tenido una hija y su divorcio legal y sentimental no significó una ruptura política. Algunos lo mencionaban como alternativa para el cambio. Él sabía que su lugar estaba en el manejo de los recursos económicos.

—Creo que la lealtad y el aprecio no están a discusión. En nosotros y en el grueso del Comité Nacional hay toda la confianza en cada una de sus decisiones; apoyaremos lo que usted disponga. Está de más decir que debe analizar muy bien su decisión, la cual no será cuestionada. No es fácil, la gente en el poder se transforma. En lo personal reconozco que Rafael se portó a la altura. Tomás también, aunque no con la determinación de Rafa.

La maestra agradeció la participación de Francisco y le comentó su deseo de que continuara en el próximo comité manejando los recursos económicos. Luego miró a San Juanita Cerda; no había duda de su cercanía ni de su amistad, pertenecía al grupo de la línea dura, de enfrentamiento frontal contra sus adversarios. No gozaba del aprecio del grueso del Comité Nacional, pero sí de un reconocimiento a su capacidad y a la fuerza de su carácter. Por sus cualidades se le mencionaba como la sucesora natural de Rafael Ochoa.

—En estos momentos es fácil mencionar la lealtad hacia su persona, aunque creo que no solo hay que escuchar palabras, sino revisar la historia —las palabras de San Juanita se enmarcaban en los años que habían vivido juntas—. Las dificultades del pasado nos definen a todos. Ahora bien, en relación con lo que debe ocurrir en el Congreso Nacional del SNTE, más allá de decirle que apoyaré lo que decida, quiero expresar que el resultado nos debe fortalecer, es decir, no hay margen para el error. Actualmente la situación es más complicada que en el pasado. En el 95 usted tenía fuerza dentro del PRI y el presidente se encontraba muy débil; no era nuestro amigo, pero estaba muy débil. La decisión de ese año nos perjudicó, pero no acabó con nosotros. Hoy no se puede equivocar, usted no se puede equivocar. Los enemigos externos son muy fuertes y conocen bien al sindicato. Dentro de pronto habrá elecciones. Pelearnos con el PAN no representa problema alguno; pelear con el PRI o el PRD implica un riesgo, nos conocen y son capaces de enamorar a cualquiera que deje usted al frente.

—¿Consideras que no hay nadie que me garantice lealtad absoluta?, ¿ni siquiera tú? —dijo con mucha seriedad Elba Esther.

—No es por ahí —respondió San Juanita acercando su cuerpo a la mesa—, el punto es que tenemos que cerrar filas y dar una lectura de unidad y lealtad. En el sindicato hay gente con perfil para dirigirlo, tienen la capacidad y le serán leales. Aquí está Francisco. Pienso también en Ibáñez y Gómez Chávez. Ellos y otros más pueden. También está Bernardo Quezada, a quien usted aprecia mucho. Y bueno, estoy yo, y puedo, y no solo eso, además quiero. Pero no es el momento. No dude de mi lealtad, tampoco de la de ellos. Mi propuesta es que al frente del sindicato se encuentre moral y formalmente Elba Esther Gordillo Morales. Podemos reformar estatutos, cambiarle el nombre al puesto, establecer otras facultades. Que sea usted la que se ponga al frente. Que nos encuentren unidos.

La maestra sonreía, le agradaron las palabras de San Juanita, destacó que algo así le había planteado Rafael Ochoa. Fueron revisando las estrategias para hacer realidad el planteamiento de la reelección. Luego pasaron a comentar sobre la creación de una nueva federación de sindicatos, lo que implicaba un rompimiento con la FSTSE. Y finalmente hablaron de la necesidad de salir del PRI.

—Mira, San Juanita, apóyate en Poncho Cepeda, vean cómo nos salimos del PRI para formar un nuevo partido político: el partido de los maestros y las maestras de México.

Se marcharon con las tareas a realizar, todas relevantes, pero una imperiosa: construir las condiciones para la realización de un congreso sindical de unidad, un evento donde se eligiera nuevamente a Elba Esther como dirigente del sindicato. El triunfo estaba asegurado, demandaba mostrar el músculo, lograr un gran evento de unidad sin protestas. Había que mandar un mensaje al exterior: estaban de pie, dispuestos a dar pelea. La guerra no había terminado.

●

—No te les acerques mucho, cabrón, se van a dar cuenta de que los estamos siguiendo. En una de esas se paran, se bajan y nos meten una putiza —le decía Ubaldo a Luis, quien desesperado seguía en una camioneta desde la capital del país a uno de los autobuses en los que viajaban delegados de la Sección 10, institucionales, pero también beligerantes. La 10 estaba conformada por docentes de escuelas secundarias, bachilleratos y del Politécnico. Una sección que, igual que la 9, tenía su sede en el Distrito Federal. La diferencia se circunscribía en la fortaleza institucional en la 10 y la fortaleza disidente en la 9, y que esta última tenía en sus filas a docentes de preescolar y primarias.

—Pues si descubren que los seguimos, ni pedo, no hay forma de rajarnos, que se paren y nos madreamos —asentó Luis Molina.

En la camioneta iban cuatro compañeros de Guerrero. Los seis eran parte de la avanzada que había pedido la Sección 9 a la dirigencia colectiva de la coordinadora. La información que tenían indicaba que el congreso se haría en Veracruz, en la tierra de Juan Nicolás Callejas, conocido como el Tigre, con fama de implacable en sus decisiones y con una impresionante capacidad de convocatoria. Aun así, se hablaba de que los institucionales estaban tan nerviosos que en caso necesario el evento podría llevarse a cabo en las instalaciones de un barco.

—Creo que aquí ninguno tiene temor de entrarle a los golpes —dijo Ubaldo, recordando la golpiza recibida por los compañeros en su tierra—, el asunto es que no tenemos esa indicación. Los pinches huevones de la 9 apenas vienen saliendo del Distrito Federal. Debemos saber si estos ojetes de la 10 se instalan, y si hay más secciones llegando a Veracruz. Constatar si es cierto eso del pinche barco. Somos la avanzada, cabrones. De la información que mandemos dependen muchas de las decisiones de los compañeros.

La disidencia aglutinada en la coordinadora tenía preparados contingentes para llegar a Veracruz y boicotear el congreso. Más de uno aseguraba que lo único que podía impedir la violencia desmedida tenía que ver con el hecho de que los delegados institucionales se subieran a un crucero.

Al pasar por la ciudad de Puebla observaron escuelas con mantas donde la comunidad educativa deseaba suerte a los delegados institucionales en su viaje al Congreso de Veracruz. Los datos coincidían con la información. Adelante iban los delegados de la Sección 10. Ellos los llevarían a las sedes de los eventos. De Oaxaca se estaban moviendo camiones para apoyar el trabajo de la disidencia.

—Vamos a una fiesta, cabrones —decía Luis, que no ocultaba sus ganas de participar en una gresca—. Quiero madrear a alguien, no me importa si es hombre o mujer.

—¿Serías capaz de pegarle a Elba Esther? Se dice que hace años era tu amiga —preguntó uno de los que iban en la parte de atrás de la camioneta.

—Uf, nada me haría más feliz que darle unos madrazos en el hocico a esa pinche vieja.

A las seis de la mañana vieron a los delegados salir muy radiantes de uno de los hoteles de Boca del Río, en Veracruz. Los integrantes de la Sección 10 subían a sus autobuses. Algo raro estaba sucediendo.

—La neta, no entiendo qué chingados pasa con estos culeros —comentó Ubaldo a Luis, mientras veían cómo salían los delegados institucionales del hotel, llevando consigo todas sus pertenencias—. ¿Crees que se suban a un pinche barco?

—No creo. ¿Acaso has visto delegados de otros estados? Solo estamos nosotros haciéndole al pendejo. Los de la 9, dormidos en sus cuartos, algunos de la 22 chupando, y párale de contar. Somos puros disidentes y los ojetes de la 10. Todo muy extraño.

Se dispusieron a seguir a los autobuses, y al poco tiempo entendieron lo que ocurría.

—Con una chingada, pinche Ubaldo. ¿Ya viste a dónde vamos? —soltó Luis con coraje.

—Estos culeros se van a meter al aeropuerto, van a viajar a otro lado. Nos trajeron a Veracruz para alejarnos del lugar del evento. Creo que ya nos jodimos.

—Esa pinche vieja nos ha vuelto a ver la cara de pendejos. —Luis no podía ocultar su molestia y desesperación.

—Bueno, al menos la cabrona no nos mandó madrear como en Guerrero —expresó Ubaldo con una sonrisa.

En Tonatico, en el Estado de México, un grupo de dirigentes le informaban a la maestra la situación que vivía el evento sindical.

—Más del noventa y ocho por ciento de los delegados son institucionales —comentaba San Juanita sin ocultar su alegría—, el grueso de la disidencia se quedó en Veracruz. Cuando quisieron moverse para acá no los dejaron pasar los policías federales en los distintos retenes que ubicaron en la carretera. Aquí en el estado, el gobernador nos está apoyando para que no entren profesores de Michoacán. Y por asegurar, a unos líderes de la disidencia se les dio dinero para que no se muevan.

—No le aflojen, no quiero sorpresas —señaló Elba Esther.

—No se preocupe, maestra —contestó solícito Rafael Ochoa—. Si no hay objeción, me retiro, voy a la sede del evento para que se instale la mesa de los debates. Ya están notificados los que ocuparán los distintos espacios.

—Sabes que quiero que esté José Luis Gómez Chávez como vicepresidente. Será su despedida de la dirigencia nacional. Ah, y que también se encuentre en la mesa de los debates Carlos Moreira. Así mandamos un mensaje de conciliación a los priistas.

—Como usted indique. Y le informo que ya está dispuesto el salón donde habrá de recibir a los dirigentes de cada sección para la construcción de la planilla.

El congreso se llevó a cabo sin prisas, dando apertura a la discusión entre los delegados. La gran mayoría eran institucionales; de ellos, un número considerable quería debatir, y así lo hacían en aras de construir un conjunto de resolutivos —muchos de los cuales nunca serían atendidos por ningún dirigente.

Al tercer día, la maestra empezó a citar a los secretarios generales, exsecretarios generales y miembros del Comité Nacional. Las reuniones se hacían por entidad federativa, con el fin de analizar el estado que guardaba el congreso y las propuestas que se podían considerar para integrar la planilla del próximo Comité Nacional. Cuando tocó el turno de Coahuila, pasaron a un pequeño salón los dirigentes de las secciones 5, 35 y 38, y junto a ellos, varios exlíderes seccionales.

—¿A quién de tus exdirigentes propones para integrar la dirigencia nacional? —le preguntó cordialmente la maestra a Carlos Moreira.

—Como le había comentado, mi exsecretario general, el profe Alejandro González Orta, anda en un curso en España, pero lo que hemos platicado es que, si usted acepta, él se quede en Coahuila en el Comité Estatal de Acción Política.

Con la Sección 35 pasó algo similar y luego la maestra se centró en la poderosa Sección 38 que aglutina a los profesores estatales, quienes reciben su salario del gobierno del estado de Coahuila y no del gobierno federal.

—¿Qué propones, Alejandro? —se dirigía la maestra a Alejandro Campos García, dirigente de la Sección 38.

—Si me lo permite, a mí me gustaría proponer al profesor Juan Manuel Armendáriz. Es un buen cuadro que puede servir al sindicato con pasión y compromiso.

—Me parece muy bien, pero ¿qué opinas del profesor Alfonso Cepeda Salas? ¿No te gustaría?

—La verdad, no —contestó de manera escueta, para sorpresa de todos, el dirigente de la Sección 38.

A todas luces era evidente el interés de la maestra Elba Esther por la inclusión de Alfonso Cepeda Salas en el próximo Comité Nacional.

—De que esté en el nacional Cepeda, a que se vaya a su casa, prefiero que se vaya a su casa —expresó Alejandro Campos, en esta ocasión viendo fijamente a Alfonso Cepeda ante el beneplácito de Armendáriz Rangel.

La maestra respiró hondo y volteó a ver a Moreira.

—¿Qué opinas, Carlos?

—Creo que el profesor Alfonso Cepeda es un gran cuadro, de lo mejor que se tiene en el Comité Nacional. Si va a ingresar al comité el profesor Armendáriz, bien puede repetir el maestro Cepeda, quien, por cierto, también pertenece a la Sección 5.

—Lo dicho. Así será —subrayó la maestra Elba Esther. Acto seguido se puso de pie para después agregar—: Armendáriz será la propuesta de la 38 y Alfonso Cepeda la propuesta de la Sección 5.

Horas después, el Congreso Nacional se reanudó. Dieron a conocer la planilla donde se contemplaban a todos los que se habían mencionado en las reuniones sostenidas entre los secretarios generales de cada sección sindical y la maestra Elba Esther Gordillo.

Los delegados escucharon que aparecían nuevas posiciones, y la más importante de todas era la presidencia del Sindicato Nacional de Trabajadores de la Educación, ahí se mencionaba el nombre de Elba Esther Gordillo y el grueso de los asistentes aplaudió efusivamente. Después, apareció Rafael Ochoa con el cargo de secretario general ejecutivo.

La maestra salió fortalecida, dispuesta a mantener viva la guerra con sus múltiples adversarios políticos. Cerca, se avizoraban más batallas.

Capítulo VIII

Definiciones, *febrero de 2013*

Siempre le había gustado contar con voces especializadas para recibir asesoría y luego tomar las mejores decisiones. Eso se aplicaba en temas de economía, política y educación. Le gustaba escuchar y tomar lo mejor de cada asesor. A los que servían, los mantenía siempre a su lado. Al resto, los despedía.

En esos momentos, en la soledad de la cárcel, Elba Esther precisaba contar con el mejor equipo de abogados. No estaba segura de tenerlos. Al poco tiempo de ingresar al penal, escuchó atenta las palabras y recomendaciones de dos de ellos. Uno y otro le sugerían claudicar en la lucha y firmar un documento para declararse culpable de delitos menores. Así lograría una condena muy baja, la cual podría pasar en la comodidad de su departamento. «El gobierno la va a tratar bien», le garantizaron. Los escuchó detenidamente. No había duda, no era un mal acuerdo. Discutió un poco y, después, optó por despedirlos. Estaba claro que sus palabras habían sido dictadas desde las alturas del poder. Más que como abogados, se estaban comportando como emisarios de sus adversarios políticos.

Le dolió, les tenía confianza. Eran *sus* abogados y, a la vez, mantenían amistad con ella y con miembros de su familia. Pero no pensaba rendirse. No quería declararse culpable de nada. Quería salir con la frente en alto, soñaba con eso o con morirse en la cárcel.

Al paso de los días todo se volvía cada vez más oscuro. No había muchas posibilidades de ganar. En la soledad de la celda pensaba una y otra vez en la propuesta que le habían hecho, quizá se había equivocado. ¿Acaso el rendirse no era una opción inteligente, válida, digna? ¿Por qué mantener una lucha a favor de quienes ya se habían rendido? ¿Valía la pena pelear por compañeros que ya se estaban entregando a los pies del poder político?

●

En un bar de la Ciudad de México dos gobernadores festejaban, uno tomaba tequila y el otro un costoso whisky irlandés. De la Secretaría de Gobernación les pidieron buscar a los dirigentes de las secciones sindicales ubicadas en su entidad. No hubo necesidad de hacerlo: antes de pedirles a sus particulares que los localizaran, los secretarios seccionales ya se habían reportado para ponerse a las órdenes, para jurar lealtad.

—La maestra no trae nada en la bolsa —decía un mandatario del sur del país. Siempre ha dicho que los dirigentes de las secciones están con ella al cien por ciento y no es cierto. Los dirigentes están con quien tenga poder y dinero.

—El asunto radica en el temor —le contestaba su homólogo, proveniente de una entidad cercana al Bajío—, antes le tenían miedo a ella; ahora, al gobierno.

—¿Pero miedo a qué?

—A que Elba Esther les hiciera una auditoría. A que hoy el gobierno, es decir, tú o yo, o el jefe Peña, se los ensarte con una revisión de sus cuentas.

—Tienes razón. Pues que se chinguen y obedezcan. Que sepan quién manda. La neta es que la maestra ya debía muchas —el alcohol fluía junto con un sinfín de anécdotas y quejas—, ya ves cómo traía amenazado al gobernador de Zacatecas. Si no se ajustaba a sus deseos, entonces ella se iba a trabajar con los profes para que hicieran proselitismo a favor de la oposición.

—O lo que ocurrió hace tiempo en Yucatán. Todo el tiempo diciendo que apoyaba a Ivonne Ortega y en el último minuto se decidió por el candidato del PAN.

—Sí, pero ahí la Ivonne resultó igual de cabrona: primero ganó la gubernatura y luego dividió y debilitó a las secciones sindicales.

—En eso tienes razón. Lo cierto es que buena parte de los gobernadores íbamos a su depa y luego empezábamos a ver cómo enfrentar los golpes bajos que nos iba dando.

—Por todo eso hay que brindar, amigo.

—Por eso y por las muchachonas que nos van a caer en un rato en la casa de nuestro compadre.

Mientras, en Guadalajara, Juan Díaz tocaba la puerta de una residencia. Lo esperaba Luis Miranda, el poderoso subsecretario de Gobernación y amigo personal de Enrique Peña Nieto. Se iba a definir el relevo y la suerte de Elba Esther.

Nuevos acuerdos, *abril de 2008*

Fernando intentaba acostumbrarse a su realidad actual: se movía en auto blindado, con chofer armado, y los seguía otro vehículo con un par de escoltas. En el edificio en el que vivía habían instalado cámaras de vigilancia, y el departamento contiguo era ocupado por guardias de seguridad. Sonia, Cindy y Sofía, de la misma forma, contaban con estrictas medidas orientadas a salvaguardar su integridad. El nuevo escenario limitaba sus movimientos, pero a la vez les otorgaba ciertas garantías.

—Deberías vivir conmigo. La casa es grande, cómoda, y mucho más segura que tu departamento —le decía Marián a Fernando mientras comían en un restaurante oriental por la avenida Insurgentes.

—Te agradezco mucho, ya haces demasiado por nosotros. No me agrada del todo tener a los guardias cerca, aunque sin duda me hacen sentir cierta seguridad. El procurador general de la República nos ofreció apoyo, pero sinceramente no me dan confianza sus elementos. Bueno, ni siquiera él. Ya ves el comandante con el que discutió Sofía el otro día, resultó ser empleado de un cártel de drogas.

—Le llamas empleado cuando deberías decirle cómplice o sicario de los narcos. Merecía morir de la forma en que lo asesinaron. De eso no hay duda alguna. Según la información que me dieron, el comandante era de lo peor, un tipo sin escrúpulos, sin límites. Mis contactos me han comentado que al torturarlo dio mucha información.

Marián sabía demasiado. Si Fernando no fuera tan bienintencionado, quizá hubiera pensado que ella tenía que ver con la ejecución del comandante. La escuchaba con sumo interés. Ella le señalaba que el comandante tenía acuerdos con gente de la política y la economía, unos y otros metidos en negocios sucios y en prácticas represivas que incluían el asesinato de luchadores sociales y periodistas.

La amistad de Fernando con Marián se había estrechado, se conocían más y compartían parte de su tiempo libre. Seguía existiendo el coqueteo de parte de ella, más como un juego que como un intento por ir más allá. Marián mantenía un halo de misterio: sus extraños contactos, su pasado zapatista, su carácter, su riqueza. Poseía una dosis de fascinación. Por ello o a pesar de ello, Fernando no quería estar lejos de Marián. La amistad era sincera, la lealtad, indiscutible. Además, no podía estar sin su apoyo y sin la gente que les brindaba seguridad. La situación cada vez se tornaba más complicada para ejercer el periodismo en México.

—¿Qué haría sin ti?, ¿qué sería de nosotros? —comentó Fernando, sin apartar la mirada de sus ojos verdes—. Si no fueras nuestro ángel de la guarda, seguramente la mitad de los miembros de la agencia ya no estaríamos vivos.

—Aun con el apoyo que puedo brindar, la situación es complicada. No se pueden confiar. Me preocupan las muchachas, están muy expuestas: en ocasiones no quieren seguir las indicaciones.

—Insisto, te preocupas por todos, no hay forma de pagar tu cariño y generosidad —al hablar, Fernando le apretó brevemente la mano a su amiga, luego la soltó para acomodarse en la silla—. Repito, ¿qué haría sin ti?

Luego pasaron a cuestiones más íntimas: a comentar sobre la vida y sentimientos de ambos.

—Mira, insisto en que no eres homosexual, sino pansexual —le decía Marián.

—Quizá sí, pero tú, ¿cómo te defines?

—En lo afectivo soy heterosexual. En mi forma de vivir la vida tengo una alta dosis de locura que se puede confundir con libertinaje. ¿Sabes?, tengo unos extraños propósitos en la vida, yo les llamo experiencias únicas. Algunos los he cumplido, otros están en camino de hacerse realidad.

—¿Los puedo saber?

—Claro, las cuatro que he cumplido: pertenecer a un grupo guerrillero, ser amante de un líder insurgente, sufrir un secuestro y matar a una persona —al expresar la última de sus experiencias, y a pesar de que Fernando pensaba que se refería a la muerte del secuestrador, se hizo un extraño silencio que rompió la propia Marián—. Pero la lista sigue siendo larga. En algunos casos puede parecer extraña. Por ejemplo, a ratos quisiera ser prostituta de un burdel barato, luego reparo en que terminaría matando a los viejos calenturientos que osaran meterse con mi cuerpo. Otras veces me gustaría estar en un campamento de narcotraficantes; también quisiera organizar un comando de exterminio de gente mala; deshacerme de alguien nefasto provocando su caída desde un crucero. Desearía tener un hijo…

—Eso último no suena extraordinario y desentona. Ni siquiera está en el ámbito de las cosas negativas, como matar o prostituirse.

—Nada es del todo bueno o malo. Los periodistas en muchas ocasiones llevan a cabo esas experiencias para relatarlas y las narran casi siempre pensando en obtener un recurso económico. ¿O me equivoco? Y de lo último que mencioné, pues qué te puedo decir, quisiera tener un hijo, pero no con cualquier hombre, sino con alguien que sea… ¿cómo te diré?… Hermoso, sexy, inteligente, fuerte y… pansexual.

En un sencillo restaurante de Tlalnepantla, en el Estado de México, muy cerca del área conocida como Ciudad Satélite, Sofía dialogaba con una joven que por unos pesos había servido a la agencia Siete de Junio como informante ocasional.

—No tengo hambre. Pero si quieres comer algo, no hay problema, pide lo que gustes —le decía Sofía a Gabriela.

—Tampoco tengo hambre; lo que necesito es un poco de dinero, me urge comprar medicina… me estoy muriendo.

—¿Medicina? No manches. Necesitas pesos para comprar el mugrero que te inyectas, pero no me importa cómo quieras morirte. Dame la información que te pedí… dijiste por teléfono que tenías algo.

—No es mucho lo que logré investigar, pero creo que es importante. Al menos para que te cuides. Te va a servir —hizo una breve pausa—: a tu novio no se lo chingaron por ser periodista.

Al escuchar sus palabras, Sofía sintió que le quitaban el tiempo, estaba harta de los juegos de policías e informantes. Sus facciones mostraron su molestia, hizo el intento de pararse y abandonar el lugar, Gabriela la detuvo.

—Es en serio, te estoy diciendo la verdad —insistió la informante, ya con visibles temblores en el cuerpo—. Hay un grupo de delincuentes que se dedica a la venta de droga y al secuestro. Tienen relación con políticos y con la policía. El comandante ese, el gordo chaparro, al que mataron el otro día, era uno de ellos.

—Eso te lo creo, es hasta obvio. Lo que no entiendo es por qué dices que a Joaquín no lo asesinaron por ser periodista.

—Únicamente te digo lo que escucho. No te enojes. Se rumora que lo asesinaron por ser amigo de un tal Fernando y de una mujer francesa. También aseguran que, después de eso, ustedes mataron al policía.

Elba Esther perdía fuerza al interior del PRI. Mantenía comunicación con gobernadores y dirigentes pero su nombre no tenía el peso de otros tiempos, seguramente ya no sería considerada en las propuestas para candidaturas a puestos de elección popular. A su vez, los analistas que solía consultar le aseguraban que el otrora invencible Partido Revolucionario Institucional se hallaba tan débil que seguiría perdiendo elecciones estatales y federales, al extremo de estar en riesgo de desaparecer. Quizá era momento de tomar decisiones.

En la sala de su departamento se encontraban miembros del equipo nacional del sindicato, entre ellos San Juanita Cerda y Alfonso Cepeda Salas, encargados de la formación de un nuevo partido político. El resto de los asistentes participaría en otros temas de la agenda del SNTE, aunque gustosos escucharían la información, sabedores de que siempre se podría criticar, y además ver cómo la maestra, por el mínimo de los detalles, llamaba fuertemente la atención a sus compañeros.

—Vamos avanzando bien, maestra —intervino Cepeda Salas, quien llevaba la mayor parte de la carga de trabajo en relación con la formación del partido desde las filas del sindicato—. Como usted indicó, hemos platicado con Fernando González, y ya se tiene la comunicación con las dos asociaciones que, junto a la que estamos construyendo y consolidando, se fusionarán para dar vida a nuestro partido.

Alfonso Cepeda se refería a una agrupación de egresados del Tecnológico de Monterrey, y a otra de campesinos e indígenas, las cuales tenían estrecha relación con Fernando González, yerno de Elba Esther Gordillo. Enseguida agregaría que las asambleas realizadas con miembros del magisterio se habían llevado sin contratiempos. La mayoría de las secciones había cumplido con la cuota asignada de militantes.

—¿En quién han pensado para dirigir al partido? —la pregunta de la maestra ya no iba dirigida al profesor Cepeda, sino a San Juanita Cerda.

Era evidente que a Alfonso Cepeda le tenía aprecio y reconocía su trabajo, pero también que, en los temas importantes, eran otros los que opinaban. La relación de la maestra con Cepeda Salas era de altibajos. Unos días lo apoyaba en todo; en otros, lo ponía en la «congeladora», le quitaba las responsabilidades y buscaba llamarle la atención por cualquier motivo. Eso ocurría con él y con muchos otros. Era estilo y estrategia de Elba Esther en el trabajo sindical. Quizá esa bipolaridad en el trato a los más cercanos tenía que ver con las traiciones sufridas en el pasado inmediato, y era la causante de que la maestra incluyera en la toma de decisiones y en la asignación de posiciones políticas a sus propios familiares o a las parejas sentimentales de hijas y nietos.

Se mencionaron varios nombres; algunos pertenecían al gremio, otros tenían que ver con políticos reconocidos.

—San Juanita, hay un joven, amigo de Fernando González. Platica con él, explícale lo que requiere el gremio, dile que no deseamos nada con el Revolucionario Institucional; que en distintos espacios nos interesa impulsar buenos candidatos y en otros, simplemente destruir a nuestros adversarios.

Pidió que le acercaran una libreta, ahí aparecían los datos de la propuesta de su yerno.

—Se llama Miguel Ángel Jiménez Godínez, tiene menos de cuarenta años, está muy preparado, cuenta con estudios en México e Inglaterra —continuó la maestra.

Aunque en la percepción de varios resultaba molesto aceptar a alguien ajeno al SNTE, tan ligado a su yerno, todos aplaudieron la propuesta.

El partido estaba naciendo. Se propusieron nombres, colores, logotipos. Pronto comenzarían a afiliarse miles de maestros; el primero de todos, de acuerdo con los registros del Instituto Federal Electoral, sería el profesor Alfonso Cepeda Salas.

Todos los días el jefe de gobierno del Distrito Federal hacía una rueda de prensa a la que se le empezó a denominar «La mañanera». Aprovechaba la presencia de los medios de comunicación para exponer con su modo —pausado y agresivo— propuestas de su gobierno y críticas al presidente de la República.

Ser jefe de gobierno de la capital del país le permitía a Andrés Manuel López Obrador reflectores naturales y lo convertía en el virtual candidato de la izquierda. Sus «mañaneras» y la participación en un debate con Diego Fernández de Cevallos —en el cual, a decir de la mayoría de los analistas políticos, López Obrador obtuvo una visible victoria sobre el mítico político de derecha—, sumados a su carisma y personalidad beligerante, lo convertían en el rival a vencer, en el personaje que podría ganar la elección y llevar a México a la izquierda.

—A mí me parece que va a ganar las próximas elecciones. No veo a nadie que le pueda hacer frente.

Las palabras de Hernán Vázquez, de la revista *Proceso*, iban dirigidas a Sofía Dávila y a Ricardo Treviño, del periódico *Reforma*. Juntos habían estado en una rueda de prensa. Ahora comían unos tacos en una pequeña fonda del centro de la Ciudad de México.

—Pues la verdad no lo sé, veo difícil que lo dejen llegar. Ya sabes que en este país mandan los ricos, y entre ellos no es tan bien visto —intervino Ricardo, para luego pedir la opinión de Sofía.

—Creo que sí puede ganar; si bien coincido con lo que dice Ricardo de que los ricos pesan, también creo que varios de los grandes millonarios son amigos de Andrés Manuel, al menos eso se observa con las grandes inversiones de Carlos Slim en nuestra ciudad.

—De entrada —intervino Hernán—, hay que pensar contra quién va a competir el jefe de gobierno, ¿contra Santiago Creel?

Ya le ganó una vez. ¿Contra Roberto Madrazo? Es un cartucho quemado. A diferencia de ellos, López Obrador es un líder real, ha encabezado manifestaciones y protestas importantes poniendo en riesgo su propia vida y su libertad. Andrés Manuel ha puesto al sistema contra las cuerdas. López Obrador puede transformar la práctica política en México. En serio, amigos: Andrés Manuel va a triunfar. De mí se acuerdan.

—Pues si mi amigo Hernán está tan seguro de lo que dice, podemos apostar —sabía Ricardo que Hernán no aceptaría; no porque tuviera dudas en el resultado, sino por sus creencias. El joven periodista se oponía a cualquier tema relacionado con el azar.

—Dejen sus apuestas para otro momento —comentó Sofía—. Coincido en algunas cosas con Hernán, pero también creo que falta mucho para que se defina el panorama político. Es más, según dicen, el gobierno de Fox quiere descalificar a López Obrador a causa de un litigio sobre un pequeño callejón, y también se especula que la candidatura de Santiago Creel no se encuentra segura, que Felipe Calderón se está yendo por la libre y cuenta con el apoyo de muchos miembros del PAN para ser el abanderado en el 2006.

—Eso de invalidar al licenciado López Obrador es una gran estupidez —subrayó Hernán, quien no ocultaba sus simpatías por el tabasqueño—, lo van a convertir en mártir y la opinión pública mundial se les va a ir encima; y ya saben ustedes que aquí en México quien manda no se encuentra en Los Pinos, sino en la Casa Blanca. Esa es una de las razones por las que quiero que gane Andrés Manuel, para que el presidente de Estados Unidos no mande en México.

—Coincido en que lo van a volver mártir de la democracia —expresó Ricardo, quien no se hallaba a gusto en las taquerías y para nada aceptaba a López Obrador—, lo malo es que al hacerlo mártir crecen sus posibilidades. Les aseguro que es un peligro para México.

—Pues yo difiero de los dos —la sonrisa de Sofía reflejaba destellos de lo que hace tiempo fue—. No creo que Andrés Manuel represente un peligro, pero tampoco pienso que si un día se vuelve presidente de México le vaya a pintar la raya a los gringos. Será como todos: dócil y obediente con el inquilino de la Casa Blanca.

Ambos la miraron, Ricardo habló:

—Me gusta verte sonreír. Sabes que te queremos, sabes que extrañamos a Joaquín.

—Estoy segura de lo que dices. Por eso son mis amigos. Por lo mismo, a pesar de ser tan estúpidos con sus posturas ideológicas, les he pedido que me ayuden a investigar lo que ocurrió en esa pinche tarde.

●

Elba Esther sabía que, si llegara a ganar el PRI la presidencia de la República en el 2006, se complicaría seriamente el panorama para su persona y para el sindicato. Enemigos de toda la vida controlaban el partido, estaban agrupados y su molestia hacia ella crecía día con día. Eran peligrosos, aunque para su fortuna, bastante débiles.

Gordillo había fracasado en su intento por generar una opción entre los gobernadores priistas para competir contra Roberto Madrazo. Todos sabían que la maestra ayudó a construir el grupo Todos Unidos contra Madrazo, conocido como TUCOM, en el que se aglutinaban los gobernadores de Coahuila, Hidalgo, Sonora, Nuevo León, Tamaulipas y el Estado de México. Le hubiera gustado que el gobernador de Hidalgo fuera quien disputara la elección interna contra Madrazo, pero Arturo Montiel —del Estado de México— tenía más poder, más colmillo y, para su desgracia, más pasivos: problemas desde familiares, con su esposa, hasta ligados a una riqueza inexplicable.

Montiel ganó la nominación del TUCOM, y al enfrentarse contra Roberto Madrazo salieron mil y un trapos sucios que lo convirtieron de la noche a la mañana en impresentable. Con su triunfo en la elección interna del PRI, Madrazo Pintado volvió a ganar a Gordillo Morales una más de las batallas que disputaron. No sería la última.

—Les dije que no podía ser Montiel —le señalaba Elba Esther a Enrique Martínez y Martínez, gobernador de Coahuila, a unos días de que este último dejara el poder político de su estado—; Manuel Ángel Núñez tenía más posibilidades, y sin duda tú y Eduardo Bours poseen más carisma.

—Fueron las reglas. Nos faltó planear mejor las cosas, tener un poco de malicia. Lo cierto es que ahora nos toca cerrar filas para que gane la presidencia de la República el licenciado Roberto Madrazo.

—Eso lo harán ustedes —respondió Elba—, yo con Madrazo no me la juego. Sería un suicidio político y una traición a nuestro país.

Ante el fracaso en la intentona de evitar que Roberto Madrazo fuera el abanderado del Partido Revolucionario Institucional, en lugar de replegarse, el equipo de la maestra Elba Esther elevó la apuesta: estableció una serie de estrategias para debilitar la figura de su cada vez más fuerte adversario político. En ese momento nació una de las campañas mediáticas más exitosas de las últimas décadas en México: ¿Tú le crees a Madrazo?, yo tampoco, rezaba la pegajosa frase que iba recorriendo cada rincón del país, con el impulso de un ejército de profesores institucionales que no dudaban en sacar pancartas, pegar calcomanías o expresar gritos de repudio ante la presencia del candidato priista.

Elba Esther sabía que con dicha jugada lograba dos metas. La primera, destruir por completo la imagen de su exaliado y actual enemigo político. Tenía claro que no había forma de que Roberto Madrazo Pintado se recuperara de los ataques que estaba sufriendo. Olía a cadáver político.

Para la maestra y para el país, la segunda meta resultaba mucho más trascendental, mas no necesariamente positiva. Tenía que ver con el hecho de dejar al candidato del PAN como el único adversario de Andrés Manuel López Obrador.

En una elección con tres candidatos principales, el abanderado de la izquierda tenía todas las de ganar. En ese momento el país estaba polarizado entre quienes querían al hombre de «las mañaneras», militante de la izquierda, promotor de manifestaciones y protestas; y quienes tenían pavor de que a su llegada al poder, hiciera una serie de reformas y transformaciones que llevaran a México a la década de los setenta.

El país estaba dividido entre los radicales partidarios de Andrés Manuel y sus duros detractores. Por lo mismo, Madrazo Pintado era un estorbo para Elba Esther Gordillo, y un obstáculo para quienes querían evitar que López Obrador llegara a la presidencia de la República.

●

Sofía recibía un mensaje de Gabriela: poseía información importante. Debía acudir a una casa por el rumbo de la Marquesa, a la salida del Distrito Federal, camino a Toluca. Tenía que ir sola. Resultaba extraño. Había interrogantes y riesgos. No obstante, no podía acobardarse.

Entró a la oficina de Sonia y le pidió apoyo. Decidieron moverse en dos autos: Sonia se llevaría a los guardias que les había asignado Marián, se ubicaría cerca del lugar, donde pudiera observar los movimientos; Sofía, por su parte, acataría puntualmente las indicaciones que le había dado Gabriela.

La autopista, como siempre, estaba repleta de vehículos. Al tomar el camino que le fue indicado, desaparecieron el tráfico y sus luces. Enormes árboles se volvieron su única compañía en la creciente oscuridad. No tardó en encontrar la casa: la iluminación a un costado del camino le indicó el lugar. Se estacionó frente a una cerca que lucía un par de focos sucios pero funcionales. Bajó del auto y se encaminó hacia el barandal que alguna vez fue blanco. Estaba abierto. El movimiento de la cola de un perro flaco se hizo presente para recibirla. La puerta de la casa, sin picaporte, estaba emparejada. Al empujarla, se encontró con la mesa de un humilde comedor mal iluminado, cubierta por un mantel de plástico con diseño floral, rodeada de sillas a punto de desbaratarse.

En una esquina, la jaula de un cotorro que empezó a decir tonterías.

—Mamá, mamá, quiero leche, quiero coca, mamá, mamá.

La alharaca aumentaba su tensión. Le dieron ganas de matarlo.

Ahí mismo, en la mesa, pudo encontrar un papel con un escueto mensaje: «No tardo en llegar, toma asiento, no le des leche ni coca al cotorro».

Gabriela se equivocaba al pensar que la periodista estaría quieta, sentada en una de esas destartaladas e incómodas sillas, escuchando las tonterías del perico. Sofía recorrió el comedor, terminó de acomodar los cajones mal cerrados después de hurgar en ellos. Luego, echando un vistazo a un extremo de la sala y, con la excusa de «encontrar» un baño —pretexto para la conciencia de la propia Sofía—, encendió la luz del pasillo gracias a un interruptor manchado. Había dos habitaciones, una de ellas abierta. Metió medio cuerpo, tanteó en la pared y encendió el foco: a simple vista todo se encontraba en su lugar, se apreciaba una modesta cama cubierta de polvo; el piso igual, sumando envoltorios de golosinas y jeringas.

El otro cuarto tenía la puerta cerrada. Lo normal sería regresar los pasos. Sofía decidió tocar, quería saber si había alguien. Recordó que Joaquín le decía que era demasiado curiosa, que tenía esa debilidad, siempre abriendo puertas, asomándose para ver qué se encontraba dentro de un cajón o debajo de una cama. Al no haber respuesta a sus toquidos, decidió entrar. Todo parecía estar bien, la cama exhibía un cobertor mal acomodado, nada que se saliera de lo normal, salvo un detalle que notó cuando se disponía a cerrar la habitación: al otro lado de la cama, había algo tirado en el suelo.

●

A la distancia, Sonia y los guardaespaldas estaban preparados en posición para actuar, la vegetación les permitía ocultarse y unos binoculares ayudaban a vigilar la casa. Sofía le había llamado para decirle que su informante no estaba en el lugar, que tardaría un poco.

Detectaron el movimiento de vehículos: patrullas y, tras ellas, lujosas camionetas. Las patrullas traían las torretas apagadas, avanzaban con lentitud por el camino que llevaba al lugar donde citaron a Sofía. Había que alertarla, pero no contestaba el celular. Dejaron de observar la casa y se concentraron en los vehículos que se aproximaban al sitio donde estaba Sofía. Eran muchos los hombres dentro de ellos. En la opinión de los guardias, el hecho de que hubiera patrullas no significaba necesariamente que todo estuviera ajustado a la ley.

—Parece un operativo de narcos —expresó Raymundo, el guardaespaldas más experimentado, oriundo de América del Sur, acostumbrado a lidiar con los barones de la droga en Colombia—. Esos parceros acostumbran apoyarse en los policías que tienen en su nómina. Los llevan a sus operativos, matan gente y después todo se justifica con la acción de la justicia. Ojalá me equivoque y sea una casualidad, que el operativo sea en otra parte. Tal vez pasen de largo, aunque lo dudo. No veo nada cerca. Esa casa está al final del camino.

—¿Qué propones que hagamos? —intervino el otro guardia, un joven de escasos veintidós años, recién incorporado al equipo de protección de los periodistas.

—Estar atentos, observar qué ocurre. De ser necesario, uno de nosotros tendrá que arriesgar su vida para rescatar a la señorita —luego, dirigiéndose a Sonia, le comentó—: si me permite un consejo, lo mejor es que le hable a doña Marián, que le informe lo que está pasando.

En eso estaban cuando escucharon ruido: el ruido en la maleza era inconfundible, alguien se acercaba atropelladamente. Los guardias sacaron sus armas. Sonia se preguntó si estaban a unos pasos de la muerte.

●

Sofía, al ver lo que por un momento le pareció un zapato, se acercó. Lo que encontró la dejó helada. Estaba en lo cierto, sobresalía un pie. Ahí estaba un cuerpo inerte, el de Gabriela con una herida de bala en la frente. A un lado había una pistola. Pensó en llamar a la policía. Reportar lo sucedido. Por unos segundos le pasó por la cabeza usar su teléfono, pero reparó en que no era conveniente, tal vez el lugar estaba intervenido. Le urgía salir de ahí. La ventana de vidrios empañados se iluminó tenuemente por luces, pudo ver que había unidades en el camino. Se hallaba en medio de una trampa.

No podía utilizar su automóvil, era mejor correr hacia donde suponía que estaba Sonia. Salió por una ventana, emprendió la huida a pie, apresurada, adivinando el camino en medio de la negrura de la noche, corriendo y tropezando entre arbustos y árboles con el corazón a punto de estallar. ¡Cómo ansiaba encontrar a Sonia y a los muchachos! Minutos después, frente a ella, vio a dos hombres apuntándole con sus semiautomáticas.

—Bajen las armas, es ella —dijo enérgicamente Sonia, abalanzándose luego sobre Sofía para abrazarla.

Los guardias pidieron que se deshicieran de los teléfonos. Debían abandonar el lugar lo más rápido posible.

De madrugada, en el departamento de Fernando se discutía lo que estaba sucediendo. La voz de Marián marcaba la ruta a seguir.

—Quisieron involucrar a Sofía en algo. No sé si en el crimen de Gabriela para meterla a la cárcel, o simplemente para ejecutarla. Lo cierto es que su vida corre peligro. La vida de todos ustedes.

Les había llamado Sonia cerca de las ocho treinta de la noche, y hacia las once recibieron la confirmación de que estaban en una casa de seguridad propiedad de Marián.

—¿Qué podemos hacer? —preguntó Fernando.

Marián revisaba la situación; a su entender y por el momento, no corrían riesgos. Les aconsejaba que fueran a presionar al gobierno. En su opinión, Sonia y Fernando debían acudir con el procurador y de ser posible con el secretario de Gobernación. Demandar garantías y una exhaustiva investigación.

—¿Qué debe hacer Sofía? —preguntó Cindy.

—Esconderse un buen rato: salir del país —respondió Marián contundentemente.

Elba Esther había nacido priista, y durante mucho tiempo pensó que moriría siendo parte del Partido Revolucionario Institucional. Su lealtad había sido cuestionada en repetidas ocasiones. A veces con sólidos argumentos, y otras con simples adjetivos para descalificarla o con insultos. Poco reconocimiento se había hecho a sus aportaciones, a su lucha, menos aún a los múltiples triunfos obtenidos y a sus gestiones para impedir fuertes castigos a personajes ligados a gobiernos priistas. Apenas ayudaba a uno de ellos, lo rescataba de pisar la cárcel, y ese mismo político se convertía en el más feroz de sus enemigos.

Ella sentía que la traición e ingratitud de los cercanos marcaba su biografía.

Toda su carrera partidista se fracturó en aquel diciembre de 2003. La guerra encarnizada por alcanzar el poder al interior del Revolucionario Institucional generó su estrepitosa salida. Le ganaron la partida sus rivales de siempre, ese poderoso grupo que lograron conformar Manlio Fabio, Chuayffet, Labastida, Beatriz Paredes y Roberto Madrazo.

Ya no pertenecía al PRI. Formalmente no tenía partido político, aunque todos sabían que era la dueña de una nueva organización: el Partido Nueva Alianza, que respondía a los intereses del sindicato que ella presidía y que recibía apoyo de los integrantes del gremio magisterial.

Era la primera vez que estaba en contra del PRI. Si bien hubo momentos en que llevó a cabo una labor opositora, siempre había sido por debajo de la mesa, intentando ocultar sus acciones. Quizá si el abanderado del PRI hubiera sido otro, la situación no habría escalado a esos niveles de confrontación. Pero con Roberto Madrazo Pintado, su exaliado, su enemigo acérrimo, como candidato, no podía hacer otra cosa que impedir a toda costa que llegara a la presidencia de la República.

En el PAN, Felipe Calderón trabajó una imagen de rebelde e independiente, sin despreciar los apoyos que le venían del gobierno. En el PRD, López Obrador sintió que tenía el triunfo asegurado y despreció apoyos y reuniones con diversos líderes políticos, entre ellos con Elba Esther Gordillo.

La maestra sabía que únicamente le quedaba una opción: apoyar al abanderado del PAN. Movió al magisterio institucional y habló telefónicamente con varios de los gobernadores priistas para pedirles el voto a favor de Calderón. Consiguió dos objetivos: la victoria del panista y la imagen de que el triunfo se debía al trabajo del magisterio y al cabildeo de su dirigente.

El sistema político mexicano motivó a los trabajadores no solo a organizarse en sindicatos, sino a buscar incorporarse a centrales obreras o federaciones de trabajadores. La idea oscilaba entre proteger los intereses de la clase trabajadora y controlar su lucha laboral y política, los grandes objetivos de un sistema paternalista.

En ese sentido, el SNTE se incorporó a la Federación de Sindicatos de Trabajadores al Servicio del Estado, la FSTSE. Ahí gozó, en ciertos momentos, de poder y presencia, en otros, de un franco desprecio y del olvido de sus prioridades. El punto de quiebre ocurrió con la salida de la maestra Elba Esther Gordillo del PRI. Los líderes de la FSTSE establecieron una ruta para minimizar la influencia del SNTE en la federación, y su presencia en espacios de vital importancia para los trabajadores, como el instituto de seguridad social que brinda servicio a los burócratas y a los maestros: el ISSSTE. Podía considerarse, a todas luces, como un acto de represión. Algo que ya tenían calculado los dirigentes del sindicato de maestros.

—Si ya nos salimos del PRI, de igual manera hay que dejar la FSTSE. No pasa nada. El sistema está podrido —comentaba Elba Esther en una de sus acostumbradas juntas en su departamento con miembros del Comité Nacional. Horas antes se había reunido, ahí mismo, con un grupo de asesores, expertos en política y derecho laboral.

—Creo que no tenemos otra opción —señalaba Rafael Ochoa—, lo bueno es que ya tenemos avanzado el proyecto que hace tiempo nos pidió.

—Coméntales a los compañeros de qué se trata, sirve que van viendo lo que se tiene que trabajar en cada entidad.

—Con gusto, maestra —Rafael Ochoa seguía siendo el hombre de las confianzas—. Quiero decirles que por instrucciones de la maestra Elba Esther, no solo hemos dado los pasos para abandonar la FSTSE, sino para construir una nueva federación de sindicatos, en la que se aglutinen organizaciones gremiales de varias dependencias. Gracias a nuestra membresía será la federación más grande, y ello nos va permitir conservar los espacios en el ISSSTE en aras de debatir y defender los derechos de nuestros compañeros. Es un proyecto que va a nacer y que goza de las simpatías tanto del presidente Fox como del presidente electo, el licenciado Felipe Calderón Hinojosa. Buscará establecer organizaciones sindicales independientes en aquellas dependencias donde mandan los cercanos a la FSTSE.

Ante un proyecto de tal envergadura, expresaron simpatía y reconocimiento. No obstante, algunos guardaron sus dudas, su silencio obedecía a ese temor a las reacciones de Elba Esther. Sin embargo, pensaban que ante tantos distanciamientos crecía el número de los enemigos. Primero se había roto la relación con la Internacional de la Educación, para formar una organización latinoamericana de educadores: la Confederación de Educadores de América. Luego se distanciaron del PRI y se constituyó el Partido Nueva Alianza. Lo mismo sucedió con la FSTSE, la dejaron de lado para crear la FEDESSP, la Federación Democrática de Sindicatos de Servidores Públicos. Quizá en el futuro, los adversarios intentarían romper el SNTE.

—No sé si ya haya decidido algo respecto al liderazgo de la federación —preguntó Rafael Ochoa a la maestra.

—Pues tal y como habíamos hablado, me gustaría una dirigencia colegiada, donde estuvieran representados los cinco principales sindicatos, coordinada por alguien del SNTE. He pensado en varios nombres, uno de ellos el del diputado Dávila Esquivel.

Todos guardaron silencio, hasta que Rafael Ochoa intervino.

—Usted sabe que nunca me pareció acertada la idea de que Humberto fuera diputado federal por Nueva Alianza, por las mismas razones no considero que deba tener esta gran responsabilidad. Pero respeto lo que usted decida —guardó en su mente una idea muy clara: la maestra siempre regresaba al ayer, no rompía del todo ni siquiera con quienes le habían destrozado el corazón.

—Agradezco tu sinceridad. No es algo decidido. Entiendo tus palabras y el silencio de muchos. Ante la presencia de tantos enemigos externos, siento que debemos estar unidos al interior. Humberto argumenta cosas para defender su actuación, por mi parte sigo pensando que se equivocó y que nos traicionó. Sin embargo, es tiempo de cerrar filas, y a pesar de todo, lo sigo queriendo mucho —hizo una pausa, llenó sus pulmones de aire y lo dejó salir poco a poco—. Les aseguro que Dávila Esquivel tendrá oportunidades, pero nunca volverá a estar al frente del sindicato. Es más, nunca nadie de Coahuila volverá a encabezar nuestra organización sindical.

●

Sofía salió del país. Gracias a Marián, vivió unos días en Madrid, luego visitó varios de los distritos de Francia, caminó por las calles de Angers y Orleans, estuvo en París. Pasó una semana descansando en Annecy, y terminó yendo a Bélgica para recorrer las calles y los canales de Brujas y Gante. Quería estar en todos aquellos lugares donde había soñado pasear de la mano de Joaquín. Únicamente le faltó un destino: no se sintió lista para acudir a Roma, le dolía entrar a cualquier templo católico. Tenía rencor, se sentía decepcionada de Dios y de sus ordenanzas.

Disfrutó esos días caminando por Europa. En parte vivía un sueño, en lo que Joaquín le había dicho y hacía eco en su cabeza: «Ahora que nos casemos, quiero conocer París y Bélgica de tu mano. Quiero estar en Roma, y frente al Vaticano decirte mil veces lo mucho que te quiero». Él se lo había repetido infinidad de ocasiones, en la mayoría, ni siquiera le había prestado la suficiente atención. A lo mucho, como respuesta sonreía y juzgaba sus palabras como extremadamente cursis. Hoy, moría por las caricias y besos de Joaquín.

Fue un viaje para caminar entre recuerdos y sueños. Un viaje para llorar un poco, para pensar en lo que fueron y en lo que no pudieron ser. Un viaje también para huir de sus enemigos, ponerse a salvo de los rencores de esos adversarios sin rostro. En Europa estaban los sueños. Del otro lado del Atlántico se encontraba su realidad. Llegado el tiempo, había que acercarse poco a poco.

A los tres meses se cambió el nombre. Marián le consiguió papeles falsos, y con su ayuda financiera abordó un vuelo de Iberia —en *business class*— de Madrid a Buenos Aires. En su pasaporte se leía Sabrina Rubalcaba Figueroa, dos años más joven, de nacionalidad paraguaya.

Pensó recorrer varios países, estar una o dos semanas en cada nación, y luego decidir una ciudad para quedarse un año. Marián le alentaba —en mensajes encriptados— a disfrutar la vida y no preocuparse por el dinero. Quedó maravillada con Buenos Aires, pero la crisis económica y una sociedad que todo cuestionaba e intentaba indagar, la hizo marcharse a Santiago de Chile, donde, por el contrario, nadie se metía en la vida de los demás, aunque la mayoría de sus habitantes sufría de una notable y contagiosa depresión. No le agradó que fueran tan normativos, algo que los chilenos habían heredado y conservaban de la dictadura de Augusto Pinochet. Pensó probar suerte en Asunción, pero supuso que sería más fácil que descubrieran su identidad, por lo que se dirigió a Bogotá, en donde encontró amabilidad, discreción, alegría, buena comida y extraordinarias historias.

Desde su departamento ubicado a escasos metros del parque de la 93, Sofía siguió por internet cómo se desarrollaba la vida política en México. Ni ella ni nadie hubiera apostado por un triunfo extremadamente apretado de la derecha, ni que el otrora invencible Partido Revolucionario Institucional quedaría en un lejano tercer sitio; menos aún daba crédito al surgimiento de una intensa manifestación por parte del abanderado de la izquierda, misma que castigó duramente a los comerciantes del centro de la Ciudad de México. Le pareció surrealista la forma en que se llevó a cabo la toma de protesta del nuevo presidente de la República, evento protocolario que estuvo a punto de salirse de las manos de quienes llevaban las riendas de los principales partidos políticos mexicanos, y que se salvó gracias a la entrada —a escondidas— de Felipe Calderón por una pequeña puerta con el apoyo de un grupo de legisladores que, además, evitaron que fuera golpeado.

Desde Colombia Sofía escribió un artículo, en el cual analizaba el hecho de que Elba Esther fuera una de las primeras personas que optó por levantarle la mano a Felipe Calderón Hinojosa. La maestra le llamó presidente antes que las instituciones electorales decretaran su triunfo. El tema se volvió más interesante al momento en que se filtraron audios en los que dialogaba con el gobernador de Tamaulipas —perteneciente al PRI—, a quien le sugería que buscara apoyar con votos al candidato del PAN.

Al final de su artículo, Sofía subrayó el hecho de que, en la toma de protesta de Calderón, los diputados de Nueva Alianza y un grupo de legisladores del PRI fueran claves en la encomienda para frustrar el boicot que organizaban diputados y senadores del Partido de la Revolución Democrática.

A propios y extraños les resultó muy generosa la respuesta de Felipe Calderón. Así lo mencionaron varios articulistas en sus colaboraciones en Siete de Junio: Calderón Hinojosa había cedido una subsecretaría en la SEP para el yerno de la maestra, la dirección del ISSSTE para Miguel Ángel Yunes y otros puestos de primer nivel para políticos cercanos al SNTE, además de un sinfín de delegaciones federales en los estados para dirigentes magisteriales. Todos, nombramientos muy convenientes para la vida política de la maestra.

Elba Esther y el SNTE se encontraban más cerca del poder de lo que habían estado en el sexenio de Vicente Fox Quesada y en cualquiera de los gobiernos priistas. Felipe Calderón los quería en su entorno, aunque sabía que el apoyo del magisterio no le bastaría para generar estabilidad en su gobierno.

Los necesitaba —por ejemplo— para reformar al Instituto de Seguridad y Servicios Sociales de los Trabajadores del Estado, ISSSTE, el instituto que brinda atención médica y pensión a los trabajadores del gobierno, entre los cuales destacan los maestros, tanto por su número como por su notable activismo. A los pocos meses de tomar el poder, se llevó a cabo una trascendental reforma a la seguridad social. Se hizo con el apoyo de la dirigencia nacional del sindicato, y a pesar de voces críticas expresadas por dirigentes sindicales de algunas secciones: la 3 de Baja California Sur, la 5 de Coahuila, la 20 de Nayarit, la 32 de Veracruz, la 35 de la Laguna.

—Con esa acción se está hipotecando el futuro de los próximos trabajadores de la educación —decía uno de ellos, sin conseguir empatía en los miembros del Comité Nacional.

La disidencia prácticamente no emitió críticas en contra de las acciones emprendidas por el gobierno.

—Son pendejadas, algo tenemos que hacer — señaló Luis, airado, en una reunión de la Coordinadora Nacional de Trabajadores de la Educación llevada a cabo en la capital del país; se quejaba sobre la reforma a la seguridad y marcaba el rumbo de su lucha social.

Pocos compañeros le hicieron caso. La mayoría se encontraba en el lapso depresivo de la disidencia magisterial, luego de que la izquierda se había quedado a unos pasos de llegar con

López Obrador a Palacio Nacional. Al final se mencionaron unas cuantas acciones, tímidas y débiles: marchas en ciudades de provincia, toma de casetas de autopistas y, sobre todo, reuniones con líderes del PRD.

—Si eso es lo que vamos a llevar a cabo, deberíamos empezar a trabajar en una vía menos política —continuó Luis—, urge que nos decidamos por menos palabras y más violencia.

El coraje de Luis Molina y la crítica que había hecho un pequeño puñado de dirigentes seccionales de la línea institucional tenía sus fundamentos. Gracias a dicha reforma, los nuevos ingresos al servicio educativo se incorporarían a un esquema de cuentas individuales copiado de Chile, cuyo pronóstico de pensión no superaba un treinta por ciento del salario del trabajador. Los nuevos ingresos estaban condenados a un futuro de miseria.

El SNTE había aceptado la reforma en aras de estrechar la alianza con Felipe Calderón y por una vaga promesa de mejora de los servicios médicos del instituto de seguridad social. Algo que nunca llegaría a cumplirse.

●

El presidente de la República contaba con el apoyo del sindicato más fuerte, pero necesitaba muchísimo más para legitimarse: requería dar un golpe de autoridad y conseguir que los mexicanos se olvidaran de las protestas, dejaran en el ayer eso que llamaban el gran fraude electoral. Deseaba que nadie recordara aquellos gritos de «voto por voto, casilla por casilla». Seguramente por esa razón se disfrazó de militar, para emprender —lo que denominó— la guerra contra el narcotráfico.

Gran parte de los ciudadanos aplaudió con entusiasmo sus primeras acciones frontales y sanguinarias, acciones que el mandatario realizaba bajo el concepto que a todos gusta: la justicia. Ese apoyo era comprensible, tomando en cuenta que Calderón ocupaba la silla presidencial, lo que es importante en un país con una larga tradición presidencialista, y donde la cultura de la muerte fascina al mexicano promedio; muchos son proclives a ideas relacionadas con acabar con los «enemigos» reales o imaginarios, librar «guerras», poner de manifiesto que se es muy «macho», o querer poner en práctica lo que dice el himno nacional mil veces entonado en la educación primaria: «Piensa ¡oh patria querida! que el cielo, un soldado en cada hijo te dio».

El grueso de la población se hallaba satisfecho con la guerra contra los narcos, aplaudiendo a rabiar, hasta que la muerte empezó a afectar a sus cercanos y la sangre llenó de manchas la cotidianidad.

Las decisiones tomadas por Felipe Calderón Hinojosa habrían de marcar no solo el resto de su administración, sino el devenir de México en los siguientes lustros. La declaración de guerra al narcotráfico sería aplaudida, y luego, fuertemente criticada.

●

Estaba decidida a regresar a México. No sabía si hacerlo como Sofía o como Sabrina. Resolvió emprender el vuelo en diciembre del 2006, a pocos días del inicio del sexenio de Felipe Calderón.

En Bogotá dejaba recuerdos, amistades, experiencias. Hizo un vuelo como Sabrina Rubalcaba de la capital colombiana a la ciudad de Panamá, pasó tres días en un hotel ubicado en el casco viejo de la ciudad y luego se mudó a otro en la zona moderna, para quedarse hospedada un par de noches como Sofía Dávila.

Había recuperado su verdadero nombre y así regresó a México, supuso que ocasionalmente usaría su segunda identidad. Conocía los riesgos de estar en su país. Sabía de los peligros, pero ansiaba volver a las calles del Distrito Federal, charlar con los amigos, disfrutar de la comida. Así lo hizo. Necesitaba dejar de huir. Llegó a su metrópoli.

En una caja metida en el armario de su departamento, colocó los papeles que la identificaban como Sabrina Rubalcaba. Pidió a Dios que le diera inteligencia para saber cuándo convendría utilizarlos.

En esos días tuvo una serie de reuniones con sus amigos, todo para ponerse al corriente de los temas más cotidianos y para comentar anécdotas vividas en sus viajes. Por la creciente violencia en México, se convertía en asunto obligado que hiciera comentarios de la visión en relación con nuestro país que se tenía desde Colombia.

—Sinceramente creo que es un error del tamaño del mundo. Es una decisión mal calculada por parte de Calderón, costará muchas vidas y generará un clima de terror que afectará a miles de familias mexicanas —dijo Sofía.

—¿Un error? ¿Combatir al narco es un error? —cuestionó Cindy, quien por lo general se mostraba más proclive a apoyar las políticas impuestas por Calderón Hinojosa.

—Miren, tomen nota de lo que les voy a decir: el recorrido que hoy va a emprender México ya se vivió en otras latitudes —respondió Sofía—. En Colombia conocí a muchas personas que me relataron sus vivencias, sus tragedias. Todos tienen un familiar o un conocido que ha sido asesinado. Muchos viven con el dolor de no saber el paradero del ser querido que había sido secuestrado.

—Pero entonces ¿qué hacer al respecto? ¿Dejar que los narcotraficantes se salgan con la suya? —interrumpió Cindy para repetir algunas de las ideas esbozadas por los calderonistas.

—En la lucha contra el narcotráfico se puede avanzar, se puede tener relativo éxito. A mi entender, la victoria total nunca se logrará. O tal vez sí, pero ese no es el tema. El problema es que nuestro gobierno no está preparado para enfrentar una batalla de las dimensiones que menciona el presidente Calderón —respondió Sofía.

—Según tú, ¿qué se necesita? —preguntó Sonia, más serena y consciente de que estaban hablando de un tema muy complejo.

—Recursos económicos e inteligencia. Ni lo uno ni lo otro se tiene. Les pongo el ejemplo de Colombia. Ahí se destina un alto porcentaje del producto interno bruto a la lucha contra el narco, algo así como ocho veces más de lo que destinamos en México. Sus fuerzas armadas tienen experiencia luego de muchos años en guerra. Han conseguido establecer sistemas de inteligencia para contar con la información de los cabecillas y de los socios financieros. Tienen todo eso y, aun así, la lucha ha sido sangrienta, los principales afectados son los ciudadanos de a pie —Sofía tomó un sorbo de café—. No digo que no se combata al narcotráfico, lo que sostengo es que no era necesario hacer una declaración tan histriónica. No tenía caso que el presidente de la República se disfrazara de soldado. No se debió establecer el operativo como una guerra, sino como una lucha. Las guerras tienen reglas y códigos, en las guerras no se investiga quién es el responsable directo de tal o cual muerte. En la lucha contra el narcotráfico no se hacen anuncios, es decir, no se avisa lo que se piensa realizar. Lo primero consistiría en destinar un monto considerable de dinero, preparar grupos especiales, fuerzas tácticas, centros de inteligencia; y después, solo después de todo ello, emprender acciones contundentes donde el objetivo no tuviera que ver con descabezar a un grupo de criminales, sino desarticular por completo a una organización.

●

Lejos de ahí, en la sierra del estado de Guerrero, en un rancho lleno de cabañas sencillas, sobresalía una, bien cuidada y bastante ostentosa. Rodeada por decenas de guardias armados con potentes metralletas que la resguardaban. Dentro de ella, un grupo de supuestos revolucionarios mantenía una reunión con una célula de los cárteles de la droga más importantes en México.

—Con nosotros pueden contar. Te subrayo que si el gobierno les declaró la guerra, nosotros ya estábamos en guerra con el gobierno.

Raúl Martínez sabía que entraba en una nueva faceta de su vida. Estaba dando un paso más en su vida criminal. No había marcha atrás. Se encontraba dialogando con Rodolfo Valenzuela, sanguinario narcotraficante, cabecilla del Cártel de Morelos.

—No hay tiempo que perder —respondía Rodolfo—. El pinche presidente cree que nos vamos a asustar y la neta está bien, pero bien pendejo. No hay pedo si nos carga la verga, eso sí, hay que ponerle huevos y cerebro.

—Ustedes dicen qué debemos hacer y nosotros le entramos.

—Lo primero es armarnos hasta los dientes. Lo segundo tener en cuenta que la guerra será contra el gobierno y contra otros cabrones que pueden querer aprovecharse de la crisis que vivimos para quitarnos parte del mercado.

—Aquí cerca hay algunos pinches arrastrados que tratan de tejer alianzas con los «sorchos». Nosotros preferimos jugarla con ustedes, se ve que tienen palabra —dijo Raúl, desconociendo qué tanto valía la palabra de la gente con la que se encontraba, pero seguro de que no estaba en posibilidad de decir lo contrario.

—Como les dije, tenemos que estar bien armados, cuidar el territorio, obtener recursos de rubros interesantes, por ejemplo, del secuestro. Este ha sido el mercado y el territorio de ustedes y lo vamos a respetar. Solo queremos que nadie pase sin permiso y que nosotros seamos sus clientes y socios.

—Algo más, nos gustaría poner en los acuerdos un punto adicional, quizá es algo personal, pero es muy importante para nosotros —dijo Raúl, y al hacerlo atrajo todas las miradas en espera de que continuara con su comentario—: nos gustaría que nos ayudaran a sacar de circulación a algunas personas y quizá juntos pudiéramos secuestrar a un pez gordo.

—Con gusto cabrón; aunque hasta donde entiendo, a ustedes no se les dificulta andar matando animales.

—Se trata de unos pinches periodistas, son unas cucarachas muy latosas y muy bien protegidas, cualquier ayuda será bien recibida.

—Cuenta con eso. Nos los chingamos. Y del secuestro, pues no tenemos mucha experiencia, pero igual apoyamos.

—Vengo siguiendo los pasos de dos hijos de puta. El primero de ellos es Diego Fernández de Cevallos.

—¿Y el otro ojete?

—Es una vieja, sé cómo se mueve, nos la podemos chingar. Se llama Elba Esther, ¿verdá que sí sabes a quién me refiero, vato?

⁛

Damián y Lucrecia tenían menos de tres meses de casados. Gracias al sueldo de Damián como soldado y al salario que ganaba Lucrecia como enfermera, vivían modestamente en un pequeño poblado de Veracruz. Nada les faltaba, nada les sobraba. Se encontraban en su luna de miel y acababan de recibir la noticia de que serían padres. Sin embargo, el comunicado que recibieron mortificó a ambos.

—Entonces ¿te tienes que presentar mañana mismo?, ¿debes acudir a esa guerra estúpida? —preguntó Lucrecia, triste y preocupada. Era retórica, sabía de antemano que las indicaciones en el ejército no se cuestionaban.

—Me habló tu hermano. Fue, como siempre, muy tajante. Nos vamos a Michoacán. Para variar, estaré a su cargo. Nos mandan a combatir narcos. Garantizan que será un operativo que durará, a lo mucho, mes y medio.

—¿Cuarenta y cinco días? Dios quiera que no tarden tanto y regresen con bien. Me dan miedo esas personas; tienen mucho poder, son sanguinarias —empezaron a brotar lágrimas en Lucrecia.

Damián la abrazó, se inclinó un poco y besó su cabeza.

—Por eso nos mandan a nosotros, chiquita. Nos envían para acabar con ellos de una vez por todas.

Damián hablaba sin estar del todo convencido. Seguía abrazando a su esposa, tenía la mirada perdida. Había discutido con su cuñado sobre la calidad del armamento y ambos llegaron a la conclusión de que era obsoleto, que las declaraciones del gobierno estaban mal elaboradas.

—Solo te pido una cosa —Lucrecia apretó muy fuerte a Damián—: que me hagas caso y te cuides *mucho*.

Esa noche los dos fingieron dormir. Sabían que quizá sería la última vez que estarían juntos en la habitación. Estaban muy cerca, sus cuerpos se tocaban, sus ojos se mantenían abiertos. Tenían miedo.

●

No había explicación razonable. En la medida en que el país se llenaba de muertos, la popularidad de Felipe Calderón y las críticas hacia su gobierno se incrementaban. Cada terrible masacre le daba argumentos al primer mandatario para justificar su estrategia contra el narco. Muchas personas aplaudían sus acciones, unos por contar con intereses dentro del marco de la guerra, otros simplemente porque no habían sufrido daños colaterales.

Cada vez más periodistas, médicos, enfermeras, personal de funerarias y un sinfín de mexicanos con diversas profesiones se sentían vulnerables. Y la izquierda ligada a Andrés Manuel López Obrador establecía una permanente crítica a las acciones militaristas de Felipe Calderón.

«Cuando lleguemos al poder, vamos a cambiar todo. Los soldados volverán a los cuarteles», aleccionaban los líderes de la izquierda a sus simpatizantes a través de los medios de comunicación que tenían a su alcance.

Los grupos criminales contrataban asesores extranjeros, engrosaban sus filas con jóvenes deseosos de «trascender» en la vida y de ganar unos cuantos pesos. Establecían oscuros acuerdos con autoridades de todos los niveles de gobierno. Los militares veían cómo se les atacaba con balas, y con críticas y demandas por todos los flancos.

—Siguen asesinando compañeros —señalaba molesto Fernando a Marián. Estaban en la sala de la casa que tenía ella en el Pedregal—. Ayer mataron a un colega en Chihuahua, en represalia porque el periódico en el que trabajaba se negó a publicar un comunicado que le enviaron los narcos. Los periodistas estamos en la total indefensión. Bueno, los periodistas y miles de personas. Ahí tienes que están «levantando» doctores para que vayan a curar a los heridos de tal o cual cártel.

Hizo una pausa para revisar un mensaje que le llegaba al teléfono celular, movió la cabeza en señal de desaprobación.

—Acaban de balear el casino Caliente en Saltillo, mataron a una jovencita que se escondió detrás de una máquina tragamonedas mientras disparaban a diestra y siniestra. Esos cabrones balean e incendian casas de apuestas para obligar a los dueños a pagar dinero a las mafias. Y los clientes sufren las consecuencias. Todo se encuentra en llamas, y no veo un interés colectivo en condenar lo que está ocurriendo en el país. Al menos, no veo las grandes protestas, ni los cuestionamientos a la política gubernamental.

—Es algo que no va a terminar pronto. La situación es muy delicada y pésimamente planeada —Marián coincidía—. Tal y como lo dice tu presidente, nos encontramos en estado de guerra, inmersos en un conflicto armado donde prácticamente no hay garantías individuales. Por eso me he negado a que ustedes se queden sin el sistema de protección que acordamos hace tiempo.

—¿Crees que aún quieran hacernos daño? ¿Sigues pensando que Sonia sufrió un acto dirigido?

Fernando se refería a un violento incidente que terminó en una fuerte balacera y en el cual Sonia estuvo a punto de perder la vida. Marián le dio argumentos para suponer que no era obra de la casualidad. Ambos coincidían en que tuvo suerte de que los cuerpos de seguridad contratados por Marián consiguieran repeler la agresión.

—A todo esto, ¿cómo siguió el joven que recibió la bala?

—Bien. No te preocupes por él, es muy fuerte. Ya está en circulación. La pasó mal, pero la libró. Es muy querido por los muchachos, al grado de que casi echan por la borda las indicaciones que se les habían dado —respondió Marián intentando tranquilizar a su amigo y a la vez explicar lo sucedido—. Cuando lo vieron herido, su rabia los hizo olvidar que debían dejar a alguno de los delincuentes con vida. No debió ocurrir. Por fortuna, aun muertos, sus pertenencias y sus tatuajes nos sirvieron de elementos para vincularlos con la misma gente que antes intentó hacerle daño a Sofía. Desgraciadamente, no será el último de sus ataques. Espero que nuestra gente mantenga la lealtad y la valentía.

—¿Fue la gente de Guerrero? ¿Sigues pensando que aquél está involucrado?

—No existe ninguna duda —respondió Marián sin ocultar su coraje.

•

Mientras tanto, en la sierra de Guerrero, Raúl sostenía un diálogo con Rodolfo Valenzuela. Se les veía alegres, su amistad se había ido estrechando. La mayoría de los escoltas de ambos se hallaban alertas, solo unos cuantos tenían permitido convivir entre ellos, nunca con los jefes.

Para Rodolfo la relación implicaba fortaleza. Para Raúl fortaleza y esperanza, cualquier pretexto era bueno para alimentar sus fantasías. Por lo pronto tocaba evaluar lo que estaba ocurriendo con el tráfico de estupefacientes y en la guerra contra sus adversarios. De lo que ahí se dijera, se establecerían las acciones necesarias a realizar en los próximos días.

—Nos está yendo bien. En serio que esta pinche guerra del gobierno contra nosotros nos cayó como anillo al dedo.

Rodolfo sostenía un vaso con tequila en sus manos, no le gustaba tomar en caballitos, decía que eso era de maricones y de gente mamona. Raúl solo sonreía cuando lo escuchaba hablar.

—Coincido contigo, nos está yendo chingón. Nunca antes habíamos tenido tanta gente en nuestras filas. La pinche pobreza nos ayuda a que muchas personas se acerquen y se jueguen la vida con nosotros —con sus palabras, Raúl intentaba impresionar a Rodolfo, le gustaba que reconociera sus análisis—. Además está la ambición, el deseo de tener poder, las ganas de sentirse fuertes. Tenemos gente fregada, pero también hijos de «papi» que quizá sueñan con sentirse hombres. Y por si fuera poco, hemos diversificado nuestra actividad. A todo le hacemos, siempre y cuando genere dinero.

—Una pregunta, cabrón, ¿cómo andan con las autoridades locales? ¿Ya tienen acuerdos firmes?

Mientras hablaba, Rodolfo se volvía a servir tequila y miraba por la ventana. Constató que a unos metros se hallaban sicarios con potentes metralletas y modernos aparatos de comunicación.

—En la mayoría de los municipios tenemos acuerdo total. Son nuestros empleados. Con otros alcaldes andamos en eso, pero son muy mierdas y también agarran dinero de los güeyes de Michoacán. De vez en cuando les debemos permitir que hagan algún operativo dizque «pa' taparle el ojo al macho».

—Excelente. Te comento que esto mismo está ocurriendo en buena parte del país. En estos días tenemos concertada una reunión con alguien cercano al secretario de Seguridad. El cabrón aquel que ayudó a montar una faramalla televisiva para anunciar la detención de unos secuestradores, entre los que se encontraba una francesita.

Rodolfo hizo una pausa, pidió que brindaran.

—Al parecer el gobierno está entendiendo que somos menos salvajes que otros. Dentro de nuestro mundo también hay distintas clases. Nosotros pasamos por personas de bien, que razonamos, contamos con estudios, tenemos palabra. Otros son simples salvajes que siembran terror —las reflexiones de Rodolfo eran aceptadas por Raúl, aunque sabía que carecían de veracidad; al menos en su caso, había un historial de torturas que le colocaban en un alto nivel de salvajismo—. Pues bien, en el gobierno ya saben que fue una pendejada anunciar una guerra sin planear y sin recursos económicos. Comprendieron que en las guerras hay alianzas, que solos no pueden combatir a los narcos más salvajes. En pocas palabras, necesitan que les echemos la mano.

—Nosotros también somos cabrones y sanguinarios, pero nos gusta engordar las cuentas personales de los políticos.

Raúl se veía contento, disfrutaba del tequila, pero sobre todo de la compañía. Le agradaba el dinero tanto como los ojos de Rodolfo.

—Nuestros pinches gobernantes —señaló Rodolfo— solo buscan llenarse de lana, asegurarse lujos, garantizar los sueños de los hijos de sus nietos. Son iguales a nosotros.

—Pero menos decentes y más culeros.

●

Les aseguraron que el operativo duraría menos de cuarenta y cinco días. Pasó el tiempo y las acciones militares se intensificaban. Llevaban más de seis meses fuera de casa y no se veían trazas de que el final estuviera cerca. Unos días peleaban en Michoacán, otros en Guerrero. En cada jornada había bajas.

En un inicio pensaron que, como en otros tiempos, el trabajo implicaría quemar plantíos semiabandonados y perseguir a narcotraficantes de medio pelo. Lo cierto es que la lucha se dio en las veredas, en las calles, en espacios abiertos. Los militares estaban más preparados, pero los rivales contaban con mejores armas, los superaban en número.

—Recibimos la solicitud de apoyo de la policía. Se están dando en la madre con unos narcos. Hay que movernos de pedo, no está lejos, a unos treinta y cinco minutos.

Fabián Sandoval se mostraba enérgico y sereno. Los militares a su cargo le tenían respeto y aprecio. Sabían que estaba dispuesto a morir por cualquiera de ellos. Conocían sus valores, sus principios y su honestidad, lo cual, en esos tiempos y en las circunstancias en las que se encontraban, se convertían en garantía de lealtad. No se iba a vender y, sobre todo, no los iba a entregar.

Cuando llegaron al pequeño poblado no había mucho qué hacer. Hallaron una patrulla quemada, cuerpos sin vida por doquier, ninguno de los cuales pertenecía a los dos policías que habían pedido auxilio. Los lugareños se habían metido a sus casas sin querer salir, y menos hablar.

Doce horas después se enteraron de la suerte que habían corrido los policías. Aparecieron colgados en un puente. Sin ojos, lengua, manos, pene y testículos. Una manta pendía sobre ellos: «Por no cumplir los acuerdos».

Los policías torturados y asesinados habían jurado lealtad con células de dos cárteles distintos. Esa información llegó a Fabián, quien en la primera oportunidad se la transmitió a su cuñado: los uniformados permitían el paso a los dos grupos delincuenciales y a ambos les daban información. Todo iba bien, hasta que una de las células integrada por exmiembros de un grupo insurgente con fuerte influencia en el estado de Guerrero les ordenó que ayudaran a terminar con unos narcotraficantes ligados a la Familia Michoacana, quienes operaban en la zona coordinados por un tal Jacinto Cisneros —hombre con fama de sádico e implacable—. Los policías dijeron que sí, pero en lugar de colaborar fueron con la gente de Cisneros a alertarla sobre lo que estaba ocurriendo.

—Les apostaron a los perdedores —señaló Fabián—: la célula de La Familia Michoacana sucumbió ante la superioridad de la gente de Guerrero. El sanguinario narcotraficante que comandaba el grupo que ganó esa pequeña batalla ordenó dar un balazo en la frente a todos, salvo a Jacinto Cisneros, que fue desollado frente a una cámara que grabó sangre, gritos y los nombres de los policías que dieron la información.

—¿Los policías también corrieron con una suerte similar? —quiso saber Damián.

—Pues ¿qué te puedo decir, cuñado? Creo que a los policías les fue aún peor. El tipo que comanda a la gente de Guerrero es despiadado.

—¿Se conoce su nombre, sabes cómo se llama ese cabrón?

—Me dicen que su nombre es Raúl Martínez, creo que hasta era maestro.

●

Descansaba los martes, de eso hacía algunos años. Luego, hablaron con Fernando para que los viernes fueran los días en que Cindy se quedara en el departamento.

Los destinaba a «renovar» su figura y preparar con esmero una cena para dos. Le gustaba cuidar cada detalle; tener todo perfecto para convertir un momento, un fugaz instante, en una extraordinaria y eterna velada.

Los viernes Javier se quedaba con doña Raquel, su abuela. Un par de años atrás los padres de Cindy se habían divorciado, desde entonces su mamá vivía a unos metros del edificio de departamentos en donde se hallaba el espacio que compartía con Sonia. La madre de Cindy no gozaba de buena salud: era demasiado enfermiza, estaba cansada por los años. Con su nieto Javier recuperaba vitalidad y un poco de alegría, disfrutaba de tenerlo cerca. Contaba con el apoyo de Rocío, una amable muchacha cuyo sueldo salía de las finanzas de Cindy.

Ese día de la semana se había vuelto especial para doña Raquel; podía convivir con su nieto, comían y cenaban juntos. Platicaban de todo y de nada y, al irse a descansar, sabía que al siguiente día seguirían la charla en el desayuno. Le encantaba saber que su nieto era un buen chico, un jovencito hogareño, que procuraba visitarla no solo los viernes; acudía otros días, aunque solo fuera para llegar a darle un par de besos y ayudar con el aseo.

—Ay, mijo. No es necesario que nos ayudes en la limpieza, entre Rocío y yo podemos con la casa —le decía la abuela y recibía por respuesta una tímida negativa de Javier.

Le preocupaba pensar que en poco tiempo se fuera a estudiar inglés al extranjero; ya casi cumplía 20 años, y Cindy decía que lo mejor para su hijo sería tomar cursos en Estados Unidos o Canadá. Entre Sonia y Cindy habían ahorrado para sufragar los gastos.

Para Javier, las visitas a la casa de su abuela se volvían cada vez más especiales. Cada paso rumbo al departamento, los golpes a la puerta esperando que fuera abierta y el hecho de recibir un afectuoso saludo de Rocío, creaba cierta electricidad en su cuerpo.

Había sido un adolescente extrañamente responsable y con poca vida social. En buena medida lo seguía siendo. Desde una tarde, a sus escasos siete años, en la que tuvo una desagradable experiencia con sus compañeros de juegos, decidió que pondría todo de su parte para que nadie conociera a su familia. No tenía interés por explicar la ausencia de un padre, menos aún la presencia de dos madres.

Le gustaba estar en casa de su abuela, no solo para convivir con ella, sino para coquetear e interactuar con la hermosa

Rocío, que le llevaba un par de meses de diferencia en la edad. Intercambiaban sonrisas, pláticas candentes y roces ocasionales. Con Rocío había practicado el arte de besar y la dicha de quitarse el frío frotando la piel mientras estaban acurrucados en el sillón de la sala. Solamente en una ocasión había tocado la parte alta de sus piernas y rozado sus senos, pero con ello bastaba para que los viernes fueran parte de sus sueños. A pesar de su edad, nunca había conocido a otra chica.

Javier sabía que ella tenía novio, un bueno para nada que le quitaba tiempo, y al parecer, dinero. Cuando la familia se encontraba presente, aceptaba esa seriedad de Rocío tan apreciada por todos, y esa distancia que marcaba con él para que la abuela y Cindy no sospecharan que entre ellos había complicidad. Soñaba con estar a su lado.

La alegría de los viernes se había vuelto el común denominador en la vida de cada uno de los miembros de la familia de Cindy. Quizá ella no sabía lo que el viernes significaba para su madre o para su hijo, solo entendía que para ella eran los días donde aumentaba la pasión en su recámara. Se habían vuelto los días del amor, de las sorpresas. Una y otra tenían que pensar en algo distinto; una novedad, un detalle para hacer sonreír a su compañera de vida.

Los viernes, Sonia Rubio se quedaba a trabajar hasta tarde. Ayudaba en la agencia de noticias a terminar todos los pendientes, y daba tiempo a su novia para tener todo listo en la cocina, en la sala y, principalmente, en la recámara.

Ese viernes a Cindy le extrañó escuchar que se abría la puerta del departamento. El reloj en la cocina marcaba las siete de la tarde, muy temprano para que llegara Sonia. Quizá tenía que ver con la sorpresa de la noche. Se quitó el mandil, se movió un poco el cabello intentando acomodarlo, se ajustó la blusa y sintió sus propios pechos; aún estaban firmes; pensó en lo que harían ella y Sonia después de cenar. En medio de sus pensamientos sintió que se le subían los colores al rostro.

Al llegar al pasillo se encontró con un puñetazo que la dejó inconsciente. Luego un cuchillo destrozó su cuerpo. No había más en el último viernes de su vida.

Sonia no alcanzó a llegar al departamento. Uno de los guardias, que iba de copiloto en el auto, recibió una llamada: después, en el primer alto mató al chofer y luego acabó con la vida de la periodista.

Al día siguiente, ese guardia y dos hombres más aparecieron muertos.

Cada año las secciones sindicales recibían un vehículo último modelo para su uso en la actividad sindical. Por lo general se les entregaba la versión económica de las Ford Explorer. Normalmente, las secciones pagaban la diferencia y se llevaban la versión más lujosa, o incluso un vehículo de mayores dimensiones. En esta ocasión, la maestra tenía una sorpresa, algo que estaba segura que emocionaría a varios dirigentes. El tipo de vehículo que se entregaría se informaría en la reunión del Consejo Sindical que se habría de celebrar en Hermosillo, pero ya se había filtrando la noticia.

—¿Ya supiste cuál es el vehículo que piensan mandarnos? —le preguntó Jorge Salcido a Carlos Moreira.

—Sí, carnal, una Hummer. Pregunté si podía ser otro vehículo y dijeron que no —contestó Moreira.

—También le comenté a la gente del Nacional —señalaba Salcido, secretario general de la Sección 35—, les argumenté que la situación está muy difícil en la región, que transitar por las calles de La Laguna es sumamente peligroso, los cabrones me respondieron que esa era la razón para andar en las Hummer, dizque para estar más protegidos. Creo que no entienden que los grupos de delincuentes nos van a confundir. Soy capaz de vender ese vehículo y comprar un par de carros Nissan para que se mueva la raza.

No era el único con tales pensamientos, varios dirigentes decían que al recibir las Hummer verían la manera de cambiarlas en las agencias por autos más discretos. Aun así, la gran mayoría aplaudió en el consejo cuando la maestra dio la noticia. Poco después, el escándalo: la prensa dijo que las Hummer eran para los dirigentes, un regalo para los secretarios generales. Los cercanos a Elba Esther Gordillo, en lugar de desmentir lo que se decía y subrayar que serían para uso sindical, que seguirían siendo propiedad del sindicato, expresaron que los vehículos se pensaban rifar y que con lo obtenido se apoyaría a escuelas de escasos recursos.

El descrédito se mantuvo durante largo tiempo. Dinero de las cuotas sindicales fueron a parar al arreglo de escuelas. Nadie agradeció, la imagen del sindicato no mejoró y la mayoría de las secciones tardó bastante tiempo para volver a recibir un vehículo de la dirigencia nacional del SNTE.

Algo similar ocurrió con el festejo de fin de año. Se hizo costumbre viajar en un crucero por el mar Caribe o con rumbo a Hawái. La invitación se hacía a todos los dirigentes sindicales y a sus parejas. La mayoría acudía, juntos superaban las doscientas personas. Pocos decían que no, y más de uno, en vez de ir con su esposa, lo hacía con alguna «amiga». Repentinamente se descubrió el exceso en los festejos y estalló otro escándalo: el periódico *Reforma* documentó el viaje a Hawái, lastimando aún más la imagen del sindicato y de los dirigentes.

Parte del problema tenía que ver con la falta de crítica interna, con las escasas ocasiones en que alguien se atrevía a contradecir a Elba Esther. Por eso, el tropiezo en la compra de las camionetas Hummer, el exceso en los gastos para festejar el fin de año, el fracaso de la lucha sindical relacionada con la reforma al instituto de seguridad social. Al mismo tiempo aumentaba la presión de los grupos políticos. La cercanía de Gordillo Morales con Calderón Hinojosa no se reflejaba en el trato que le dispensaba Josefina Vázquez Mota, en ese entonces secretaria de Educación Pública. El conflicto entre ellas era el pan de todos los días.

Los enemigos de la maestra tenían la capacidad y la vocación para filtrar todos aquellos aspectos que podían afectarla.

·

En el PAN, en el PRI y en el resto de los partidos existen grupos internos. En el 2009, algunos grupos eran afines a Elba Esther, otros, radicalmente opuestos. Varios de los personajes afines a la maestra eran enemigos entre sí. Lo mostraba el caso del gobernador de Coahuila y el presidente de la República; ambos gozaban de la amistad de Elba Esther, pero entre ellos mantenían una incansable disputa política que incluía ataques personales.

—¿Ya viste lo que hizo tu discípulo?

La llamada sucedía a las diez de la noche. En la línea telefónica estaba Felipe Calderón y la maestra, quien como pocas veces se había ido a descansar temprano, no alcanzaba a acertar a qué se refería, ni de quién estaba hablando el primer mandatario de la nación.

—No entiendo nada, señor presidente.

—Humberto Moreira puso unas pintas en Coahuila. Me ofende. El pendejo dice en sus pinches mensajes: «Si tomas no gobiernes». Qué se cree ese cabrón —decía Calderón en un tono exageradamente alto.

—Para empezar, Humberto es profesor, pero no es mi discípulo. Y hasta donde tengo entendido, no se deja gobernar por nadie, es demasiado testarudo —intentó argumentar la maestra.

—Dile que se calme o se los lleva la chingada a todos ustedes —sentenció Calderón y colgó el teléfono.

La maestra sabía que la molestia del presidente era real; entendía que en el futuro Calderón buscaría desquitarse de Humberto, y que en lo inmediato debía mandar un mensaje a Los

Pinos para evitar consecuencias para el gremio. La oportunidad se presentaba en una reunión con las secciones sindicales de la segunda circunscripción electoral. Ahí estarían Carlos Moreira y las secciones 5 y 38 de Coahuila.

Se hallaban reunidos en un auditorio del SNTE ubicado cerca de Santa Fe, conocido como Portal del Sol. Había más de seiscientos maestros pertenecientes a la dirigencia seccional de varios estados de la República. En su mensaje, la maestra hizo comentarios de cada sección y en relación con las autoridades de las entidades federativas. Empezó por la Sección 30, ubicada en Tamaulipas; los criticó por su cercanía con el gobierno del estado, por ser demasiado priistas. A las secciones de Nuevo León les expresó reconocimiento y cariño. Con los maestros de San Luis Potosí estableció marcadas diferencias, felicitó a los dirigentes de la Sección 26 y cuestionó duramente a la Sección 52. La línea discursiva estaba siendo muy clara: todo aquel que se moviera a favor del Partido Revolucionario Institucional recibiría sus críticas.

Llegó el momento de hablar de Coahuila, y las palabras de la maestra se volvieron especialmente agresivas en contra del gobernador del estado. Entre otros asuntos, lo criticó por supuestamente estar en contra de los trabajadores de la educación. Pocos sabían que la maestra quería que ese mensaje llegara a Los Pinos, marcar distancia para salvar el momento de crisis.

Lo que no había calculado Elba Esther era la reacción de Carlos Moreira. Pidió la palabra para contradecirla; expresarle que estaba mal informada. Tampoco calculó la reacción de los asistentes. En un inicio, únicamente los miembros del Comité de la Sección 38 y la mayoría de los de la Sección 5 aplaudían las intervenciones de Carlos; el resto lo hacía cuando hablaba Elba Esther.

Las secciones que habían sido criticadas dejaron de aplaudir a la maestra, y la Sección 35 de La Laguna expresó apoyo a Moreira. Varias manos de dirigentes de la Sección 5 se alzaron y manifestaron su desacuerdo con lo expresado por la dirigente nacional del sindicato. Ella optó por cambiar de tema.

Luego del episodio, Felipe Calderón recibió con satisfacción la información sobre la discusión que se dio en el seno del magisterio. A la par, la maestra y los hermanos Moreira entraron en una fase de distanciamiento. Fase que terminó luego de una tragedia personal en la vida de Elba Esther Gordillo.

●

A la tristeza de enterrar a sus muertos se sumaba la angustia de sentir la persecución de monstruos y fantasmas. Había incertidumbre, angustia, coraje en Fernando y Marián. No se sabían los motivos, no se tenía claridad en la identidad de los enemigos. Se especulaba como causa de los ataques la actividad periodística. Aun así, no había interés por modificar la posición de Siete de Junio, seguiría siendo una agencia de noticias independiente del poder y, por lo tanto, sumamente crítica y agresiva con quienes en el presente o en el pasado —al ocupar cargos públicos— no lo hicieran con honestidad y responsabilidad. También había voces que descartaban el asunto de la libertad de expresión como detonante de los asesinatos en el equipo de periodistas.

—Insisto en anular el periodismo y todo lo que tenga que ver con él como la causa real de los asesinatos de nuestros amigos —expresó Marián. Le gustaba ser directa—. Me duele lo que pasó y no me perdono la tradición de los elementos de seguridad.

—No eres culpable de nada. Fui yo quien te dijo que no era necesario tener a tantos elementos israelíes, que había gente local que podía cumplir la responsabilidad —le expresó con tristeza Fernando.

—Pues sí, cometimos ese pinche error —los ojos de Marián se humedecieron—. Siendo elementos locales y teniendo familia relativamente cerca, eran fáciles de amedrentar. Nunca falla la amenaza de matar a sus seres queridos. El colmo es que al terminar su pinche trabajo, el primo de tu ex decidió que lo mejor era eliminarlos, y de paso mandó matar a la esposa y los hijos de dos de ellos, y a la madre y hermanos del otro.

—Sigues pensando que la gente de Raúl está involucrada, ¿no puedes considerar como algo más probable la inseguridad que priva en el país?

A Fernando se le dificultaba imaginar que el primo de Diego pudiera mantener ese nivel de odio hacia ellos. Marián consideraba que era un auténtico sociópata, obsesionado con quienes en el pasado no le dieron espacios o lo rechazaron sentimentalmente.

—Desde la oscuridad apoya toda esa campaña en contra de la maestra Elba Esther. De aquella obsesión por estar cerca de ella, hoy solo persiste hostilidad y rencor. Pero eso sí, nada que se compare con el odio que te tiene y lo que siente por el Subcomandante. No le gusta que sus fantasías se conviertan en fracasos: quiso amor y lo despreciaste. Algo parecido hizo Marcos. Ahora vive lleno de un odio violento e irracional. Tengo entendido que ha mandado matar a militantes del EZLN, pero esa información no sale a la luz. Por cierto, según mis fuentes, ahora anda de pareja de un poderoso narcotraficante.

—Y entonces, ¿qué me recomiendas? —preguntó Fernando, preocupado.

—Que te vayas conmigo a recorrer el mundo, que dejes esa pinche agencia de noticias y disfrutemos de la vida —repetir *pinche* se le había vuelto costumbre a Marián, y en esta ocasión dejaba entrever lo pragmática de su forma de pensar.

—Sabes que no puedo hacerlo. Me gusta el periodismo. Es lo que le da sentido a mi vida. Vienen momentos importantes, en unos días hay elecciones federales y creo que la dinámica del país se va a modificar sustancialmente; el PRI va a recuperar terreno. Ganará muchísimas diputaciones y pondrá contra la pared al gobierno de Calderón. Estoy seguro de que será el gran vencedor de las elecciones de diputados federales.

—Ay, chiquito, a quién le importa si el pinche PRI gana o pierde unas estúpidas elecciones. Creo que solo a ti. Mira, si te interesa el periodismo lo puedes hacer en otros sitios. Podemos fundar un periódico en España o Suecia.

—Pero también está Sofía, y ahora Javier; necesitan apoyo.

—Como siempre, Fernando pensaba en ayudar a la gente que tenía a su lado.

—Al chico lo mandamos a estudiar lejos. Que se lleve a su abuela y a la chica esa que le limpia la casa y le roba el sueño. A Sofía la dejas al frente de la agencia de noticias, o si gustas, la invitamos a irse con nosotros.

—Planteas las cosas con mucha facilidad. Tienes mucho dinero, tanto, que de pronto lo andas tirando a lo loco.

—¿Te refieres a que compré dos millones de dólares en bitcoins? Pues, ¿qué te diré? Es una apuesta arriesgada. Los adquirí a setenta centavos de dólar por cada criptomoneda. También compré unas máquinas que ayudan a generar más monedas. Se llama minería y es algo súper interesante. Uno de mis asesores me dice que con algo de suerte, en unos años tendrán un alto valor. Por lo mismo decidí poner medio millón de bitcoins en una cuenta digital que abrí a tu nombre. Tienes que prometerme que no los venderás, al menos hasta que cada moneda valga arriba de mil dólares.

—Pues ya estuvo que me quedaré sin venderlos —Fernando olvidó un poco la tristeza, le causaron risa las palabras de Marián.

—Tienes poca fe, chiquito. Es más, hagamos una apuesta. El día que un bitcoin supere los 500 dólares, ese día, me pides que nos casemos. Tú pagas la boda y yo la luna de miel.

—Me parece bien, aunque para ello es preciso que sigamos vivos.

—Lo estaremos. No nos vamos a esconder, no vamos a huir. Acabaremos con esos pinches cabrones.

Capítulo IX

Miedos, Ciudad de México-Guadalajara, *2013*

La opción de negociar estaba en la mesa, sus abogados la habían dejado en una carpeta reluciente.

Tenía miedo, dolor y coraje. Por ella, pero también por su gente. Por lo ocurrido en las últimas horas: la incertidumbre del mañana.

Una de las celadoras le había dicho: «Los jefes quieren conversar, sea inteligente. En un par de años podrá salir de la cárcel, vivir en el extranjero. Acepte algunos de los cargos de los que se le acusa, escuche a los emisarios del Gobierno de la República. Declárese culpable. Con una fianza podría dejar la cárcel en los siguientes días».

Claudicar tenía muchas ventajas. Para empezar, disminuía el riesgo de aumentar la persecución en contra de su familia. Le preocupaban sus hijas y nietos. Sufría al pensar que, ante el dolor y la tensión, a Mónica le regresara el terrible cáncer que había padecido.

Rendirse era una opción, para muchos la más sensata; pero sus hijas le dijeron que no lo hiciera. Sus nietos le pidieron que continuara luchando.

—Abuela, recuerda lo que nos dijiste: en esa gente no se puede confiar. Tenemos que continuar hasta el final, no importa perderlo todo. Igual las cosas se esfuman si cedes —le dijeron con los ojos llorosos y una sonrisa en los labios.

A su entender, claudicar implicaba perder por siempre al sindicato, y que la organización sindical se hundiera por la ausencia de lucha, de proyecto y de respeto.

Juan Díaz también tenía miedo. Se moría de miedo. Por eso gestionó un amparo, por lo mismo dudaba en salir de su habitación. Sobre su cita con Luis Miranda, no estaba seguro si era conveniente acudir. Podían detenerlo. Quizá era una estrategia parecida a la que emplearon con la maestra: fingir una reunión para facilitar su detención. Le quedaba claro que el amparo se volvía frágil ante la posible determinación de un presidente con la fuerza que en esos momentos manifestaba Enrique Peña Nieto.

Se armó de valor y acudió a la cita. Observó la calidez con la que fue recibido. Se sintió tranquilo. Le invitaron un trago. Le plantearon el escenario al que se enfrentaba. Luis Miranda no se encontraba solo, pero era quien llevaba la conducción de la reunión.

—Queremos que usted encabece al sindicato de maestros, tendrá nuestro apoyo. Eso sí, lo mantendremos a prueba, a usted y a los suyos.

—¿El apoyo para seguir igual? ¿Para que el SNTE mantenga intacta su fortaleza?

Los funcionarios rieron a carcajadas, movieron la cabeza como negativa. Juan no comprendía que sus ideas se ubicaban lejos de la realidad.

—Nada será igual. Al menos en el corto plazo, le debe quedar muy claro que las cosas serán muy distintas. Los riesgos no terminan con esta reunión, existe la posibilidad de que se desintegre el sindicato o usted termine en la cárcel, todo dependerá de cómo establezca su liderazgo, de cuáles sean las acciones que vayan a emprender los maestros en los próximos días y meses, y de cuál sea su compromiso con México —el funcionario le dio un largo trago al whisky, para enseguida continuar—. Es más, creo que debe considerar el 2013 como su periodo de prueba. Si todo sale bien y usted cumple con su responsabilidad, entonces podemos pensar en fortalecer nuevamente al sindicato, y en que usted dure muchos años al frente de su organización sindical.

—¿Y la maestra Elba Esther saldrá de su encierro? Creo que podría marcharse lejos, quizá a San Diego.

—Se ha hecho el intento, ella no entiende. Gordillo Morales se quedará ahí por muchos años. Quizá salga dentro de una bolsa de plástico, de esas que utilizan las funerarias —Miranda nuevamente dio un trago a su bebida y remató con una contundente y lapidaria frase—. No pensemos en ella, no tiene caso.

Juan Díaz bajó la mirada, por unos segundos guardó silencio. Finalmente respondió, escuetamente y sin levantar la mirada:

—Como ustedes digan.

Él optó por la comodidad del acuerdo. Ella rechazó negociar y tuvo que asumir las consecuencias. Ambos conservaron sus temores por mucho tiempo.

Nuevas traiciones, *2009-2012*

Se había enfrentado a duras y terribles enfermedades; había salido avante. No así sus seres queridos. La tristeza formaba parte de su vida. Curiosamente las tragedias siempre se ensañaron en los varones que Elba Esther más quería, como si la vida quisiera cobrarle algo y lo buscara en los hombres cercanos. Ahora, sin embargo, las tragedias llegaban a las mujeres que amaba.

Al salir de la clínica se sentía devastada. Intentaba ser fuerte, encontrar las palabras para dar aliento y esperanza. Al ver a Mónica tan animosa, Elba quiso pronunciar una frase, sabía que su cuerpo estaba frágil, pero su hija se adelantó.

—Vamos a dar la pelea, mamá, el cáncer no tiene por qué vencerme, y si lo hace te prometo que mantendré la frente en alto en los momentos más difíciles, mi rostro tendrá dignidad hasta el último segundo.

—Así es, querida —Elba Esther abrazó muy fuerte a su hija. Ambas necesitaban ese abrazo, las caricias, tomar fuerza con la cercanía de la sangre, con el contacto de la piel y los besos—. Vamos a buscar los mejores doctores, las mejores clínicas del mundo. Mañana nos movemos a Houston o a donde sea necesario, pero vas a estar bien. Me tienes a tu lado.

La maestra no quería perder tiempo, estaba en juego la vida de Mónica. Dejó todo y se marchó a los Estados Unidos. El sindicato de maestros quedó a cargo de Rafael Ochoa, el partido Nueva Alianza con Jorge Kahwagi, a quien quería casi como a un hijo, y su casa bajo la responsabilidad de su madre y de su hija Maricruz.

Se acercó más a Dios. Intentó en sus rezos negociar, dejar cosas, ser mejor, sufrir ella… todo a cambio de la salud de su hija. Encontró a los mejores doctores de los Estados Unidos. Fueron semanas y meses de mucha tensión. Ese tiempo, estando juntas, luchando, sufriendo, creó una mayor cercanía y unidad.

Bien dicen que los pesares se hacen acompañar de tragedias: estando en Houston, mientras le daban tratamiento a Mónica, recibió una llamada. Su madre había ido a bañarse a una alberca y al salir no tuvo los cuidados necesarios. El aire fresco de septiembre le provocó neumonía. Se encontraba en el hospital.

—No es necesario que te muevas; la abuela se encuentra estable, muy bien atendida. Ya pasó lo peor, no te preocupes. Quédate con Mónica, ella te necesita más —le dijo su hija Maricruz, y algo parecido, sus nietos.

Respiró muy hondo. Pidió a Dios que le diera fuerzas a su madre. Enseguida, vio que salía su hija. Uno de los médicos pidió hablar con ambas.

—Todo parece indicar que va respondiendo muy bien a los tratamientos. Quizá en una semana logremos darla de alta.

●

La situación en la agencia de noticias se encontraba en alerta máxima. Fernando, Sofía y una veintena de periodistas se habían presentado ante el secretario de Gobernación. Recibieron el mejor de los tratos, la promesa de hacer justicia y el compromiso de establecer todas las medidas para cuidar la integridad del personal de Siete de Junio. Se fueron con la idea de que nada de lo anterior se haría realidad.

A los pocos días, Fernando y Sofía se reunieron con Marián en un restaurante para revisar escenarios.

—La verdad, no sé cómo piensan que este gobierno los va a cuidar; por favor, no seamos ingenuos, si la gente de Calderón no consigue mantener con vida a sus funcionarios, menos va a garantizar la vida de ustedes.

La expresión de Marián tenía que ver con la muerte —meses atrás— de Juan Camilo Mouriño, exsecretario de Gobernación, en la aparatosa caída del avión en el que viajaba. El difunto gozaba de inteligencia, juventud y de la amistad del primer mandatario. Desde un inicio de la administración calderonista se le mencionó como el más fuerte aspirante del PAN para los comicios del 2012.

—¿Sigues pensando que no fue un accidente?

A Fernando le costaba imaginar la existencia de conspiraciones, así lo hacía sentir en muchos de sus comentarios. Para él, lo evidente resultaba extraño, algo difícil de creer.

—Claro que lo mataron, jefe —coincidió Sofía con Marián—. No podemos pensar que es una casualidad que el *jet* en el que viajaba cayera a poca distancia de Los Pinos. Al presidente de la República le pusieron el cuerpo de su entrañable amigo en las puertas de su casa.

—La otra posibilidad, igual de macabra —agregó Marián—, tiene que ver con la presencia en el avión de José Luis Santiago Vasconcelos, el zar antidrogas del gobierno de Calderón. En pocas palabras, sea con la idea que menciona Sofía o con lo que acabo de decir, lo cierto es que eso no fue un accidente, ahí está la mano del narco.

Fernando guardó silencio por unos segundos. Enseguida ofreció otras versiones de lo sucedido.

—Existen más posibilidades. El accidente no se puede descartar. Fuentes diversas señalan que se acercaron demasiado a un enorme avión y que los pilotos permitieron que Mouriño tomara el lugar del copiloto en el afán de aterrizar la aeronave.

—Ay, Fernando, mejor cambiemos de tema. Nos desviamos hablando de las cosas del gobierno, en lugar de enfocarnos en lo que importa para no*sotros* —Marián entendía que no iba a convencer a su amigo de la podredumbre del sistema político mexicano y de la crisis de seguridad que se vivía en las esferas del poder, prefería hablar de temas más importantes para el círculo en el que se desenvolvían—. Van tres muertes aquí mismo, en este medio. Nada debe seguir impune. Y como quedan ustedes dos con vida, pretendemos garantizar que no les pase nada.

—Somos tres los que seguimos vivos. Tú también estás en riesgo, sabes bien que estamos juntos en este problema —interrumpió Fernando.

—Okey. Somos tres. La vida de todos pende de un delgado hilo. Eso preocupa y encabrona —no se observaba Marián de buen humor; las preocupaciones eran muchas, los riesgos inminentes.

—No existe nadie más encabronada y con más ganas de que se haga una verdadera justicia que yo —el tono de voz y los gestos de Sofía lo reflejaban—; sin embargo, le doy un chingo de vueltas al asunto y no encuentro cómo desquitarnos de los asesinos, ni siquiera tengo en claro su identidad. Los informes señalan que los responsables son los miembros del crimen organizado. Es decir, Fuente Ovejuna: los mató el pueblo malo, la gente sin rostro. El crimen organizado se vuelve un discurso de asesinos anónimos. Quizá en las investigaciones de las muertes de Sonia y Cindy se logre avanzar. Pero me queda claro que nunca sabremos quién fue el autor intelectual o material del asesinato de Joaquín. Para las autoridades ha pasado mucho tiempo. Si el tema es el periodismo, la única salida sería dejar de trabajar o dedicarnos a otra cosa.

Marián observó que se acercaba el mesero a preguntar si necesitaban algo, con un movimiento de mano y un hosco gesto en su rostro hizo que se alejara. Por un momento se arrepintió de que la reunión se llevara a cabo en un lugar público, estarían mejor en su casa, ya fuera cómodamente sentados en la sala o caminando por uno de sus extensos jardines. Lo harían después. Continuó la charla.

—Es momento de que te enteres acerca de lo que sabemos. Durante muchas jornadas hemos platicado Fernando y yo de lo que ha sucedido. Contamos con datos importantes —hizo una pausa, Fernando le apretó una de sus manos—. Hay alguien que sospechamos que se encuentra detrás de los asesinatos y de mi secuestro, alguien a quien conocemos, que pensábamos que estaba muerto y que, sin duda, nos odia de una forma enfermiza.

Raúl sostenía una conversación telefónica con Rodolfo Valenzuela. En unas horas se habrían de ver, revisarían acuerdos con funcionarios del gobierno que no cumplían puntualmente. Había numerosos asuntos por discutir, después buscarían divertirse juntos. La guerra emprendida por Calderón contra el narcotráfico había conseguido unirlos. Su sociedad criminal dio como resultado una cálida relación de alcoba. La violencia que en los operativos mostraba Rodolfo contrastaba con la delicadeza que tenía en la intimidad. Su inclinación a controlar todo en su papel de narcotraficante, nada tenía que ver con la sumisión ante Raúl bajo las sábanas. Sumergidos en besos y caricias, disfrutaban de la vida; se fortalecían para vencer a los grupos enemigos y enfrentar con billetes y balas al gobierno. La llamada fue interrumpida por uno de los subalternos de Raúl.

—Debo atender un asunto importante. Me acaban de traer a un tipo con el que tengo que revisar temas pendientes. Quizá sea alguien que nos pueda ayudar en Michoacán con el proyecto de la insurgencia urbana, o tal vez tenga que darle un balazo para evitar filtraciones. Si todo sale bien, te lo presento en un rato.

Raúl se dirigió a su subalterno, un joven de origen humilde, bajo de estatura, con un sinfín de nombres de mujeres tatuados en los brazos. Lo miró detenidamente, le habló con autoridad, provocó que agachara el rostro. Necesitaba tener un par de datos antes de ir personalmente a entrevistar a Luis Molina.

—¿Opuso resistencia? ¿Se encuentra bien?

—Me informan los muchachos que es bastante violento, de esos que le gustan a usted —al pronunciar la frase se dio cuenta, con temor, que podía incomodar a su jefe, por lo que rápidamente y con ciertos titubeos siguió con la conversación—: no le tiene... no le tiene miedo a la muerte. Trae golpes, no sé quién se los dio, y una lesión de cuchillo o navaja en un brazo. Pero nada de cuidado. Usted dice si se lo traemos aquí o lo ponemos en algún sitio. Sugiero que no se confíe.

—Voy a ir a verlo. Quiero que me dejen solo con ese cabrón. Y te aclaro dos cosas: no me confío de nadie, ni de extraños ni de amigos, ni de empleados culeros boquiflojos; y sí, pinche puñetas, me gustan los hombres, fuertes y decididos. Pero este güey no; al menos no para esas ideas que te pasaron por esa mierda que tienes en la cabeza.

La enorme finca donde estaban se distinguía por su sencillez, enclavada en la sierra de Guerrero, en medio de una envolvente vegetación, unida a un conjunto de humildes viviendas destinadas al personal de seguridad. Los pocos lujos se observaban en los espacios destinados a Raúl. Cien hombres distribuidos dentro y fuera de la finca se dedicaban a dar protección a uno de los líderes más violentos e influyentes dentro del narcotráfico en el sur del país.

—Nos volvemos a encontrar, amigo. Antes de que te quiten el bozal que traes, quiero que me escuches, que atiendas puntualmente cada una de mis palabras. Acá en la sierra no hay una segunda oportunidad. Me dolería mucho que te equivocaras.

Raúl tenía ante sí a Luis. Le contó lo sucedido desde el momento en que lo habían secuestrado junto a Patricia hasta la muerte de ella. También relató parte de lo ocurrido en el tiempo en que estuvieron detenidos.

—Mira, Luis, mis indicaciones fueron muy claras. Estaba prohibido que les causaran algún daño. Te consta que maté al cabrón que te disparó. Y por si no lo sabes, informé sobre el domicilio en el que te ubicabas. Por eso te rescataron. Y ahí dejé, en unos documentos, el sitio en donde estaba Patricia. Las cosas se salieron de control.

Luis quería que le quitara el bozal, Raúl le repitió que midiera cada una de sus palabras.

—No tenían por qué matarla. Ese pinche pendejo no tenía por qué acabar con su vida. ¡La mataste, Raúl, tú eras el jefe de ese pinche güey!

—En eso te equivocas. La indicación fue disfrazar todo para no despertar sospechas. Ella no estaba sola. La otra secuestrada…

—La francesa que mató al pinche asesino —interrumpió Luis.

—Sí. Esa pinche francesa, la Marián, ella es la puta culpable —el líder criminal, alterado, levantaba la voz, apretaba sus puños—. No es lógico lo que menciona. La trama no concuerda. El lugar donde se encontraron los cuerpos no coincide con lo que mencionó la vieja esa —bufaba, trataba de encontrar argumentos—. Ella tiene un chingo de dinero, el suficiente para comprar voluntades, por eso las autoridades modificaron la escena y dejaron de escarbar en el asunto. Aunque si ella tiene dinero, yo también tengo de sobra; y además cuento con balas para colocar a cada quien en su sitio. Un pinche comandante me contó que la francesa estaba desesperada por que se cerrara el caso. Me dijo eso y un montón de cosas que me obligan a pensar que ella es la asesina.

—No sé si creerte, cabrón. ¿Para qué chingados nos secuestraron? Ni modo que quisieran sacarnos dinero.

—Pues para lo mismo que cuando te llevamos a ver al Subcomandante, para que colabores, cabrón. Te queríamos a ti en este negocio, pero más que a ti, a Patricia. Ella tenía los calzones bien puestos. Pero todo se echó a perder con esta bola de pendejos que no sirven para nada.

—Creo la mitad de lo que dices —escupió en un costado y agregó la pregunta que taladraba en su mente—. Y a todo esto, no sé qué estoy haciendo aquí.

—Quiero que me ayudes a matar a la pinche francesa de mierda. Te aseguro que nos la debe a ambos.

Antes de que Luis respondiera, uno de los lugartenientes de Raúl se le acercó para darle información importante. Faltó a la indicación de no interrumpir, el tema lo ameritaba: Rodolfo, en el trayecto hacia la finca, se topó con soldados, los estaba enfrentando, pedía ayuda urgentemente.

●

Todo surgió de una extraña confusión y terminó en una serie de fatales errores. Una patrulla militar circulaba por uno de tantos caminos que pasan en medio de los poblados. Dos militares se encontraban en la cabina, otros cuatro en la caja de una robusta camioneta Ford modelo 2005. Iban cansados, con fastidio, pero trataban de poner atención a lo que ocurría a su alrededor.

Las camionetas que resguardaban a Rodolfo Valenzuela, al ver el vehículo con soldados, se alteraron; supusieron que los tenían identificados. Uno de los sicarios abrió fuego contra los miembros del ejército. Una de las balas atravesó el cráneo del soldado que se hallaba a escasos centímetros de Fabián. La gente de Valenzuela pensó que sería fácil acabar con una simple camioneta con militares. Para su mala suerte, no eran los únicos efectivos de las fuerzas armadas en las inmediaciones.

—Atrinchérense, cabrones, no vamos a permitir que avancen estos putos.

Fabián daba indicaciones. Buscaba tomar la posición más estratégica y confiaba que lo mismo hicieran los efectivos que le acompañaban. Frente a ellos tenían a seis Suburban repletas de narcos. Por la radio, informó a Damián de la situación. El resto de los militares tomó nota de las indicaciones: una parte debía moverse para reforzar el punto en el que se encontraba Fabián, no podían permitir que pasaran los delincuentes; otra, hizo un rápido rodeo para ponerse en la retaguardia de las Suburban. Los narcotraficantes tenían mejores armas, pero los militares al mando de Fabián se caracterizaban por su puntería y arrojo. Unos y otros estaban conscientes de que se jugaban la vida.

En unos minutos, la primera de las camionetas de los narcotraficantes tenía las llantas destrozadas; el conductor, una bala en el ojo izquierdo y al copiloto varios proyectiles le habían destrozado el rostro.

Damián y sus hombres habían hecho lo propio con la Suburban que iba al final de la caravana. Los narcotraficantes entendieron que solo podrían escapar acabando con la vida de sus rivales.

—Recuerden que los chingones vienen en las camionetas de en medio; por lo general, en la segunda. Los más pendejos en los vehículos de mero atrás.

Los gritos e indicaciones de Fabián ponían en alerta a los militares. Le habían garantizado que venían refuerzos en camino, pero también existía la posibilidad de que otros grupos armados pertenecientes a la célula delictiva se hicieran presentes.

Los efectivos del ejército aún se encontraban en inferioridad numérica, pero un hecho fortuito cambió la situación en el campo de batalla. Un joven delincuente de escasos 15 años intentó lanzar una granada: sudaba copiosamente, se hallaba drogado y nervioso; al momento de levantar el artefacto sufrió un disparo de parte de Damián. La granada explotó y en cadena lo hicieron las que estaban cerca. Veintitrés de los treinta y un narcotraficantes murieron en el acto. Rodolfo Valenzuela quedó vivo, pero fue rematado suplicando clemencia junto con el resto de los supervivientes.

En una de las casas del pueblo, alguien tuvo la osadía de grabar lo sucedido. El resto de la gente, temblando, cerraba puertas y ventanas. El material llegaría pronto a las manos de Raúl.

●

El pueblo estaba rodeado por militares, se les habían adelantado. El grueso del convoy decidió dar marcha atrás. No había forma de que Raúl pudiera apoyar a sus aliados. Solo cabía esperar que su socio y amante estuviera vivo. Luego buscaría la manera de auxiliarlo.

Poco después, en su finca, desapareció la esperanza: en el noticiero de la noche, el secretario de Seguridad Pública felicitó a los militares que habían acabado por completo con una peligrosa célula de narcotraficantes. El representante del gobierno hizo mención de dos valientes efectivos: Fabián Sandoval y Damián Aguirre.

—Necesito que me averigüen todo lo relacionado con estos hijos de la gran puta. Me la van a pagar estos culeros —dijo Raúl desencajado, su rabia llenaba de terror a todos los que estaban cerca.

Luis Molina cometió la equivocación de señalar lo afortunados que habían sido al no estar presentes. Ante la mirada de Raúl, optó por guardar silencio.

Estaba claro que había cosas sin resolver entre Luis Molina y Raúl Martínez. En la mente del primero no había claridad en cuanto a la responsabilidad de su amigo en la muerte de su esposa. En el corazón del segundo se hallaba el hartazgo de haberle dado muchas oportunidades a Luis. La desconfianza era mutua. El rencor iba creciendo. Uno y otro sopesaban sí valía la pena ser aliados.

●

La noticia que recibió por parte de los médicos en Houston la llenó de alegría. Su hija estaba siendo dada de alta: Mónica Arriola Gordillo había vencido al cáncer. Podrían regresar a México en las siguientes horas. Elba Esther sonrió como hacía tiempo que no lo hacía. Cerró los ojos para elevar una plegaria de agradecimiento.

Las cosas resultaban mejor de lo planeado. El sindicato de maestros estaba tranquilo. Cada día se debilitaba más la disidencia en la capital del país. En las recientes elecciones, el Partido Nueva Alianza había conseguido mantener su registro y, gracias a ello, podría contar con un aceptable número de diputados federales. Además, en ese mismo proceso electoral, algunos gobernadores, con quienes mantenía acuerdos políticos, se habían fortalecido al conseguir importantes triunfos en las elecciones legislativas.

El único que había fracasado era Eduardo Bours, el mandatario de Sonora. Su candidato perdió la gubernatura. Bours no supo establecer medidas que garantizaran justicia en un grave problema en el que perecieron cerca de cincuenta infantes en el incendio de una guardería propiedad de una prima de Margarita Zavala —esposa de Felipe Calderón—. La guardería se hallaba a un costado de oficinas de la Secretaría de Finanzas del Estado. En un inicio, la gente echó culpas al gobernador por la tragedia; su partido, el PRI, pagó factura en las urnas.

No hubo detenidos. La impunidad prevaleció.

Elba Esther pensó en su amigo, le preocupó su futuro. Luego regresó a lo que tenía cerca, a lo que más quería, su hija se hallaba bien de salud. Era momento de comunicarse a casa, dar la noticia a sus seres queridos. Antes de marcar, su teléfono sonó: Maricruz, su otra hija, le estaba llamando. Una casualidad o simplemente estaban conectadas. Un detalle más para estar feliz. Apenas contestó le dio la gran noticia, no quería que Maricruz siguiera con la angustia.

—Hijita, estoy feliz, Mónica ya fue dada de alta. Venció al cáncer. Tu hermana es una guerrera.

—Me da gusto mamá, dale un fuerte abrazo, dile que la quiero mucho. Pero yo tengo una mala noticia —apenas eran entendibles sus palabras, Maricruz estaba envuelta en un mar de llanto—. Es necesario que te muevas pronto para acá.

Miles de ideas pasaron por la cabeza de Elba.

—¿Qué pasó?, ¡por favor, dime!

—Acaba de fallecer la abuela.

·

Fernando y Marián le comentaron a Sofía que Raúl Martínez era el principal sospechoso de las muertes y atentados.

—¿Recuerdas que nos enteramos de cómo murieron Diego y Raúl Martínez, junto con un profesor de nombre Omar Juárez? —inquirió Fernando.

Sofía asintió, intrigada ante sus palabras; no estaba segura a dónde conducirían sus comentarios.

—No fue un accidente de carretera —caminaban lentamente por los jardines de la residencia de Marián, Fernando iba explicando parte de lo sucedido—. Nos consta que Raúl no murió, sabemos que sigue vivo.

—Tan es así —interrumpió Marián— que por Raúl Martínez es que Fernando y yo nos conocimos.

—Pero ¿cómo puede ser posible? Me suena a una locura.

Sofía tenía razón para ser escéptica, le faltaban elementos para darle forma y sentido a la situación. Detuvo su andar. Fernando tomó una de las manos de Sofía, Marián acarició la mejilla de su amiga. Querían mostrar afecto. Dejar en claro que estaban y estarían unidos.

—De Raúl se puede esperar cualquier locura —señaló Marián—. El tipo siempre se ha comportado como un enfermo mental. En cuanto a las razones de su odio, a mi entender hay dos teorías. La primera es que sigue obsesionado con Fernando, molesto por su rechazo. La segunda es que piensa que varios de ustedes le impidieron acercarse al poder que detenta la maestra Elba Esther. O tal vez es una mezcla de las dos. Lo cierto es que Raúl es violento, intolerante a la frustración y un claro ejemplo de sociopatía. Pensamos en denunciarlo, pero tenemos información de que hay gente infiltrada en diversas dependencias que le guardan lealtad, ya sea por dinero o por temor. No podemos confiar en las autoridades.

—Entonces, ¿qué proponen hacer? Espero que no estén pensando en huir. Ahora, con lo que me dicen no me iré. Quiero pelear por la memoria de Joaquín y las muchachas, se los debemos —el coraje transformó su rostro con un intenso color rojo y una vena sobresalía en su frente.

Fernando y Marián retomaron el andar, despacio, llevándola entre los dos. Guardaron un silencio que a Sofía se le hizo eterno. Finalmente, Marián expresó lo que desde hacía tiempo tenían contemplado llevar a cabo.

—Quizá mandemos lejos a Javier. Es inteligente, pero lo vemos inestable. Quiere vengarse, no creemos que pueda actuar con sensatez. Está muy joven, demasiado joven para entrar en nuestra dinámica de sangre y venganza. De ser necesario, lo enviaremos con la muchacha esa que les ayudaba en la casa de su abuela —hizo otra pausa, para luego agregar en forma contundente—: nosotros no queremos apresurarnos, y te soy sincera, me agrada que podamos contar contigo. Nuestra intención es matar a Raúl.

En 2009 —igual que hace seis años— Elba Esther mantenía una relación de afecto y alianza política con un grupo de gobernadores priistas. Al igual que en el pasado sexenio, el objetivo era influir en la definición de la candidatura del PRI a la presidencia de la República. El Partido Revolucionario Institucional contaba con la mayoría de los diputados federales. No se observaban serias fracturas, ni división interna. La mayoría de los nombres de los gobernadores habían cambiado, si bien algunas entidades repetían: ya no estaban en funciones Arturo Montiel, Tomás Yarrington, Manuel Ángel Núñez, Enrique Martínez y Natividad González; regresaban los mandatarios de Coahuila, Tamaulipas, Hidalgo, Nuevo León y Estado de México. Simultáneamente, otros mandatarios y políticos se sumaban al sólido equipo de gobernadores priistas.

Al interior del PRI se mantenía un fuerte adversario para la maestra, su nombre: Manlio Fabio Beltrones, más capaz, pero con menor popularidad que Madrazo Pintado y con una similar enemistad hacia Elba Esther Gordillo. En cada momento las heridas se abrían a causa de los ataques mutuos.

Los gobernadores mostraban mayor liderazgo y cohesión. Sus reuniones se hacían en forma periódica y en distintos espacios de la geografía nacional. Tocaba el turno al gobernador de Chihuahua para asumir el papel de anfitrión de la reunión, preparó una finca campestre cercana a la capital del estado. Los ahí presentes sabían que se hallaban en un momento clave, vital para el futuro del país, propicio para las definiciones.

—Si no trabajan por uno de ustedes, van a llegar los hombres del ayer a querer conseguir la candidatura.

Elba Esther abría la discusión, ya había cabildeado con varios de los presentes para encontrar coincidencias en torno al candidato que deberían apoyar. En la mente de algunos estaba el gobernador del Estado de México, pero también el fantasma del exgobernador de Sonora, Manlio Fabio Beltrones.

—Creo que está más que claro el nombre de nuestro candidato —el gobernador de Coahuila, Humberto Moreira, hacía uso de la palabra y sentaba las bases de la discusión—. Varios de los aquí presentes lo hemos platicado, tanto con Elba Esther como entre nosotros. Entendemos que es el momento de Enrique Peña. Él garantiza el triunfo del Partido Revolucionario Institucional en los próximos comicios.

—No estoy tan seguro de lo que dices —el gobernador de Hidalgo intentaba generar división y conflicto—. Creo que aquí hay varios que pueden asumir la candidatura, tú mismo podrías ser una alternativa, tienes carisma y excelente discurso.

—Claro que no, Miguel, el problema de hace seis años es que todos los gobernadores se sentían con posibilidades. Hoy tenemos que ser más humildes y contar con sentido común. Y aclaro: no busco, repito, no busco un puesto con Enrique, simplemente deseo que obtengamos la victoria.

La mayoría de los gobernadores no tenía interés en participar en la discusión hasta que las cosas no estuvieran más definidas. Por lo mismo, Elba Esther volvió a hacer uso de la palabra.

—Humberto tiene razón. El licenciado Peña Nieto posee todo para ganar las elecciones del 2012. Es uno del equipo, se la ha jugado con todos nosotros y creo que tiene que recibir el apoyo de cada uno de los aquí presentes, no solo en esta reunión, sino además en los siguientes años. Es el favorito, pero nada será sencillo, es preciso que no cometa errores en los próximos meses, necesita establecer un discurso más potente, con temas que interesen a los jóvenes y a la clase media.

—Y en relación con el ataque a la pobreza y a la desigualdad —interrumpió el gobernador de Coahuila.

—Así es, son dos temas que deben abordarse.

Varios pidieron la palabra, pero al ver que el gobernador del Estado de México hizo escuchar su voz, optaron por guardar un total silencio.

—Agradezco los comentarios de la maestra Elba Esther y de mi amigo Humberto Moreira. Agradezco a todos que me permitan dirigirme a cada uno de ustedes. Lo he hecho con la mayoría en grupos más reducidos, pero en este espacio considero que podemos establecer acuerdos más amplios. Acuerdos que, al ser escuchados por todos, pueden servir para garantizar lo que aquí se señale. Por principio de cuentas, le quiero decir a Humberto que siempre podrá contar con mi apoyo, que quiero que nos mantengamos en el mismo equipo, en la lucha y en el triunfo. A la maestra Gordillo, subrayarle que va a recibir no solo la simpatía a sus proyectos y mi amistad a su persona, sino el apoyo total al partido Nueva Alianza y al magisterio mexicano. Le digo lo que siempre le he señalado, quiero ser candidato del PRI y de Nueva Alianza y especialmente deseo ser el abanderado de las causas de los maestros y las maestras. Espero que un día cada profesor me recuerde con mucho afecto.

Continuó con comentarios a cada uno de los presentes. Luego las risas, los abrazos; acotaciones generales, las promesas de apoyo, y el festejo. En el ambiente permeaba la confianza en el triunfo.

La maestra comenzó a despedirse de todos. A Humberto Moreira le pidió que la acompañara al auto, quería hacerle un último comentario.

—Espero que no nos estemos equivocando. No sé cómo explicarme, Humberto, pero hay cosas que no me terminan por gustar, ni de Enrique, ni de algunos de los presentes. Las palabras de Osorio no me las trago, veo en ellas demasiado teatro, creo que había algo preparado para saber si alguien levantaba la mano mostrando que también quería ser candidato y así «quemarse» con el resto. Te quisieron poner un cuatro, pero por fortuna no caíste. Hay mucha falsedad. Siento mala vibra.

—Creo que Enrique es un buen tipo. Tiene palabra, maestra —subrayó Humberto, quien en esos momentos se debatía entre mantener la charla con Elba Esther o despedirse de ella y fumarse un cigarrillo.

—No estoy tan segura. No me gusta la gente tan banal y creo que Peña Nieto es figura que solo aspira a decorar —dijo la maestra mientras abordaba su vehículo.

405

Humberto se quedó pensativo. Sacó la cajetilla de Marlboro, encendió uno. A lo lejos vio cómo el gobernador de Hidalgo le decía algo al oído a Peña Nieto. Notó que este último levantaba la mano y con una gran sonrisa lo invitaba a acercarse. Pensó que la maestra estaba equivocada. Creía que con Enrique les iría bien a ellos y a los maestros. Obviamente no alcanzó a escuchar la conversación de Osorio Chong y Peña Nieto:

—Estos dos no van a servir a tu proyecto. Tienen fuerza, pero también pasivos en la política. Creo que debes usarlos y luego tirarlos.

—Tienes razón, Miguel. Sin duda Elba Esther es muy cabrona, y los dos demasiado ingenuos. En su momento nos vamos a deshacer de ellos.

●

Oriundo del puerto de Veracruz, alegre y dicharachero, de familia numerosa, acostumbrado a vivir cada semana en reuniones llenas de comida, bebida y ambiente festivo, Damián calificaba a Xalapa —en tono de burla— como un sitio aburrido, sin encanto, falto de risas y de color. Al incorporarse a las fuerzas armadas tuvo que acudir al campo militar ubicado en la capital del estado. Ahí conoció y se hizo amigo de Fabián Sandoval y, gracias a él, encontró a Lucrecia.

Los Sandoval vivían en Chiconquiaco, un pequeño y humilde poblado veracruzano, localizado a pocos kilómetros de Xalapa. No poseía la alegría del puerto, pero ahí estaba el amor de su vida. No se quejaba.

Lucrecia trabajaba como enfermera en el centro de salud comunitario. La paga no era mucha, mas no había necesidad de hacer gastos excesivos. Su pequeña casa estaba a un costado de la vivienda de su madre. Hubo un tiempo en que trabajó en Xalapa, le pagaban mejor, pero la situación se volvió complicada: el ambiente resultaba peligroso para todos aquellos dedicados a la atención de la salud. Los narcos habían levantado a cuatro amigos, de uno jamás se volvió a saber. Como rumor no verificado, se decía que había intentado escapar y después de recibir balazos lo metieron en un tonel con químicos que deshicieron sus huesos. Los otros tuvieron mejor suerte: ayudaron a curar las heridas de unos delincuentes, luego fueron puestos en libertad, pero se quedaron con el trauma y deseos de renunciar a la enfermería.

La gente del pueblo decía que en Chiconquiaco nunca pasaba algo interesante. La economía se encontraba estancada, las labores productivas se desarrollaban en el campo o en la capital del estado. Sin embargo, pocos eran los que se quejaban, la tranquilidad valía más que cualquier atractivo turístico o económico.

Cada viernes se destinaba a la reunión semanal de la familia Sandoval Esparza. Ese día los hijos, sobrinos, hermanos y nietos de doña Lupe se congregaban a merendar y jugar a la lotería. Al final compartían la cena, tomaban cervezas y bebían refrescos. Antes de despedirse, todos estaban obligados a llevarse dos tarros de la mermelada de fresa, ciruela, manzana o naranja que preparaba la abuela. No hacerlo implicaba un desprecio imperdonable.

En cada ocasión se presentaban no menos de cincuenta personas. Estaba prohibido discutir, salvo por temas de futbol, y siempre ante la fuerte mirada de doña Lupe. Lucrecia no solo estaba acostumbrada a asistir, sino que le tocaba estar al lado de su madre preparando todo lo necesario para atender al resto de los familiares.

En otro tiempo era frecuente que acudieran Damián y Fabián. La alegría del primero incrementaba el entusiasmo en toda la familia. Algunas veces se ponía a cantar, y siempre narraba una graciosa y exagerada anécdota. Ese día no estarían presentes, ya tenían meses sin asistir. Se encontraban lejos, ocupados en sitios de gran peligro.

Días antes, al verlos en la televisión, doña Lupe no paró de llorar. Ahí estaban en la pantalla su hijo y su yerno, «dos cabrones bien hechos», les decía a vecinos y familiares.

En todo el pueblo se festejó a los héroes. El apellido de la familia pasaba a la historia. Toda la parentela estaba orgullosa de ellos. Cada reunión iniciaba con un Padre Nuestro y dos Aves Marías pidiendo por la vida de Fabián y Damián. Ahora se incluiría un agradecimiento a Dios por darles la fuerza y el valor para convertirlos en ejemplo para los mexicanos.

No estaba Damián para divertir con sus ocurrencias, pero sí los gemelos José Luis y Juan Luis —hijos de Pepe, el mayor de los hermanos; quienes esa tarde presentarían a un par de jovencitas con las que andaban de novios. Ambos muchachos habían apostado a varios de los primos que a mitad de la reunión se cambiarían de ropa y tratarían de intercambiar a las novias sin que ellas se dieran cuenta.

Desde temprano Lucrecia y doña Lupe preparaban parte de la cena; Lucrecia un asado de puerco, arroz y frijoles guisados con bolitas de masa, mientras su madre hacia minilla veracruzana de sardina. El resto de los alimentos los llevarían los familiares. En esas reuniones nadie se quedaba con hambre y, ese día, menos: estaban de fiesta. Habría comida para todos los gustos y bebidas alcohólicas para celebrar.

Sergio, uno de los sobrinos de doña Lupe, llevó un grupo norteño, lo cual no fue del agrado de la gente de mayor edad, que pedía una marimba para disfrutar de melodías con sones veracruzanos.

—Ay, tía, se disfruta más cantando corridos —se quejó el joven, apoyado por sus primos.

Las horas transcurrieron entre juegos, bromas, canciones de amor, comida y uno y que otro brindis espontáneo por la unidad de la familia y las bendiciones recibidas.

Los gemelos se cambiaron la ropa varias veces, hasta que la novia de José Luis se dio cuenta y repartió un par de cachetadas a cada uno de los muchachos en medio de la risa del resto de los jóvenes, incluida Maribel, a quien no le pareció mala idea eso de tener dos novios tan iguales.

—Mañana quiero que hablemos con tus gemelitos —le dijo con un falso enojo doña Lupe a Pepe.

A lo lejos vio cómo su hijo regañaba a sus nietos. Sonrió, se dijo que eran unos cabrones muy hermosos y su hijo demasiado inocente. Después se dedicó a cuidar, o mejor dicho, a cantarle canciones al hijo de Lucrecia, mientras ella hablaba por teléfono con Damián.

Estaba por terminarse la cerveza y Sergio se apuntó para ir por más bebida a la tienda de la esquina.

—Debe estar cerrado, tío, si gustan vamos nosotros —comentó uno de los gemelos—. El papá de Maribel tiene una tienda de abarrotes aquí cerca, no tardaremos en regresar.

Minutos después se abría el portón de la casa, era el tiempo justo para que estuvieran de regreso los muchachos con las cervezas. Nadie prestó demasiada atención, todos estaban en el patio. Entraron diez hombres y dos mujeres, y al grito de «ya se los cargó la verga» iniciaron los disparos. No importaba si mataban a hombres o mujeres ni si eran ancianos o niños los que perecían. La consigna recibida fue: no podían dejar a nadie vivo. Varios intentaron escapar, pero la barda del patio estaba demasiado alta, habían pensado que mientras más elevada, resultaría más segura para todos.

Al cese del fuego ingresaron Luis Molina, Ubaldo Gutiérrez, Lauro Enríquez y Filiberto Herrera. Los dos primeros iban dando un balazo en la cabeza de cada una de las personas que estaban tiradas, movían sillas y mesas para localizar sus objetivos. En la mayoría de los casos la acción era totalmente innecesaria, simplemente disparaban a cadáveres. Solo doña Lupe alcanzó a levantar la cabeza; con su cuerpo intentaba ocultar a su nieto. Antes de suplicar recibió un disparo de parte de Luis en medio de los ojos y al niño le dejó caer el resto de la carga de la pistola.

Lauro grababa un video; le habían pedido que pusiera especial énfasis en el momento en que remataban a las víctimas.

—Entonces qué, cabrones, ¿están seguros de que no queda ninguno vivo? —ante la pregunta de Filiberto, los dos profesores respondieron con un fuerte movimiento de cabeza. Ubaldo tomó una cerveza que estaba abierta y le dio un gran trago. Luis Molina escupió en la cara de Lucrecia. La conocía por una foto, sabía que esa linda chica era el objetivo principal del operativo.

Filiberto se desempeñaba como jefe del grupo, el hombre de las confianzas de Raúl. Lauro era un soplón que les había puesto el dedo a sus amigos. Ambos tenían una consigna desconocida por el resto de los sicarios.

Filimuerte miró a los alrededores, centró la vista en los profesores, levantó su escuadra y liquidó a Luis Molina y a Ubaldo Gutiérrez.

—Así que tenían ganas de matar al jefe, par de pendejos —les dijo con desprecio.

—Se lo merecían esos ojetes, y como bien dices, serán buenos distractores —añadió Lauro Enríquez sin mostrar arrepentimiento alguno; había escuchado los planes de sus «amigos» y sabía que tendrían pocas posibilidades de éxito. Se decidió por contarle todo a Raúl. A final de cuentas, su vida corría peligro con las ideas de sus compañeros.

Se encaminaron a la salida. Lauro iba contento, había escalado un peldaño en la estructura de la agrupación criminal. Nunca imaginó que segundos después una bala le entraría por la nuca.

—No me gustan los pinches soplones, y si dos son buenos distractores, tres es un mejor número —señaló Filimuerte.

Tal como lo había calculado Raúl, al siguiente día los titulares de los principales periódicos del país y los noticieros de la Ciudad de México hablaban de una compleja guerra entre narcotraficantes. El escenario así lo indicaba: varios de los muertos tenían armas en las manos, y tres de ellos no formaban parte de la familia Sandoval. De nada sirvieron las voces de periodistas que exigían que no se criminalizara a las víctimas ni las de los comunicadores que recordaban casos similares ocurridos en Chihuahua y Guanajuato.

En el ejército se inició una investigación de rutina en contra de Fabián Sandoval y Damián Aguirre. Ambos se morían de dolor por lo ocurrido y no podían soportar el enojo por el trato que les daban. Consideraron dejar las fuerzas armadas: debían cuidar a José Luis y a Juan Luis. Sus sobrinos de dieciséis años corrían peligro.

La muerte de Rodolfo Valenzuela estaba vengada. No así los asesinatos de la familia Sandoval.

Pocas experiencias resultan más difíciles de afrontar que el tener que enterrar a un hijo. Cuando le pasó a Raquel, estaba dormida, tocaron a la puerta del departamento. Escuchó cuando su nieto Javier abrió, le dio la noticia. Enseguida sus gritos e inconsolable llanto.

Durante el sepelio valoró las actitudes de su nieto. Cuando su exmarido sugirió que Cindy fuera enterrada al lado de Rafael, el nieto se opuso categóricamente.

—Claro que no, abuelo. Mi madre compartirá el espacio con Sonia, el amor de su vida. Seguiré yendo a visitar la tumba de mi padre, pero no quiero que estén juntos, no creo que esa fuera la voluntad de mi madre.

—Pero ¿qué dirá la gente? Piensa en eso —insistía el abuelo, quien en repetidas ocasiones se persignaba—, recuerda que es importante que mi hija vaya al cielo. Esa mujer será una piedra enorme que va a impedir que Cindy ascienda a reunirse con Dios.

Pudo contestarle algo más, pero se quedó callado. Hasta en el silencio mostró una mayor madurez en la discusión. Fue

Raquel la que pronunció una frase que provocó el abrazo y los besos de su nieto.

—Te quiero pedir algo, Javier. Me gustaría, si tú aceptas, que un día me entierren en la misma tumba en la que estén mi hija Cindy y mi nuera Sonia.

—Claro que sí, abuela. Aunque para eso falta mucho tiempo.

En eso último se equivocó. En menos de un mes estaba enterrando a su abuela. Sufrió un infarto fulminante a la medianoche, no tuvieron tiempo de encaminarse a un hospital. Dos días después se marchó a España, a cursar estudios de licenciatura en periodismo en una universidad de Valencia, gracias al apoyo de Marián.

Desde que llegó a Valencia se enamoró de la ciudad. Se instaló en un departamento ubicado en el tercer piso de un edificio cercano al mercado Colón. Le resultaban fascinantes tanto la gente como la comida, pero continuamente se sentía solo y triste. Extrañaba a Cindy, a Sonia y a su abuela. Le hubiera gustado ser más afectivo y tolerante con las tres; quejarse menos de las preferencias sexuales de su madre y de la edad de su abuela.

Extrañaba muchas cosas y a pocas personas. Cada día escribía correos electrónicos a Rocío, quien se encontraba laborando en casa de Fernando, y sin que ella supiera, era observada y estudiada por su jefe y por Marián. Cuando Javier expresó que le gustaría verlos, Marián entendió que sobre todo le encantaría tener cerca a Rocío; no vio problema al respecto, la chica había aprobado los niveles de confianza. A la semana estaba aterrizando en Madrid.

—Gracias por venir a recibirme. Al parecer soy la única empleada en el mundo a la que su jefe viene a esperarla al aeropuerto.

—No eres mi empleada, somos amigos. No me hagas sentir mal —le respondió el chico, que estaba feliz de encontrarla.

—Mi contrato dice que vengo a trabajar. A tener todo limpio en tu departamento y a cuidar que te alimentes muy bien.

La chica mantenía esa mirada coqueta que ponía nervioso a Javier. Sin embargo, esos diez mil kilómetros de distancia en relación con la Ciudad de México les daban a ambos cierta seguridad.

—Me gustaría ver ese contrato para destruirlo. Quiero pensar que vienes como mi amiga. En el departamento hay dos habitaciones. Una de ellas será tuya. Estaremos juntos tres meses en Valencia. Me hubiera gustado que estudiaras acá, pero desgraciadamente no tienes el bachillerato terminado. Y si tú quieres, estoy seguro de que podrás realizarlo en línea. Eso me llevaría a pensar que en un futuro pudieras empezar una carrera acá. Bueno, siempre y cuando tuvieras ganas de vivir un tiempo en España...

—¿Por qué solo tres meses? —preguntó Rocío mientras iban camino a la estación de Atocha.

Javier le explicó que tenía visa de turista, y que por lo mismo solo podía estar tres meses en Valencia, después debía salir del país. La solución estaba en quedarse en Londres otros tres meses.

—Te dejaré ahí y vendré a España. Y cada semana tomaré un vuelo en una aerolínea de bajo costo para pasar a tu lado de viernes a lunes, recorriendo los lugares que más te gusten de Inglaterra —remarcó Javier.

—Siento que estoy soñando, pero tengo una duda.

—Dime, y si puedo, te la aclaro.

Se habían bajado del taxi. Estaban en la estación de trenes de Atocha, caminando cerca de unos grandes ventanales. Ahí Javier se detuvo para escuchar lo que iba a decirle Rocío.

—No te pongas así de serio. Solo quiero saber para qué necesitamos dos habitaciones en Valencia.

Javier se sonrojó y Rocío le dio un abrazo muy largo, al oído le dijo lo que él ansiaba escuchar.

—Vengo a cuidarte y a consentirte. Marián me dijo que solo tengo una obligación... hacerte feliz. Pero no me interesa lo que

413

ella diga, me valen madre sus palabras. Quiero que sepas que cuando me veas sonreír, es porque mis ojos te miran contento —al decir esto lo miró fijamente a los ojos—, y si sientes mis besos, es porque mi corazón pide que me entregue a tus caricias. Siempre me has gustado, de lo contrario no estaría acá.

Se tomaron la mano, en un silencio jubiloso caminaron por la estación de Atocha, subieron por unas escaleras eléctricas e ingresaron al área de acceso a los trenes. Estaban solos en Europa, juntos; al parecer, se querían. Apenas llegaron a Valencia, Javier la ayudó a instalarse y le mostró el departamento. Rocío se duchó y salieron a pasear por la ciudad, recorrieron el Paseo Neptuno, observaron la playa y el mar, cenaron paella y tomaron sangría en el restaurante La Pepica.

Mientras Javier estudiaba en la universidad y en diversos cursos que desde México le indicaban que fuera tomando, Rocío hacía lo propio en la preparatoria abierta de la UNAM. A los dos meses recibieron una buena noticia: Marián había hablado al consulado español, le informaron de una alternativa para que Rocío no tuviera que salir de España. En el consulado español ubicado en Londres tramitaría una visa denominada Residencia no lucrativa. Lo único que tenía que demostrar era que no tenía interés ni necesidad de trabajar en España.

En Londres se vieron con Fernando y Marián para abordar el tema de los visados y valorar lo que estaba estudiando Javier.

—¿Cómo va el periodismo en la universidad? —cuestionó Fernando.

—Bastante bien. Aunque en honor a la verdad, me apasionan más los temas que estoy tratando con las gentes que manda Marián. Esos israelíes son muy buenos. Y relacionado con eso, hay algo que quisiera confesarles. Espero que no les moleste.

—¿Quieres confesarnos que Rocío también ha tomado diversos cursos? Eso ya lo sabemos, no te preocupes. Era algo que deseábamos que ocurriera —Marián les hizo ver que iba un paso adelante de los demás.

—Según nos dicen —intervino Fernando—, ambos son estudiosos y destacados, se les da muy bien el tema de la inteligencia cibernética. Lo que sigue es incluirlos en una formación aún más poderosa, no sé si Marián quiera ahondar sobre el tema.

Los cuatro estaban en el *lobby* del hotel, en unos minutos pasarían por ellos para disfrutar de una obra de teatro. Marián no ocultó la alegría por el interés de Javier, y para continuar, sabía que tenía que ser concisa.

—Confieso que primero teníamos la idea de que tomaran cursos intensivos de defensa personal y de manejo de armas. Pero no contamos con tiempo. Ni creo que sirvan para eso. Por lo mismo hay que seguir por la ruta que ya definimos para ustedes. Vamos a pasar juntos la Navidad y el fin de año. En los primeros días de enero regresamos a México, y ustedes se van a Tel Aviv. Se pasarán un mes allá, y si es necesario el resto del 2010.

Todos sonrieron. Había coincidencia en los proyectos. Marián incrementó el regocijo cuando remató con una de sus acostumbradas frases.

—Recuerden que están muy jovencitos para convertirse en papás. Eso déjenlo para nosotros dos. ¿Verdad, Fernando?

❦

En la biblioteca de casa de Marián, ella y Fernando recibían a un par de exmilitares. Tenían minutos de haber llegado y apenas pasaban de las cinco de la tarde. Café y galletas acompañaban el diálogo.

—Ya vieron la información que les entregamos. Creo que no existe duda alguna sobre la persona que se halla detrás de la masacre en Chiconquiaco, ni los motivos por los cuales se llevó a cabo —aseveró Fernando, quien sabía que primero debían generar confianza y entendimiento, para luego despejar cualquier duda.

—Todo eso lo tenemos muy claro —para Fabián, los rodeos perjudicaban en la toma de acuerdos—. Lo que no alcanzo a comprender es qué ganan ustedes en todo esto y qué es lo que piensan que debemos hacer. No me salgan con que todo es cuestión periodística, porque si es así, mejor vayan por otro rumbo.

Marián, con un movimiento de mano, hizo una seña a Fernando para que la dejara intervenir.

—Miren, ustedes y nosotros hemos sido víctimas de los mismos desgraciados. A mí me secuestraron, luego mataron a varios compañeros de nuestra agencia de noticias. Cuando eso ocurrió, decidimos dejar a un lado el papel de Fernando como periodista y destinar tiempo, dinero y esfuerzo para acabar con esa gente. Estamos en el mismo bando, pero no tenemos muchos aliados ni podemos confiar en demasiada gente. Quizá solo podemos en aquellos que han sufrido tanto como nosotros.

—Comprendo que la secuestraron, pero creo que cualquiera en su lugar, al salir libre, se va del país. Y más si cuenta con los recursos económicos que usted tiene. No entiendo para qué está en este rollo. Para qué arriesga su vida.

Los militares sabían que abundaban las víctimas que en medio de sus traumas se convertían en aliados de sus propios victimarios. Tenían claro que no podían confiar fácilmente en los demás. Aunque también, ante su propia soledad y deseos de venganza, debían tomar decisiones y asumir riesgos.

—Quizá pongo en peligro mi vida porque estoy loca y siempre quiero conseguir todo aquello que parezca estúpido e imposible —enseguida se movió el cabello y dejó al descubierto algo parecido a una oreja.

Fabián y Damián miraron con atención. Luego, uno de ellos comentó algo al oído de su cuñado. Debían apostar, no podían permanecer en la franja de las dudas.

—Me gusta. Me fascina la gente valiente. Además, es auténtica. Me hubiera encantado tenerla como compañera en el ejército —dijo Fabián decidido—. Cuenten con nosotros. ¿Qué debemos hacer para matar a ese cabrón?

—No es tan sencillo. Es complejo acercarse a ese tipo. Además, en el gobierno, en la policía y hasta en el mismo ejército hay muchos traidores. Por eso queremos ir destruyendo en los próximos meses cada negocio de ese hijo de la chingada. Busquemos la forma de sumarle más y más enemigos. Hay que acabar con sus fuerzas, que se vuelva una cucaracha que podamos aplastar con facilidad.

Se notó el entusiasmo de los exmiembros de las fuerzas armadas. Ahora fue Damián quien hizo uso de la palabra.

—No importa si tenemos que morir en el intento. Al fin ya estamos muertos, y así, como fantasmas, haremos hasta lo imposible para destruir a ese hijo de puta.

Se estrecharon las manos. Acordaron cómo se desarrollaría la comunicación. Marián y Fernando los acompañaron a su auto. Los despidieron con abrazos enérgicos. De regreso a la casa ella lo tomó del brazo para en un susurro recordar la frase que tanto le habían festejado sus nuevos aliados.

—¿Que piensa Fernando de mi locura? No sé si sea muy estúpido o totalmente imposible, pero quiero que me hagas tuya, no solo un día: todo el tiempo. Quiero concebir una hermosa niña, que sea tan inocente como mi Fernando.

—Con el riesgo de que nos salga tan cabrona como Marián.

●

Las apuestas políticas de la maestra Elba Esther estaban en la mesa: Enrique Peña Nieto se consolidaba como el principal aspirante a la presidencia de la República, en tanto que Humberto Moreira se escuchaba como una fuerte posibilidad para presidir al Partido Revolucionario Institucional. Por lo visto, estaba garantizado un buen acuerdo entre el PRI y el partido Nueva Alianza y, en consecuencia, buenas posiciones en el futuro inmediato para los maestros agremiados al SNTE.

El mañana se veía prometedor. No obstante, aún nada estaba del todo decidido. Manlio Fabio Beltrones aspiraba a convertirse en el candidato del partido y Emilio Gamboa Patrón a dirigir dicho instituto político, ambos muy cercanos a Carlos Salinas de Gortari y con añejos rencores hacia Elba Esther Gordillo.

La maestra debía actuar con firmeza y sin contemplaciones. En la agenda estaba la elección del dirigente del partido, y Humberto Moreira no tuvo problemas para lograr el triunfo. Luego seguían las elecciones estatales en que el PRI estaba obligado a demostrar su poderío. En esos comicios se incluía a Coahuila, donde el candidato era el hermano del presidente del PRI, y a Michoacán, donde la candidatura del PAN recaía en la hermana del presidente de la República. La maestra decidió jugar en forma salomónica: en Coahuila con el PRI y los Moreira, y en Michoacán con el PAN y los Calderón.

—Tengo que actuar así; espero que me entiendan. El presidente de México sigue siendo el licenciado Felipe y quien estará en la boleta es su hermana —intentaba disculparse de una medida que había tomado con toda frialdad, pensando en los proyectos del sindicato y en sus propios intereses. Frente a ella estaba el dirigente del PRI y su hermano Carlos—, considero que en ambos lados vamos a ganar y la derrota en Michoacán no les va a generar problemas.

—Difiero en eso, maestra —el orgullo de Humberto y sus cálculos políticos se ponían a prueba—, estoy seguro de que Cocoa Calderón va a perder; pienso que el PRI obtendrá el triunfo, quizá por muy poco margen, pero saldrá victorioso de la contienda.

—¿Qué te puedo decir? Si tienes razón… entonces deberás cuidarte. Te aseguro que, si eso sucede, es decir la victoria del

PRI en Michoacán, el presidente de la República la tomará como un asunto muy personal.

—Ya me lo han dicho —le comentaba Humberto en el domicilio de la maestra. A lo lejos se escuchaba la música de un moderno iPod, con miles de canciones, que el presidente del PRI le había obsequiado—. Es más, algunas personas que supongo están muy cerca del presidente y de su familia me han comentado que, si permitimos que ganen Michoacán, ellos dejarán pasar Coahuila. Les comenté que en Coahuila no tienen ninguna posibilidad de ganar. Ahí mandaron al compadre de Calderón, pero no vemos la forma en que saquen más allá del treinta por ciento de la votación. Al decirles eso, me subrayaron que no hablaban del proceso electoral, sino que se referían a dejar pasar los problemas que tiene Coahuila.

—¿Y qué les respondiste? —la maestra sospechaba la respuesta, con la que no iba a estar de acuerdo.

—Les dije que les íbamos a ganar en todos los estados, incluido Michoacán.

Meses después, se cumplieron los pronósticos de Humberto Moreira. El día de la elección, las encuestas de salida le dieron a entender al presidente de la República que su hermana había triunfado. En el búnker panista estaba en su máximo esplendor la celebración de la victoria, contaban con mariachis y abundante comida. Siguieron llegando los resultados, la alegría de los panistas se transformó en una profunda desolación.

Felipe Calderón pidió estar solo en su despacho. No quería ver a nadie ni recibir llamadas. Telefoneó para reclamarle a Gustavo Madero, líder del PAN, el trabajo de campaña. Hubo gritos e insultos, incluyendo palabras altisonantes. Se sirvió un whisky en las rocas. Pensó en los reclamos familiares.

Antes de apagar la televisión vio a Humberto Moreira en una entrevista, dando a conocer los resultados. Dijo para sí: «Pinche pendejo, dudo que mantengas esa estúpida sonrisa».

Marián repetía una y otra vez que para conseguir un objetivo de la magnitud que tenían entre manos, no requerían un ejército, sino pocas personas, siempre y cuando tuvieran un alto compromiso vinculado a intensas motivaciones. Por esa razón se decidió a colocar en una primera línea a Sofía, Damián, Fabián y Javier. Contarían con la colaboración de pequeños grupos de especialistas que, en ocasiones, asesoraban en temas legales, financieros o informáticos y, en otras, simplemente ejecutaban las indicaciones sin importar el grado de complicación o ilegalidad en ellas. Podían *hackear* o asesinar, lo que fuera necesario.

El dinero de Marián era una parte fundamental, como también la disciplina para cubrir las áreas de trabajo y la pauta a seguir. Tiempo atrás la habían marcado un par de especialistas estadounidenses que habían asesorado al equipo en la lucha que estaban por emprender. A cada momento recordaban las palabras mencionadas en una de las pláticas por el asesor Tom Anderson: «Restar, confrontar, confundir y debilitar a nuestro enemigo».

Tenían claro su objetivo: destruir a Raúl Martínez. Primero acabar con su fuerza y luego con su vida. Debían ejecutar una serie de acciones tendientes a causar bajas entre los miembros de las células criminales que mantenían lealtad a Raúl Martínez. Para ello sostenían una reunión en un salón contiguo a una de las casas de Marián, la ubicada en el Pedregal, con patios amplios y un alto nivel de seguridad.

—Que no sepan de dónde viene el golpe, que no entiendan lo que está ocurriendo, que se vuelvan locos —subrayaba Marián con energía—. Hay que buscar infundir terror y desconcierto en las filas de ese desgraciado. Que aparezca una cabeza, que se cuelgue un cuerpo; que se pongan notas falsas en mantas o en pedazos de papel pegados a los cadáveres de mafiosos, notas que en ocasiones deberán aludir a la participación de un grupo contrario y, en otras, al propio Raúl. Que todo confunda. Que nadie sepa dónde está la verdad.

—Coincido con lo que dices. Es trascendental fomentar la enemistad entre los distintos grupos de delincuentes, Raúl debe dudar hasta de su sombra y todo mundo debe sentir desconfianza hacia Raúl —señalaba Sofía, para enseguida, y mirando a Marián, agregar algo que la inquietaba—. Me preocupa que se malgasten tus recursos. Esto es una guerra, no una pinche fiesta de sangre.

Marián hizo gestos para indicar que las palabras de Sofía estaban fuera de contexto.

—Por mi dinero no te preocupes, lo que doy es una pequeña parte de lo que me sobra. En cuanto a las motivaciones, espero no ofenderlos, pero en cada venganza hay una dosis de dolor, coraje, y también alegría al ver el sufrimiento de nuestro enemigo. Para mí, lo que hacemos sí es algo similar a una pinche fiesta. Quiero que se mueran todos esos cabrones, y especialmente Raúl.

Javier y Rocío acababan de llegar de España. Pasarían unos días en el Distrito Federal. El primero se encontraba participando en la reunión; se veía sereno, pero todos sabían que el dolor y el coraje continuamente nublaban sus sentimientos.

—Espero que la información que hemos encontrado sobre el manejo de las finanzas de estos hijos de puta les esté sirviendo.

—Claro que sirve —Marián conservaba su espectacular sonrisa, aun en momentos tan intensos—. Gracias a los datos que nos enviaste, hemos afectado seriamente las finanzas de Raúl y de varios de sus prestanombres; cada día es más complicado para ellos lavar su dinero. Tan solo en el último mes, misteriosamente se incendiaron tres restaurantes y dos tiendas deportivas. Además, a alguien se le ocurrió robar gran parte de los vehículos que se encontraban en un moderno lavado de autos. Sin contar las filtraciones que se hacen sobre el verdadero dueño de muchos negocios, incluidos los que son quemados o sufren asaltos.

Decidió participar Fernando, quien se había mantenido al margen de expresar sus comentarios. Para nadie era desconocida su relación con Marián y varios aún lo consideraban el jefe dentro del grupo, aunque el protagonismo de Marián lo opacara.

—Quiero destacar la importancia que tienen todos los aquí presentes. Esa disciplina de la que siempre nos habla nuestra amiga se refleja en que no buscamos únicamente matar a los adversarios, sino que sus muertes los debiliten, confundan y confronten. Deseamos que Raúl esté en pleito permanente con propios y ajenos. No solo hay que arrebatar su capital económico, sino que con la pérdida se incremente el desprestigio. Si Raúl Martínez quería lavar dinero para limpiar su imagen, el resultado que vemos es exactamente lo contrario a lo que tenía previsto.

Se hizo una pausa para que cada quien se sirviera sus propias bebidas. Había cervezas, pero ninguno decidió probarlas. El lugar era bastante cómodo, los enormes ventanales permitían contemplar los verdes jardines de la residencia de Marián: a lo lejos se veía un pequeño huerto y unos cuantos animales de granja. En una de las grandes metrópolis del mundo, se observaba entre lujos la presencia de gallinas, cuatro cabras y una vaca. Uno más de sus caprichos, un punto más en su lista de deseos.

Después de estirar las piernas e ingerir un bocado, cada uno volvió a ocupar su asiento. La reunión debía continuar.

Se establecieron nuevas tareas, una de ellas implicaba eliminar a un teniente ligado a uno de los cárteles ubicados en el estado de Morelos, socios de Raúl en sus actividades delictivas. Los exmilitares solicitaron cumplir con la encomienda. Aún estaban sumamente dolidos por la actitud de sus jefes en el ejército.

Enseguida se le pidió a Javier que explicara la acción más importante a desarrollar en los siguientes días. Nuevamente Fabián y Damián tendrían un papel protagónico.

El joven respiró hondo, tosió un poco, miró de frente a los exmilitares e inició con su breve exposición.

—Por instrucciones de Marián y Fernando hemos dado seguimiento a la gente más cercana a Raúl Martínez, lo que nos ha permitido saber de un tiempo para acá que Filiberto Herrera, también conocido por el apodo de Filimuerte, tiene un extraño y constante comportamiento. Sucede que se encuentra muy enamorado, y de manera muy regular visita a una joven mujer en la casa de los padres de ella. La chica se llama Delia, tiene 22 años, uno sesenta de estatura, delgada, estudiaba en la UNAM y ahora lo hace en la Ibero. Es bastante guapa, simpática e inocente. Filiberto se hace acompañar de seis sicarios, que enseguida lo dejan solo con Delia. La familia de ella y la propia chica piensan que el tal Filimuerte es dueño, entre otros negocios, de varios lotes de autos.

—Con gusto acabamos con ese hijo de la chingada —interrumpió Damián, que tenía en claro la función que había tenido en la muerte de su esposa.

—Primero —continuó Javier—, veinticuatro horas antes de cada visita manda flores a la novia, esa es la clave de que está próximo el encuentro. Otro dato importante es la adquisición, hace un par de meses, de un departamento ubicado a unas cuantas cuadras del domicilio de la muchacha. No le gusta la idea de tener que andar tomado de la mano de Delia por toda la ciudad. Salen de la casa de la muchacha diciendo que van al cine o al parque y enseguida se meten a su *nidito de amor*.

—En resumidas cuentas —agregó Marián, entregando a los exmilitares un par de sobres con los datos requeridos para la ejecución de las tareas, entre los que se incluían fotos de Filiberto, Delia, los guardias que frecuentemente acompañaban al asesino, imágenes del departamento y hasta de los padres de la chica—, queremos que hoy se ocupen de ese corrupto teniente; no lo torturen, con un balazo en la nuca es suficiente. Después, se mantienen muy atentos para el momento en que Javier señale que están las condiciones dadas para acabar con la vida del maldito jefe de los sicarios de la matanza de Chiconquiaco.

·

Bien dicen que debes tener cuidado con lo que pides, ya que siempre puede hacerse realidad. Al menos eso le ocurrió a la maestra Elba Esther. Apostó a que Humberto Moreira fuera el máximo dirigente del PRI: obtuvo la totalidad de los triunfos en los comicios del 2011, luego no pudo soportar la enorme operación desatada desde el gobierno federal apoyada en errores cometidos en su gestión como gobernador del estado de Coahuila. El presidente Calderón no perdonó que se negara a negociar la victoria de su hermana en el estado de Michoacán, así que con entusiasmo ayudó a impulsar una campaña negra en su contra. Todas las baterías se enfocaron contra Humberto, se magnificaron errores, se giraron instrucciones a periodistas para atacar en todo momento al coahuilense. Finalmente, Moreira tuvo que renunciar a su puesto como dirigente del PRI.

—Maestra, lo tengo que hacer —le decía Humberto a Elba Esther en una llamada telefónica—, es necesario para no perjudicar a nuestro amigo Enrique.

Al poco tiempo, Peña Nieto se olvidó de Humberto, de los apoyos recibidos y de los compromisos acordados. Se olvidó de la maestra —aunque ella tardó en enterarse— y se olvidó de establecer una coalición con el Partido Nueva Alianza.

Se olvidó de amistades. Se acercó con adversarios.

Se olvidó de los libros que alguna vez había leído, se encariñó con una vida banal.

·

—No sé si sepas que vamos solos en la elección presidencial —la maestra se dirigía a Carlos Moreira en el auditorio de la Biblioteca Nacional del SNTE, en pleno centro de la Ciudad de México—, aunque veremos la manera de apoyar a Peña Nieto.

—Algo me dijo Humberto. En parte, ir solos no está mal; nos ayuda a lograr el porcentaje mínimo para conservar registro, y en aras de contar con diputados.

—Así es. Por lo mismo, es urgente que establezcamos una estrategia para conseguir al menos un par de diputados federales por cada circunscripción.

Elba Esther le encomendó a Carlos los trabajos en la tercera circunscripción, la más complicada, la que nunca había logrado más de un diputado federal.

—También te encargo que la gente otorgue un voto diferenciado. Necesitamos el triunfo de Peña Nieto.

—¿Aunque nos desprecie? —dijo Carlos.

—No es el licenciado Enrique Peña, son algunos de sus allegados. Así es esto, no te preocupes —Elba Esther mantenía la confianza en el candidato presidencial.

Carlos se marchó. Fue a tomar unas copas con los amigos más cercanos. Ahí, discutirían la estrategia a seguir para rendir buenas cuentas en la encomienda política al sur del país. En el camino recibió una llamada de Alfonso Cepeda, quedaron de cenar juntos y tomar un tequila; Cepeda pediría, como siempre, un Don Julio, y Carlos, un Herradura.

Elba Esther se quedó con la incertidumbre: ¿qué razones había tenido Peña Nieto para no procurar una coalición con Nueva Alianza? Iba en su auto, camino a Polanco, deseaba descansar, no ver a nadie, quizá disfrutar una serie. Tenía pendiente una temporada de *24 horas*, la serie estelarizada por Kiefer Sutherland. En la parte delantera del vehículo iba Héctor, su auxiliar; ni siquiera con él tenía ganas de charlar. Sonó el teléfono. Era el candidato. Quizá las cosas no estaban tan mal.

—Buenas tardes, amiga, ¿cómo estás? —la voz de Peña Nieto conservaba esa calidez que conquistaba desde el primer instante.

—Preocupada, candidato. Después de la salida de Humberto de la dirigencia del PRI, la gente más cercana a usted nos está cerrando todas las puertas. Creo que no nos quieren como amigos.

—Ya discutí con ellos, no te preocupes. Hagamos un acuerdo bajo la mesa, un pacto de caballero y dama. Vayamos juntos y saquemos esto adelante, que todo salga bien —decía con un tono de voz que apelaba a la confianza—. No se te olvide que mi compromiso es contigo y con los maestros.

—Pero esta gente…

—Esa gente son unos estúpidos. Ya veremos cómo los castigamos el día de mañana. Por lo pronto vayamos unidos.

—Así se hará, licenciado. Daremos todo para que usted sea nuestro próximo presidente.

—Te lo agradezco. Te invito a cenar el próximo martes.

—Con gusto.

Al colgar, Elba Esther cerró los ojos y pronunció una breve frase casi en silencio, unas palabras que nadie escuchó:

—Vamos bien, *todo saldrá bien.*

Al colgar, Enrique Peña dijo una frase ante su particular y el chofer que conducía el auto blindado:

—*Pinche vieja,* me tiene *harto.*

En los siguientes meses, Elba Esther Gordillo y Enrique Peña Nieto mantuvieron una constante comunicación. Cada tercer día se llamaban por teléfono, y cada dos semanas se reunían para proyectar acciones en relación con el apoyo que grupos importantes de maestros podrían hacer a favor de su candidatura y evaluar resultados.

Entre otras tareas, Elba Esther trabajó para que los maestros institucionales hicieran un voto diferenciado. Algo que ya había ocurrido en el 2006.

El primero de julio del 2012 Enrique Peña Nieto obtuvo una clara e inobjetable victoria en las urnas. Su triunfo no se dio con los márgenes esperados —eso poco importaba—, superó con un seis por ciento a Andrés Manuel López Obrador, candidato del PRD.

Después de la victoria, la comunicación entre el presidente electo y la dirigente de los maestros dejó de darse con la misma frecuencia.

—Necesito otro tipo de gente para gobernar el país —comentó Enrique Peña a sus amigos más cercanos.

Sentía dolor en cada parte del cuerpo. Fue abriendo los ojos. A Filiberto le parecía estar en medio de una pesadilla. Volvió a cerrar los párpados y recordó lo sucedido en las últimas horas: estaba con Delia, tenían poco de haber llegado al departamento, eran las cinco de la tarde. Se encontraban festejando sus primeros cuatro meses de noviazgo. Ella había querido que fueran a un restaurante, pero él logró convencerla para que pasaran un rato encerrados.

—Quiero que vayamos al departamento que de hoy en adelante será tuyo. Te quiero entregar las escrituras. Podrás hacer lo que gustes con él. Obviamente, me encantaría que lo conservaras y me invitaras seguido.

De un breve «no seas tonto, será de los dos», pasó a un «ya quiero estar ahí» y, finalmente, al «siempre quiero estar ahí». Luego, acordaron que permanecerían frente a la televisión viendo algo en HBO y después harían el amor sin moverse del cómodo sillón de la sala. Filiberto se dirigió al baño mientras ella fue a la cocina a preparar papas con salsa Valentina, que les fascinaban.

Prácticamente ahí terminaban sus recuerdos. Al salir del baño sintió un golpe, y recuperó la razón amarrado en ese extraño sitio. Sus gritos recibieron por respuesta carcajadas e insultos de un par de encapuchados. A lo lejos se veía su novia, amordazada y con los ojos vendados.

—Grita todo lo que quieras, puñetas, estamos en un edificio en construcción. Por cierto, el dueño de este inmueble es tu jefe, pero no sabe que estamos aquí. Nos encontramos en el piso 21, pendejo. Dudo mucho que alguien te pueda escuchar.

El encapuchado acompañaba las palabras pateando todo el cuerpo de Filiberto. Con una de ellas le reventó los labios.

Después de eso, uno de los secuestradores llevaba a su novia en medio de golpes y empujones. El otro decía estupideces.

—¿Para qué te la llevas lejos, cabrón? Aquí nos la cogemos, frente a este puto —fue lo último que escuchó antes de perder nuevamente el conocimiento, al instante en que le arrancaban un dedo con unas pinzas.

●

No escuchaba a Delia. Supo por ellos que la lanzaron por la ventana para que cayera en el patio del edificio. Había luz de día. Ya era domingo. Tenía la mano en un gran tarro de mermelada, le dijeron que serviría para calmar el dolor. Los tipos se habían quitado la capucha, mostraban el rostro, signo inequívoco de que no viviría mucho tiempo.

Recordó esas veces que le tocaba torturar o matar; la sensación era muy diferente a lo que manifestaba su cuerpo ahora en el papel de víctima. Debía ser fuerte; sabía que iba a morir pronto, solo quería evitar algo de dolor, debía acelerar todo.

—Seguramente la mataron para que no dijera que la tienen muy pequeña, culeros.

Con sus palabras, Filiberto esperaba una reacción violenta, quizá un balazo que terminara de una vez con su suplicio. Solo provocó risas. Vio que en un par de carretillas cargaban ladrillos y una mezcla de cemento a otra parte de la construcción. Escuchó golpes en los muros. Después de unos minutos se detuvieron los impactos. Se acercaban nuevamente, habría golpes. Confiaba que pronto terminaran con su vida. Pensaba en sus padres; extrañarían el dinero que les mandaba, llorarían mucho, le harían varias misas. Se verían inmersos en el escándalo, objeto de la venganza de sus rivales. En el nuevo mundo criminal no existían los códigos de antaño. Todo podía pasar, cualquiera podía ser asesinado. Él mismo había actuado con salvajismo con la familia de sus enemigos. En ocasiones los torturaba, luego los mataba; otras veces solo los asesinaba. Se decía a sí mismo que no podía dejar mala hierba que creciera y causara daño. Una patada lo hizo reaccionar.

—Supongo que no nos conoces. O al menos no recuerdas nuestras caras —Fabián hablaba con seriedad, sin mostrar enojo—; hace tiempo fuimos militares, nos tocó matar al maricón que la hacía de novio de tu jefe. Lo matamos porque andaba de narco. Y ustedes lo tomaron personal, y en lugar de buscarnos se ensañaron con nuestras familias: mataron a más de cincuenta inocentes en Chiconquiaco.

Tal y como Marián se los había pronosticado, la reacción de Filiberto sería de burla y de desprecio. «Va a buscar que le metan un tiro, pero eso sería hacerle un favor. No lo maten de esa forma, denle una buena patada en los huevos y sigan con la encomienda». Así ocurrió y así lo hicieron. Le pusieron un bozal, lo semidesnudaron, lo molieron a golpes hasta abrirle la piel y dejarla sangrante. Lo sujetaron firmemente por los tobillos y los brazos. Casi inconsciente, con sangre por todo el cuerpo, lo llevaron a la habitación contigua. Había un hueco en la pared. Ahí dentro lo colocaron de pie. Las correas que sujetaban sus brazos las unieron a una argolla que salía de la pared, por encima de su cabeza. Hicieron lo mismo con la correa de sus tobillos al asirla con metales que se hallaban en el suelo. Enseguida, en sus heridas pusieron mermelada del mismo tipo de la que hacía la madre de Fabián, mermelada que se entremezclaba con la sangre que salía del cuerpo de Filimuerte.

Los dos exmilitares pacientemente elevaron uno a uno los ladrillos. A Filiberto le quedaba claro cuál sería su final: moriría entre dos paredes. Antes de colocar las últimas piezas le arrojaron más mermelada, luego dejaron caer bolsas de papel estraza; los militares lo observaban en silencio, de ahí salieron incontables y pequeñas hormigas.

Después sellaron la pared, y en esa oscuridad lo último que escuchó, como un eco, fue un «chinga tu madre».

* *

Al día siguiente, una joven cubierta de hematomas acudió a una oficina del Ministerio Público a poner una denuncia ante las autoridades.

—Mi nombre es Delia Berlanga. Quiero denunciar la desaparición de mi novio, Filiberto Herrera Beltrán —sus palabras no eran atendidas por ninguno de los oficiales. Elevó la voz para insistir y repetir una y otra vez cuál era su nombre, hasta que alguien se acercó y le indicó que relatara lo ocurrido—. El sábado se metieron a nuestro departamento y nos levantaron. A mí me llenaron de golpes y me dejaron a un costado de la Estela de Luz. No sé dónde está mi novio, se llama Filiberto, Filiberto Herrera Beltrán.

—¿A qué se dedica el tal Filiberto? —le preguntó el oficial que, sentado frente a ella, no dejaba de mirar un periódico.

—Tiene un lote de autos, bueno, varios.

—¿Dice que fue el sábado?, ¿que a usted solo le dieron golpes? ¿No la violaron? ¿No se la cogieron? —el agente había dejado el periódico y con su vista recorría el bello cuerpo de Delia, quien instintivamente cruzó los brazos, buscando taparse de la mirada irrespetuosa del policía.

—Solo me golpearon, me pasearon por la ciudad, me llevaron a un edificio en construcción, me volvieron a dar golpes, y
cachetadas y estrujones. Después me dejaron tirada, al lado de
unos tambos de basura.

—Pues… he escuchado cosas mucho más extrañas —volvió
a tomar el periódico y siguió hablando—. Estás muy guapa,
con todo respeto, bastante buena. Cualquier delincuente al te-
nerte secuestrada te hubiera violado y, según lo que dices, eso
no ocurrió. Está muy raro todo. Habrá que esperar.

—¿Esperar? ¿No lo van a buscar? —Delia alzó la voz.

—No lo vamos a buscar. No vamos a perder nuestro tiempo; hay que esperar, señorita. Déjeme decirle que en México
hay decenas de miles de desaparecidos. Gente que fue secuestrada por verdaderos criminales y no por unos pendejos que
pasean a sus víctimas sin robarlas ni violarlas. Deje pasar un par
de días antes de suponer que está desaparecido. Igual ya lo soltaron. Igual y a él sí se lo cogieron, o simplemente todo fue una
treta de su novio para darle el cortón. Le aseguro que eso es
más común de lo que imagina.

●

Habían pasado veintitrés años desde el último Congreso Nacional desarrollado en el estado de Quintana Roo. A lo largo de
ese par de décadas el mundo había dado muchas vueltas. En
aquel evento del 89, la maestra salió del Comité Nacional por
la puerta de atrás. En el 2012, la situación había cambiado dia-
metralmente. Ella, y solo ella, marcaba el rumbo al sindicato.

El congreso se realizó en el hotel Barceló, ubicado en la Ri-
viera Maya. Se percibía tranquilidad en el ambiente sindical.
No habían acudido las secciones ligadas a la coordinadora, es
decir, las secciones disidentes de la dirigencia nacional del
SNTE. El equipo de la maestra era compacto y disciplinado. A su
lado estaba Juan Díaz; no Rafael Ochoa, de quien se había

431

distanciado. Algunos señalaron que Ochoa intentó generar grupos contrarios a la propia Elba Esther Gordillo Morales. Por lo que, en un consejo sindical en Tijuana, la maestra presionó para que Ochoa Guzmán pidiera licencia del cargo de secretario general del SNTE y se marchara a ocupar su puesto en el Senado de la República. Seis meses después había dejado su lugar en la dirigencia del sindicato de maestros y despachaba en el Poder Legislativo. A partir de aquel momento, el profesor Juan Díaz de la Torre se volvió el hombre de las confianzas de Elba Esther.

Durante el congreso en Quintana Roo, era un secreto a voces que la maestra quería modificar los estatutos con el fin de quedar nuevamente al frente del sindicato. La gran mayoría estaba de acuerdo en que así ocurriera. Elba Esther tenía que mover sus fichas. Designó a Carlos Moreira en la presidencia de la Mesa de la Reforma Estatutaria; ahí se discutirían los cambios.

Como un punto de mayor importancia, puso al frente del congreso a Alfonso Cepeda Salas.

—Felicidades, Charly —le decía Cepeda Salas a Carlos Moreira en uno de los recesos del evento sindical—, todo indica que usted estará en el próximo Comité Nacional.

—Creo que estaremos los dos; a final de cuentas usted está haciendo la tarea más complicada: conduce este congreso. Es claro que eso recibirá el premio correspondiente.

—Ni se crea. La maestra es muy especial. Le gusta elevar a las personas, luego dejarlas caer… Y se espera un poco, para después volver a levantarlas. Así juega ella. Quizá esta responsabilidad sea una forma de despedida.

Y tenía razón Alfonso Cepeda, así se entendió cuando no apareció su nombre en la lectura de la planilla de unidad. Un buen número de delegados se acercó a saludar a quien había conducido los trabajos, les sorprendía no verlo en el listado de cargos sindicales. Carlos Moreira fue uno de ellos. La mayoría intentaba saber los nombres de los nuevos integrantes del Comité Nacional.

Prácticamente todos repasaban las frases más interesantes de los mensajes que había hecho la maestra Elba Esther. Uno de sus comentarios en particular causaba inquietud: «Desde aquí le decimos a ese del copete que anda paseándose por las Europas: no somos de nadie, somos independientes».

En Madrid, Peña Nieto tomaba nota de esas palabras emitidas frente a cuatro mil personas, incluido el gobernador de Quintana Roo.

—En un año estará ubicada en el sitio que le corresponde — dijo a quien, vía telefónica, le informaba.

Terminó la llamada y caminó a una mesa en la que estaba una linda chica llamada Rocío.

Capítulo X

El llanto, *febrero de 2013*

¿Cuánto tiempo podría aguantar? La pregunta no tenía que ver con una potencial rendición, eso ya estaba descartado. No aceptaría una negociación donde firmaría su culpabilidad. No se responsabilizaría de nada, ni siquiera de sus propios errores. No lo haría: no se trataba de un juicio legal, sino de un ataque político.

Las dudas se cernían sobre su estado físico y anímico. La cárcel no le parecía el mejor de los sitios para morir. Ni tampoco desde ahí ver morir a los suyos. ¿Cuánto tiempo aguantarían los suyos antes de alejarse de ella? Su familia resistiría siempre. Su equipo de trabajo… estaba segura de que la mayoría se rendiría. ¿Y Juan? Tal vez Juan aguantaría un poco más.

El Consejo Nacional estaba por culminar, se convirtió en un extraño evento sindical. Un día los delegados esperaban la llegada de la maestra, y sesenta horas después se decidía su salida y la llegada de un nuevo dirigente.

Juan Díaz de la Torre había tomado protesta como nuevo presidente nacional del sindicato. Lo hizo con un breve discurso ante un auditorio lleno de caras largas y tristes, en un ambiente donde se registraba desde el miedo hasta la incertidumbre.

En contraste, un pequeño grupo de personas, los amigos de Juan, los compañeros de toda la vida, festejaban. A ellos se unían varios de los que habían sido excluidos del primer círculo de influencia en el equipo de Elba Esther. Un par se atrevió a invitar a Juan Díaz a celebrar en la finca de uno de los más allegados, obtuvieron del maestro una escueta respuesta.

—No hay nada que celebrar. Siempre quise llegar a la dirigencia nacional, pero no así, no de esta manera. Nos esperan tiempos muy difíciles.

Los amigos ahí reunidos trataron de asimilar las palabras del nuevo jefe. Sin embargo, cuando Juan se alejó con su particular y con Alfonso Cepeda, volvieron a sonreír y a planear un buen festejo. Según ellos, lo merecían.

Hay quien dice que esa noche Juan lloró en soledad. Lo cierto es que, en los siguientes días, lo hizo frente a varios miembros del Comité Nacional.

El pacto, *2013*

Enrique Peña lo tenía todo. Había conseguido el mayor sueño que pudiera gozar cualquier político mexicano. Se había convertido —con un seis por ciento de ventaja— en presidente de México. Nadie cuestionaba su triunfo. Joven, gozando de salud, se hallaba en medio de un largo viaje por Europa, donde no todo era paseo y diversión. Podía charlar alegremente con importantes personalidades de la política y la economía, y departir con miembros de la realeza europea.

En Madrid jugó golf con empresarios europeos, y en París tomó una copa con políticos franceses; mientras lo hacía, una joven de hermosos ojos negros se acercó a su lado, le dijo que había votado por él. Se tomó una foto y discretamente le entregó una tarjeta, se leía un número de celular y el mensaje: «Estaré esperando su llamada».

Al día siguiente, ambos charlaban en el bar de otro lujoso hotel. No concretaron nada en el plano afectivo, lo que provocó el desánimo del mandatario. La llamada no sirvió a los objetivos de Enrique; en cambio, a Rocío y sus amigos les permitió conocer durante algún tiempo el contenido de sus llamadas y mensajes.

Peña Nieto quería pasar a la historia. Nunca imaginó en sus años de infancia y juventud que un día llegaría a ocupar la silla presidencial. Aun así, no estaba conforme, deseaba ser ese mandatario recordado por muchas generaciones. Quería que en el futuro, cuando hablaran de su mandato, los niños expresaran en su salón de clases: «Don Enrique Peña fue el líder que transformó al país».

—¿Qué avances tenemos? —era noviembre de 2012, faltaban unos días para la toma de protesta, había mandado llamar a uno de los auxiliares que trabajaba con los miembros del equipo de transición. No era su primera opción, pero le dijeron que Verónica, la linda chica de grandes senos y espectaculares ojos color miel, había tenido que salir a Sinaloa ante la repentina muerte de uno de sus seres queridos. «Ni hablar», pensó, y supuso que ya habría ocasión para ejercitar la mente e intentar concentrarse en las palabras que salían de su sensual boca sin caer en la distracción que provocaba su belleza. Lo recibió de pie, no lo invitó a sentarse, no quería extender la entrevista. Con Verónica todo hubiera sido diferente, estaba el sillón para platicar mientras ella tomaba apuntes. Volvió a mirar al chico, no sabía su nombre, no tenía interés en conocerlo. Le dio pena su apariencia física. Decidió escuchar su informe.

—El licenciado Murat se reunió con los dirigentes de los principales partidos. Exponen algunas condiciones, pero están dispuestos a trabajar con nosotros.

El tímido joven con gafas que tenía frente a él no paraba de hablar; su voz era plana, aburrida. Por instantes, Peña Nieto pensaba en la hermosa chica de Sinaloa: debía concentrarse. Poner atención para tomar decisiones.

—¿También el PRD? ¿López Obrador ha dicho algo? —preguntó el presidente.

—Andrés Manuel se desmarcó del PRD. No quiere avalar nada que le presentemos. Por fortuna el PRD también se desmarcó de López Obrador. Quizá con ello estemos matando dos pájaros de un solo tiro. Por un lado, tejemos una alianza con la izquierda, por otro debilitamos al principal líder opositor

—comentó el joven mientras acomodaba sus lentes, nervioso. Y no era para menos, estaba ante el hombre más poderoso del país.

—Me parece excelente. Creo que Andrés Manuel está calculando mal sus pasos. En unos años el PRD seguirá siendo fuerte, concentrará en sus filas a la izquierda. Él, en cambio, habrá desaparecido de la escena nacional —respiró hondo, esbozó una sonrisa, pensó en lo que le deparaba el mañana—. Ni modo que en seis años quiera volver a estar en la boleta electoral.

—Sería una locura —al decirlo, el auxiliar soltó una ligera risita que acompañó con un nuevo argumento—, tendría que buscar otro partido que lo cobijara. En una de esas, el Partido del Trabajo o Nueva Alianza.

Ambos rieron de buena gana. Peña Nieto le dio una palmada en la espalda a su auxiliar, festejando su ocurrencia. En ese momento se enteró que se llamaba Ramón. Luego pensó lo fantástico que hubiera sido tocar la espalda de Verónica, pero la pobre estaba sufriendo en el velorio, en alguna parte de Sinaloa. Convendría hacer una llamada y darle el pésame. Al ver la atenta mirada de Ramón, buscó recuperar el hilo de la conversación.

—Y a todo esto, ¿qué piden los líderes de los partidos para que vayamos juntos en un gran acuerdo nacional?

—Cosas sencillas —contestó animosamente el joven—, algunas de las cuales usted ya las tenía en mente: una reforma energética, la reforma educativa y la cabeza de algunas personas.

—Lo de las reformas está contemplado, es lo que nos hará pasar a la historia. Esas transformaciones y otras más. El tema de las cabezas, habrá que estudiarlo, ¿de quiénes están hablando?

—El PRD quiere la cabeza de Granier, y el PAN y varios de los nuestros exigen que metan a la cárcel a Elba Esther Gordillo, o al menos que sea destituida del sindicato de maestros.

—Diles que en seis meses enjuiciamos al gobernador de Tabasco, y a mediados del 2013 Andrés Granier estará en la cárcel, que me tengan paciencia.

—Y sobre la maestra, ¿qué les podemos comentar?

—Diles que primero la vamos a debilitar, luego ya veremos… —pensó en dejar ahí el mensaje, pero ahondó—. Le quitaremos toda la fuerza a su sindicato. Pondremos al frente de la Secretaría de Educación Pública a uno de sus enemigos más acérrimos. La pobre de Elba Esther Gordillo terminará renunciando. Se irá lejos, seguramente a su casa en San Diego, California. No creo que resista nuestros primeros embates.

Se hizo una pausa mientras el presidente electo regresó a su silla y revisó un sinfín de tarjetas donde aparecían pendientes: desde reuniones con legisladores hasta citas con millonarios deseosos de invertir en el país. Ramón seguía ahí, de pie, esperando instrucciones.

—Necesito algo más —en la voz del presidente había entusiasmo—: que verifiques si todo está en regla en relación con el nuevo avión. Me han comentado que está súper chingón. Por lo mismo, quiero que le digan al presidente Calderón que le agradezco mucho el gesto y que lo tomaré en cuenta. Que no se preocupe por la pendejada de la Estela de Luz. Fue un gran despilfarro de recursos, pero somos amigos y tengo ganas de olvidar *pecados*.

Siguieron revisando avances. Al salir de la oficina del presidente electo, el auxiliar realizó un par de llamadas: la primera para informar a José Murat sobre cenar dentro de dos días en casa del licenciado Enrique; la segunda, a un profesor con amplia presencia en el magisterio nacional.

«Quiero que te reúnas con otros líderes, checa si Ochoa y Dávila están dispuestos a colaborar, necesito que construyan la estrategia por si el jefe decide meterla a la cárcel».

Un mes después, se anunciaba la conformación del gabinete presidencial. Al frente de la Secretaría de Gobernación se encontraba Miguel Ángel Osorio Chong. En la de Hacienda, Luis Videgaray. En Educación Pública, Emilio Chuayffet Chemor, quien en el pasado había suplido a Elba Esther Gordillo Morales como líder en la Cámara de Diputados y en todo momento la había criticado y vilipendiado. A la par se anunciaba con «bombo y platillo» la firma del Pacto por México, es decir, un acuerdo nacional entre los principales partidos políticos y la Presidencia de la República. Medio país era testigo de la transmisión que llevaban a cabo todas las cadenas de televisión. Elba Esther observaba las escenas en la pantalla de la sala de su departamento.

—Se veía venir, todo este desmadre se veía venir, ya lo había platicado con Juan. Esa lejanía hacia nosotros y ese acercamiento a nuestros adversarios políticos indicaba que tendríamos problemas.

Frente a ella tenía a René Fujiwara Apodaca, su exyerno, miembro del Comité Nacional, más académico que político, quien a pesar de haberse divorciado de su hija seguía manteniendo una relación de afecto y confianza con la maestra Elba Esther.

—El planteamiento educativo del presidente Peña Nieto deja mucho que desear. Más que una reforma educativa —decía René, preocupado por el momento que vivía el sindicato y haciendo un esfuerzo por controlar sus propias emociones— lo que está proponiendo el presidente es una reforma de corte laboral. Por eso no pensó en alguien ligado a la educación para la SEP, sino que se optó por un hombre de línea dura. Un hombre que en el pasado la ha ofendido a usted y al sindicato.

—Agrega a eso que en la invitación a la toma de protesta decidieron colocarme en un lugar de tercera, nada que ver con los sexenios anteriores, donde me daban asiento en primera o segunda fila —la maestra estaba desencajada, sabía que venían tiempos complicados—. En fin, eso no es lo importante, única-

441

mente es una señal. Lo trascendental es la firma de ese pacto. Lo preocupante es que pretendan ningunear a la organización sindical y poner en riesgo la estabilidad laboral de los trabajadores.

—¿Qué hacer al respecto? ¿Qué ha pensado? ¿Dar la pelea en la calle? ¿Paralizar el sistema educativo? —lanzó Fujiwara con preocupación las preguntas.

—Me queda claro que tenemos que dar pelea, aunque no estoy segura de que nuestros compañeros conozcan las manifestaciones de corte radical. No somos como la coordinadora, nos falta mucho por aprender y no hay tiempo. Creo que vamos a necesitar a los profesores de Oaxaca, Michoacán y Chiapas. Voy a buscarlos.

—Maestra… ¿ha medido los riesgos? Quizá el gobierno intente quitarla. Y hasta hacerle algo más.

—Sí lo he pensado. Pero no tengo otra opción más que resistir y pelear. Y si me quitan, que sea luchando.

En medio de sus propias preocupaciones, René debía repasar con ella todas las posibilidades, incluidas las más funestas.

—¿Y si la meten a la cárcel? ¿Y si la matan? —le dijo, buscando no transmitir sus propias emociones.

—También lo he pensado, pero no hay marcha atrás. Peña Nieto no me verá de rodillas.

●

En tiempos de Felipe Calderón se habían tejido acuerdos con importantes funcionarios, no todos se habían cumplido a cabalidad. Todo indicaba que algo interesante podría hacerse con la nueva administración. No obstante, Raúl sabía de la importancia de contar con figuras propias en los cargos gubernamentales: no depender del buen ánimo o de la deshonestidad de sus interlocutores, en otras palabras, de funcionarios que quisieran hacer tratos con él y fueran lo suficientemente corruptos para quedarse con el dinero que les haría llegar en maletas.

Tiempo atrás había capacitado y promovido a cuadros con el potencial para aparecer en las boletas electorales. Felipe Suárez era uno de los que prometía un mayor futuro en la vida política de Guerrero y —quizá, poco después— en el contexto nacional. También estaba José Luis Abarca Velázquez, pero Raúl tenía más confianza en el potencial de Felipe Suárez: se había vuelto uno de sus prestanombres en el área inmobiliaria.

La estrategia para impulsar a Felipe consistía en conformar una estructura con una fuerte base social; por ello se trabajó para constituir asociaciones de colonos y campesinos. Con unos cuantos pesos y gestiones pudieron avanzar a paso firme. Además, se tomó la decisión de apoyar a estudiantes de escuelas normales rurales con recursos económicos y viajes —supuestamente académicos— a Venezuela, Bolivia y Cuba. Invariablemente, la cara visible era Felipe Suárez. La estrategia, el discurso, y sobre todo el dinero, los ponía Raúl Martínez.

Felipe tenía que mostrar, además de la imagen amigable y ese discurso con un potente compromiso social, una solvencia económica que convenciera a propios y extraños. A ojos del mundo, Felipe era un importante empresario inmobiliario, un líder en el área de la construcción; desarrollaba proyectos en el estado de Guerrero y en la Ciudad de México. Igual ayudaba a construir una moderna plaza comercial que un fraccionamiento para gente de la clase media. El último proyecto para presentar a la sociedad mexicana tenía que ver con un imponente edificio de veinticinco pisos destinado a la vivienda de la clase alta, un edificio enclavado en uno de los sectores más exclusivos de la capital del país. Ahí vivirían artistas, políticos y empresarios, en departamentos cuyas dimensiones oscilaban entre los ciento cincuenta y los cuatrocientos metros cuadrados, con impresionantes vistas y notables áreas comunes.

En la inauguración hicieron presencia funcionarios de todos los niveles de gobierno, legisladores de todos los partidos políticos, además de representantes religiosos de varias iglesias, incluido un representante personal de Naasón Joaquín García, apóstol de la Iglesia La Luz del Mundo.

El discurso de Felipe Suárez emocionó a todos los presentes. Dirigentes de varios partidos lo invitaron a charlar en los días siguientes. Todos lo querían entre sus filas.

Felipe Suárez se tomó un par de fotos con aquel que llamó su padrino político y su amigo de toda la vida, un hombre de aspecto atlético, quien dijo llamarse Néstor Martínez.

A los pocos días, el edificio se fue llenando de familias fascinadas por detalles en los acabados de cada departamento. El buen gusto era el común denominador en cada espacio.

Leticia Ávila y Manuel de Jesús Leyva habían adquirido un departamento en el piso 21. Les gustaba todo, empezando por los vecinos. Ella se hizo amiga inseparable de Samantha Velázquez, cuyo marido ocupaba una curul en el Senado de la República. Los departamentos estaban uno a pasos del otro. Juntas salían de compras al enorme centro comercial Santa Fe mientras sus maridos trabajaban. Un día, mientras miraban los aparadores de las tiendas del centro comercial, Samantha le hizo un comentario que la dejó intrigada.

—Amiga, dicen que hay espacios perdidos dentro del edificio en el que vivimos.

—¿Cómo? No entiendo —respondió distraída Leticia con su pequeño hijo Manuel.

—Pues que hay huecos en algunas paredes… que los arquitectos responsables de la construcción prefirieron perder metros a complicar la estética de los departamentos.

—Pues la verdad no le he puesto atención. A mí me fascina mi departamento. Tiene una vista estupenda y el tamaño es suficiente para los tres.

Cambiaron de tema. Samantha se empezó a quejar de su marido, había cosas que no le gustaban, decía que eran más felices en su natal Yucatán. Leticia, en cambio, hablaba maravillas de Manuel.

—Me saqué la lotería con ese cabrón. Tiene todas las virtudes que te puedes imaginar: responsable, exitoso, cariñoso, buen padre y muy creativo en la intimidad.

Terminaron de pasear, y al llegar al edificio, luego de estacionar su vehículo, Samantha le pidió mirar su departamento, quería saber si había algún espacio perdido. A Leticia no le gustaba meter gente a su hogar, pero Samantha se había vuelto su gran amiga, por lo que ni siquiera buscó argumentos para negarse.

Samantha revisó la cocina, no encontró nada. Hizo lo propio con la sala y el comedor, con igual resultado.

—Creo que tu departamento no es de los que tienen espacios perdidos, salvo que estén dentro de las habitaciones, quizá en uno de los vestidores.

—Si gustas puedes pasar —le dijo Leticia sin mucho ánimo.

—Ay, se me hace que me estoy pasando. Pero bueno, déjame pasar al cuarto del niño.

—Claro, aunque casi no se utiliza; es que Manolito se la vive en nuestra recámara, solo en las noches lo llevamos a su cama.

No tardó mucho en encontrar algo extraño. En el vestidor del niño una pared estaba medio metro más adelante.

—Amiga, creo que estás perdiendo mucho espacio. Aquí caben muchas cosas y la verdad, la estética no se perjudica.

—Puede ser que —titubeó pensando las razones de esa pared—… que ahí se encuentren tuberías o cosas así. No sé. Voy a comentarlo con Manuel.

●

Samantha Velázquez se sentía emocionada. Había sacado a la luz un tema interesante. Con curiosidad desbordada, no tardó en llamar a Leticia.

—Amiga, ¿ya llegó tu marido? ¿Ya le dijiste lo que descubrimos?

—Aún no lo hago, pero al rato le comento. Mañana te digo qué opinó Manuel al respecto.

Leticia se había fastidiado por la actitud de su amiga. Sin embargo, se lo comentó a su marido. No perdía nada con mencionarlo.

Manuel se quedó pensativo, hasta que luego de pasar el bocado de comida refirió que algo así había escuchado que decían unos jóvenes en el gimnasio del edificio.

—Llegó un mensaje a sus correos electrónicos. Se les hizo raro, pero revisaron su departamento y todo estaba en orden. Y la verdad, a mí se me hizo un disparate y por eso ni te lo comenté.

Dejaron la cena a medias y se dirigieron a ver el vestidor del niño. Luego pidieron permiso a su vecino para ver lo que ocurría en su lado, encontraron que todo estaba bien en su departamento. El vecino miró el piso de los Leyva Ávila. Se ofreció a hacer alguna incisión y meter una cámara muy pequeña que tenía de un aparato médico en desuso. Lo que encontraron fue terrorífico.

Samantha y su marido no tardaron en entrar en el departamento. Leticia no paraba de llorar y Manuel estaba muy asustado.

Al día siguiente, nadie pudo detener el escándalo. Las fotos de Felipe estaban en todos los medios de comunicación. Reporteros y políticos preguntaban por la identidad del hombre en proceso de descomposición que aparecía en las imágenes publicadas por vecinos de un lujoso edificio de departamentos.

La maestra intentó conseguir una reunión con el presidente de la República. El equipo cercano de Peña no le decía que no, pero tampoco le daba una cita. Los tiempos habían cambiado. Con Salinas de Gortari logró construir una alianza política donde las aspiraciones del presidente compaginaban con la astucia y determinación de la líder del sindicato. Con Zedillo no existía «química», pero sí respeto, quizá más de él hacia ella. Al llegar Fox a Los Pinos, obtuvo algo cercano al «derecho de picaporte»: Martita y Vicente la trataban con cariño y consideraciones. Con Felipe Calderón se convirtió en un miembro más de su equipo político, confrontada con integrantes del gabinete, pero manteniendo excelentes relaciones con el primer mandatario de la nación.

Con Peña Nieto, en cambio, había desprecio por parte del presidente y rencor de los miembros de su equipo más cercano. De poco había servido el empeño manifestado desde un lustro atrás para convertirlo en candidato del PRI y luego con el fin de que triunfara en las elecciones. Se le veía como la gran adversaria política.

En su entorno había quienes sugerían ceder, y otros confrontar. Ella optaba por lo segundo, sin radicalizarse.

—Es que no podemos estar en medio de la calle, nos van a atropellar. O estamos en una acera o en la otra —decía Carlos Moreira a Juan Díaz, tratando de ejemplificar el hecho de que deberían tener una actitud más agresiva o rendirse, pero no tomar tibias medidas que en lugar de impresionar ocasionarían burlas y desprecio.

—Quizá coincida contigo, pero las indicaciones son claras: poner carteles en las escuelas donde se diga que no estamos de acuerdo con la reforma educativa, y hacer festivales en las plazas públicas, y que entre canción y canción se den mensajes a los asistentes.

—Tiene que ser algo más fuerte. Cerrar calles, tomar oficinas de gobierno, pensar en la suspensión de clases —objetó nuevamente Carlos.

—Ni de chiste. La maestra Elba Esther piensa que aún podemos llegar a un acuerdo con el gobierno de Peña Nieto —respondió Juan Díaz.

—En fin, ustedes saben. Lo cierto es que corren rumores muy fuertes sobre reuniones entre exdirigentes del SNTE para analizar cómo acabar con la maestra. Y se dice que lo hacen en comunicación con el gobierno —alegó Moreira.

—Si me permites, en la primera oportunidad se lo comento a la maestra Elba Esther. No te preocupes. Y, por cierto, ella quiere que te veas con miembros de la coordinadora y con la gente del Sindicato Mexicano de Electricistas.

•

Mientras Elba Esther buscaba tejer acuerdos, el gobierno avanzaba en su estrategia: concentrar apoyos para la aprobación de la reforma educativa. Los principales partidos políticos, los más destacados líderes de opinión y los medios de comunicación estaban alineados con el presidente Peña Nieto y con sus ideas innovadoras. Las críticas y el rencor en contra de Elba Esther Gordillo y del sindicato de maestros cobraban fuerza.

La coordinadora presionaba en sus espacios de acción, y festejaba, con reservas, la distancia que observaba entre el SNTE y el gobierno de Peña Nieto.

—¿Pero están seguros de entrarle?, o, como siempre, ¿se van a rajar a medio camino? —dijo Adolfo, uno de los miembros del equipo enviado por el bloque democrático de la Sección 18 a la reunión con el secretario de Organización del SNTE en un hotel ubicado en Paseo de la Reforma, por el rumbo de la Glorieta a Colón.

—Hasta el momento no hay indicaciones de radicalizarnos, pero sí de enfrentar a los promotores de la reforma educativa —expresaba Moreira a los disidentes—. Creo que cada quien con sus estrategias y sus mecanismos de lucha puede trabajar para intentar avanzar un poco en aras de echar abajo los proyectos del presidente.

En la reunión estaba presente Martín Esparza, con quien Carlos Moreira tenía excelente relación, toda vez que había gestionado apoyos del sindicato de maestros para la lucha realizada por el Sindicato Mexicano de Electricistas, luego de que el gobierno de Calderón prácticamente los había dejado sin empleo. Martín servía en ese momento como aval de las palabras del SNTE ante el grupo disidente y testigo de cualquier compromiso que se estableciera.

—Mira, Carlos, nosotros estamos aquí por invitación de Martín, y la verdad, pensamos que si no se radicalizan al menos un poco, no van a poder detener a Peña —el representante de los trabajadores de la Sección 18 se mostraba amable pero contundente con sus comentarios—. Es obvio que radicalizar implica riesgos; el gobierno es represor, eso lo sabemos y lo hemos sufrido. Hemos perdido a muchos compañeros que han sido asesinados. En ocasiones se dice que fueron víctimas de un accidente y en otras los disfrazan de maleantes para matarlos y criminalizarlos. Así sucedió hace poco con un compa de Michoacán. El tipo era bueno; primero le mataron a su esposa en un secuestro, luego lo asesinaron y dejaron su cuerpo en una masacre perpetrada a una familia en Veracruz. Insisto, riesgos hay, pero en la cobardía no se avanza. Con actitudes *tan* conservadoras y timoratas no van a conseguir arreglar nada.

Unos y otros quedaron de reunirse nuevamente en los próximos días. Necesitaban consultar con sus jefes lo que se podía llevar a cabo. Ambos grupos prometieron una tregua en su lucha interna.

Por su parte, el equipo de Peña Nieto seguía avanzando en la aprobación de una reforma educativa que no formulaba temas académicos y se sustentaba en una evaluación a los docentes relacionada con su ingreso, ascenso y permanencia. En este último aspecto se hallaba gran parte del malestar del magisterio mexicano: implicaba la posibilidad de perder el empleo. A su vez, estaba el hecho de que se eliminaba la participación del sindicato en la discusión de los temas laborales de los trabajadores, dejando a todos en una completa indefensión.

Poco pudieron hacer los diputados federales emanados de Nueva Alianza, menos aún los legisladores aliados al magisterio en cada una de las entidades federativas. El día que Elba Esther cumplía años, el gobierno de Enrique Peña Nieto decidió promulgar la susodicha y cuestionada reforma educativa.

Unos días antes, Martín Esparza localizaba por teléfono a Carlos Moreira.

—¿Por dónde andas, amigo? Necesito verte —dijo el líder del sindicato de electricistas.

—Estamos terminando de comer en Casa Ávila, por el rumbo de Polanco —contestó Carlos Moreira, que en ese momento compartía los alimentos con Alfredo Zmery de Alba y Xicoténcatl de la Cruz García, importantes sindicalistas de Nayarit y Coahuila, respectivamente.

—Mándame un número de teléfono que no sea tuyo y ahí voy a llamar desde otro celular —le dijo Martín Esparza, que trataba de ser muy cauteloso con sus acciones.

Así lo hizo. Minutos después, apenas contestó Carlos el teléfono, Martín continuó con la conversación.

—¿Puedes moverte a Plaza Carso? Digamos, ¿en una hora?

—Sí, claro, llegando te marco y me dices dónde te veo.

Al llegar a la plaza comercial realizó la llamada. El líder del poderoso y radical sindicato de electricistas le indicó que se moviera al tercer piso de la plaza, a un pequeño local donde vendían jugos naturales.

Carlos se acercó a la mesa donde Martín bebía un jugo de naranja, quien, con un gesto, le ofreció parte de una rebanada de pastel de zanahoria, a lo que Carlos agradeció negando con la cabeza y pidiendo al mesero que le trajera otro jugo y un pay de queso con chocolate encima.

—Necesito contarte algo. Ayer estuve con Luis Miranda, el mejor amigo de Peña Nieto, que como bien sabes ocupa la Subsecretaría de Gobernación. Las cosas están difíciles. Me dijo que iban por la extradición de Napoleón Gómez, el líder minero exiliado en Canadá. Y que en relación con la maestra existía un acuerdo para que dejara el sindicato en junio, pero que quizá tendrían que adelantarse los tiempos.

—Eso que me cuentas ¿es para que yo se lo comunique a la maestra Elba Esther? —le preguntó Carlos.

—Mira, cuando platiqué con Luis Miranda me dijo que tenían dentro del sindicalismo tres dolores de cabeza: mi sindicato, es decir el de los electricistas, el de Napoleón y el de Elba Esther. Nos tomamos unos whiskys y nos pusimos de acuerdo con el tema del Sindicato Mexicano de Electricistas. No tenían por qué heredar las rencillas de Felipe Calderón ni nosotros mantener la guerra contra el gobierno de Peña Nieto. Luego me platicó lo de Napoleón, otro de los enemigos de Calderón, quien además tiene problemas muy fuertes con poderosos empresarios. Finalmente me preguntó si tenía contactos en el SNTE. Le dije que tenía un amigo. No le di tu nombre, no me lo preguntó y enseguida me dijo: «Si puedes, dile a tu amigo que si Elba Esther no modifica su postura nos la vamos a chingar».

Al salir de la reunión con el líder de los electricistas, Moreira buscó a Elba Esther Gordillo, pero obtuvo un «está ocupada». Así que optó por escribir un relato de lo sucedido, y en un sobre cerrado lo dejó con el personal de seguridad del edificio.

En ocasiones anteriores le había llevado paquetes, sobre todo cajas con chicharrón prensado de Coahuila, sabía que le encantaba el chicharrón de aldilla Alanís, marca originaria de Saltillo. Pensó que, si en el pasado esos guardias no se habían comido el chicharrón, menos se pondrían a leer un documento.

Después de dejar el sobre con su escrito, le mandó un mensaje para informarle: «Maestra, fui a su domicilio, me comentaron que no se encontraba y escribí algo que espero pueda leer. Les pedí a los guardias le hicieran llegar el documento. Considero que es importante».

Minutos después, Carlos pudo leer la respuesta: «No te preocupes, estoy en una cena con gente que nos debe apoyar; llegando reviso tu escrito. Gracias».

No mucho después se llevó a cabo una reunión en el departamento de la maestra. Ahí, frente a varios compañeros, Carlos escuchó cómo Elba Esther señalaba en uno de sus comentarios:

—Me han hecho llegar mensajes diciendo que debo cuidarme. Sé que lo hacen por el aprecio que me tienen. Solo les comento que no se preocupen, no me va a pasar nada.

Al oír eso, Carlos dio por resuelto el problema. La maestra había recibido y respondido el mensaje. Se veía tranquila, con la energía y la seguridad de siempre. Quizá no había mucho de qué inquietarse.

En días posteriores se organizó una reunión en uno de los hoteles de Santa Fe. Trataron asuntos diversos. Después, ahí mismo, en una terraza con espectaculares vistas, se realizó una sencilla comida con motivo del cumpleaños de la maestra. Había pasado una semana desde el aniversario, pero aún era tiempo para felicitarla. Frente a los miembros del Comité Nacional y con la presencia de los secretarios generales de la gran mayoría de las secciones sindicales, Elba Esther pronunció un emotivo mensaje. Hubo un momento en que guardó silencio, le brotaron lágrimas por unos instantes, y terminó pronunciando una frase que dejó a todos helados: «No se preocupen por mí, ustedes *sigan dando la pelea*, sin importar lo que me ocurra».

Felipe Suárez apareció colgado en el baño de un motel de paso, se dijo que había usado el trozo de una sábana para suicidarse. Tenía moretones en varias partes del cuerpo y un par de costillas fracturadas. Al detonarse el escándalo del edificio que poco tiempo atrás había construido, la carrera política de Suárez se fue al retrete. De próspero empresario y político en ascenso, pasó a convertirse en un simple delincuente.

El rostro de Raúl empezaba a figurar en varios medios de comunicación. Se mencionaba su pasado como docente, y vinculaban su trayectoria con la vida de legendarios profesores que tomaron las armas, como Genaro Vázquez y Lucio Cabañas. Muchas autoridades que antes lo recibían, hoy se negaban a verlo y amenazaban con denunciarlo.

—No puedo verte, cabrón. Entiende, no insistas por favor. Nos chingamos los dos si te recibo —le decía por teléfono un alcalde con quien acostumbraba tomar tequila y compartir amores.

—Pero bien que aceptaste el dinero que te mandaba, culero. Hoy lo único que necesito es que me informes lo que sepas para que no me chinguen, y que me ayudes a saber quién está detrás de todo —le reclamaba Raúl, aunque tenía claro que sus viejos enemigos estaban atrás de la pesadilla que estaba viviendo.

Decidió moverse para el sur, cruzar la frontera y adentrarse en Guatemala, vivir en algún pueblito o instalarse en la capital. Varios narcotraficantes habían hecho de los países de Centroamérica sus nuevos hogares y sus centros de inversión. Por eso no era fortuito que florecieran lujosos centros comerciales en medio de una notable pobreza del grueso de la población.

Poseía pasaportes falsos, no le fue difícil esconderse en el país centroamericano con un bajo perfil. Decidió invertir en unos restaurantes de pollos asados al carbón, similares a la franquicia de El Pollo Loco, que poseía una fuerte presencia en Sinaloa, Coahuila, Nuevo León y el sur de los Estados Unidos. Se llevó consigo a uno de sus contadores, al más confiable y capaz. En él delegó la administración de los negocios. Con esos restaurantes podría justificar su modo de vida. Comenzó a salir con una linda chica de Guatemala, alejada de sus intereses afectivos. La joven fue a solicitar empleo y Raúl vio que podían establecer una relación de noviazgo que le ayudara en su afán de incorporarse a la sociedad en la que estaba viviendo. Quería pasar inadvertido, ser uno más en una colectividad conservadora. Eso sí, no pensaba olvidar a sus eternos enemigos. Necesitaba vengarse de Marián y de Fernando.

Una tarde recibió una llamada.

—Contamos con la información suficiente para eliminarlos. Sabemos lo que hacen y con quiénes se ven. Tenemos un par de personas infiltradas en el lugar donde habitan, son empleados de limpieza —la voz era de uno de sus más temibles sicarios, lo había conocido cuando tenía escasos 15 años, juntos habían participado en un sinfín de operaciones.

—¿Qué necesitan?

Raúl se encontraba tomando un trago en un antro de Ciudad Cayalá, hermoso complejo con estilo colonial ubicado en las afueras de la capital de Guatemala. Era jueves de soltería, el día que había acordado con su novia que podrían verse por separado con sus amistades. Ella aprovechaba para estar con su familia o salir con un par de amigas. Raúl por lo general andaba solo; cuando mucho con dos guardaespaldas que lo seguían discretamente.

—Necesitamos montar un operativo —le informó su subordinado—. Quizá contar con unos veinte muchachos y caerles a media noche. Ahorita están en la residencia de la francesa, en una fiesta que va para largo, acaban de meter mucha comida. Ahí se encuentra el tal Fernando, obviamente Marián, además una chica muy linda que se ocupa de la agencia de noticias de nombre Sofía, y dos exmilitares, que, según nuestros informes, son los que se encargaron de acabar con Filimuerte y antes mataron a don Rodolfo Valenzuela.

La sangre le hervía. Era momento de acabar de una vez por todas con sus eternos enemigos. Esa guerra le había costado demasiado, especialmente la muerte de su amigo Filiberto, y del último de sus amores. Respiró muy hondo, se pasó la mano por el rostro, después por el pecho hasta fijarla en su miembro. Le agradó la idea de enterarse pronto de la muerte de Fernando, quien tanto lo había despreciado, de la excomandante Mariana, y de toda esa bola de pendejos.

—Son las ocho de la noche. Espero que más al rato me tengan buenas noticias, no quiero equivocaciones. Sabes que no me daré por mal servido. Tendrás el triple de paga.

Colgó y se dispuso a festejar. Pidió una botella de tequila Reserva de la Familia. Quería embriagarse, y ya medio borracho, recibir la noticia de la muerte de sus enemigos. Bebiendo, ideó por motivos de seguridad viajar por tierra a San Salvador al día siguiente. Se instalaría en un departamento en un barrio de clase media, con pasaporte distinto.

Al volverse a servir se percató de la mirada de un joven que, a lo lejos, levantaba su *shot* para brindar con él. Devolvió el brindis y se concentró en sus ideas. Ya era tiempo de que las cosas volvieran a salir bien, después planearía la boda con su novia. A los tres tequilas volvió a mirar hacia su derecha, ahí estaba el chico con el que había brindado. Estaba distraído. Se distinguía tanto por su juventud como por su atractivo: horas invertidas en el gimnasio y el salón de belleza. Indicó a sus guardias que se movieran a su domicilio para que arreglaran las cosas, pues habrían de salir temprano a San Salvador. En un par de horas les llamaría por si debían regresar por él.

Pidió al mesero que llevara un *shot* al joven de la barra. Vio nacer una sonrisa en su rostro, luego, caminó a su encuentro. De cerca se veía mejor. Charlaron, el chico dijo llamarse Joaquín y ser español, lo acababa de dejar su *novio guatemalteco*. Tenía ganas de conocer gente y de quitarse la pena con tequila. Raúl inventó una historia, una de las tantas que le gustaba contar. Siguieron bebiendo. Ambos ponían de manifiesto su gusto por el tequila.

—Estás muy jovencito para consumir tanto alcohol —señaló Raúl.

—Tal vez, pero estoy seguro de que si me pongo demasiado ebrio, me vas a cuidar —le respondió Joaquín guiñando un ojo y acariciándole ligeramente la mano.

El calor entró en el cuerpo de Raúl. Tenía ganas de sentir los besos de Joaquín en la espalda y de ser penetrado.

—Claro que te cuidaría, aunque sería bueno que nos fuéramos a otro sitio a seguir con nuestra fiesta.

—Si quieres, en tu casa o en un hotel —dijo Joaquín, mostrando que tenía toda la confianza en Raúl—, cualquier lugar sería un buen lugar para continuar la noche.

—En mi casa hay algunos familiares; si gustas en el hotel donde te estás quedando, o donde digas —respondió con mentiras Raúl, que lo menos que deseaba era llevar parejas ocasionales a sitios donde pudiera enterarse su novia.

—Me estoy quedando en un departamento que renté por un mes. Ahí podemos estar. Es un lugar discreto y creo que bastante cómodo.

Se fueron en taxi. No estaba lejos. Llegaron a un fraccionamiento campestre alejado del centro de la ciudad, prácticamente en la carretera. Se dispusieron a beber. Ahí tenía Joaquín varias botellas de tequila, todas de la misma calidad que el Reserva de la Familia que habían tomado en Ciudad Cayalá.

—Vamos a ver quién aguanta más —la propuesta del jovencito provocó una sonrisa en Raúl, quien llevaba cierta ventaja gracias a sus noventa y tantos kilos de peso.

Después de diez tequilas, Raúl hablaba de forma confusa y empezaba a relatar cosas distintas a lo que había dicho sobre su historia personal. Joaquín mantenía la sonrisa y seguía sirviendo *shots*. No tardó mucho en que Raúl se quedara profundamente dormido.

Al despertar, frente a sus ojos se encontraban dos chicos completamente iguales. Eran dos Joaquines, con la misma ropa, la misma sonrisa. Raúl estaba amarrado. Quizá estaba soñando. Seguramente se hallaba a mitad de una pesadilla.

Encendieron una enorme pantalla de televisión y empezó la sucesión de imágenes del sicario que supuestamente iba a matar a Marián. Brindaba con ella, contentos.

—Tienen rato reunidos —le dijo a Raúl uno de los jóvenes—. También hay otras personas que seguramente querrás ver y quienes, por cierto, también te están mirando.

Le explicaron que había cámaras y micrófonos en la casa. Desde la capital de México estaban siguiendo todo lo que ocurría en torno a su cautiverio.

—Al parecer no eres tan inteligente, y obviamente no te queda mucho tiempo de vida por delante —la seriedad del otro joven, aunada a las imágenes, suscitaban temor en Raúl.

—No entiendo nada. No sé por qué me tienes —miró a ambos y corrigió—… por qué me tienen amarrado. Les juro que no sé quiénes son ellos.

—Hola, Raúl, no digas que ya no te acuerdas de mí —dijo Marián desde la pantalla y se movió el cabello para que viera la herida en su oreja amputada—. Aquí cerca está Fernando. También se encuentra Javier, el hijo de Cindy, la chica que mandaste matar junto a Sonia.

—Hola, cabrón, por tu culpa me fui del país, y lloré la muerte de mi novio Joaquín. Ese día que lo mandaste matar nos íbamos a casar. Me destruiste la vida, hijo de la gran puta —dijo Sofía llorando.

—Creo que están equivocados, podemos aclarar todo —respondió Raúl. En medio de su pánico intentaba llegar a un acuerdo.

—Hola, pendejo. Mi nombre es Fabián, soy el tío de estos muchachos. Soy su única familia. Te aviso que está por llegar Damián, mi cuñado. Él fue quien mató al maricón narco que tenías por novio. Él ayudará a los muchachos a mandarte lentamente al otro mundo.

Escuchó que se abría la puerta, y enseguida, nuevamente la voz de los muchachos:

—Tío, ya está listo para que te diviertas un rato.

El hospital, *2015*

Su mirada, unas veces débil, otras, el nido de la angustia, se guarecía bajo los párpados agotados por la impotencia. Los últimos años había vivido encerrada entre hospitales. Primero, la torre médica de la cárcel de Tepepan, luego el lujoso y moderno hospital Ángeles de Interlomas, para finalmente llegar a un modesto nosocomio en la colonia Roma. Era un hecho que pronto regresaría a Tepepan. A ella le inquietaba, sobre todo, la evolución de la enfermedad de su hija Mónica. A él, le preocupaba *ella*. Día con día se hacía presente, guardias y enfermeras sabían su nombre.

—Este cabrón viene más seguido que la mayoría de los familiares de la maestra —señalaba Ruth, la enfermera en jefe, a Brenda, una de sus compañeras.

—Sí, caray. Al principio pensé que era su hijo, creo que todos lo pensamos, hasta me gustaba para suegra; luego me dijeron que la maestra solo tuvo mujeres, es tan guapo —respondió Brenda, suspirando mientras acomodaba medicamentos en un sencillo estante.

—La Sonia me dijo que la maestra, de joven, tuvo un varón, pero no sé si falleció o lo dio en adopción o igual es una mentira. Lo cierto es que este muchachote no es su vástago, sino su enamorado.

—¡Ay Dios! Pero, ¿no está muy grande para él?

—Viejos los cerros. Ahora resulta que una como mujer no puede tener novios más jóvenes. Mira, el cabrón de mi ex me dejó por una niña treinta años menor. Según él, muy enamorados. Y bueno, ahí siguen juntos. A mí en ese tiempo muy apenas me cumplía, no sé cómo le haga con ella. Y así como mi marido hay muchos hombres con jovencitas. Y si ellos pueden, ¿por qué nosotras no?

—Pues, porque es distinto.

—Brenda, no digas tonterías o te mando cambiarle los pañales a don Alfredo, el viejo ese mano larga de la 412.

Acababa de decir eso cuando el hombre de quien hablaban, Luis Antonio, pasó de largo frente a la central de enfermeras con un ramo de flores y una enorme caja con chocolates. Pronto se enterarían que ese día le pidió casarse con él y que esa noche la pasaron juntos.

A lo largo del tiempo muchos harían burla y escarnio de la relación entre la maestra y su joven abogado, ese chico que pasó de pertenecer al equipo jurídico que buscaba sacarla de prisión, a convertirse en su hombre de mayor confianza y, después, en su compañero de vida.

La llamada, *2017*

Recibió una visita inesperada. No tenía ganas de aceptarla, no quería mirar su cara ni escuchar sus excusas; sin embargo, luego de pensar un poco, decidió verlo. Pidió unos minutos.

—Necesito arreglarme un poco —le comentó Ruth, la jefa de enfermeras que, aunque se mostraba extremadamente amable, al igual que el resto del personal, tenía por obligación informar puntualmente todo lo que sucedía.

Más que arreglarse quería tomar fuerza. Estar unos minutos consigo misma. Pensó en lo mucho que le alegraba recibir visitas. Aunque nada se comparaba con los abrazos de Maricruz y de sus nietos y el miedo que sentía al verlos partir. Recordó a Mónica, su permanente ejemplo de fortaleza y dignidad. Sin ella en su mente y en su corazón, seguramente ya se hubiera rendido. Recordó la forma en que le quitaron la Secretaría General de Nueva Alianza a su hija.

—Si supieran esos infelices las múltiples ocasiones en que abogó por ellos; decía que eran sus amigos, que Juan era como su hermano, que era bueno que crecieran en la política y en el sindicato, que eran gente de ley, que siempre estarían apoyando a la familia, que Juan nunca traicionaría —con los ojos cerrados, hablaba en voz baja, solo para ella, solo para tener en claro cuáles eran los sentimientos—. Pinches cabrones, apenas los apretaron un poco y se convirtieron en verdugos.

Pensó en cada miembro del sindicato, en los que la habían visitado y en los que ahora negaban hasta la amistad y el cariño. Sabía que varios estaban siendo excluidos en el trabajo sindical, y otros, utilizados para atacarla sin contemplaciones.

Vio entrar nuevamente a la enfermera, y con un movimiento de cabeza le dio a entender que le permitiera el paso a Juan Díaz de la Torre.

Pasó un minuto, el que Elba Esther utilizó para endurecer el rostro.

—Buenos días, maestra, le agradezco que me permita verla —avanzó Juan en un intento por darle un abrazo.

—No es necesario que nos saludemos, no tiene caso mostrar un aprecio que ya no existe. Mejor dime: ¿a qué carajos viniste?

—A varias cosas. Primero a decirle que la quiero mucho —Juan mantenía la mirada en el suelo, y cuando conseguía elevarla mostraba un ligero brillo en los ojos—, que sufro al pensar lo que está viviendo.

—¿Cómo puedes decir eso? Te olvidaste de todo, entregaste el sindicato, te pedí que cuidaras de los míos y en lugar de hacerlo, los maltrataste.

—Fernando González, su yerno, cada día pedía más y más cosas.

—No sé qué te pedía, pero sí sé que nosotros te dimos todo, te hicimos sindicalista, te formamos para que te convirtieras en el dirigente de la Sección 16, luego para que fueras mi segundo en el SNTE. Hablé contigo en mi departamento. Te anticipé que esto que ahora vivo podía ocurrir. Solo te pedí tres cosas: lealtad, que cuidaras a mi familia y que no entregaras el sindicato. Y mira lo que hiciste. Mira lo que hoy es el SNTE.

—Sigue vivo, maestra —masculló Juan Díaz, y empezó a llorar. Al mismo tiempo, pedía perdón y seguía argumentando a su favor—: el SNTE se mantiene de pie. El SNTE no se desintegró, no lo atomizó el gobierno. Creo que se mantiene fuerte. Tenemos interlocución con el gobierno del señor presidente.

—Mira cómo se te llena la boca al mencionarlo, al escucharte no puedo pensar que estés manteniendo una posición firme y respetable —a lo lejos se escucharon unos gritos, que los obligaron a guardar unos segundos de silencio.

—No le hagas caso, Elba, ese güey es un traidor, de seguro lo mandó el infeliz traidor de Peña Nieto.

Los gritos provenían de una habitación cercana. Andrés Granier, quien también estaba recluido en el área hospitalaria del penal, intentaba hacerse escuchar.

—No te preocupes, Andrés, te quiero mucho, no me cansaré de decírtelo, y sé el tipo de persona con quien hablo —dijo Elba Esther elevando la voz, manteniendo el afecto en el tono hacia el exgobernador tabasqueño.

—Maestra, necesita creerme, en verdad le guardo mucho aprecio —insistió Díaz.

—Dime a qué vienes.

—El gobierno quiere acabar este capítulo, desea dejarla salir.

La maestra guardó silencio, caminó hacia donde se encontraba una botella de agua.

—¿A cambio de qué?

—De que renuncie al sindicato, y se declare culpable de algo sencillo. En el juicio le darán una pena equivalente al tiempo que lleva encerrada.

—Es mejor que te vayas. Me queda claro que me equivoqué contigo. Peor aún, ni siquiera me conoces. En la vida he cometido muchos errores, pero el más grande de todos tiene que ver con la confianza que te di en los últimos años.

Juan se secó las lágrimas, y al salir del centro penitenciario hizo una llamada.

—No aceptó. La maestra prefiere quedarse en la cárcel.

Ella, de nuevo sola, lloró. En medio de un gran dolor pudo mantener la claridad en lo sucedido: personajes de su mismo gremio le habían fallado, y la reforma debilitaría al sindicato. No reparó en sus propios errores. Dejó correr las lágrimas libremente. Pensó, mirando la celda disfrazada de habitación: «Un día regresaré a la lucha. Cuando eso pase, no ablandarán más al sindicato».

Comentarios finales novelados

—La maestra es una figura que seguramente dará mucho de qué hablar en el futuro, tanto en su gremio como en la vida de nuestro país. Tiene todo para encabezar al SNTE. *Es alguien con un magnetismo muy especial. Me la voy a jugar con ella, sé que en el futuro se la jugará conmigo.*

CAMACHO SOLÍS, MANUEL (1989)

—Me siento traicionada, ayudé a que Humberto llegara al poder en el sindicato.

GORDILLO MORALES, ELBA ESTHER (2013)

—Me arrepiento de algunas cosas relacionadas con mi gobierno. Pero entre ellas no se encuentra el hecho de impulsar a Elba Esther Gordillo al frente del SNTE. *Seguramente lo volvería a hacer. ¿Qué haría de manera distinta? Todo lo relacionado con mi relación con Luis Donaldo Colosio Murrieta cuando ya era nuestro candidato. ¿Qué más? Luego de la muerte de Colosio, apoyaría para que Diego Fernández triunfara en la elección del 94.*

SALINAS DE GORTARI, CARLOS (1996)

—Pinche perra. Desgraciada. Nunca te voy a perdonar.

JONGUITUD BARRIOS, CARLOS (1997)

—*Cuando fui secretario general, busqué dirigir el sindicato sin tener a nadie que me ordenara nada. Actué con dignidad. Eso no lo entendió. Le sigo teniendo aprecio.*

DÁVILA ESQUIVEL, HUMBERTO (1999)

—*Me siento traicionada, ayudé a que Roberto llegara a la presidencia del partido. No cumplió su palabra.*

GORDILLO MORALES, ELBA ESTHER (2003)

—*Piensa que el partido es similar al sindicato. Se equivoca. Aquí todos tenemos fuerza, voz y autonomía. Somos institucionales, pero únicamente al presidente de la República cuando pertenece al partido, o al presidente del* PRI *cuando somos oposición. Hay que cerrarle espacios.*

MADRAZO PINTADO, ROBERTO (2003)

—*Definitivamente soy pansexual. Siento atracción sexual y afectiva sin distinguir el género de la otra persona. La presencia de Marián me produce confusión y electricidad. No soy homosexual. Pero no quiero decirle nada a Marián.*

SÁNCHEZ BRONDO, FERNANDO (2003)

—*Desconozco quiénes sean esos cabrones, así que no hagan caso a lo que en este libro se dice.*

SUBCOMANDANTE MARCOS (2005)

—*Ella es la jefa. Lo que diga, se hace. Agradezco que me considere nuevamente en tareas políticas y sindicales.*

DÁVILA ESQUIVEL, HUMBERTO (2006)

—Por ella me casaré. Nos gustamos, nos queremos.

LAGUNAS, LUIS ANTONIO (2015)

—No entiendo la desconfianza de mi comadre. Nunca la he traiciona-do. He estado en los momentos más difíciles a su lado. Supongo que su familia la está poniendo en mi contra. Debería cuidarse de Juan.

OCHOA GUZMÁN, RAFAEL (2008)

—La maté porque ya me tenía hasta la madre con sus pinches sermo-nes, y dado que me parecía todo muy extraño en ella y en el trato que le dispensaban. No me arrepiento, pues luego me enteré que era espo-sa de uno de esos delincuentes. Aunque también dicen que odiaba a Raúl. Ni modo.

BELANGUER JIMÉNEZ, MARIÁN (2010)

—Me siento traicionada, ayudé a que Enrique obtuviera la candida-tura de su partido y luego el triunfo en los comicios. Me traicionó, al igual que varios más.

GORDILLO MORALES, ELBA ESTHER (1996)

—Nunca niego mis vicios, ni a mis amistades. Elba Esther lo es. Le tengo aprecio, reconozco sus virtudes y no me importan sus defectos. La maestra batalló para creer que yo lograría la presidencia de la Re-pública, pero luego fuimos equipo. Ella sabe de amistades. No me im-porta que se encuentre en la cárcel. Es mi amiga.

FOX QUESADA, VICENTE (2013)

467

—*El precio del bitcoin anda en los mil dólares. Eso indica que solo en criptomonedas tengo más de dos mil millones de dólares. Creo que Fernando tendrá que cumplir su palabra. Pronto nos casaremos.*

Belanguer Jiménez, Marián (2013)

—*Me siento traicionada, impulsé a Juan, lo ayudé a lograr el poder en el sindicato.*

Gordillo Morales, Elba Esther (1996)

—*El dolor se mantiene. Quizá el miedo es el que se pierde. Me dio gusto ver morir a ese desgraciado. Vivo más tranquila, acabo de empezar una relación con un buen hombre que me recuerda mucho a Joaquín.*

Dávila Heredia, Sofía (2015)

—*No entendió. Simple y sencillamente no entendió. En más de una ocasión se le mandó decir que su ciclo había terminado. En más de una ocasión se le dijo que no podía estorbar el proyecto de reformas que requería el país. Elba Esther se obstinó y me lanzó el reto. No comprendió que por encima de ella estaba la fuerza del presidente de la República. Es tanto como si yo olvidara que encima de mí está el poder del gobierno de Estados Unidos. Por eso todo lo consulto con ellos y nunca niego que son mis jefes. ¿Cuándo saldrá de la cárcel? Poco antes de que yo deje el poder, siempre y cuando el próximo presidente así me lo indique.*

Peña Nieto, Enrique (2016)

—*La he visitado varias veces. He pagado parte de los honorarios de sus abogados, así lo haré mientras tenga congeladas sus cuentas. Confío en que salga libre y sigamos siendo equipo político y buenos amigos durante muchos años más. La he visto un poco enferma. Espero no se produzca alguna mala noticia. La necesito para el 2024.*

MORENO VALLE, RAFAEL (2017)

—*Finalmente nos casamos, tuvimos una niña. Desgraciadamente el matrimonio duró muy poco. Siempre me decía que la iba a dejar por un hombre y fue ella quien se unió a un holandés. Seguimos siendo amigos. Me sigue encantando su personalidad. Si Diego fue el hombre de mi vida, Marián es la mujer de mis sueños.*

SÁNCHEZ BRONDO, FERNANDO (2017)

—*Estoy por terminar un doctorado en Japón. Luego regresaré a México a trabajar con Marián y Fernando. Me da miedo que mi novia conozca a mi hermano y se enamore de su linda cara (mi hermano es sumamente guapo).*

SANDOVAL FERNÁNDEZ, JUAN LUIS (2018)

—*Nunca traicioné a la maestra Elba Esther. Ella prácticamente me sacó de la vida sindical, me marginó. Cuando la detuvieron me dio mucha tristeza, pero no estaba dentro de su círculo de amistades. Hoy debo encabezar el sindicato. Ella lo hizo en su momento y la apoyé siempre. Cometió errores y excesos, y ni siquiera la voy a juzgar. En estos momentos estamos en tiempos difíciles, somos institucionales y apoyamos siempre al presidente de la República.*

CEPEDA SALAS, ALFONSO (2019)

—*Acabo de obtener la ciudadanía española. En los próximos días debo contraer matrimonio con una chica italiana con la que laboro en una pequeña empresa de equipos de seguridad digital, propiedad de*

Marián. Lo mío con Rocío simplemente no funcionó. Quedamos como buenos amigos. Espero tenga la oportunidad de venir a la boda.

GUTIÉRREZ ZÚÑIGA, JAVIER (2019)

—Hice las cosas en forma correcta. No traicioné a la maestra. Tampoco creo que otros lo hicieran. No todo gira a su alrededor. La apoyé mientras tuve oportunidad de hacerlo. Apoyé más de lo que hubiera querido. Se molestó porque no le propicié los lujos a los que estaba acostumbrada su familia.

Logré que el sindicato se mantuviera de pie. Conservé la unidad. Establecí un comportamiento humilde, sencillo. Generé un discurso donde se resaltó la importancia de la cercanía con los agremiados. Estoy alejado del SNTE, pues sé lo que significa respetar espacios y entender los tiempos.

DÍAZ DE LA TORRE, JUAN (2020)

—Cada día nos adoramos más. Me gusta verla libre, fuerte, saludable. Entiendo que hay miembros de su familia que no me quieren. Sobre todo su yerno y uno de sus nietos. Allá ellos y sus temores. Pronto nos casaremos. Será mi mujer y me tendrán que respetar.

LAGUNAS, LUIS ANTONIO (2020)

—Las cosas no funcionaron. No era el hombre de mi vida. Lo apoyé en todo y al final se quedó con una parte de mi dinero. Pensé que los holandeses eran distintos. Pocos saben que lo tengo en la mira y que uno de estos días andará saludando a Raúl Martínez en el pinche infierno.

Decidí regresar con Fernando. Lo vamos a intentar. Seremos lo que siempre hemos sido: un matrimonio con mucho amor y poco sexo.

Desde casa, encerrados por culpa de la pandemia, manejamos la agencia de noticias, mis negocios y un proyecto político para que Fernando participe en el proceso electoral del 2021.

BELANGUER JIMÉNEZ, MARIÁN (2020)

470

Epílogo

Elba Esther Gordillo es, sin lugar a dudas, la líder sindical más poderosa en la historia de México.

No todo se pudo y se quiso recrear en la presente novela, la cual busca hacer un repaso no solo de la vida de ella, sino del devenir histórico del SNTE y del propio país en una etapa que inicia en 1989 y culmina en los primeros días del 2013. Por lo tanto, no es una biografía, sino un recuento literario de lo sucedido en nuestro país, en un país donde ella fue una pieza clave.

Me tocó estar en la primera línea durante el Consejo Sindical de Guadalajara. De la misma forma, he compartido durante varios años charlas con ella y con gente perteneciente a su círculo afectivo. Convivimos y repasamos la problemática del SNTE y del país, lo hicimos en espacios sindicales y en su propio domicilio. Parte de lo que aparece en esta novela surgió de comentarios que se hicieron en dichos encuentros. Parte es literatura.

La he visto llorar, sonreír, maldecir, amonestar. Tiene una cierta herida producto de lo que considera traiciones políticas y afectivas. Por ello en los comentarios novelados finales consigno una frase que en repetidas ocasiones ha mencionado: «Me han traicionado».

Varios de los relatos que pudieran parecer menos reales, como el dirigente amarrado por prostitutas en París, o la pistola que Dávila Esquivel vio en el buró de la habitación de Elba Esther, me fueron platicados por ella misma.

A Juan Díaz lo conocí cuando, siendo secretario particular de Tomás Vázquez, hacía las veces de representante de Elba Esther en la oficina del dirigente formal del SNTE. Es decir, era auxiliar de Tomás pero obedecía las indicaciones de Gordillo Morales. Estoy seguro de que sufrió ante la caída y el encierro de la maestra, pero también de que con el paso de los años estableció una lealtad superior con el gobierno de Peña Nieto, al grado de volverse instrumento para atacarla judicialmente.

Conocí a Alfonso Cepeda Salas, el actual dirigente del SNTE, en 1987, él era miembro del Comité Seccional de la 38, y a mis 20 años me tocaba encabezar la dirigencia de la Delegación D-I-55.

De Luis Antonio, el marido de Elba Esther, poco puedo decir. Hemos charlado en casa de ella en tres ocasiones. Siempre se ha portado amable y cordial. Confieso que la primera vez que lo vi pensé que era su nuevo asistente. En la segunda, observé el aprecio de ella hacia su persona, y en el tercero de los encuentros lo noté dueño del tiempo y del espacio.

En relación con el Sindicato Nacional de Trabajadores de la Educación, habrá que decir que en la actualidad vive tiempos muy complejos. Me considero sindicalista y siento que estamos en un mal momento en México y en el mundo.

Por último, quiero señalar que la novela está basada en la realidad. Fue escrita en medio de la pandemia. Los personajes ficticios no se alejan de los hechos que fueron ocurriendo en nuestro país. Desgraciadamente, son reales las muertes de políticos, las insubordinaciones de grupos guerrilleros, la enorme cantidad de peligrosas mafias, la forma de matar por parte de los cárteles de la droga, la impunidad que reina en el territorio, las muertas de Juárez, los sospechosos accidentes, los distractores: el Chupacabras, la Paca, la construcción de la horrible Estela de Luz, la rifa de aviones. Todo es real. Todo sucedió en lo que José Agustín llamaría la «Tragicomedia Mexicana». Los diálogos donde participan personajes reales se basan en sus acciones o en los resultados.

México merece un mejor futuro. Una realidad que no parezca novela.

AGRADECIMIENTOS

Varias personas tuvieron la gentileza de leer una edición cero, es decir, un borrador de *La maestra*. Algunos me señalaron errores y me sugirieron cambios, entre ellos el maestro Cepeda Salas, René Fujiwara, Marco López, Aarón Arellano, Iván Escamilla, Javier Rodríguez, Gustavo Cantú, Jorge Salcido y David Hernández. A todos ellos gracias por sus consejos y críticas.

Le pedí a la maestra Mercedes Luna que hiciera las veces de editora y revisáramos juntos el libro. Mucho valoro su sabiduría y sensibilidad. También su paciencia. Se extralimitó en sus funciones y me compartió un sinfín de consejos para mejorar la correcta expresión de mis ideas. No me he encontrado una mejor maestra de redacción, ni ella un peor alumno.

Mis hijos son motor de todo lo que llevo a cabo y, en no pocas ocasiones, críticos implacables que buscan que tenga éxito en mis proyectos.

Mi cielo es mi todo, quien me alienta y entusiasma. Quien lee cada texto y me ayuda a mejorarlo.